ANNE OF THE ISLAND

By
L. M. MONTGOMERY
Author of "Anne of Green Gables," "Anne of Avonlea," "The Story Girl," etc.

With frontispiece and cover in colour by
H. WESTON TAYLOR

"All precious things discovered late
To those that seek them issue forth,
For Love in sequel works with Fate,
And draws the veil from hidden worth."
— *Tennyson.*

BOSTON
THE PAGE COMPANY
MDCCCCXV

모든 소중한 것들은 뒤늦게야
찾아 헤맨 이에게 비로소 모습을 드러낸다
그 사랑이 끝내 운명으로 이어져
숨겨진 가치를 가리운 장막을 걷어 올리므로

_알프레드 테니슨('The Day Dream'에서)

레드먼드의 앤
Anne of the Island

루시 모드 몽고메리 지음
박혜원 옮김

더스토리

Copyright, 1915
by FREDERICK A. STOKES COMPANY

All rights reserved

앤의 여정이 '더 궁금'했던
전 세계의 모든 소녀들에게

차례

1장	변화의 그림자 — 9
2장	가을의 화환 — 22
3장	인사와 작별 — 33
4장	4월의 아가씨 — 42
5장	고향에서 온 편지 — 61
6장	공원에서 — 73
7장	다시 집으로 — 83
8장	처음으로 청혼을 받다 — 96
9장	연인보다 친구 — 103
10장	패티의 집 — 115
11장	인생의 단면 — 128
12장	'에이버릴의 속죄' — 141
13장	죄인의 길 — 152
14장	하늘의 부름 — 168
15장	뒤집힌 꿈 — 180
16장	변화하는 관계 — 188
17장	데이비가 보낸 편지 — 205
18장	조세핀 할머니가 앤을 기억하다 — 210
19장	잠깐 지나가는 이야기 — 219
20장	길버트가 고백하다 — 225
21장	어제의 장미 — 233

22장 **초록 지붕 집에 돌아온 봄과 앤** — 239
23장 **폴, 바위 사람들을 만나지 못하다** — 246
24장 **조너스의 등장** — 252
25장 **완벽한 왕자님이 나타나다** — 260
26장 **크리스틴의 등장** — 270
27장 **서로 털어놓는 마음** — 275
28장 **어느 6월 저녁** — 284
29장 **다이애나의 결혼식** — 291
30장 **스키너 부인의 로맨스** — 297
31장 **앤이 필리파에게** — 302
32장 **더글러스 부인과 차를 마시다** — 306
33장 **"그 사람은 그냥 오기만 해요"** — 313
34장 **존 더글러스가 마침내 말하다** — 319
35장 **레드먼드에서의 마지막 해가 시작되다** — 327
36장 **가드너 가족의 방문** — 338
37장 **어엿한 학사가 되다** — 347
38장 **가짜 새벽** — 356
39장 **결혼 문제** — 366
40장 **계시록** — 378
41장 **사랑은 시간의 잔을 들고** — 385

작품 해설 — 394
루시 모드 몽고메리 연보 — 398

1장

변화의 그림자

"추수가 끝나고 여름도 다 갔구나."

앤 셜리는 추수가 끝난 들판을 꿈꾸듯 바라보며 중얼거렸다. 앤과 다이애나 배리는 초록 지붕 집 과수원에서 사과를 따다가 지금은 일손을 놓고 햇빛이 잘 드는 구석에서 쉬고 있었다. 솜털 같은 엉겅퀴 관모가 바람을 타고 날아왔다. 유령의 숲에서 고사리 향을 싣고 온 바람에서는 아직 채 가시지 않은 달콤한 여름의 여운이 감돌았다.

그러나 주변의 풍경은 온통 가을로 물들어 있었다. 바다는 저 멀리서 공허하게 그르렁거렸고, 황량하게 마른 들판은 미역취에 뒤덮여 있었다. 초록 지붕 집 아래 시냇물이 흐르는 골짜기에는 여린 자줏빛 과꽃이 흐드러졌다. 반짝이는 호수는 한없이 파랬다. 봄처럼 시시때때로 변하는 푸른빛도 아니고, 여름처럼 옅은 하늘빛도 아닌, 맑고 굳건하고 고요한 파란빛이었다. 마치 온갖 감정의 풍랑과 긴장감을 다 겪고 변덕스러운 꿈에도 일렁이지 않는 평온을 얻은 것처럼.

"멋진 여름이었어. 그중에서도 라벤더 아주머니의 결혼식이 으뜸이었던 것 같아. 지금쯤 어빙 아저씨와 아주머니는 태평양 연안에 계시겠다."

다이애나가 왼손에 낀 새 반지를 돌리며 조용히 웃었다.

하지만 앤은 한숨을 내쉬었다.

"내 느낌에는 전 세계를 다 돌았을 만큼 오래전에 떠나신 것 같아. 두 분이 결혼식을 올린 지 이제 일주일밖에 안 지났다는 게 믿기지가 않아. 모든 게 변했어. 라벤더 아주머니하고 앨런 목사님 부부도 떠나시고…… 문 닫힌 목사관이 얼마나 쓸쓸한지! 어젯밤에 그 앞을 지나갔는데 꼭 살던 사람들이 다 죽어 나간 집 같았어."

그러자 다이애나가 우울해 하며 말했다.

"다시는 앨런 목사님처럼 좋은 분을 모시기 힘들 거야. 올겨울은 부족한 것 없이 날 준비가 되었는데, 주일 절반은 설교를 못 듣겠구나. 너하고 길버트마저 떠나고 나면…… 몹시 따분하겠지."

"프레드가 있을 거잖아."

앤이 장난처럼 넌지시 말했는데, 다이애나는 앤의 말을 듣지 못한 것처럼 물었다.

"린드 아주머니는 언제 들어가셔?"

"내일. 아주머니가 오셔서 다행이지. 그렇긴 한데, 그것도 변화는 변화잖아. 어제 마릴라 아주머니랑 손님방을 싹 치웠어. 그거 알아? 난 정말 하고 싶지 않았거든. 바보 같은 생각인 건 알지만…… 꼭 신성모독을 저지르는 기분이었다니까. 오래전부터 그 방은 내게 성소 같았거든. 어릴 때는 그곳이 세상에서 가장 멋진 방이라고 생각했어. 너도 기억할 거야, 내가 얼마나 손님방 침대에서 자 보고 싶어했던지……. 하지만 초록 지붕 집의 손님방만큼은 안 돼, 거기선 절대 못 자! 생각만 해도 끔찍해. 너무 무서워서 한숨도 못 잘 거야. 마릴라 아주머니의 심부름 때문에 그 방에 들어갔을 때도 제대로 걷지도 못했다니까. 까치발을 하고서 숨죽여 살금살금 걸었어. 교회에 갔을 때처럼 말이야. 그러다가 밖으로 나와서야 마음이 놓였지. 그 방에 조지 화이트필드랑 웰링턴 공작*의 사진이 거울 양쪽으로 걸려 있는데, 들어가면 내내 무섭게 나를 노려보는 거야. 특히 거울을 흘깃거리기라도 하면 더 그랬던 것 같아. 집에 얼굴이 일그러져 보이지 않는 거울은 그거 하나였거든. 마릴라 아주머니는 어떻게 그 방을 청소하시는지 늘 궁금했어. 그런데 이젠 정말로 그 방을 치운 거야. 그것도 깨끗이 싹 치웠다니까. 조지 화이트필드랑 웰링턴 공작은 위층 복도로 쫓겨났어. '그렇게 세상의 영광은 지나가 버리나니.'"

앤은 말을 맺으며 웃음을 터뜨렸는데, 거기엔 안타까운 마음이 묻어났다. '어린 시절의 성소가 훼손되는 건 결코 기분 좋은 일이

---

* 조지 화이트필드(George Whitefield, 1714~1770)는 영국 출신의 목회자인데, 미국에서 부흥 설교자로 이름을 떨쳤다. 웰링턴 공작(Duke of Wellington, 1769-1852)은 워털루전투에서 나폴레옹을 물리친 전쟁 영웅으로, 프란시스 고야가 그린 그의 초상화가 유명하다.

아니네, 이제는 커서 예전만큼 흥미를 느끼지 않더라도 말이야.'

"네가 떠나면 정말 외로울 거야. 다음 주면 떠난다니!"

다이애나가 백 번도 넘게 반복했던 말을 다시 되풀이했다. 앤이 활기차게 대답했다.

"하지만 지금은 함께 있잖아. 다음 주에 있을 일 때문에 이번 주의 즐거움을 빼앗기면 안 되지. 나도 떠난다고 생각하면 싫어. 초록 지붕 집과 나는 정말 좋은 친구니까. 외로울 거라고 하니 말이지만, 나야말로 사무치게 외로울 거야! 그래도 너는 여기서 어릴 적 친구들하고 같이 살 거잖아. 프레드도 있고! 난 낯선 이들 사이에서 혼자 지내야 해. 아는 사람 하나 없이!"

"길버트가 있잖아. 또 찰리 슬론도 있고."

다이애나가 앤의 말투를 흉내 내며 장난스럽게 말했다.

"찰리 슬론이 있으면 엄청난 위로가 되겠지."

앤이 비꼬는 말투로 맞장구를 쳤고, 두 아가씨는 실없이 웃음을 터뜨렸다. 다이애나는 앤이 찰리 슬론을 어떻게 생각하는지 누구보다 잘 알았다. 하지만 여러 가지 속마음을 터놓고 나누어도, 다이애나는 앤이 길버트 블라이드를 어떻게 생각하는지는 잘 몰랐다. 확실히 해두자면, 앤 자신도 몰랐다.

앤은 계속해서 말했다.

"남자애들은 아마 킹스포트 반대편 끝 쪽에서 하숙을 할걸. 난 레드먼드 대학에 가게 돼서 기쁘고, 시간이 지나면 그곳도 좋아질 거야. 하지만 처음 몇 주 동안은 힘들 거야. 퀸스에 다닐 때는 주말이면 집에 갈 수 있다는 생각이 위안이라도 되었는데, 이젠 그마저도 없겠지. 크리스마스가 되려면 천 년은 기다려야 할 것 같고."

"모든 게 변해가네……. 앞으로도 그러겠지. 다시는 예전과 같을 수 없을 것 같은 느낌이야, 앤."

다이애나가 우울하게 말하자, 앤이 생각에 잠겨 대답했다.

"우리가 갈림길에 접어든 거겠지. 그럴 수밖에 없었고. 다이애나, 어른이 된다는 게 정말 우리가 어렸을 때 상상했던 것만큼 좋은 것 같니?"

"모르겠어…… 좋은 점도 분명 있긴 해."

다이애나가 다시 반지를 만지작거리며 설핏 미소를 지었다. 다이애나가 그런 모습을 보일 때마다 앤은 불쑥 소외감이 밀려들며 스스로 경험이 부족하고 미숙한 사람 같다는 기분이 들었다.

"그렇지만 영문을 알 수 없는 일들도 너무 많아. 가끔은 어른이 된다는 게 무섭기만 하고……. 그럴 땐 무슨 짓을 해서라도 어린 시절로 돌아가고 싶어져."

앤은 활기차게 대답했다.

"때가 되면 어른이 되는 데도 익숙해지겠지. 그렇게 예기치 못한 일들도 점점 줄어들 거고. 하지만 역시 인생에 묘미를 더하는 건 예기치 못한 일들 같아. 우린 열여덟 살이야, 다이애나. 2년 뒤에는 스무 살이 되잖아. 열 살 때는 스무 살이면 완전히 나이 많은 어른이라고 생각했어. 곧 너는 침착한 중년의 부인이 될 거고, 나는 멋진 노처녀가 되어 휴가 때마다 너를 찾아오겠지. 언제든 내가 묵을 구석 자리는 비워둘 거지, 다이애나? 물론 손님방은 말고. 노처녀가 손님방에서 묵고 싶어 할 리도 없고, 난 유라이어 힙*만큼 겸손한 사람이니까 현관 위의 다락이나 거실 뒤 쪽방이라도 기꺼이 만족할게."

다이애나가 웃음을 터뜨렸다.

"무슨 말도 안 되는 소리야, 앤. 넌 멋지고 잘생기고 부자인 남자랑 결혼할 거야. 그럼 에이번리의 손님방 따위는 네가 묵기엔 너무 초라하고 보잘것없겠지. 콧대가 높아져서 어린 시절 친구들은 거들떠보지도 않을 거고."

앤이 맵시 좋은 코를 쓰다듬으며 말했다.

"그것 참 유감이네. 내 코가 꽤 근사하긴 하지만 더 높아지면 모양이 망가질 텐데. 난 이목구비에 예쁜 부분이 별로 없어서 더 이상 망가지면 안 되니까, 식인종 나라의 왕과 결혼하는 일이 있더라도 너는 모른 척하지 않겠다고 약속할게, 다이애나."

다시 한바탕 유쾌하게 웃은 뒤, 다이애나는 과수원집으로 돌아가고 앤은 우체국까지 걸어갔다. 앤 앞으로 편지가 한 통 와 있었다. 길버트 블라이드가 반짝이는 호수 다리 위에서 앞서가던 앤을 따라잡았을 때 앤은 편지를 읽고 흥분을 반짝거리며 소리쳤다.

"프리실라 그랜트도 레드먼드에 간대. 정말 멋지지 않아? 나도

---

* 유라이어 힙(Uriah Heep)은 찰스 디킨스의 소설 《데이비드 카퍼필드》에 등장하는 허구의 인물로, 스스로의 겸손함을 자주 언급한다.

같이 가고 싶었는데, 프리실라 아버지가 허락하지 않으실 거라고 했었거든. 그런데 허락을 해주셔서 우린 같이 하숙하기로 했어. 한 군대가 깃발을 휘날리며 덤벼도, 아니 레드먼드의 교수들이 전부 똘똘 뭉쳐 달려들어도 상대할 수 있을 것 같아. 옆에 프리실라 같은 친구가 있다면 말이야."

"모두들 킹스포트가 마음에 들 거야. 역사가 있는 멋진 도시라던데, 세계에서 가장 아름다운 자연 공원도 있대. 경치도 장관이라고 들었어."

"여기보다 더 아름다울지 모르겠네. 그게 가능할까?"

앤이 소곤거리듯 말하며, 애정이 듬뿍 담긴 황홀한 눈빛으로 주위를 둘러보았다. 외지 어딘가에 아무리 멋진 풍경이 있다 한들, '집'이야말로 언제나 세상에서 가장 아름다운 곳인 사람의 시선이었다.

두 사람은 오래된 연못의 다리에 기대어, 마법처럼 내리는 황혼을 만끽했다. 일레인이 캐멀롯으로 떠내려가던 날, 그러니까, 앤이 가라앉는 배에 타고 있다가 다리 기둥에 매달렸던 바로 그곳이었다. 서쪽 하늘에는 아직 자줏빛 노을이 곱게 물들어 있었지만, 달이 떠오르기 시작하자 수면은 달빛 아래서 거대한 은빛 꿈을 꾸는 듯 보였다. 추억은 두 젊은이에게 묘하고 달콤한 마법을 걸었다.

마침내 길버트가 입을 열었다.

"유난히 말이 없구나, 앤."

"말하거나 움직이기가 겁나. 침묵이 깨지면 이 놀라운 아름다움도 모두 사라질까 봐."

앤이 숨을 쉬듯 말했다.

길버트가 다리 난간에 놓인 앤의 가늘고 흰 손에 불쑥 자신의 손을 포갰다. 담갈색 눈이 짙게 물들었다. 길버트는 아직 소년 같은 입술을 달싹여 영혼을 전율케 한 꿈과 희망에 대해 말하려 했다. 하지만 앤은 손을 홱 빼고는 얼른 몸을 돌렸다. 앤에게 내렸던 황혼의 마법도 풀려 버렸다. 앤은 태연한 척이 지나쳐 오히려 부자연스러운 태도로 말했다.

"집에 가야겠어. 마릴라 아주머니가 오늘 오후에 두통이 있으셨고, 쌍둥이도 지금쯤 못된 장난을 치고 있을 거야. 내가 너무 오래 나와 있었던 것 같아."

초록 지붕 집으로 가는 길에 닿을 때까지 앤은 중요하지도 않은 이야기들을 쉴 새 없이 재잘거렸다. 가엾은 길버트는 한 마디 끼어들 틈조차 없었다. 길버트와 헤어지고 나서 앤은 조금 마음이 놓였다. 앤에게 남몰래 길버트를 의식하는 마음이 생긴 건, 메아리 오두막에서 아주 잠깐 스치듯 자신의 감정을 들여다보게 된 순간부터였다. 오래되고 완벽한 학창 시절의 우정 속으로 알 수 없는 무언가가 불쑥 들어와, 그 우정을 망가뜨리려고 했다.

'길버트가 가는 걸 보고 다행이라 여겼던 적이 한 번도 없었는데. 길버트가 계속 이렇게 터무니없이 굴면 우리 우정은 망가지고 말 거야. 그렇게 되어서는 안 돼…… 내가 그렇게 두지 않을 거야. 아, 남자아이들은 도대체 왜 그렇게 사리분별이 없는 거야!'

앤은 원망스럽기도 하고 슬프기도 한 마음으로, 오솔길을 따라 올라갔다.

손에 길버트의 따뜻한 손이 포개졌던 감촉이 계속 남아 있어, 앤은 스스로도 딱히 '분별'이 있진 않은 것 같다는 불안한 의구심이 올라왔다. 아주 잠깐 손이 닿았을 뿐인데 그 순간의 느낌이 고스란히 남아 있었다. 그런데 분별이 없는 정도가 아닌 것이, 그 느낌이 전혀 불쾌하지 않았다. 찰리 슬론이 비슷한 행동을 했을 때 느꼈던 기분과는 사뭇 달랐다. 사흘 전 화이트샌즈의 파티에서 찰리 슬론과 춤을 추지 않고 자리에 앉아 있을 때 일이었다. 앤은 불쾌한 기억에 몸서리를 쳤다. 그러나 사랑의 열병을 앓는 청년들의 문제는, 아늑하면서도 감성과는 거리가 먼 분위기의 초록 지붕 집 부엌에 들어서자 앤의 마음속에서 연기처럼 사라졌다. 부엌에서 여덟 살짜리 남자아이가 소파에 앉아 엉엉 울고 있었다.

"무슨 일이니, 데이비? 마릴라 아주머니와 도라는 어디 있어?"

앤이 데이비를 품에 안아 주며 물었다. 데이비는 계속 흐느꼈다.

"아주머니는 도라를 재우고 있어. 내가 왜 우냐면, 도라가 밖에 지하실 계단에서 넘어져서 데굴데굴 구르고 콧잔등도 다 까지고······."

"아, 이런, 울지 마, 아가. 물론 도라가 다쳐서 속상하겠지만 네가 운다고 도라한테 도움이 되는 건 아니야. 도라는 내일이면 괜찮아질 거야. 우는 건 아무에게도 도움이 안 돼, 데이비. 그리고······."

"난 도라가 지하실에서 넘어져서 우는 게 아닌데. 도라가 넘어질 때 못 봐서 우는 거야. 나만 만날 재밌는 걸 못 보는 것 같단 말이야."

데이비가 점점 더 원통한 듯이 울며 앤의 선의의 설교를 무 자르듯 잘라 버렸다.

"맙소사, 데이비! 가엽게도 도라가 계단에서 굴러 떨어져 다쳤는데 그걸 재미있다고 하는 거야?"

앤은 웃음이 터지려는 걸 간신히 삼켰다. 데이비가 대들 듯이 말했다.

"그렇게 많이 안 다쳤어. 당연히 도라가 죽었다면 정말 불쌍했겠지, 앤 누나. 하지만 우리 키스 집안 사람들은 그렇게 쉽게 안 죽거든. 블루웨트네 집이랑 비슷한 것 같아. 허브 블루웨트는 저번 수요일에 건초장에서 넘어졌는데 순무를 운반하는 장치를 타고 그대로 우리 안으로 떨어졌거든. 거기에 아주 무섭고 사나운 말이 있었는데 그 말한테 밟혔단 말이야. 그런데도 살아서 나왔다니까. 뼈도 세 대밖에 안 부러지고. 린드 아주머니가 그러시는데 도끼날에 맞아도 안 죽는 사람들은 안 죽는대. 린드 아주머니는 내일 오셔, 누나?"

"그래, 데이비, 네가 아주머니께 언제나 착하고 예의 바르게 굴길 바라."

"착하고 예의 바르게 굴게. 그런데 밤에는 아주머니가 나를 재워 주는 거야, 누나?"

"아마 그럴걸. 왜?"

데이비가 딱 부러지게 말했다.

"그럼 아주머니하고는 누나가 재워 줄 때처럼 기도하지 않을래, 앤 누나."

"어째서?"

"왜냐하면 모르는 사람 앞에서 하느님하고 이야기하는 건 좋지 않을 것 같거든, 앤 누나. 도라는 린드 아주머니하고 기도하고 싶으면 하라고 해. 하지만 난 안 할래. 기다렸다가 아주머니가 가고 나면 그때 할 거야. 그러면 안 돼, 누나?"

"그래, 잊지 않고 기도할 자신이 있으면 그렇게 해, 데이비."

"아, 당연히 안 잊지. 난 기도하는 건 굉장히 재미있거든. 그런데 혼자서 기도를 하면 누나랑 할 때보다 훨씬 재미가 없을 거야. 누나랑 계속 같이 살면 좋겠어. 난 누나가 왜 우리를 두고 집을 떠나고 싶어 하는지 모르겠어."

"정확히 말하면 가고 싶은 게 아니라 가야 할 것 같은 거야."

"가고 싶지 않으면 가지 않아도 돼. 누나는 어른이잖아. 난 어른이 되면 하기 싫은 일은 단 한 개도 안 할 거야, 누나."

"데이비, 살다 보면 하고 싶지 않아도 하게 되는 일들이 있는 거야."

"난 싫어. 절대로 안 그럴 거야! 지금은 말을 안 들으면 누나하고 마릴라 아주머니가 방에 들어가 있으라고 하니까 하기 싫은 일들도 해야 돼. 하지만 내가 어른이 되면 나한테 그렇게 못 할 거고,

아무도 나한테 뭘 해라, 하지 마라 못 그럴 거야. 정말 좋겠지! 그런데 누나, 밀티 볼터가 그러는데, 누나가 남자를 잡아볼까 하고 대학에 가려는 거라고 자기 엄마가 말했대. 정말이야, 누나? 알고 싶어."

순간 앤은 발끈 화가 치솟았다. 그러다가 볼터 부인 같은 사람이 하는 속물스러운 생각이나 말에 마음 쓸 필요가 없다는 생각이 들자 웃음이 터져 나왔다.

"아니야, 데이비. 그렇지 않아. 누나는 공부하고 성장하고 많은 것들을 배우러 대학에 가는 거야."

"어떤 거?"

"구두와 배와 편지봉투용 밀랍,
그리고 양배추와 왕들."*

앤은 인용구로 대답을 대신했다. 하지만 데이비는 그 이야기에 홀린 듯 집요하게 물었다.

"그렇지만 남자를 잡고 싶으면 어떻게 할 건데? 알고 싶어."

"그건 볼터 부인에게 묻는 게 좋겠어. 그런 이야기는 나보다 그 부인이 더 많이 알 것 같으니 말이야."

"그럴게. 다음번에 그 아주머니를 만나면."

---

* 루이스 캐럴의 《거울 나라의 앨리스》에 나오는 시 〈해마와 목수〉에서 인용했다.

"데이비! 그러기만 해!"

앤은 무심코 대꾸했다가, 데이비가 진지하게 대답하자 실수했다는 걸 깨닫고 소리쳤다. 그러자 데이비가 불만스럽게 대꾸했다.

"하지만 방금 누나가 그러라고 했잖아."

"이제 자야 할 시간이야."

앤은 상황을 벗어나기 위해 단호하게 말했다.

데이비가 잠자리에 든 뒤에, 앤은 빅토리아 섬으로 내려가 홀로 앉았다. 달빛이 비추어 어둠을 곱게 물들였고, 개울물은 바람과 협연하여 앤에게 웃음 가득한 이중주를 들려주었다. 앤은 항상 그 개울이 좋았다. 지난날 그 반짝이는 물을 보며 많은 꿈을 자아내곤 했다. 또한 사랑에 우는 젊은이들이며, 심술궂은 이웃들의 독설들이며, 소녀다운 고민들을 전부 잊었다. 상상에 빠져든 앤은 이야기 속의 바다를 항해했다. 바다는 머나먼 '쓸쓸한 요정 나라'의 빛나는 해변으로 밀려 올라갔다. 그곳에는 사라진 아틀란티스와 엘리시움*이 있었다. 그리고 저녁샛별을 길잡이 삼아 '마음이 열망하는 나라'로 떠나갔다. 꿈속에서 앤은 현실보다 더 풍요로웠다. 눈에 보이는 것은 잠깐이지만, 눈에 보이지 않는 것은 영원하기에.**

---

* 아틀란티스(Atlantis)는 그리스 전설에 나오는 섬으로, 대서양 지브롤터 해협에 있었으나 바닷속으로 가라앉았다고 전해진다. 엘리시움(Elysium)은 그리스로마 신화에서 영웅과 덕 있는 사람들의 영혼이 사후에 머문다는 낙원이다.
** 신약성서 고린도후서 4장 18절에서 인용하였다.

2장

가을의 화환

다음 한 주는 쏜살같이 지나갔다. 앤의 말대로 수없이 많은 '마지막 일'들로 분주한 한 주였다. 작별 인사차 이웃을 방문하러 다녔고 찾아오는 사람들을 맞았다. 상대가 앤의 바람에 진심으로 공감하는지, 아니면 앤이 대학 진학을 앞두고 너무 우쭐해 있다며 "콧대를 꺾어주겠다"고 생각하는지에 따라, 유쾌한 자리가 되기도 하고 그 반대가 되기도 했다.

어느 날 저녁, 에이번리 마을개선회는 앤과 길버트를 위해 조시 파이네 집에서 송별 파티를 열었다. 조시 파이네 집을 파티 장소로 정한 이유는 파이 씨네 집이 크고 편해서기도 했지만, 그곳에서 파티를 열자는 제안을 거절했다가는 파이네 딸들이 아무도 참석하지 않을 게 뻔했기 때문이었다. 파티는 무척 즐거웠는데, 파이네 딸들이 점잖게 굴며 평소답지 않게 화기애애한 분위기를 깨뜨리는 말이나 행동을 하지 않은 덕분이었다. 조시는 유난히 사근사근해서, 앤에게 선심 쓰듯 이런 말을 할 정도였다.

"새 드레스가 정말 잘 어울려, 앤. 그 옷을 입으니까 진짜 그럴싸하다."

"그렇게 말해 주니 고맙네."

앤이 눈을 이리저리 굴리며 말했다. 앤은 유머 감각이 점점 늘고 있었기 때문에, 열네 살 때였다면 상처를 받았을 말들도 이제는 그저 웃어넘길 줄 알았다. 조시는 앤이 그 사악한 눈으로 내심 자신을 비웃고 있는 게 아닌가 생각했다. 하지만 거티와 함께 아래층으로 내려가 앤 셜리가 대학에 간다고 그 어느 때보다 잘난 체한다며 속닥거리는 것으로 만족했다.

'오랜 친구들'이 모두 한자리에 모였다. 모두들 즐겁게 웃고 열정을 나누며 젊은이들답게 경쾌한 시간을 보냈다. 다이애나 배리는 장밋빛 얼굴에 보조개가 패였고, 그 옆을 듬직한 프레드가 그림자처럼 따라다녔다. 제인 앤드루스는 단정하고 겉치레 없이 수수한 차림이었다. 루비 길리스는 크림색 실크 블라우스를 입고 금발 머리에 빨간 제라늄을 꽂은 모습이 어느 때보다 예쁘고 재기발랄해 보였다. 길버트 블라이드와 찰리 슬론은 두 사람을 피해 다니는 앤에게 가능한 한 가까이 다가가려고 애썼다. 캐리 슬론은 얼굴이 창백하고 우울해 보였는데, 들리는 얘기로는 아버지가 올리버 킴벌을 집 근처에 얼씬도 하지 못하게 해서 그런 듯했다. 무디 스퍼전 맥퍼슨은 둥그런 얼굴과 못생긴 귀가 여느 때와 다름없이 둥글고 못생겨 보였다. 저녁 내내 구석에 앉아 있던 빌리 앤드루스는 누가 말을 걸면 키득거리다가, 앤을 바라보면서 넙데데한 주근깨

투성이 얼굴에 미소를 짓곤 했다.

　앤은 파티가 열리는 것은 알았지만, 자신이 길버트와 함께 개선회를 만든 회원으로서 거의 찬가에 가까운 '송별의 말'과 '존경의 표시'를 받게 될 줄은 모르고 있었다. 앤은 셰익스피어 희곡집을 선물로 받았고, 길버트는 만년필을 받았다. 무디 스퍼전이 더없이 엄숙하고 숙연한 목소리로 읽은 송별사의 달콤한 말들을 듣자 앤은 놀라고 기뻐 반짝이는 커다란 잿빛 눈에 눈물이 가득 고였다. 그동안 에이번리 마을개선회를 위해 열심히, 성실하게 일했는데, 회원들이 진심으로 그 노고를 인정해 주자 마음이 따뜻해졌다. 게다가 다들 친절하고 다정하고 유쾌하게 행동했다. 파이네 딸들마저 좋은 점이 있었다. 그 순간 앤은 온 세상이 사랑스러웠다.

　앤은 그날 저녁을 한껏 즐겼지만 마지막엔 모든 게 엉망이 되어 버렸다. 길버트가 또 다시 앤에게 감상적인 말을 건네는 실수를 저질렀던 것이다. 달빛이 비추는 베란다에서 저녁 식사를 할 때였다. 앤은 길버트를 벌주려고 찰리 슬론에게 친절하게 대했고, 나중에는 집까지 바래다주겠다는 찰리의 제안도 마다하지 않았다. 하지만 길버트를 혼내주려 한 행동들 때문에 가장 혼쭐이 난 사람은 앤 자신이었다. 길버트는 아무 일 없다는 듯 루비 길리스와 함께 파티장을 나섰고, 느긋한 발걸음으로 즐겁게 이야기를 나누며 웃는 소리가 고요하고 상쾌한 가을 공기를 타고 앤의 귀에 들렸다. 두 사람은 최고의 시간을 보내는 게 분명했는데, 반면 앤은 옆에 있는 찰리 슬론 때문에 지루해 죽을 맛이었다. 찰리 슬론은 쉴 새

없이 말을 했는데, 그러면서도 들을 가치가 있는 말이라고는 실수로라도 단 한 마디 하지 않았다. 앤은 한 번씩 "그래", "아니"라고 멍하니 대꾸하면서, 속으로는 그날 밤 루비 길리스가 정말 아름다웠다거나, 찰리의 눈이 달빛 아래서 보니 밝은 낮에 볼 때보다 더 희번덕거린다는 생각을 했다. 어쩐지 세상이 조금 전 저녁때처럼 멋진 곳으로 느껴지지도 않았다.

"그냥 너무 피곤해서 그래……. 그래서 그런 거야."

다행히 집에 도착해 홀로 방에 있게 되자, 앤은 그렇게 혼잣말을 했다. 솔직히 정말 그런 거라고 믿었다. 하지만 이튿날 저녁 길버트가 유령의 숲을 성큼성큼 걸어 내려와 흔들림 없이 날렵한 걸음으로 오래된 통나무 다리를 건너는 모습을 보자, 마음속 깊고 은밀한 어딘가에서 기쁨이 샘솟았다. 길버트는 이 마지막 저녁을 루비 길리스와 보내는 게 아니구나.

"피곤해 보인다, 앤."

"피곤한데, 그보다 기분이 나쁜 게 더 문제야. 피곤한 건 하루 종일 가방을 싸고 바느질을 해서야. 그런데 기분이 나쁜 이유는, 나한테 작별 인사를 하러 왔던 부인 여섯 명이 한결같이 내 인생에서 아름다운 색채를 지워 버리고 11월 아침처럼 우중충하고 울적하고 의기소침한 말들만 늘어놓고 가서 그런 거야."

"심술쟁이 노인네들 같으니!"

길버트가 던진 우아한 한 마디였다. 앤은 진지하게 대답했다.

"아, 아니야. 그렇지 않아. 바로 그게 문제라니까. 심술쟁이 노인네들이었다면 나도 신경 쓰지 않았을 거야. 하지만 모두 마음씨 좋고 친절한 엄마 같은 분들이거든. 나를 좋아하고 나도 좋아하는 분들이라 그분들이 말하고 내색하는 것들이 이렇게 무겁게 마음에 걸리는 거라고. 그분들은 레드먼드 대학에 가서 학사 과정을 밟는 게 미친 짓 같다고 하셨어. 그 뒤로 나도 정말 그런가 하는 의심이 들고. 피터 슬론 부인은 한숨을 쉬면서 나한테 졸업할 때까지 잘 버티길 바란다고 하셨어. 그 말을 들으니 갑자기 신경쇠약에 걸려 엉망진창이 된 3학년 말 무렵의 내 모습이 떠오르는 거야. 이벤 라이트 부인은 레드먼드에서 4년을 보내려면 어마어마한 돈이 들어갈 거라고 하셨어. 그러자 마릴라 아주머니랑 내 돈을 그런 어리석은 일에 낭비하는 건 용납할 수 없는 일이란 생각밖에 안 들고. 또 재스퍼 벨 부인이 내게 변하지 않았으면 좋겠다고, 대학에 다니면서 사람이 이상해지는 경우가 많다고 하시는데, 레드먼드에서 4년을 마치고 나서 눈 뜨고 봐주기 힘든 그런 사람이 되어 있을 것 같은 느낌이 뼛속까지 들었어. 뭐든지 다 안다고 생각하고, 에이번리의 모든 것과 모든 사람을 얕잡아보는 그런 사람 말이야. 엘리샤 라이트 부인은 레드먼드 여학생들, 특히 킹스포트 출신들이 '대단히 멋을 부리고 거만하다'면서, 난 그 틈에서 오래 버티지 못할 거래. 그러니까 무시당하고 촌스러운 시골뜨기 여자애가 붉은 구릿빛 장화를 끌고 레드먼드의 멋진 복도를 느릿느릿 걸어가는 모습이 떠오르더라."

앤이 말을 맺으며 한숨 섞인 웃음을 터뜨렸다. 예민한 성격 탓에 못마땅해 하는 모든 말들이 무겁게 가슴을 눌렀다. 별로 존경하지 않던 사람들의 의견이라고 해서 덜하지 않았다. 그 순간 삶은 시들해지고 포부는 촛불이 꺼지듯 사그라졌다.

길버트가 앤을 역성들었다.

"그런 말들은 신경 쓰지 마. 그분들이 인생을 보는 시야가 얼마나 좁은지 네가 잘 알잖아. 정말 좋은 분들인 건 맞지만. 자신들이 해보지 못한 일을 한다니까 큰일이라도 날 줄 아시는 거야. 넌 에이번리 여자아이들 중에서 최초로 대학에 진학하잖아. 너도 알다시피 모든 선구자는 광기에 사로잡힌 사람 취급을 받았었고."

"그래, 알지. 하지만 느낌이란 건 아는 거하고는 완전히 달라. 상식대로만 보면 나도 너처럼 생각이 드는데, 가끔은 상식이 아무런 힘도 쓰지 못해. 비상식이 나를 지배할 때 말이야. 정말이지, 엘리샤 부인이 다녀간 뒤로는 가방을 마저 쌀 엄두도 나지 않더라."

"피곤해서 그런 거야, 앤. 자, 다 잊고 나랑 산책이나 하자. 늪지 건너 수풀 너머까지 걸어 보자. 거기에 네게 보여 주고 싶은 게 있을 거야."

"'있을 거야'라니? 거기에 있는지 없는지 모른다는 거야?"

"그래. 있을 거라는 것만 알아. 그걸 거기서 봤던 게 봄이어서. 가자. 우리가 다시 어린 시절로 돌아가서 바람 따라 길을 떠난다고 생각하는 거야."

두 사람은 즐겁게 길을 나섰다. 전날 저녁의 유쾌하지 못한 감정을 기억하는 앤은 길버트에게 무척 친절하게 굴었고, 지혜를 쌓아가는 중인 길버트는 다른 내색은 하지 않으려 조심하며 학교 동창으로 돌아갔다. 린드 부인과 마릴라는 부엌 창으로 그런 둘을 지켜보았다.

"언젠가 서로의 배필이 될 거예요."

린드 부인이 흐뭇하게 말했다. 마릴라는 움찔하며 약간 당황스러웠다. 마음으로는 그렇게 되기를 바랐지만, 린드 부인의 입으로 남 뒷말 하듯 무덤덤하게 던지는 이야기를 듣는 건 마릴라의 신경을 긁었다. 그래서 무뚝뚝하게 대꾸가 나왔다.

"아직 그냥 어린아이들이에요."

린드 부인은 사람 좋은 웃음을 터뜨렸다.

"앤은 열여덟 살이에요. 내가 결혼한 게 그 나이였지요. 우리 같은 노인네들은 아이들이 큰다는 생각을 안 한다니까요. 앤은 젊은 아가씨고 길버트는 다 큰 남자예요. 길버트가 앤이 밟고 지나간 자리까지 숭배하는 건 누구나 알 수 있다고요. 길버트는 괜찮은 청년이고, 앤도 더 바랄 게 없이 잘하고 있지요. 레드먼드에서 연애질 같은 허튼 수작은 배우지 말아야 할 텐데. 난 남녀공학 학교는 반대예요. 전부터 그랬다고요. 그런 대학에 다니는 학생들이 뭘 얼마나 하겠어요. 시시덕거리기나 하겠지."

린드 부인이 근엄하게 결론을 맺었다.

"공부를 조금은 하겠지요."

마릴라가 조용히 웃으며 말하자, 린드 부인이 콧방귀를 뀌었다.

"쥐꼬리만큼 하겠지요. 그래도 앤은 공부할 거예요. 앤은 한 번도 남자랑 시시덕거린 적이 없잖아요. 하지만 길버트의 진가는 알아보지 못하더군요. 오, 내가 여자애들을 좀 알죠! 찰리 슬론도 앤한테 홀딱 빠졌지만, 나라면 슬론 집안 사람과의 결혼은 절대 권하지 않겠어요. 물론 슬론네도 착하고 정직하고 점잖은 사람들이죠. 그렇지만 이러니저러니 해도 슬론네는 슬론네잖아요."

마릴라는 고개를 끄덕였다. 모르는 사람이 들으면 슬론네는 슬론네라는 말을 알아듣지 못했겠지만 마릴라는 단번에 이해했다. 어느 마을에나 그런 집이 있기 마련이었다. 착하고 정직하고 점잖은 사람들일 수는 있으나, 사람의 방언과 천사의 말을 할지라도* 슬론네는 슬론네이고, 그 사실은 영원히 변함이 없으리라.

다행히 길버트와 앤은 린드 부인이 두 사람의 장래를 점치고 있는 줄은 꿈에도 모른 채 그늘진 유령의 숲을 한가로이 거닐었다. 저 너머 수확이 끝난 언덕마다 호박 빛깔 저녁노을이 내려앉았고, 하늘은 엷은 장밋빛과 푸른빛으로 물들었다. 멀리 가문비나무 숲은 청동빛깔 윤기가 흘렀고, 길게 드리운 나무 그림자가 고지의 목초지 위로 줄무늬를 그려 넣었다. 그러나 두 사람이 있는 곳에선 바람이 전나무 잎 사이로 산들거리며 가을 분위기가 물씬 풍겼다.

"이 숲은 이젠 정말로 유령이 사는 듯해…… 옛 기억 때문에."

앤이 허리를 굽혀 하얗게 서리를 맞은 고사리들을 따 모으며 말

---

* '내가 사람의 방언과 천사의 말을 할지라도 사랑이 없으면 소리 나는 구리와 울리는 꽹과리가 되고'(신약성서 고린도전서 13장 1절)에서 인용하였다.

했다.

"어릴 때 다이애나와 내가 여기서 놀면서, 땅거미가 지면 드라이어드 샘가에 앉아 유령들하고 남몰래 만났던 것만 같아. 그거 아니? 해 질 녘에 이 길을 오르면 아직도 예전처럼 공포가 느껴지면서 오싹하다니까. 우리가 상상했던 것들이지만 그중에서도 제일 소름끼쳤던 유령은…… 살해당한 아이 유령이었는데, 그 아이 유령이 우리 등 뒤로 살금살금 다가와서 차가운 손가락으로 우리 손을 잡는 거야. 고백하자면, 지금도 해가 떨어진 뒤에 이곳에 오면 그 작은 발자국 소리가 살그머니 내 뒤를 따라오는 상상을 안 할 수가 없어. 하얀 소복을 입은 귀신이나 머리 없는 귀신이나 해골은 무섭지 않은데, 그런 아이 유령이 진짜 존재하는 것처럼 상상하지 않았더라면 정말 좋았을 텐데. 마릴라 아주머니랑 배리 아주머니가 그 일로 얼마나 화를 내셨던지."

말을 맺는 앤의 웃음소리에서 추억이 묻어났다.

늪지 윗부분을 둘러싼 숲은 온통 자줏빛 풍경이었는데, 마치 곱고 가는 실들을 얼기설기 짜놓은 듯 보였다. 옹이 진 가문비나무가 을씨년스럽게 자라는 농장과 따뜻한 볕 아래 단풍나무가 줄지어 선 골짜기를 지나자 길버트가 찾던 '그것'이 보였다.

"아, 여기 있다!"

길버트가 흡족해 하며 말했다. 앤도 기쁨의 탄성을 외쳤다.

"사과나무잖아…… 이렇게 깊숙한 곳에!"

"그래, 진짜 사과까지 달린 사과나무고. 다른 과수원에서 1.5킬로미터는 족히 떨어진 이곳에, 소나무 군락하고 너도밤나무 군락 한가운데 있더라고. 지난봄에 여기 왔다가 이 나무를 발견했는데, 하얀 꽃들이 활짝 피어 있었어. 그래서 가을에 다시 와서 사과가 열리는지 확인해 보자고 마음먹었지. 봐, 사과가 주렁주렁해. 보기도 좋고. 누르스름하고 붉은 갈색이 돌지만 옆에는 빨갛잖아. 보통 야생종들은 초록색이어서 먹음직스럽지 않은데 말이야."

앤이 꿈을 꾸듯 말했다.

"오래전 우연히 사과 씨앗이 땅에 떨어져서 싹이 텄나 봐. 이렇게 무성하게 잘 자라나 다른 나무들 사이에서 홀로 꿋꿋하게 버티고 있다니, 용감하고 의연한 나무야!"

"여기 쓰러진 나무가 이끼로 덮여 있네. 앉아, 앤. 숲의 여왕이 앉을 의자야. 난 나무에 올라가서 사과를 좀 따서 가져올게. 나무들이 전부 높아. 햇빛을 받으려면 저렇게 클 수밖에 없었을 거야."

사과는 맛있었다. 노르스름한 황갈색 껍질 속에는 옅은 붉은 기가 실금처럼 감도는 새하얀 속살이 있었다. 보통 사과처럼 달콤하면서도, 기분 좋게 톡 쏘는 자연 그대로의 맛이 났는데, 이는 과수원에서 재배한 사과에선 느껴볼 수 없는 맛이었다.

"에덴동산의 금단의 사과도 이렇게 특이한 맛은 아니었을 거야. 하지만 이제 집에 가야 할 시간이야. 봐, 3분 전에 해가 지고 이제 달이 떴어. 해와 달이 바뀌는 순간을 놓치다니 속상하다. 하긴 그런 순간은 절대 알아차릴 수 없을 것 같아."

"늪지를 빙 둘러서 연인의 오솔길을 지나 집으로 가자. 지금도 집을 나설 때처럼 기분이 안 좋아, 앤?"

"아니. 사과가 굶주린 영혼에 만나*가 되었나 봐. 레드먼드를 사랑하게 될 것 같아. 그리고 그곳에서 아주 멋진 4년을 보내게 될 것 같은 느낌이 들어."

"그럼 4년 뒤에는…… 어쩔 거야?"

"아, 그 길을 다 걸으면 다시 길모퉁이가 나오겠지. 그 뒤에 뭐가 있을지는 몰라…… 알고 싶지 않아. 모르는 편이 더 나아."

앤이 가볍게 대답했다.

그날 밤 연인의 오솔길은 파리한 달빛이 흐르며 고요하고 신비로운 어둠이 내려앉은 사랑스러운 길이었다. 두 사람은 그 길을 천천히 걸으며, 기분 좋고 살가운 침묵에 휩싸여 누구도 굳이 입을 열려 하지 않았다.

'길버트가 늘 오늘 저녁만 같다면 모든 게 얼마나 즐겁고 간단할까.'

앤은 진심으로 그렇게 생각했다.

길버트는 앤을 바라보고 있었고, 앤은 계속 걸었다. 그는 가녀린 몸에 가벼운 드레스를 입은 앤의 모습에서 흰붓꽃을 떠올렸다. '앤이 나를 좋아하게 할 수 있을까' 하는 생각이 길버트를 고통스럽게 파고들었다.

---

* 이스라엘 백성이 이집트를 탈출하여 40년 동안 광야를 방랑할 때 하느님이 내려주었다는 신비로운 양식이다.

3장

인사와 작별

찰리 슬론과 길버트 블라이드, 앤 셜리는 그다음 월요일 아침에 에이번리를 떠났다. 앤은 날이 맑기를 바랐다. 다이애나가 마차를 타고 역까지 같이 갈 계획이었고, 한동안 만나지 못할 것이기에 두 사람은 이 마지막 동행길을 즐겁게 보내고 싶었다. 하지만 일요일 밤 앤이 잠자리에 들 무렵 동쪽에서 바람이 불어와 초록 지붕 집을 휘감으며 웅웅 울어댔고, 불길한 예감은 아침이 되자 현실로 나타났다. 앤이 눈을 떴을 땐 후두두 창을 두드리는 빗방울 소리가 요란했고, 연못은 동그랗게 퍼지는 잔물결이 잿빛 수면을 뒤덮었다. 언덕과 바다도 안개 뒤로 모습을 감추어, 온 세상이 침침하고 음울해 보였다. 앤은 칙칙한 새벽에 일어나 옷을 입었다. 일찌감치 출발해야 항구까지 운항하는 기선 열차 시간을 맞출 수 있었다. 앤은 자신도 모르게 샘솟는 눈물을 참으려고 안간힘을 다했다. 너무나 사랑하는 집을 떠나는 길이었다. 그리고 이제 방학 때 잠깐 다녀가는 것 말고는 이곳을 영영 떠나게 되리라는 어떤 예감이 들었다. 다시는 예전과 같을 수 없을 터였다. 방학을 보내러 오는 건 이곳에 사는 게 아니었다. 아아, 모든 것이 얼마나 소중하고 사랑스러운지…… 소녀 시절의 꿈이 담긴 작고 하얀 2층 방, 창가에 선 나이 많은 눈의 여왕, 함지로 흐르는 시냇물, 드라이어드의 샘, 유령의 숲, 그리고 연인의 오솔길까지……. 오랜 시간의 추억이 깃든 수많은 장소와 단 하나뿐인 사랑하는 집. 정말 다른 곳에 가서도 행복할 수 있을까?

그날 아침 초록 지붕 집에서 하는 아침 식사는 몹시 울적했다. 데이비는 태어나서 처음으로 음식이 넘어가지 않는 모양이었다. 오트밀 죽을 앞에 두고 창피한 것도 잊은 채 엉엉 울어댔다. 식욕을 잃지 않은 사람은 도라뿐이었다. 도라는 제 몫의 음식들을 거뜬히 먹어 치웠다. 신중하기 이를 데 없는 만고불멸의 샤를로테와 같이, 열정을 주체하지 못한 연인의 시신이 창밖으로 지나갈 때도 '계속해서 버터 바른 빵을 썰었던' 그녀처럼,* 도라는 그 어떤 일에도 좀처럼 흐트러지는 법이 없는 운 좋은 부류의 아이였다. 이제 여덟 살밖에 되지 않았지만 웬만한 일로는 평온함을 잃지 않았다. 앤이 떠나는 건 물론 서운했지만, 그렇다고 해서 수란을 얹은 토스트를 맛있게 먹지 못할 이유라도 있는가? 전혀 아니었다. 도라는 데이비가 우느라 아무것도 먹지 못하는 것을 보고, 대신해서 데이

---

* 괴테의 《젊은 베르테르의 슬픔》에서 영감을 받아 윌리엄 새커리가 쓴 시 〈베르테르의 슬픔〉에서 인용한 구절이다.

비의 몫까지 먹어 주었다.

다이애나는 시간에 딱 맞추어 2인용 마차를 몰고 도착했다. 장밋빛으로 물든 얼굴을 하고 비옷을 입은 차림이었다. 어쨌든 작별 인사는 해야 했다. 린드 부인이 자기 방에서 나와 앤을 다정하게 안아 주며 무슨 일을 하든 건강에 주의하라고 단단히 일렀다. 마릴라는 무뚝뚝한 얼굴로 눈물 한 방울 흘리지 않고 앤의 뺨에 가볍게 입을 맞추고는 적응되면 연락하라고 말했다. 언뜻 보아서는 마릴라는 앤이 떠나는 것을 대수롭지 않게 여기는 것 같았지만, 눈을 유심히 들여다보면 그렇지 않다는 걸 알 수 있었다. 도라는 앤에게 새침하게 입을 맞추고는 눈을 질끈 감아 얌전히 눈물 두 방울을 짜냈다. 하지만 데이비는 아침 식사가 끝난 뒤에도 뒷문 계단에서 계속 울기만 하며 작별 인사를 피했다. 앤이 다가오는 것을 보자 벌떡 일어나 부리나케 계단을 뛰어올라 가더니 벽장 안에 숨어서는 나오려 하지 않았다. 데이비가 숨죽여 흐느껴 우는 소리는 초록 지붕 집을 떠나는 앤을 마지막으로 배웅한 소리였다.

비는 브라이트리버 역까지 가는 내내 세차게 쏟아졌다. 카모디에서 출발하는 지선 열차가 항구로 가는 기선 열차와 연결되지 않기에 브라이트리버 역까지 가야 했다. 앤과 다이애나가 도착했을 때 찰리와 길버트는 이미 기차역 승강장에 와 있었고 기차는 기적을 울렸다. 앤은 간신히 차표를 끊고 가방을 짐칸에 싣고는, 다이애나와 작별 인사를 서두른 뒤 급하게 기차에 올라탔다. 다이애나와 함께 에이번리로 돌아가고 싶었다. 향수병에 시달리다 죽을 게 확실했다. 아, 저 우울하게 퍼붓는 비라도 멈췄으면. 마치 여름이 스러지고 즐거움도 떠나가 버린 것을 온 세상이 슬퍼하여 눈물 흘리는 것 같았다. 길버트와 함께라는 사실도 아무런 위로가 되지 않았다. 옆에는 찰리 슬론도 있었고, 슬론 집안 사람들을 참고 대하려면 그나마 날이라도 화창해야 했다. 이처럼 비가 퍼붓는 날엔 어림도 없었다.

하지만 배가 샬럿타운 항구를 벗어나면서 상황은 나아졌다. 비가 그치고 간간이 구름 틈새로 금빛 햇살이 얼굴을 내밀기 시작하더니, 잿빛 바다가 구릿빛으로 반짝반짝 빛나고 프린스에드워드 섬의 붉은 해변에 드리웠던 안개도 어슴푸레 황금빛으로 환해졌다. 마침내 맑게 갠 하루를 기대해도 좋을 것 같았다. 게다가 찰리 슬론도 갑자기 뱃멀미를 하며 아래층으로 내려가, 앤은 길버트와 둘이서만 갑판 위에 남았다.

'슬론 집안 사람들이 배만 타면 곧바로 멀미를 해서 참 다행이야. 찰리가 옆에 서서 감상에 젖은 척 섬을 바라보고 있었다면 나는 고향 땅에 제대로 작별을 고하지도 못했을 거야.'

매정하게도 앤은 그런 생각이 들었다.

"정말 떠나는구나."

길버트가 무덤덤한 목소리로 말했다.

"그래, 내가 바이런의 '차일드 해럴드'*가 된 기분이야. 진짜

---

* 바이런의 장편 시 〈차일드 해럴드의 편력(Childe Harold Pilgrimage)〉의 주인공으로 타향을 떠돌아다닌다.

'고향 바닷가'를 바라보고 있는 건 아니지만."

앤은 잿빛 두 눈을 힘주어 깜박이며 말했다.

"태어난 곳은 노바스코샤이겠지, 아마. 하지만 고향 바닷가란 그 사람이 가장 사랑하는 곳이고, 그렇다면 내게는 그곳이 프린스에드워드 섬이야. 여기서 태어나고 자라지 않았다는 게 실감이 안 나. 여기 오기 전 11년 동안은 나쁜 꿈이었던 것 같고. 이 배를 타고 건너온 게 7년 전이야…… 스펜서 부인을 따라 호프타운을 떠나 왔던 저녁이. 지금도 눈에 선해. 형편없이 낡은 면 원피스에 빛바랜 밀짚모자를 쓰고, 들뜨고 궁금한 마음에 갑판이랑 선실 여기저기를 돌아다녔어. 그날 저녁은 날씨가 좋았거든. 저 붉은 해변이 햇볕을 받아 어찌나 환하게 빛나던지. 그런데 지금 다시 해협을 건너고 있다니. 아, 길버트, 레드먼드와 킹스포트를 좋아해야 할 텐데. 하지만 그렇게 안 될 것 같아."

"네 인생철학은 다 어디로 간 거야, 앤?"

"외로움과 향수병이라는 커다란 파도 속에 잠겨 버렸어. 레드먼드 대학에 가기를 3년이나 간절히 바랐는데…… 막상 이렇게 가려니…… 가고 싶지 않아! 괜찮아. 다시 기운도 나고 정신도 차릴 거야. 한 번 실컷 울고 나면 말이야. 울지 않고는 못 견딜 것 같아. 오늘 밤 내 하숙집 침대에 누울 때까지는 참아야겠지. 거기가 어디든, 그때 울면 돼. 그러고 나면 다시 내 모습으로 돌아올 거야. 데이비는 이제 벽장에서 나왔을까?"

밤 9시가 되어서야 기차는 킹스포트에 도착했다. 세 사람이 내린 역은 청백색 불빛이 비치는 혼잡한 곳이었다. 앤은 정신을 못 차릴 정도로 얼떨떨했다. 그러나 곧 프리실라 그랜트를 발견했다. 프리실라는 토요일에 먼저 킹스포트에 와 있었다.

"왔구나, 친구야! 많이 피곤할 거야. 나도 토요일 밤에 여기 도착했을 때 그랬거든."

"정말 지쳤어! 프리실라, 말도 마. 피곤한 데다가 열 살짜리 풋내기 시골뜨기가 된 기분이야. 제발 엉망진창이 된 이 불쌍한 친구를 차분히 가라앉힐 수 있는 곳으로 데려다 줘."

"당장 우리 하숙집으로 가자. 밖에 마차를 세워놨어."

"네가 여기 있어서 얼마나 다행인지 몰라, 프리실라. 네가 없었다면 난 여기서 짐 가방을 깔고 앉아 통곡했을 거야. 낯선 이들만 득실거리는 속에서 지인을 만난다는 게 이렇게 위로가 될 수가!"

"저기 길버트 블라이드 아니니, 앤? 1년 사이에 저렇게 달라지다니! 내가 카모디에서 아이들을 가르칠 때만 해도 아직 학생 같았는데. 옆에는 찰리 슬론이구나. 저 애는 변한 게 없네. 변할 수도 없지만! 찰리는 태어날 때도 딱 저 모습이었는데, 여든 살이 돼도 똑같을 거야. 이쪽이야, 앤. 집까지 20분만 가면 돼."

"집이라고! 끔찍한 하숙집을 말하는 거겠지. 끔찍하고 끔찍한 문간방에서 우중충한 뒷마당이 보이는."

앤이 신음하듯 말했다.

"그렇게 끔찍한 하숙집은 아니란다, 앤. 이게 우리 마차야. 올라타. 마부가 짐을 실어줄 거야. 아, 그래서 하숙집 말인데, 하숙집치고는 진짜 괜찮은 곳이야. 너도 내일 아침이면 그렇다고 할걸. 밤새 한숨 푹 자고 일어나 우울한 기분이 가시고 다시 장밋빛 세상이 보이면 말이야. 우리 하숙집은 크고 고풍스러운 회색 석조 건물인데, 세인트존 거리에 있어. 학교까지 산책 겸 걸어갈 수 있는 거리야. 예전에는 굉장한 사람들이 살던 동네였어. 그런데 세인트존 거리가 쇠락하면서 지금은 그저 번성했던 시절을 기억으로만 간직하고 있을 뿐이야. 집들이 워낙 크다 보니 집주인들도 방이나 채우려고 하숙생을 받는 거고. 아무튼 우리 주인아주머니들이 우리한테 강조하고 싶어 하는 이유는 그거야. 정말 재미난 분들이야, 앤. 우리 주인아주머니들 말이야."

"몇 분이나 되는데?"

"두 분이야. 해나 하비와 에이다 하비. 쌍둥이로 태어나서 지금 쉰 살 정도 되셨대."

"난 쌍둥이한테서 벗어날 수가 없나 봐. 가는 곳마다 쌍둥이와 마주치네."

앤이 미소를 지으며 말했다.

"아, 그분들은 이제 쌍둥이라고는 할 수 없어, 앤. 서른 살 즈음부터 얼굴이 달라졌대. 해나 아주머니는 점점 나이가 들었지만 그리 품위 있게 변했다 할 수 없고, 에이다 아주머니는 여전히 서른 살 같아서 품위하고는 더 거리가 멀어. 해나 아주머니는 과연 웃을 수 있는 분일까 싶을 정도로, 지금까지 한 번도 아주머니가 웃는 모습을 본 적이 없어. 반대로 에이다 아주머니는 늘 웃고 있는데 난 그러지 않는 편이 더 나은 것 같아. 하지만 둘 다 친절하고 좋은 분들이야. 하숙생은 해마다 두 명만 받으신대. 해나 아주머니의 경제관념상 '남는 방을 비워둘' 수가 없어서래. 하숙생을 꼭 둬야 할 이유가 달리 있는 건 아니라고, 에이다 아주머니한테서 토요일 밤부터 일곱 번이나 들었다니까. 우리 방 말인데, 문간방이 맞아. 내 방에선 뒷마당도 보이고. 네 방은 앞쪽에 있고 구 세인트존 묘지가 내다보여. 길 바로 건너편에 있거든."

"그것 참 오싹하네. 차라리 뒷마당이 보이는 게 낫겠어."

앤이 몸서리를 쳤다.

"아니야, 그렇지 않아. 들어 봐. 구 세인트존 묘지는 아주 멋진 곳이거든. 아주 오래전에는 묘지였지만 지금은 킹스포트의 명소가 됐어. 내가 어제 소풍 삼아 한 바퀴 다 돌아봤어. 높은 돌담이랑 엄청나게 큰 가로수들이 빙 둘러져 있고 안쪽에도 나무들이 줄줄이 서 있는데, 비석들도 아주 특이하고 비문들도 진짜 특이하고 예스러워. 너도 거기 가서 하나하나 읽어 보게 될 테니 두고 봐, 앤. 물론 지금은 거기 묻히는 사람도 없어. 몇 년 전에 아름다운 기념비를 세워서 크림전쟁에서 희생된 노바스코샤 출신 병사들을 기리긴 했지. 그 기념비는 정문하고 반대편에 있는데, 네 말따나 '상상의 여지'가 있는 거지. 네 가방을 이제야 실었나 보다. 남자애들이 인사하러 오는 모양이야. 찰리 슬론과 꼭 악수해야 할까, 앤? 찰리의 손은 늘 너무 차가워서 물고기를 만지는 것 같단 말이야. 가끔씩만 놀러오라고 말해둬. 해나 아주머니가 근엄한 얼굴로, 남자애들을 저녁에 초대하는 건 일주일에 두 번은 괜찮은데, 다만 적당한 시간에는 돌아가야 한다고 하셨거든. 에이다 아주머니는 웃으면서 남자애들이 아주머니의 예쁜 쿠션에 앉지 않도록 조심해 달라고 하셨고. 조심하겠다고 약속은 했는데, 그럼 도대체 어디 앉으라는 건지 모르겠어. 바닥에 앉을 게 아니면, 쿠션이 없는 곳이 없거든. 심지어 피아노 위까지 레이스 쿠션을 올려 두셨다니까."

앤은 이미 웃고 있었다. 프리실라가 일부러 쾌활하게 재잘거린 덕에 앤은 기운을 차렸다. 향수병도 잠시나마 깨끗하게 사라졌고, 끝내 앤이 작은 침실에 홀로 남게 되었을 때도 다시 폭풍처럼 밀려오지는 않았다. 앤은 창가로 다가가 밖을 내다보았다. 아래 거리는 어둑어둑하고 조용했다. 길 건너로 환하게 달빛을 받은 구 세인트존 묘지의 나무들이 보였다. 기념비로 세워진 커다란 사자상의 검은 머리 뒤쪽이었다. 그날 아침에 초록 지붕 집을 떠나왔다는 사실이 믿어지지 않았다. 기나긴 시간이 흐른 것 같았지만 단 하루가 걸린 여정이고 꼭 그만큼의 변화였다.

앤은 골똘히 생각했다.

'저 달이 지금 초록 지붕 집도 비추고 있겠지. 하지만 그런 생각은 하지 않을래. 그럼 향수병만 깊어질 거야. 실컷 울지도 말아야겠어. 그건 좀 더 마음이 편해질 때까지 미뤄두고, 지금은 그냥 차분하게 잠자리에 들래.'

4장

4월의 아가씨

킹스포트는 예스러운 구시가로 초기 식민지 시대가 떠오르는 곳이었다. 고풍스러운 분위기가 도시 전체에 감돌아, 마치 우아한 귀부인이 젊은 시절 유행했던 옷을 입고 있는 느낌이었다. 여기저기에 현대화가 시작되고 있었지만, 그 심장부는 아직 훼손되지 않은 채 신기한 유물들로 가득했고 지난날의 낭만 가득한 수많은 전설들이 후광처럼 도시를 비추었다. 한때는 황무지 변두리 땅에 위치한 기차 역사에 지나지 않았고, 당시는 인디언들의 침략으로 정착민들이 평탄치 못한 생활을 이어가던 때였다. 그러다가 영국과 프랑스가 서로 이 땅을 차지하려 다툼을 벌이게 되자 두 나라에 번갈아 점령을 당했다가 벗어나면서 그때마다 전쟁터가 되었던 땅에 새로운 상흔이 남았다.

공원 안에 있는 원형 포탑은 관광객들이 적어 놓고 간 이름들로 뒤덮여 있었고, 도시 너머 언덕 위에는 더는 쓰임새가 없는 옛 프랑스군의 요새가 남아 있었다. 공공광장에는 구식 대포도 몇 대 놓여 있었다. 다른 역사 유적지들도 꽤 있어서, 그런 곳들 역시 호기심 많은 사람이라면 파헤쳐볼 만했지만, 옛 정취를 느끼거나 즐거움을 만끽하기에는 시내 한가운데 위치한 구 세인트존 묘지만 한 곳이 없었다. 묘지와 접하여 옛날 집들이 늘어선 거리 두 곳은 조용했고, 나머지 거리들은 붐비고 번화한 현대식 대로였다. 킹스포트 시민이라면 누구나 구 세인트존 묘지에 무척이나 큰 자부심을 갖고 있었다. 뭐 하나라도 내세울 게 있는 사람들은 조상이 모두 이곳에 묻혀 있기 때문이었다. 묘비는 특이하게 굴곡진 모양으로 머리맡에 서 있거나 수호자인 양 무덤을 사방으로 둘러쌌고, 그 위에 묘지 주인의 인생사에서 온갖 중요한 이야기들이 모두 새겨져 있었다. 그 오래된 비석들 대부분은 대단히 정교하거나 아름다운 볼거리는 아니었고, 오히려 거의가 이곳에서 나는 갈색이나 재색 돌을 투박하게 다듬은 것들이고, 장식을 시도한 경우도 얼마 되지 않았다. 어떤 비석은 해골과 대퇴골 두 개를 교차시킨 모양을 새겨 넣었고, 이 오싹한 장식에 날개 펼친 아기천사의 머리를 짝지어 꾸민 비석도 적지 않게 눈에 띄었다. 하지만 많은 비석들이 엎어지고 부서져 있었다. 시간이 갉아먹어 비문이 지워진 것들이 대부분이고, 나머지도 애써서 간신히 읽을 수 있는 정도였다. 묘지는 빈 공간이 없고 나무 그늘도 풍성했다. 안팎으로 느릅나무와 버드나무가 무성하게 자라나, 그 그늘 아래 잠든 이들은 바람과 나뭇잎이 조용히 불러 주는 노래를 자장가 삼아, 저 너머에서 오가는 군중의 소란에도 방해받지 않고, 평안한 영면을 누리고 있을 것이다.

앤이 처음으로 구 세인트존 묘지를 찾아간 건 이튿날 오후였다. 오전에 프리실라와 함께 레드먼드 대학에 가서 등록을 마치자, 그날은 달리 할 일이 없었다. 두 소녀는 기쁜 마음으로 학교를 빠져나왔다. 모르는 사람들 틈에 남아 있는 건 별로 재미있는 일이 아니었다. 게다가 그들도 대부분 낯설어 하면서 어디로 가야 할지 몰라 하는 듯 보였다.

'여자 신입생들'은 두셋씩 모여서 서로 곁눈질만 하고 있었다. '남자 신입생들'은 이런 경우에 좀 더 능숙하여, 현관 로비의 큰 계단 위에 무리 지어 서서는 목청껏 환호성을 질러댔다. 일종의 전통처럼 1학년이 경쟁 관계인 2학년에게 도전장을 내미는 것이었는데, 2학년생들 몇 명이 계단 위를 거만하게 서성거리며 '멋모르는 애송이들'이라는 표정으로 쳐다보았다. 길버트와 찰리는 보이지 않았다.

교정을 가로지르며 프리실라가 말했다.

"이런 날이 올 줄은 몰랐어. 슬론이라도 만나면 좋겠다는 생각이 들다니. 그런데 정말이야, 찰리 슬론의 딱부리눈이라도 보면 너무 반가울 것 같아. 적어도 모르는 사람 눈은 아니니까."

앤이 한숨을 내쉬었다.

"휴, 등록하려고 차례를 기다리며 서 있을 때의 기분을 뭐라 설명을 못 하겠어. 어마어마하게 큰 물통 안의 작디작은 물방울 하나가 된 것처럼 하찮아진 느낌이랄까. 그것만도 이미 우울한데, 더 견디기 힘든 건 내가 뼛속까지 그렇게 하찮은 존재여서 앞으로도 영영 그런 존재밖에 되지 못할 것 같은 거야. 맨눈으로는 보이지도 않는 존재라서 2학년들한테 밟히고 말 것 같은 느낌이라고. 무덤에 들어가 눕는 순간에도 나를 기리고 나를 위해 울어 주고 노래를 불러 줄 사람 하나 없을 것 같아."

프리실라가 앤을 위로했다.

"내년까지 기다려 봐. 그럼 우리도 학교를 따분해 하는 세련된 2학년처럼 보일 거야. 자기 자신이 하찮게 느껴지면 당연히 끔찍한 기분이 들지. 하지만 나처럼 너무 커서 어색한 느낌이 드는 것보다는 나을걸. 나는 레드먼드를 혼자서 다 휘젓고 다니는 기분이었다니까. 내 키가 다른 학생들보다 5센티미터는 더 크기 때문일 거야. 난 2학년들한테 밟힐 걱정은 안 했지만, 내가 코끼리로 보이진 않을까, 감자를 먹고 자란 섬사람이라서 크다고 생각하는 게 아닐까 걱정했어."

앤이 긍정적 인생관의 조각들을 모아 발가벗은 영혼을 감쌌다.

"내 생각에는, 레드먼드는 큰 대학인데 퀸스처럼 작은 학교가 아니라는 걸 우리가 받아들이지 못하는 게 문제인 것 같아. 퀸스를 졸업할 땐 그곳에 모르는 사람이 없었고 우리만의 공간도 있었잖아. 우리가 자신도 모르게 여기서도 퀸스에서와 똑같이 생활할 수 있으리라 기대했었다가, 막상 닥치고 보니 땅이 쑥 꺼져 버려서 딛고 설 곳이 없는 느낌이 드는 것 같아. 그래도 다행이야. 린드 아주머니나 엘리샤 라이트 부인은 이런 내 마음 상태를 모르실 테니까. 앞으로도 모르실 거고. 아시면 '그럴 줄 알았다' 의기양양해서 끝이 보인다고 확신하실 거야."

"맞아. 이제 좀 앤답네. 조금만 있으면 우리도 이곳에 익숙해지고 생활에도 적응하고 모든 게 잘될 거야. 앤, 아침 내내 여학생 휴게실 문밖에 혼자 서 있던 여자아이 너도 봤니? 예쁘게 생기고 갈색 눈동자에 웃으면 한쪽 입꼬리가 좀 더 많이 올라가던 아이 말이야."

"응, 봤어. 유달리 눈이 가더라. 나처럼 자기가 외롭고 혼자라고 느끼는 아이는 거기서 그 애뿐인 것 같았거든. 나한테는 너라도 있지만, 그 애는 정말 아무도 없더라고."

"내가 보기에도 그 애는 철저히 혼자라고 생각하는 것 같더라. 몇 번인가 우리한테 오려고 하는 것 같았는데, 결국 오지 않았어. 수줍음을 많이 타나 봐. 오기를 바랐는데. 코끼리처럼 보일까 봐 걱정만 덜 했어도 내가 먼저 다가갔을 거야. 하지만 남학생들이 전부 계단 위에 올라가 고래고래 소리를 지르는데 그 앞으로 그렇게 넓은 로비를 쿵쿵대며 지나갈 용기가 없더라고. 오늘 본 신입 여학생들 중에서 제일 예쁘던데, 하지만 레드먼드에서 첫날엔 고운 것도 거짓되고 아름다운 것도 헛된 일이겠지."*

프리실라가 웃음을 터뜨리며 말을 맺었다.

"점심 먹고 구 세인트존 묘지에 가 볼래. 묘지가 기운을 차리기

---

* '고운 것도 거짓되고 아름다운 것도 헛되나 오직 여호와를 경외하는 여자는 칭찬을 받을 것이라'(구약성서 잠언 30장 31절)에서 인용하였다.

에 얼마나 좋은 장소인지는 모르겠지만, 나무가 있는 곳에 쉽게 가려면 거기밖에 없는 것 같아. 난 나무가 꼭 있어야 하거든. 그곳의 오래된 비석 앞에 앉아서 눈을 감고, 내가 에이번리 숲속에 있다고 상상할 거야."

하지만 앤은 그럴 수가 없었다. 구 세인트존 묘지에는 눈길이 가는 것들이 너무 많아서 도저히 눈을 감을 수가 없었다. 두 사람은 정문으로 들어가, 단순한 모양의 거대한 석조 아치를 지났다. 아치 위에는 영국 왕실을 상징하는 커다란 사자상이 장식되어 있었다.

> "잉케르만에서는 야생의 검은 딸기 덤불조차 붉게 물들었으니,
> 이 황량한 언덕은 그 뒤로 전설처럼 회자되리라."

앤은 시를 읊조렸다. 묘지를 바라보니 전율이 밀려왔다. 눈앞에 어둑하고 서늘한 푸른 잔디가 펼쳐졌고, 바람이 이따금씩 부드럽게 살랑거렸다. 두 사람은 길게 이어진 풀길을 오르내리며, 지금보다는 좀 더 느긋한 시대에 새긴, 옛 멋이 깃든 길고 상세한 비문들을 읽기 시작했다. 앤이 닳은 잿빛 묘비의 비문을 읽었다.

"'여기 앨버트 크로퍼드 씨의 주검이 누워 있다. 오랜 세월 킹스포트에서 폐하의 병기고를 지켰다. 1763년 평화가 찾아올 때까지 군인으로 복역하였고, 건강이 악화되어 퇴역했다. 용감한 군관이자 최고의 남편이었으며 최고의 아버지, 최고의 친구였다. 1792년

10월 29일, 84세의 나이로 눈을 감았다.' 이건 널 위한 비문이야, 프리실라. 확실히 글에 '상상의 여지'가 있어. 이 사람의 삶에는 얼마나 모험이 가득했을까! 이 사람의 품성도, 사람이 할 수 있는 추모로서 이보다 더 좋을 수는 없어. 이 사람이 살아 있는 동안에도 이런 좋은 말들을 들었을까?"

"여기에도 비문이 있어. 들어 봐, 앤……, '알렉산더 로스를 추모하며. 1840년 9월 22일, 43세의 나이로 세상을 떠났다. 27년 동안 충실히 일해 준 고인에게, 친구로서 끝없는 믿음과 애정을 담아 그 마음의 표시로서 이 비석을 세운다.'"

앤이 생각에 잠겨들며 말했다.

"참 멋진 비문이야. 더 이상 좋은 추모를 바랄 수 있을까. 우리는 모두 어떤 식으로든 일하는 사람들이잖아. 우리가 충실하다는 사실이 있는 그대로 비석에 새겨진다면 다른 말은 더 보탤 필요가 없을 거야. 여기에는 작고 슬픈 회색 비석이 있어, 프리시……. '사랑하는 아이를 추모하며.' 여기도 있어. '다른 땅에 묻힌 이들을 기억하기 위해 이 비석을 세우다.' 다른 땅이 어딜까? 정말이지 요즘 묘지는 이렇게 흥미롭지 않아. 네 말이 맞아. 앞으로 여기에 자주 와야겠어. 벌써 이곳이 마음에 들어. 그런데 우리 말고 여기에 온 사람이 또 있네. 이 길 끝에 있는 여자애 말이야."

"그래, 오늘 아침에 레드먼드에서 본 그 애 같아. 내가 벌써 5분 전부터 보고 있었거든. 그런데 정확히 여섯 번이나 이쪽으로 올라오다가 여섯 번 다 되돌아가더라. 엄청나게 수줍음을 타거나, 아니면 뭔가 마음에 걸리는 걸 거야. 우리가 가서 먼저 말을 걸자. 쉽게 친해지기엔 묘지가 레드먼드보다 나을 것 같아."

　두 사람은 풀과 나무로 우거진 긴 길을 따라 이름도 모르는 여학생에게 다가갔다. 여학생은 커다란 버드나무 아래 잿빛 판돌에 앉아 있었다. 얼굴이 확실히 무척 예뻤다. 강렬하고 독특하면서 사람을 미혹할 것만 같은 아름다움이었다. 갈색 밤처럼 윤기가 흐르는 머리는 비단이 물결치듯 했고, 동그랗고 보드라운 뺨은 무르익은 과일처럼 발그스름했다. 커다란 갈색 눈은 벨벳처럼 부드러웠는데, 눈썹은 묘하게 뾰족한 느낌의 진한 갈색이었다. 입꼬리가 휜 입술은 장미 꽃잎처럼 붉었다. 말쑥한 갈색 정장 아래로 세련된 작은 구두가 살짝 엿보였다. 금갈색 양귀비꽃을 화관처럼 두른 묵직한 분홍색 밀짚모자는 말로 설명하긴 어렵지만 틀림없이 모자 장인이 만든 '작품' 같은 느낌이 들었다. 프리실라는 불현듯 자기 모자가 마을 가게에서 손본 것이라는 생각이 머리를 스쳤고, 앤도 자신이 직접 만들고 린드 아주머니가 수선해 준 블라우스가 이 낯선 여학생의 깔끔한 차림에 비해 너무 촌스럽고 볼품없어 보이는 게 아닐까 하는 생각에 마음이 불편해졌다. 순간 두 사람은 다시 돌아가고 싶은 생각이 들었다.

　하지만 둘은 이미 비문 읽기를 멈추고 회색 판돌 쪽을 향하고 있었다. 걸음을 돌리기엔 너무 늦었다. 갈색 눈의 여학생이 두 사람을 보고 자기에게 말을 걸러 온다고 확신하는 듯 보였기 때문이다. 그 순간 여학생이 벌떡 일어나 한 손을 내밀고 앞으로 걸어왔다. 경쾌하고 친근한 미소에서 수줍음이나 마음의 짐 같은 그림자는 찾아볼 수 없었다.

"아, 너희 둘이 누군지 알고 싶어."

여학생이 열렬하게 소리쳤다.

"너무너무 궁금했어. 오늘 아침에 레드먼드에서 너희를 봤거든. 그런데 거기 끔찍하지 않았니? 그때는 그냥 집에 있다가 결혼이나 할걸 하는 생각까지 들었다니까."

앤과 프리실라는 이 예상치 못한 결론에 웃음이 툭 터졌다. 갈색 눈의 여학생도 웃었다.

"정말이야. 진짜 그럴 수도 있었다니까. 자, 다 같이 이 묘비 위에 앉아서 서로 이야기를 나눠 보자. 어렵지 않을 거야. 우린 서로를 아주 좋아하게 될 거란 느낌이 와. 아침에 레드먼드에서 너희를 보자마자 알았어. 곧장 너희한테 달려가서 두 사람을 끌어안고 싶을 정도였어."

"왜 그렇게 하지 않았어?" 프리실라가 물었다.

"그냥 마음먹기가 힘들어서. 나는 어떤 일이든 혼자서는 결정을 못 해. 늘 우유부단해서 고민이야. 뭔가를 결심하고 나면 곧바로 다른 방법이 더 낫지 않을까 하는 생각이 밀려들어. 지독히 불행한 일이지만 그렇게 타고난걸. 나를 나무라봤자 소용없어. 그런 사람들도 있지만. 그래서 망설이다가 너희에게 달려가 말을 걸지 못한 거야. 마음만 굴뚝같았지."

"우리는 네가 수줍음을 많이 타는 성격인 줄 알았어." 앤이 말했다.

"아니야, 그렇지 않아. 수줍음이란 건 필리파 고든의 수많은 결점이나 장점에 속해 있지 않아. 다들 그냥 필이라고들 하니까, 너희도 지금부터 나를 필이라고 불러 줘. 그럼, 너희 이름은 뭐야?"

앤이 프리실라를 가리켰다. "얘는 프리실라 그랜트야."

다음으로 프리실라가 앤을 가리켰다. "얘는 앤 셜리."

그리고 두 사람이 입을 모아 말했다.

"우리는 프린스에드워드 섬에서 왔어."

"나는 노바스코샤의 볼링브로크에서 왔어."

앤이 소리쳤다.

"볼링브로크라고! 세상에, 거긴 내가 태어난 곳이야."

"정말? 그럼 너도 어쨌든 파란 코*구나."

앤이 반박했다.

"아니야, 그렇지 않아. 댄 오코넬이었던가? 사람은 마구간에서 태어나도 말이 되지 않는다고 했잖아. 나는 뼛속까지 프린스에드워드 섬 사람이야."

"그래, 어쨌든 볼링브로크에서 태어났다니 반가워. 이웃 같은 거 아니야? 그것도 좋아. 내가 너한테 비밀을 이야기해도 그건 모르는 낯선 사람한테 비밀 이야기를 하는 거랑은 다르니까. 나는 비밀이 있으면 말해야 되거든. 비밀을 잘 갖고 있질 못해. 노력해도

---

* 노바스코샤 사람들을 일컫는 말이다.

잘 안 되더라. 그게 내 가장 큰 결점이야. 그거랑 우유부단한 거. 믿어지니? 여기 오려고 어떤 모자를 쓸지 고르는 데 30분이 걸렸어. 여기에, 이 묘지에 말이야! 처음에는 깃털이 달린 갈색 모자에 마음이 기울었다가, 모자를 쓰자마자 챙이 늘어지는 이 분홍색 모자가 더 어울리겠다는 생각이 드는 거야. 분홍색 모자를 쓰고 핀으로 고정하고 나니 갈색 모자가 더 나아 보였고. 결국에는 모자 두 개를 침대 위에 나란히 놓고 눈을 꼭 감은 채 핀으로 찔렀어. 핀에 찔린 게 이 분홍색 모자였고, 그래서 이걸 쓴 거야. 어울리지 않니? 내 모습이 어떤지 말해 줄래?"

더없이 진지한 말투로 묻는 천진난만한 질문에 프리실라는 다시 웃음을 터뜨렸다. 하지만 앤은 자신도 모르게 필리파의 손을 꽉 움켜잡았다.

"우리는 오늘 아침에 너를 보고 레드먼드에서 제일 예쁜 여학생이라고 생각했어."

필리파가 휘어 올라가는 입으로 홀릴 듯한 미소를 짓자 작고 새하얀 이가 드러났다. 그러더니 필리파가 또다시 깜짝 놀랄 대답을 내놓았다.

"나도 그렇게 생각했어. 하지만 누군가 나에게 확신을 주었으면 했지. 나는 내 외모가 어떤지조차 확신이 안 서. 이 정도면 예쁘다고 생각하면 곧바로 비참할 만큼 그렇지 않다는 기분이 들기 시작하거든. 게다가 우리 고모할머니가 무서우신데, 나만 보면 늘 한숨을 푹 내쉬며 말씀하셔. 아기 때는 꽤 귀여웠다고, 아이들이 크면 너무 변해서 이상하다고 말이야. 고모는 정말 좋은데, 고모할머니는 너무 싫어. 부탁인데, 나한테 예쁘다고 자주 말해 줄래? 내가 예쁘다는 걸 믿을 수 있으면 마음이 훨씬 편해지거든. 너희한테도 똑같이 해줄게. 너희가 원하면. 난 할 수 있어. 양심에 한 점 부끄럼 없이."

앤이 웃었다.

"고마워. 하지만 프리실라하고 나는 얼굴에 굉장히 자신이 있어서 굳이 확인할 필요가 없어. 그러니 신경 쓰지 않아도 돼."

"아, 나를 비웃는구나. 너는 내가 질릴 만큼 허영심이 가득하다고 생각해. 그런 게 아니야. 내겐 정말 허영심 같은 건 티끌만큼도 없어. 또 다른 여자애들한테도 칭찬할 게 있으면 언제나 아낌없이 칭찬하는 편이고. 너희를 알게 돼서 정말 기뻐. 여기엔 지난 토요일에 왔는데, 그 뒤로 향수병 때문에 거의 죽을 지경이었어. 그 기분은 정말 끔찍하지 않니? 볼링브로크에서는 나도 중요한 위치가 있고 꽤 유명한 사람인데, 킹스포트에 오니 한낱 보잘것없는 존재인 거야! 한 번씩 영혼이 부서질 듯 우울해지는 순간도 오더라. 너희는 어디에 묵니?"

"세인트존 가 38번지야."

"와, 점점 더 멋지다. 내 하숙집은 월리스 가 모퉁이를 돌면 바로야. 하지만 마음에 들지 않아. 으스스하고 외로운데다, 지저분한 뒷마당까지 내다보이거든. 이 세상에 그렇게 흉한 곳은 또 없을 거야. 고양이는 또…… 킹스포트에 있는 모든 고양이들은 물론 아니겠지만, 틀림없이 절반 이상이 밤마다 그곳에 집합하는 게 확실해. 양탄자 위에서 따뜻한 벽난로 온기를 쬐며 졸고 있는 고양이라면 정말 사랑스럽지. 하지만 한밤중 뒷마당에 출몰하는 고양이는 종자가 다르다니까. 여기 와서 첫날밤에 난 밤새 울었어. 고양이들도 밤새 울더라. 다음날 아침에 내 코가 어땠는지 봤어야 했는데. 집을 떠나온 게 얼마나 후회스럽던지!"

프리실라가 재미있어 하며 물었다.

"레드먼드에 오겠다는 결심은 어떻게 한 거야? 네가 정말로 그렇게 결단력 없는 사람이라면 말이야."

"내가 정한 게 아니야. 내가 여기 오는 건 아버지가 원하신 일이야. 아버지가 그렇게 마음을 정하셨는데…… 왜 그러시는지 나도 모르겠어. 내가 학사 학위를 받으려고 공부를 한다니 정말 터무니없지 않니? 내가 못 해낼 거란 말은 아니야. 머리는 진짜 좋거든."

"아아!"

프리실라가 들릴 듯 말 듯 말했다.

"정말이야. 하지만 머리가 좋아도 그걸 쓰는 건 아주 어려운 일이야. 게다가 학사라니, 그건 학식 있고 품위 넘치고 현명하고 근엄해야 하는 거잖아. 틀림없이 그럴 거야. 나는 레드먼드에 오고 싶지 않았어. 여기 온 건 단지 아버지 말씀을 거스르고 싶지 않아서야. 아버지는 그만큼 좋은 분이셔. 게다가 집에 있으면 결혼을 해야 해. 어머니가 바라서. 아주 확고하시지. 어머니는 결단력이 굉장하시거든. 그렇지만 난 앞으로 몇 년 동안은 정말 결혼하고 싶지 않아. 그렇게 매이기 전에 마음껏 놀고 싶어. 그리고 내가 학사가 된다는 생각도 우습지만, 결혼해서 나이 든 아줌마가 된다니 더 우습잖아. 그렇지 않니? 난 이제 열여덟 살이야. 그래서 차라리 레드먼드에 오는 게 결혼하는 것보다 낫겠다 생각했지. 거기다가 어떤 남자와 결혼할지 내가 어떻게 결정할 수 있겠어?"

앤이 웃었다.

"상대가 그렇게 많았어?"

"무더기로 있었지. 남자애들이 나를 끔찍하게 좋아해. 진짜야. 그런데 내가 진지하게 생각해 본 상대는 둘뿐이야. 나머지는 전부 너무 어리거나 너무 가난했거든. 난 꼭 부자랑 결혼해야 하니까."

"왜 그래야 하는데?"

"내가 가난한 남자의 아내가 된다는 게 상상이 가니? 난 쓸모 있는 일이라고는 하나도 할 줄 모르고 돈도 헤프게 막 쓰거든. 정말, 내 남편은 돈이 산더미처럼 많아야 돼. 그래서 상대가 두 사람으로 좁혀진 거야. 그런데 둘 중에 한 사람을 고르는 데도 200명 중에 한 명을 고르는 것만큼 어려워서 결정을 못 하겠는 거야. 누구와 결혼하든 평생 내 선택을 후회하며 살 게 뻔하잖아."

"두 사람 다…… 사랑은…… 하지 않았던 거니?"

앤이 약간 망설이면서 물었다. 앤으로서는 아직 모르는 사람에게 삶에 커다란 변화를 가져다주며 커다란 수수께끼를 던져 주는 주제에 대해 말을 꺼내기가 쉽지 않았다.

"설마, 아니야. 나는 어느 누구도 사랑할 수 없어. 그런 건 나하고 안 맞아. 나도 사랑 같은 건 하고 싶지 않고. 사랑에 빠지면 노예가 되는 것과 전혀 다를 게 없잖아. 그럼 남자는 그만한 힘을 갖게 돼서 여자한테 상처를 줄 거고. 무서워. 물론 알렉과 알론조 둘 다 좋은 사람이긴 해. 나도 두 사람 다 무척 좋아하고, 사실 누가 더 좋은 건지도 모를 정도야. 그게 문제지. 알렉은 최고로 잘생겼어. 물론 난 잘생기지 않은 사람과는 결혼할 수 없어. 성격도 좋고, 사랑스러운 검은 곱슬머리에, 정말 너무 완벽해. 그런데 난 완벽한 남편이 좋진 않아. 결점 하나 찾아볼 수 없는 사람은 말이야."

"그럼 알론조랑은 왜 결혼하지 않았어?"

프리실라가 진지하게 묻자 필리파가 우울한 목소리로 대답했다.

"남편 이름이 알론조라고 생각해 봐! 난 못 참을 것 같아. 그래도 알론조는 코가 완벽해. 가족 중에 그런 코가 있어서 자손에게 물려줄 수 있으면 든든할 거야. 내 코는 마음을 놓을 수가 없거든. 아직까지는 고든 가문의 코 모양을 닮았지만 더 나이를 먹으면 바이언 가문의 코 모양을 따라갈까 걱정이야. 불안해서 매일 코를 살펴보면서 아직 고든 가문의 코라는 걸 확인해. 어머니가 바이언 가문 분이신데, 코 모양이 제일 전형적인 바이언 가문 코거든. 나중에 봐. 난 멋진 코가 정말 좋아. 네 코는 정말 근사해, 앤 셜리. 코 때문에 마음이 알론조한테 기울 뻔하기도 했지. 하지만 알론조라니! 안 돼, 결정을 못 하겠어. 모자처럼 고를 수만 있었다면, 두 사람을 나란히 세워놓고 눈을 감은 채 모자 핀으로 찔러서 결정할 수 있다면, 정말 쉬웠을 텐데."

"알렉하고 알론조는 네가 레드먼드에 온다니까 뭐라고 했어?"

프리실라가 물었다.

"두 사람 다 아직 희망을 버리지 않고 있어. 내가 마음의 결정을 내릴 때까지 기다려야 한다고 말했거든. 기꺼이 기다린대. 둘 다 나를 숭배하니까. 그동안 난 즐기면서 재미있게 지낼 작정이야. 레드먼드에서도 남자친구가 무더기로 생기겠지. 나는 남자친구가 없으면 즐겁지가 않아. 그런데 이번 신입생 남학생들은 너무 못생긴 것 같지 않니? 딱 한 명 정말 잘생긴 사람을 보긴 했어. 너희가 오기 전에 가 버렸는데, 같이 있던 친구가 길버트라고 부르는 걸 들었어. 그 친구는 눈이 너무 튀어나왔더라. 아니, 벌써 가려고? 더 있다가 가."

"이제 가 봐야 해. 시간도 늦었고, 할 일도 조금 있거든."

앤이 약간 차가운 목소리로 말했다. 필리파가 일어나 두 사람 사이에서 어깨동무했다.

"두 사람 다 날 보러 와 줄 거지? 그리고 나도 너희를 만나러 가도 되지? 너희랑 친구가 되고 싶어. 난 너희가 참 좋아. 내가 경박해서 넌더리가 난 건 아니지?"

"그렇진 않아."

앤이 웃으며 자신들을 꽉 껴안는 필리파에게 다정하게 대답했다.

"난 보기에는 이래도 절대 멍청하지 않거든. 필리파 고든을, 하느님이 만드신 대로, 결점까지 포함해서 있는 그대로 받아들여 줘. 그러면 나를 좋아하게 될 거야. 이 묘지는 정말 아름답지 않니? 나도 여기에 묻히고 싶어. 이건 전에 못 봤는데. 철 울타리로 두른 저 무덤 말이야. 어머, 얘들아, 이거 봐. 묘비에 해군 사관생도의 묘라고 적혀 있어. 섀넌호와 체서피크호 전투에서 전사했대. 세상에!"

앤은 난간 옆에 멈춰 서서 닳아 버린 비석을 바라보았다. 심장이 거세게 고동치며 갑작스런 설렘이 밀려왔다. 오래된 묘지가, 지붕처럼 하늘을 덮은 나무와 그늘진 긴 풀길들과 함께 앤의 시야에서 희미하게 멀어졌다. 그리고 그 자리에 거의 한 세기 전 모습을 한 킹스포트 항구가 그려졌다. 옅은 안개 사이로 서서히 거대한 군함 한 척이 '영국의 유성기'를 멋지게 펄럭이며 나타났다.* 그 뒤로 또 다른 군함 한 대가 뒤따랐다. 선미 갑판에는 말없는 영웅이 그 조국의 국기인 성조기에 싸여 누워 있었으니, 용맹한 해군 사관 로렌스였다.** 시간의 손가락이 책장을 거꾸로 넘기자, 섀넌호가 포획한 체서피크호를 이끌고 의기양양하게 만으로 들어오는 모습이 보였다.

"돌아와, 앤 셜리. 돌아오라니까. 너 지금 백 년 전 세상으로 가 있구나. 어서 돌아와."

---

* 스코틀랜드 출신의 시인 토머스 캠벨이 쓴 〈영국의 수병(The Mariners of England)〉이라는 시에서 인용하였다.
** 1813년 6월 1일에 미해군 전함 체서피크호와 영국 군함 섀넌호의 전투에서 영국 해군이 승리해서, 체서피크호는 포획되고 제임스 로렌스 함장은 전사했다.

필리파가 소리 내어 웃으며 앤의 팔을 잡아당겼다. 앤이 현실로 돌아오며 한숨을 쉬었다. 눈이 부드럽게 반짝였다.

"나는 예전부터 저런 옛날이야기를 좋아했어. 영국이 승리하긴 했지만, 패배했지만 용감했던 사령관 때문에 이 이야기가 좋은 것 같아. 이 무덤을 보니 그 이야기가 눈앞의 현실처럼 느껴져. 이 가엾은 사관생도는 겨우 열여덟 살이었어. '용맹하게 싸우다가 치명적인 부상을 입어 전사하다.' 군인이라면 누구나 바라는 비문이 아닐까."

앤은 자신이 달고 있던 자줏빛 팬지꽃 다발을 떼어 위대한 해전 중에 목숨을 잃은 소년의 무덤 앞에 가만히 내려놓았다.

필리파와 헤어진 뒤 프리실라가 물었다.

"새로 사귄 친구는 어떤 것 같아?"

"나는 좋아. 그렇게 말도 안 되는 소리만 늘어놓는데도 어딘가 아주 사랑스러워. 그 애 말처럼, 하는 말들은 그래도 절대 멍청하게 들리진 않아. 뽀뽀해 주고 싶은 귀여운 아기 같달까. 그 애는 영영 어른이 되지 않을 것 같아."

프리실라가 단호하게 말했다.

"나도 마음에 들어. 그 애도 남자애들 얘기를 루비 길리스 못지않게 하잖아. 그런데 루비 말은 듣고 있으면 화가 나거나 속이 뒤집혔는데, 필리파 말에는 그냥 순순히 웃음이 나더라. 왜 그럴까?"

앤은 생각에 깊이 잠긴 얼굴로 대답했다.

"두 사람이 다르니까. 루비는 정말로 남자애들한테 너무 관심이 많아서 그런 것 같아. 사랑이든 연애든 장난처럼 하니까. 게다가 느낌이지만, 루비가 만나는 남자들을 자랑할 땐 듣는 상대가 자기를 못 따라온다는 걸 일부러 들먹이고 꼬집어 말하는 것 같거든. 그런데 필리파는 그저 친구 얘기를 하는 것처럼 들리잖아. 그 애는 정말로 남자애들을 좋은 친구로 여기는 거야. 남자들이 무더기로 많아서 즐겁다고 하는 것도, 그저 인기 있는 게 좋고 또 그렇게 여겨지는 게 즐거운 것 같아. 알렉과 알론조, 앞으로 이 두 이름은 절대 따로 떼어서 생각할 수 없겠는데, 어쨌든 그 두 사람조차 필리파에겐 단지 자기랑 평생 놀고 싶어 하는 놀이친구 같은 존재일 거야. 그 애를 만나서 기뻐. 구 세인트존 묘지에 오길 잘했어. 오늘 오후 나는 킹스포트 땅에 아주 작은 마음의 뿌리를 하나 내린 기분이야. 그랬기를 바라고. 옮겨 심겨진 것 같은 기분은 싫으니까."

5장

고향에서 온 편지

 그로부터 3주 동안은 앤도 프리실라도 이국땅에 와 있는 나그네*가 된 기분이었다. 그러다가 갑자기 모든 것이 시야에 또렷이 들어오는 듯했다. 레드먼드, 고수, 수업, 학생들, 공부, 친목 활동…… 조각조각 깨진 파편들로 존재했던 생활이 다시 통일성을 찾고 조화를 이루었다. 신입생들은 서로 관계없는 개인들의 집합이 아니라 모두가 한 동기라는 걸 깨닫고, 동기 정신, 동기의 외침, 동기의 관심, 동기의 저항과 동기의 포부까지 함께 나누는 사이임을 배워 나갔다. 매년 열리는 '예능 대회'에서 2학년과 경쟁하여 이기자, 그 뒤로 전 학년이 1학년을 존중했고 1학년 스스로도 커다란 자신감을 얻었다. 지난 3년 동안은 2학년이 줄곧 우승했는데, 올해의 승리가 1학년에게 돌아온 건 전략을 이끈 길버트 블라

---

* '아들을 낳으며 모세가 그의 이름을 게르솜이라 하여 이르되 내가 타국에서 나그네가 되었음이라 하였더라'(구약성서 출애굽기 2장 22절)에서 인용하였다.

이드 덕분으로 여겨졌다. 길버트가 작전을 통제하며 새로운 전술들을 고안한 덕에 2학년은 사기가 꺾였고 1학년은 승리를 휩쓸었다. 그 탁월한 통솔력을 보상받듯, 길버트는 1학년 대표에 선출되었다. 신입생에게는 어쨌든 영광스럽고 책임이 막중한 지위이며 탐내는 이들 또한 많은 자리였다. 길버트는 또 레드먼드 우수 학생 모임인 레드먼드 람바세타, 즉 '램스(양 떼)'에 가입하라는 권유를 받았다. 1학년으로서는 얻기 힘든 명예였다. 모임에 가입하려면 고역스러운 신고식도 있어서, 길버트는 여자들이 햇볕을 가릴 때 쓰는 보닛 모자에 면직물로 만든 화려한 꽃무늬 앞치마를 입고 킹스포트 최대 번화가를 하루 종일 돌아다녀야 했다. 길버트는 이 임무를 유쾌하게 완수했고, 얼굴을 아는 여자라도 만나면 모자를 벗고 공손하고 품위 있게 인사까지 했다. 램스 가입을 권유받지 못한 찰리 슬론은 앤에게 '길버트가 어떻게 그런 짓을 할 수 있는지 모르겠다, 난 절대로 저런 망신스러운 짓은 못한다'고 말했다.

프리실라가 킥킥 웃었다.

"찰리 슬론이 '저 앞치마'를 두르고 '아가 모자'를 썼다고 상상해 봐. 아마 슬론네 노할머니랑 똑같아 보일걸. 길버트는 이제 저런 복장을 해도 평소처럼 남자다워 보이는데 말이야."

앤과 프리실라는 어느새 레드먼드에서 사교 생활의 중심에 서 있었다. 이런 상황이 이처럼 빠르게 만들어진 건 필리파 고든 덕분이었다. 필리파는 유명한 부자 아버지를 두었고, 노바스코샤에서 오랜 역사를 지닌 순수 '파란 코' 집안의 혈통이었다. 여기에다 만나는 사람마다 모두 인정하는 미모와 매력까지 보태져 레드먼드의 모든 파벌이며 동아리며 학년이 필리파에게 문을 활짝 열었다. 그리고 필리파가 가는 곳은 어디든 앤과 프리실라가 함께였다. 필리파는 앤과 프리실라를 아주 좋아했고, 특히 앤을 동경했다. 필리파는 충실한 성격에, 어느 모로 보아도 거만한 구석이라고는 전혀 없는 투명한 친구였다. "나를 사랑하고, 내 친구들을 사랑하라"라는 좌우명이 필리파의 무의식에 새겨져 있는 듯했다. 별 노력 없이도 필리파는 두 친구를 데리고 친분의 장을 점점 더 넓혀갔다. 덕분에 에이번리 출신의 두 소녀에게 레드먼드의 사교 진입로는 무척 순조롭고 즐거웠다. 다른 신입 여학생들도 이들을 선망과 경탄의 시선으로 바라보았다. 필리파라는 후광을 입지 못한 다른 여학생들은 첫 1년 동안 대학 생활의 주변부를 맴돌 수밖에 없는 운명이었다.

인생을 좀 더 진지하게 바라보는 앤과 프리실라에게 필리파는 재미있고 사랑스러운 아기 같던 첫인상 그대로 남아 있었다. 그래도 필리파는 제 말처럼 머리가 좋았다. 언제 어디에서 시간을 내서 공부하는지 도저히 알 길이 없었다. 옆에서 보기에 필리파는 언제나 '재미'를 찾아다녔고, 저녁에 집에 있어도 찾아오는 손님들로 복작거렸기 때문이다. 원하는 만큼 '남자친구'도 만들었다. 신입 남학생 중에서는 10분의 9가, 다른 학년 남학생들도 상당수가 필리파의 미소를 얻기 위해 경쟁하는 상황이었기 때문이다. 필리파는 이런 상황을 천진난만하게 기뻐하며, 새로 넘어온 상대들을 하나하나 신이 나서 앤과 프리실라에게 말했는데, 그때마다 따라붙는 말들 때문에 가엾은 연인들은 귀가 간지러웠을 것이다.

"알렉과 알론조한테 견줄 상대는 아직 없었나 봐."

앤이 놀리듯이 말하자, 필리파가 맞장구쳤다.

"한 사람도 없어. 그 둘한테 매주 편지를 쓰면서 내가 이곳에서 만난 남자들 이야기를 해주거든. 두 사람도 틀림없이 재미있을 거야. 물론 가장 마음에 드는 한 사람은 아직 갖지 못했지. 길버트 블라이드는 나한테 아무 신경도 쓰지 않아. 귀여운 고양이를 쓰다듬고 싶다는 듯한 눈길이 다라고. 그 애가 왜 그러는지는 너무 잘 알지. 난 네가 원망스러워, 앤 여왕님. 사실 네가 미워야 하는 건데 난 네가 미칠 듯이 좋아. 하루라도 보지 못하면 우울해져. 넌 내가 지금껏 알던 여자애들과 달라. 네가 나를 쳐다보면 어떤 땐 내가 하찮고 경박한 야수가 된 듯한 기분이 들어. 그래서 좀 더 현명하고 강해졌으면 하고 바라지. 그렇게 굳게 결심해도, 잘생긴 남자애가 내 앞에 나타나기만 하면 머릿속에서 그런 생각들이 순식간에 날아가 버리고 말아. 대학 생활이란 거 멋지지 않니? 여기 온 첫날에 그렇게 싫었던 걸 생각하면 정말 우스워. 하지만 그렇지 않았다면 너하고 진짜로 친해지지 못했을지도 몰라. 앤, 부탁인데 내가 조금은 좋다고 다시 말해 줄래? 정말 너무 듣고 싶어."

앤이 웃었다.

"나는 네가 많이 좋아. 네가 귀엽고 예쁘고 사랑스럽고 부드럽고 발톱도 없는 작은…… 새끼 고양이 같아. 그런데 도대체 어떻게 시간이 나서 공부를 하고 있는 건지 모르겠어."

　필리파가 공부를 했다는 건 분명했다. 그해 모든 과목에서 좋은 성적을 거두었던 것이다. 수학을 가르치는 성격 고약한 노교수조차, 남녀공학을 싫어해서 레드먼드에 여학생들이 입학하는 것을 강하게 반대했지만 필리파를 낙제시키지 못했다. 필리파는 어느 과목에서나 두각을 나타냈지만, 영문학만큼은 앤 셜리에게 크게 뒤처졌다. 앤도 1학년 과정은 공부하기가 무척 수월했다. 지난 2년 동안 에이번리에서 길버트와 함께 꾸준히 공부한 덕분이었다. 덕분에 사교 생활을 할 여유가 좀 더 생겼고 앤은 진심으로 그 시간들을 즐겼다. 그러나 앤은 한순간도 에이번리와 그곳의 친구들을 잊은 적이 없었다. 앤에게 가장 행복한 순간은 매주 고향에서 오는 편지들을 받을 때였다. 첫 번째 편지를 받고 나서야 앤은 비로소 킹스포트를 좋아할 수 있을 것 같았고, 마음도 편안해지기 시작했다. 편지를 받기 전까지는 에이번리에서 수천 킬로미터나 멀리 동떨어져 있는 기분이었는데, 편지와 함께 에이번리가 성큼 가까워졌고, 과거의 생활과 현재의 생활이 밀접하게 연결되어 하나가 된 것 같았다.

　처음 온 여섯 통의 편지는 제인 앤드루스, 루비 길리스, 다이애나 배리, 마릴라, 린드 부인, 데이비가 보낸 것이었다. 제인이 쓴 편지는 동판으로 찍어낸 것처럼 't'자가 정확하게 그어지고 'i'자에도 빠짐없이 점이 찍혀 있는데, 흥미로운 내용은 단 한 줄도 없었다. 앤이 무척 알고 싶었던 학교 얘기는 언급도 없고, 앤이 편지로 물었던 질문들에도 대답 한 마디 없었다. 대신 자기가 최근에 코바늘로 레이스를 얼마만큼 떴다느니, 에이번리 날씨가 어땠느니, 새 드레스를 어떻게 만들 거라느니, 두통이 올 때 기분이 어떻다느니 하는 이야기만 잔뜩이었다. 루비 길리스는 절절한 감상에 젖은 글로 앤이 없어 한탄스러운 마음을 적고, 온 마을이 앤을 몹시 그리워한다고 전했다. 레드먼드의 '남자친구들'은 어떠냐는 질문도 잊지 않았고, 자신을 숭배하는 수많은 남자들을 상대하느라 끔찍했다는 경험담을 늘어놓으며 나머지 내용을 채웠다. 바보같은 내용이긴 해도 기분 상할 것 없는 편지라서 앤도 웃어넘기려 했지만 루비 길리스는 마지막 추신에 이런 내용을 적었다.

"길버트는 레드먼드에서 즐겁게 지내는 것 같아. 편지를 보니 그렇더라. 찰리는 그다지 재미를 못 붙이는 것 같은데."

그러니까 길버트는 루비한테 편지를 보내는구나! 그럴 수 있지. 당연히, 못 쓸 이유가 없잖아. 그렇지만! 앤은 루비가 먼저 편지를 보냈고 길버트는 예의상 답장했을 뿐인 줄을 몰랐다. 앤은 루비의 편지를 옆으로 휙 던졌다. 하지만 다이애나가 산들바람처럼 경쾌한 글로 재미있는 소식을 가득 실어 보낸 기분 좋은 편지 덕에 루비의 추신이 남긴 쓰라림이 덜어졌다. 다이애나의 편지에는 프레드라는 이름이 조금 너무 자주 등장했지만, 그것만 빼면 흥미로운 내용들이 차고 넘쳤다. 그 편지를 읽는 동안은 에이번리로 돌아간 기분이었다. 마릴라의 편지는 다소 딱딱하고 재미없었으며, 마을과 관련된 얘깃거리나 어떤 감정이 내비치는 내용은 눈을 씻고 찾아봐도 없었다. 그런데도 어쩐지 초록 지붕 집에서의 소박하고 건강한 삶의 냄새가 맡아졌고, 앤을 기다리는 영원히 변함없을 사랑과 태고의 평화가 그곳에 있음이 느껴졌다. 린드 부인의 편지는 교회 소식으로 가득했다. 집안일에서 손을 뗀 린드 부인은 어느 때보다 시간 여유가 많아 교회 일에 전념할 수 있었기에 몸과 마음을 다 바쳐 일하고 있었다. 린드 부인은 현재 목사 자리가 빈 에이번리 교회에 자격 미달인 '목사 후보들'밖에 없다고 분개했다. 린드 부인은 신랄하게 편지를 써내려갔다.

요즘은 멍청이들 말고는 목사를 하려 드는 사람이 없는 모양이다. 우리 교회에 보내는 후보자들을 보아도 그렇고, 와서 설교라고 하는 말들을 들어 보아도 그렇고! 설교에서 절반은 사실도 아닌 내용이지만, 진짜 문제는 교의에 따른 가르침으로 들리지 않는다는 점이야. 지금 와 있는 후보자는 그 가운데서도 최악이지. 언제나 성경 말씀을 인용해 놓고 딴 이야기를 늘어놓거든. 게다가 이교도라도 모두 지옥에 떨어지는 건 아닐 거라고 하더구나. 말도 안 되지! 그렇다는 건 그동안 해외 선교에 쏟아 부은 돈들이 순전히 허사란 얘기가 아니겠니! 지난 일요일 밤에는 다음 일요일에 물에 뜨는 쇠도끼*에 대해 설교하겠다고 공표했단다. 내 생각에 설교는 성경의

---

* '나무를 벨 때에 도끼가 자루에서 빠져 물에 떨어진지라. 이에 외쳐 가로되 아, 아, 내 주여 이는 빌어온 것이니이다 (……) 엘리사가 나뭇가지를 베어 물에 던져서 도끼로 떠오르게 하고'(구약성서 열왕기하 6장 5-6절)에서 인용하였다.

말씀에 따라 해야지, 흥미 위주로 주제를 고르는 건 별로야. 목사가 성서에 담긴 말씀으로 설교할 주제를 찾지 못한다면 참으로 난처한 일이지. 네가 다니는 교회는 어떻니, 앤? 교회는 꼬박꼬박 나갔으면 한다. 집을 떠나면 교회에 소홀해지기 쉬운데, 대학생들은 이 점에 있어서 큰 죄를 짓고 있다고 생각한다. 대학생들은 대부분 일요일에도 공부를 한다지. 너는 그런 나락으로 떨어지지 않기를 바란다, 앤. 네가 어떻게 컸는지 명심하렴. 그리고 친구도 신중하게 가려 사귀어야 한다. 대학에 어떤 사람들이 있는지는 아무도 모를 일이니 말이다. 겉으로는 회칠한 무덤처럼 하얗게 보여도* 속은 먹이를 노리는 이리일지 누가 알겠니. 프린스에드워드 섬에서 같이 간 친구들 말고는 젊은 남자들과 말을 섞지 않는 게 좋을 게다.

  목사님이 이곳을 찾아왔을 때 일을 깜박 잊었구나. 세상에 그렇게 우스운 꼴은 처음 봤단다. 내가 마릴라에게 '앤이 있었다면 그 애도 웃지 않았을까요?'라고 말했을 정도였지. 마릴라까지 웃었으니 말이다. 목사님은 키가 아주 작고 뚱뚱한데다 안짱다리야. 그런데 해리슨 씨네 늙은 돼지가, 그 덩치 큰 돼지가 그날도 요 앞을 헤매고 다니다가 이 집 마당으로 난입해서는 우리도 모르는 사이에 뒷문으로 들어온 거야. 그때 마침 목사님이 그 문으로 들어오셨지. 돼지는 달아나려고 미친 듯이 뛰었지만, 빠져나갈 곳이라고는 목사

---

* '화 있을진저 외식하는 서기관과 바리새인들이여, 회칠한 무덤 같으니 겉으로는 아름답게 보이나 그 안에는 죽은 사람의 뼈와 더러운 것이 가득하도다'(신약성서 마태복음 23장 27절)에서 인용하였다.

님의 흰 다리 사이밖에 없지 않았겠니. 그래, 그리로 돌진했는데, 돼지가 워낙 크고 목사님은 원체 작다 보니 다리가 번쩍 들려서는 돼지가 그대로 등에 태우고 달아나 버린 거야. 마릴라와 내가 문 앞에 가 보니 모자는 저쪽으로 굴러가고 지팡이는 이쪽으로 굴러가고. 그때의 목사님 모습은 평생 잊히지 않을 거야. 불쌍한 돼지는 무서워 죽을 맛이었겠지. 성경에서 돼지 떼가 비탈을 내리달아 바다로 뛰어든 이야기*를 읽을 때마다 해리슨 씨네 돼지가 목사님을 태우고 언덕 아래로 달아나던 광경이 떠오르지 뭐니. 아마 그 돼지는 악마가 몸속이 아니라 등이 옮겨 붙었다고 생각했을 게다. 근처에 쌍둥이가 없었던 게 다행이었지. 목사님이 그렇게 채신없이 있는 모습을 아이들이 보는 게 바람직한 일은 아닐 테니 말이다. 시내를 건너기 직전에야 목사님이 뛰어내렸는지 그냥 떨어진 건지 돼지 등에서 내려왔지. 돼지는 그대로 시냇물을 건너 미친 듯이 숲속으로 뛰어 들어가 버렸고. 나는 마릴라하고 뛰어 내려가서 목사님을 일으키고 외투도 털어 드렸단다. 목사님은 다치지는 않았지만 무척 화가 나셨지. 그런 사단이 난 걸 마릴라와 내 탓으로 여기시는 것 같았어. 우리 집 돼지가 아니라고, 우리도 그 돼지 때문에 여름내내 골치가 아팠다고 말씀을 드렸는데도 말이야. 그런데 목사님은 도대체 뭣 때문에 뒷문으로 들어왔을까? 앨런 목사님은 한 번도 그

---

* '그들에게 가라 하시니 귀신들이 나와서 돼지에게로 들어가는지라 온 떼가 비탈로 내리달아 바다에 들어가서 물에서 몰사하거늘'(신약성서 마태복음 8장 32절)에서 인용하였다.

런 적이 없었는데. 한동안은 앨런 목사님 같은 분을 모시긴 힘들 것 같다. 그렇지만 나쁜 일이 있으면 좋은 일도 있기 마련이지. 그 일이 있고 나서 그 돼지는 코빼기도 보지 못했고 앞으로도 볼 일이 없을 것 같으니 말이다.

에이번리는 별다른 일 없이 조용하단다. 초록 지붕 집은 생각했던 것만큼 적적하지 않더구나. 올겨울에는 무명실로 누비이불을 하나 더 틀 생각이다. 사일러스 슬론 부인한테 멋진 사과나무 잎 무늬 본이 하나 새로 생겼거든.

심심하다 싶을 땐 조카가 보내 주는 보스턴 일간지에서 살인 사건 공판 기사를 읽는단다. 전에는 읽지 않았는데 꽤 재미있더구나. 미국은 무서운 나라인 모양이야. 그런 곳에는 절대 갈 생각 말아라, 앤. 요즘 여자애들은 세상천지를 왔다갔다 하던데 너무 끔찍한 일이야. 그런 이야기를 들을 때마다 욥기에서 땅을 두루 돌아 여기저기 다녔다는 사탄이 떠오른단다[*]. 여자들이 그렇게 돌아다니는 건 하느님이 의도하신 일이 아니란 말이다.

네가 떠난 뒤로 데이비는 꽤 착하게 지내고 있단다. 언젠가 나쁜 짓을 해서 마릴라가 벌로 하루 종일 도라의 앞치마를 입고 있게 했더니, 세상에, 도라의 앞치마를 죄다 조각조각 잘라 놓았지 않겠니. 그 일로 내가 볼기를 때렸더니 이번에는 내가 키우는 수탉을 쫓아다녀 결국 죽게 했지.

[*] '네가 어디서 왔느냐 사탄이 여호와께 대답하여 이르되 땅을 두루 돌아 여기저기 다녀왔나이다'(구약성서 욥기 1장 7절)에서 인용하였다.

맥퍼슨 씨네 가족이 내가 살던 집으로 이사를 왔단다. 맥퍼슨 부인은 살림 솜씨가 훌륭하지만 아주 까다로워. 내 나리꽃 때문에 정원이 지저분해 보인다면서 죄다 뽑아 버렸지 뭐냐. 우리가 결혼하던 해에 토머스가 심었던 건데 말이다. 남편은 괜찮은 사람 같던데 부인은 노처녀일 적 성미를 버리지 못한 것 아니겠니.

너무 열심히 공부하지 않아도 된다. 날이 선선해지거든 바로 겨울 내복을 챙겨 입도록 하고. 마릴라가 네 걱정을 이만저만 하는 게 아니라서, 나도 예전 같으면 걱정했겠지만 이제는 훨씬 더 분별력 있는 아이가 되었으니 걱정하지 않아도 된다고 말해 주었단다.

데이비의 편지는 대뜸 불만을 터뜨리며 시작됐다.

앤 누나, 제발 마릴라 아주머니한테 편지 쓸 때 내가 낚시 갈 때마다 다리 난간에 나 묶지 말라고 말해 줘. 그럴 때마다 남자애들이 놀려댄다고. 누나가 없는 이곳은 엄청 쓸쓸하지만 학교는 *대개* 재밌어. 제인 앤드루스 선생님은 누나보다 더 화를 잘 내. 어젯밤엔 내가 호박 등불로 린드 아줌마를 깜짝 놀라게 햇어. 아줌마는 나한테 화를 많이 내. 내가 마당에서 아줌마의 늙은 수탉을 쫓아다니다가 그 닭이 쓰러져 *주거버렸거든*. 닭을 *주길* 생각은 없었는데. 그 닭은 왜 *주근* 거야, 누나. 알고 싶어. 아줌마는 닭을 돼지우리에 던졌어. 블레어 아저씨한테 *파라도* 되는데. 블레어 아저씨가 요새 주근 닭 한 마리에 50센스씩 주거든. 린드 아줌마가 목사님한테 자기를 위해서 기도해 달라고 하는 걸 들었껴든. 아줌마는 얼마나 나쁜 짓을 한 걸까, 누나. 궁금해. 나한테 꼬리가 엄청 예쁜 연이 한 개 있어, 누나. 밀티 볼터가 어제 학교에서 굉장한 이야기를 했어. 진짜 있었던 일이야. 조 모지 아저씨랑 리언이 지난주 어느 밤 숲속에서 카드놀이를 헷대. 카드는 나무 그루터기에 내려놓았는데, 나무보다 더 큰 까만 사람이 나타나서 카드하고 나무 그루터기를 움켜쥐고 천둥 같튼 소리를 내면서 사라졌대. 틀림업시 둘 다 깜짝 놀랐겟지. 밀티가 그러는데 그 까만 사람이 바로 악마 해리래. 정말이야, 누나? 알고 싶어. 스펜서베일의 킴벌 아저씨는 많이 아파서 병완에 가야 한대. 잠깐만 마릴라 아주머니한테 이 맞춤법이 맛는지 물어보고 올게. 아주머니가 그러는데 킴벌 아저씨는 다른 데 갈 게 아니고 '정신병완'에 가야 한대. 뱃속에 뱀이 있다고 생각한다나 봐. 뱃속에 뱀이 있으면 어떤 느낌이야, 누나? 알고 싶어. 로렌스 벨 아주머니도 아프대. 린드 아줌마는 그게 다 자기 몸 생각을 너무 많이 해서 그런 거래.

앤은 편지들을 접으며 혼잣말로 중얼거렸다.
"린드 부인은 필리파를 어떻게 생각하실까?"

6장

〜

공원에서

"얘들아, 오늘 뭐 할 거니?"

어느 토요일 오후, 필리파가 앤의 방에 불쑥 들어오며 물었다.

"공원으로 산책 가려고. 집에서 블라우스를 완성해야 하는데, 이런 날 바느질이나 하고 있을 수는 없잖아. 공기 중에 무언가가 내 핏속으로 들어가서 내 정신을 들뜨게 만드는 것 같아. 손가락이 씰룩거려서 바느질이 삐뚤빼뚤해질 거야. 그래서, 다 같이 공원 소나무 아래로 가자! 그렇게 된 거지."

"'다 같이'에 너랑 프리실라 말고 누가 더 들어가?"

"응, 길버트와 찰리도 같이 가. 너도 같이 가면 정말 기쁠 거야."

필리파가 우울한 목소리로 말했다.

"하지만 내가 들러리 신세가 될 텐데. 그런 건 필리파 고든한테는 새로운 경험이 될 거야."

"음, 새로운 경험이란 많을수록 좋잖아. 같이 가자. 그러면 매번 들러리 역할만 해야 했던 가여운 사람들의 기분도 알 수 있을 거야. 그런데 네 제물들은 다 어디 있어?"

"아아, 전부 다 지겨워져서 오늘은 그냥 그들한테 시달리고 싶지 않았어. 거기다 조금 우울했어. 그냥 아주 조금. 더 심해질 만큼 심각한 일도 아니고. 지난주에 알렉과 알론조한테 편지했거든. 편지를 봉투에 넣고 주소만 쓰고는 봉하지 않고 두었더랬어. 그날 저녁에 재미있는 일이 있었는데, 알렉도 재미있어 할 만한 일이었어. 알론조는 아닐 것 같았고. 그래서 급히 알렉의 봉투에서 편지를 꺼내 이야기를 덧붙여 뜬 다음 두 사람한테 편지를 부쳤거든. 오늘 아침에 알론조한테서 답장이 왔더라고. 얘들아, 내가 알론조에게 보낼 편지에 그 이야기를 썼던 거야. 알론조가 굉장히 화가 났어. 물론 화야 풀리겠지…… 풀리지 않아도 상관없고. 하지만 그 때문에 내 하루가 엉망이 되었잖아. 그래서 너희를 만나면 기분이 나아질 것 같아서 왔어. 풋볼 시즌이 시작되면 토요일 오후에 시간을 내기 어려울 거야. 난 풋볼을 정말 좋아하거든. 풋볼 경기를 보러 갈 때 입으려고 아주 화려한 모자랑 레드먼드의 상징색을 넣은 줄무늬 스웨터도 준비했어. 조금 멀리서 보면 이발소 간판이 걸어 다니는 것처럼 보일걸. 너의 길버트가 1학년 풋볼팀 주장에 뽑힌 건 알고 있니?"

화가 난 앤이 대답할 리 없어 프리실라가 대신 말했다.

"그래, 어제 저녁에 길버트한테 들었어. 어제 길버트와 찰리가 여기 왔었거든. 우리는 그 애들이 오는 걸 알고, 에이다 아주머니의 쿠션을 전부 눈에 안 보이는 곳이나 손에 안 닿는 곳으로 치우느라 고생했지. 자수를 아주 정고하게 놓은 쿠션은 원래 있던 의자 뒤쪽 구석 바닥에 내려놓았고. 거긴 안전할 줄 알았지. 그런데 믿기 힘든 게 뭔지 알아? 찰리 슬론이 그 의자 쪽으로 가더니, 뒤쪽 쿠션을 보고는 그걸 천천히 집어 들어 저녁 내내 깔고 앉아 있었어. 쿠션이 얼마나 망가졌던지! 가여운 에이다 아주머니는 오늘 아침에 얼굴은 웃고 있었지만 목소리는 탓하시는 것 같더라고. 왜 그 쿠션에 앉게 했냐고 물으셨거든. 나는 그런 게 아니라고 말씀드렸지. 쿠션은 원래 누가 앉는 게 숙명이고 그 숙명이 슬론 집안의 오랜 내력과 조우한 건데, 그건 내가 어떻게 할 수 없는 일이었다고 말이야."

앤이 말했다.

"에이다 아주머니가 만든 쿠션들 때문에 정말이지 신경이 쓰여. 지난주에도 쿠션 두 개를 새로 완성했는데, 거의 터지기 일보 직전까지 솜을 채워 넣고 자수를 놓더라고. 사방에 쿠션이 없는 곳이 없어서 더 놓을 수도 없으니, 결국엔 새로 만든 쿠션들을 계단참 벽에 세워 놓는 거야. 그런데 툭하면 쓰러져서 어두울 때 계단을 오르내리다 보면 계속 발이 걸려 넘어져. 지난 일요일에 데이비스 박사님이 바다에서 위험에 마주친 사람들을 위해 기도를 올릴 때, 나는 속으로 한 가지를 더 빌었어. 쿠션을 적당히 좋아하지 않고 지나치게 사랑하는 집에 사는 사람들을 위해 기도한다고 말이야. 자! 준비 다 됐다. 길버트하고 찰리도 구 세인트존 묘지를 지나오고 있어. 우리랑 같이 갈 거지, 필?"

"같이 가자. 대신 프리실라하고 찰리하고 같이 걸을래. 그쪽 들러리라면 참을 만할 거야. 앤, 너의 길버트는 멋진 사람인데, 어째서 그 퉁방울눈하고 계속 어울리는 걸까?"

앤의 얼굴이 굳어졌다. 찰리 슬론을 별로 좋아하는 건 아니었지만, 찰리도 에이번리 출신이었기 때문에 외지인이 그 애를 비웃을 권리는 없었다. 앤은 차갑게 말했다.

"찰리하고 길버트는 어릴 때부터 친구였어. 찰리도 괜찮은 아이야. 눈이 튀어나왔다고 비난받을 이유는 없어."

"그런 말 하지 마! 저 애는 틀림없이 전생에 끔찍한 죄를 지어서 벌로 저런 눈을 갖게 됐을 거야. 오늘 오후에 프리실라하고 실컷 놀려줄 거란 말이야. 저 애는 우리가 대놓고 놀려도 모를걸."

앤이 지어준 별명처럼 '못 말리는 P자매'는 확실히 귀여운 목표를 실행에 옮겼다. 하지만 슬론은 기쁨에 겨워 아무것도 알지 못했다. 자신이 꽤 멋진 사람이라서 그런 여학생 두 명과 나란히 걷고 있다고 생각했고, 더군다나 그 중 한 명은 1학년 최고의 미인인 필리파 고든이었다. 이쯤 되면 분명히 앤도 자신을 달리 보리라 확신했다. 자신의 진정한 가치를 인정해 주는 사람들이 있다는 걸 알게 되리라고.

길버트와 앤은 다른 친구들보다 조금 뒤떨어져, 평온하고 고요한 가을 오후의 아름다움을 즐기며 공원의 소나무 길을 천천히 걸었다. 항구 해변을 끼고 구불구불 이어진 언덕길이었다.

앤이 햇살 반짝이는 하늘을 올려다보며 말했다.

"이곳의 고요함은 마치 기도하는 것 같지 않니? 나는 소나무가 참 좋아! 소나무는 모든 시대의 낭만에 깊숙이 뿌리를 내리고 있는 것 같아. 가끔 혼자 조용히 여기 와서 이 나무들하고 실컷 대화를 나누면 마음이 편해져. 이곳에 오면 언제나 아주 행복해져."

"그렇게 산속의 고독에 잠겼을 때
성스러운 마법에 걸리듯
근심이 사라지네, 돌풍이 흔든 소나무에서
솔잎이 떨어지듯."

길버트가 시를 읊고 나서 말했다.
"소나무를 보면 우리의 작은 포부 같은 건 하찮아 보여. 그렇지 않니, 앤?"
"난 언제든 큰 슬픔이 닥치면 스나무를 찾아가 위로를 받을 거야."
앤이 꿈을 꾸듯 말했다.
"네가 크게 슬퍼할 일은 일어나지 않기를 바라, 앤."
길버트는 슬픔이라는 단어를 자기 옆의 생기발랄하고 기쁨 넘치는 소녀와 연관 지어 생각할 수 없었기에, 가장 높이 솟아오를 수 있는 사람이 가장 깊이 곤두박질치고, 가장 예민하게 기쁨을 느끼는 성격일수록 가장 호되게 고통을 맛본다는 사실을 모른 채 말했다. 앤이 골똘히 생각에 잠겨 말했다.

"하지만 일어나겠지…… 언젠가는. 인생은 내가 이제 막 맛본 영광의 잔 같아. 하지만 그 안에는 쓴맛도 들어 있겠지. 모든 사람의 잔마다 다 그럴 거야. 나도 언젠가는 내 잔에 든 쓴맛을 보게 될 거고. 내가 강하고 용감하게 그 순간을 맞았으면 좋겠어. 내 잘못 때문에 비롯된 일이 아니길 바라고. 지난 일요일 저녁에 데이비스 박사님이 하신 말씀 기억하니? 하느님께서 우리에게 주신 슬픔에는 위로와 힘이 따라오지만, 우리가 어리석은 생각이나 부정한 행동으로 스스로 불러일으킨 슬픔은 무엇보다 견디기 힘들다고 하셨잖아. 그렇지만 이처럼 멋진 오후에 슬픔에 대한 이야기만 할 수는 없지. 오늘은 순전히 삶의 기쁨을 위한 날 같지 않아?"

"내가 할 수만 있다면 네 인생에 행복과 기쁨 말고는 아무것도 다가가지 못하게 하겠어."

길버트는 다시 위험한 선을 넘나드는 말투로 말했다. 앤이 재빨리 입을 열었다.

"그건 현명하지 못한 생각 같아. 어떤 삶이든 올바로 성장하고 성숙해지는데 시련과 슬픔을 피할 수는 없어. 물론 내 상황이 굉장히 편할 때나 인정하게 되는 말 같지만. 자, 가자. 다들 정자에 도착해서 우리를 부르고 있어."

모두들 작은 정자에 앉아 가을 해가 불처럼 짙은 붉은빛과 여린 금빛을 발하며 지는 광경을 지켜보았다. 왼쪽으로 킹스포트의 지붕과 첨탑들이 장막처럼 뿌옇게 가라앉은 보랏빛 연기 아래 잠겨 있었다. 오른쪽으로 펼쳐진 항구는 지는 해 쪽으로 뻗어가면서 장밋빛이며 구릿빛으로 물들었다. 눈앞에선 공단처럼 매끄러운 바다가 은회색으로 아롱아롱 반짝였고, 그 건너편에는 면도한 듯 멀끔하게 맨살을 드러낸 윌리엄스 섬이 안개 속에서 희미하게 떠 있어, 힘센 불독처럼 마을을 지켜주는 듯했다. 등대 불빛이 불길한 별처럼 안개 속에서 깜박이면 저 멀리 수평선에서 다른 불빛이 대답하듯 깜박였다.

필리파가 물었다.

"이렇게 느낌이 강렬한 곳을 본 적이 있니? 딱히 윌리엄스 섬을 갖고 싶은 건 아니야. 갖고 싶다고 해도 그럴 수 없겠지만. 요새 꼭대기에, 깃발 바로 옆에 선 보초병을 봐. 마치 로맨스 속에서 빠져나온 것 같지 않아?"

프리실라가 말했다.

"로맨스라고 하니 생각나는데, 우린 히스 꽃을 찾아봤지만 물론 하나도 보질 못했어. 철이 너무 지났나 봐."

"히스라고? 히스 꽃은 아메리카 대륙에서는 나지 않잖아?"

앤이 놀라서 소리치자 필리파가 설명했다.

"대륙 전체에서 히스 꽃이 피는 곳이 딱 두 군데 있어. 한 곳은 바로 이 공원 안이고, 다른 한 곳은 노바스코샤 어디인데, 기억이 안 나. 유명한 스코틀랜드 고지 연대인 검은 경비대가 여기서 1년간 주둔했는데, 봄에 병사들이 침개 볏짚을 털어낼 때 히스 꽃씨 몇 개가 뿌리를 내렸대."

"와, 정말 멋져!"

앤이 이야기에 매료되어 말했다.

길버트가 의견을 냈다.

"집에 갈 때는 스포퍼드 거리로 가자. '부유한 귀족들이 사는 멋진 저택들'을 구경할 수 있을 거야. 스포퍼드 거리가 킹스포트에서 가장 고급스러운 집들이 모여 있는 주택가거든. 백만장자가 아니면 아무도 집을 지을 수 없대."

그러자 필리파가 말했다.

"아, 맞아. 너한테 딱 보여주고 싶은 예쁜 집이 하나 있어, 앤. 백만장자가 지은 집은 아니지만. 공원을 나가면 바로 나오는 집인데, 스포퍼드 거리가 아직 시골길이었던 시절에 생겨났나 봐. 진짜 생겨났다니까. 지은 게 아니야! 난 스포퍼드 거리의 집들에는 관심이 없어. 너무 새집인데다 하나같이 찍어낸 것 같은걸. 그런데 그 집은 꿈에서나 나올 것 같아. 게다가 그 이름은…… 아니야, 기다렸다 네가 직접 봐."

공원에서 소나무에 둘러싸인 언덕을 올라가자 그 집이 보였다. 스포퍼드 거리가 평범한 길로 좁아든 언덕 꼭대기에 작고 하얀 목조 주택이 서 있고, 양옆에는 무리지어 자란 소나무가 집을 보호하듯 낮은 지붕 위로 가지를 드리웠다. 붉은빛과 금빛 덩굴로 뒤덮인 사이로 초록색 덧문이 닫힌 창이 엿보였다. 집 앞은 자그마한 뜰이고, 낮은 돌담이 에워쌌다. 10월인데도 뜰에는 요즘 정원에서는 흔히 볼 수 없는 꽃들과 관목들이 여전히 사랑스럽게 천상의 자태를 뽐내고 있었다. 산사나무sweet may와 개사철쑥southernwood, 방취목lemon verbena, 알리숨alyssum, 페튜니아petunias, 천수국 marigolds, 그리고 국화chrysanthemums 등이었다. 작은 벽돌이 헤링본 문양을 만들며 입구에서 현관으로 이어졌다. 집 전체를 어느 먼 시골 마을에서 고스란히 옮겨온 것 같았다. 그러나 그러면서도 가장 가까운 이웃이라 할 수 있는, 넓은 잔디에 둘러싸인 담배왕의 궁궐 같은 저택이 허식에 빠져 조악하게 지은 막돼먹은 건물처럼 보이게 하는 무언가가 있었다. 필리파가 말했듯이, 그곳에서 태어난 집과 새로 지어올린 집의 차이였다.

"이렇게 사랑스러운 집은 처음 봐. 옛날에 느끼던, 기분 좋고 이상한 통증이 올라와. 라벤더 아주머니의 메아리 오두막보다도 더 예쁘고 고풍스러운걸."

앤이 기쁨에 넘치는 목소리로 말했다.

"내가 특히 알려주고 싶었던 건 이 집의 이름이야. 이것 봐, 입구 위 아치에 흰 글씨로 쓰여 있어. '패티의 집.' 정말 멋지지 않니? 그것도 파인허스트니 엘름월드니 시더크로포트니 하는 집안의 저택이 늘어선 이 거리에? '패티의 집'이라니, 세상에! 진짜 좋아."

"패티란 사람이 누군지 알아?"

프리실라가 물었다.

"내가 알아본 바로는 패티 스토퍼드라고, 이 집의 주인인 노부인의 이름이야. 여기에서 조카딸하고 둘이 사는데, 한 백 년쯤 살았을걸. 그보다 짧을 수도 있지만, 앤. 그저 시적인 상상의 과장이야. 돈 많은 사람들이 저 땅을 사려고 몇 번이나 시도했던 모양이야. 지금은 재산 가치가 상당하잖아. 하지만 '패티'는 무슨 일이 있어도 팔려 하지 않아. 집 뒤에는 뒷마당 자리에 사과나무 밭도 있어. 조금만 더 가면 보일 거야. 스포퍼드 거리에 진짜 사과나무 밭이라니!"

앤이 말했다.

"오늘 밤엔 '패티의 집' 꿈을 꿀 거야. 어쩐지 남의 집 같지가 않아. 언젠가 혹시 집 안도 볼 수 있을까?"

"그건 어렵겠지."

프리실라가 말했다.

앤이 알쏭달쏭한 미소를 지었다.

"그래, 그럴 거야. 하지만 언젠가 볼 수 있다고 믿을래. 뭔가 오싹하면서도 소름이 돋는 묘한 기분이 들어. 예감이라고 해도 좋아. '패티의 집'하고 내가 앞으로 더 친해질 것 같거든."

7장

다시 집으로

 레드먼드에서의 처음 3주는 길게만 느껴졌지만, 그다음부터는 한 학기가 바람을 타고 날듯이 지나갔다. 그런 사실을 알아차리기도 전에 레드먼드 학생들은 크리스마스 시험에 돌입했고, 그럭저럭 의기양양한 결과도 성취했다. 1학년 수석의 영예는 앤과 길버트와 필리파 사이에서 왔다 갔다 했다. 프리실라도 매우 좋은 성적을 받았고, 찰리 슬론은 간신히 낙제를 면해 체면은 유지했는데, 전과목 수석이라도 차지한 듯이 흐뭇해했다.

 떠나기 전날 밤에 앤이 말했다.

 "내일 이맘때면 초록 지붕 집에 있을 거라는 게 도저히 믿기지 않아. 하지만 틀림없는 일이야. 필, 너는 볼링브로크에서 알렉과 알론조를 만나겠구나."

 필리파가 초콜릿을 야금야금 깨물어 먹으며 말했다.

 "둘 다 빨리 만나고 싶어. 둘 다 진짜 좋은 애들이거든. 계속 춤추고, 달리고, 떠들썩한 연회에 참석할 거야. 너를 절대 용서하지 않겠어, 앤 여왕님. 우리 집에 가서 나하고 같이 방학을 보내지 않겠다니."

"네가 '절대'라고 하는 건 사흘 동안만이잖아, 필. 초대해줘서 정말 고마워. 나도 언젠가 볼링브로크에 꼭 가보고 싶어. 하지만 올해는 안 돼. 꼭 집에 가야 하거든. 내가 얼마나 집에 갈 날을 그려 왔는지 너는 모를 거야."

"재미있는 일도 별로 없을 텐데. 바느질 모임이나 한두 번 있을 거 아냐. 그리고 남 얘기 좋아하는 할머니들이 네 앞에서나 뒤에서나 네 얘기를 떠들어대겠지. 죽을 만큼 외로울걸, 앤."

필리파가 약올렸지만, 앤은 오히려 재미있어 하며 되물었다.

"에이번리에서?"

"자, 나랑 함께 가면 더없이 화려한 시간을 보내게 될 거야. 볼링브로크 전체가 네게 열광할 거라고, 앤 여왕님. 너의 머리카락, 너의 스타일, 그리고 아, 너의 모든 것에 말이야! 넌 정말 남달라. 너는 큰 성공을 거둘 거고, 나는 그 후광을 좀 받는 건데. '장미는 아니지만 장미 옆에' 서서 말이야. 그냥 나랑 가자, 앤."

"사교계에서 대성공을 거둔다는 네 그림은 나한테도 아주 솔깃해, 필. 그럼 나도 그에 못지않은 그림을 하나 그려볼게. 내가 갈 집은 낡은 시골 농가야. 예전에는 초록색이었지만 지금은 빛깔이 많이 바랬고, 잎이 져버린 사과나무 밭 사이에 서 있어. 아래쪽에는 개울이 흐르고, 개울 건너편에는 12월의 전나무 숲이 있지. 그 숲에선 비와 바람의 손가락이 타는 하프 연주 소리가 들려. 숲 가까이에 있는 연못은 지금이면 잿빛으로 물들어 쓸쓸해 보이겠지. 집에는 나이 든 두 숙녀분이 계셔. 한 분은 키가 크고 야위었고, 한 분은 작고 통통하셔. 쌍둥이도 있어. 한 명은 완벽한 모범생이고 다른 한 명은 린드 아주머니가 '골칫덩어리'라고 부르지. 현관 위 2층에 작은 방이 있는데, 그곳엔 오랜 꿈이 짙게 배어 있어. 그리고 커다랗고 푹신푹신한 멋진 깃털 침대가 있어. 하숙집 침대에 비하면 호화의 극치라 할 만한 잠자리야. 내 그림은 어때, 필?"

"아주 따분해."

필리파가 얼굴을 찡그렸다.

앤이 조용히 말했다.

"아, 내가 모든 것을 바꾸어놓을 그림 하나를 빠뜨렸구나. 그곳에는 사랑이 있어, 필. 믿을 수 있는 다정한 사랑이. 내게는 세상 어디에 가도 다시는 찾을 수 없는 사랑이고, 나를 기다려주는 사랑이야. 그래서 내 그림도 걸작이 되는 거야. 그렇지? 화려하게 채색한 그림은 아니지만 말이야."

필리파는 말없이 일어나더니, 초콜릿 상자를 내던져 버리고 다가와 앤을 끌어안으며 진지한 목소리로 말했다.

"앤, 나도 너 같으면 좋겠어."

다음날 밤 다이애나는 카모디 역에서 앤과 만나, 함께 별빛이 수놓은 깊고 조용한 밤하늘 밑을 달려 집으로 향했다. 오솔길에 들어서자 초록 지붕 집이 축제를 맞은 듯 즐거운 모습을 드러냈다. 창마다 환하게 불이 켜져서 어둠을 환하게 비추고 있는 모습이 마치 컴컴한 유령의 숲을 배경으로 불꽃처럼 붉은 꽃들이 한들한들 흔들리는 모양새 같았다. 마당에는 기세 좋게 타오르는 모닥불 둘레를 작은 형체 둘이 신나게 춤추며 돌고 있었다. 그 중 한 명이 섬뜩하게 고함지르는 소리를 들으며 마차는 포플러나무 아래로 들어섰다.

"데이비는 저게 인디언이 지르는 함성 소리래. 해리슨 아저씨네 집에서 일하는 남자애가 가르쳐준 걸 네가 오면 환영 인사로 쓴다고 줄곧 연습했어. 린드 아주머니는 저 소리 때문에 신경이 너덜너덜해졌다고 불평하시고. 데이비가 아주머니 뒤로 살금살금 다가가서는, 아주, 목청껏 소리를 지르거든. 데이비는 네가 올 때 모닥불을 피우겠다고 고집을 부려댔어. 2주일 동안 나뭇가지를 구해 와서 쌓아 올리고, 마릴라 아주머니한테 불을 붙이기 전에 석유를 부어달라고 졸라댔다니까. 냄새를 보니 아주머니가 허락하신 모양이네. 비록 린드 아주머니는 허락해 주면 데이비는 물론이고 다른 사람들까지 모두 불길에 날아가 버릴 거라며 끝까지 반대하셨지만 말이야."

다이애나의 이야기를 들으며 앤이 마차에서 내리자, 데이비가 정신없이 앤의 무릎을 끌어안았고, 도라마저 앤의 손을 잡고 매달렸다.

"저 모닥불 끝내주지, 누나? 내가 어떻게 불 살리는지 보여 줄게. 저 불꽃 보여? 누나 보여 주려고 내가 만든 거야, 누나. 누나가 집에 오는 게 정말 기뻤거든."

부엌문이 열리며 마릴라의 여윈 몸이 집안의 불빛을 등지고 검은 그림자처럼 나타났다. 마릴라는 불빛이 가려진 곳에서 앤을 맞이하는 편이 마음 편했다. 기쁨을 주체하지 못하고 울음을 터뜨릴까 봐 한걱정이었기 때문이다. 늘 엄격하고 감정을 억누르는 마릴라에게 무엇이건 격한 감정을 드러내는 건 꼴사나운 일이었다. 린드 부인은 마릴라 뒤에서 쾌활하고 친절한 예전 모습 그대로 린드 아주머니답게 서 있었다. 앤이 필리파에게 말했던, 앤을 기다려주는 그 사랑이 앤을 감싸고 끌어안으며 축복과 따뜻한 정을 전해 주고 있었다. 결국 오랜 유대감과 옛 친구들, 그리고 정든 초록지붕 집에 견줄 수 있는 것은 아무것도 없었다. 진수성찬이 차려진 저녁 식탁에 앉았을 때 앤은 별처럼 눈을 반짝이고, 분홍빛으로 뺨을 물들였으며, 은구슬처럼 맑은 소리로 웃었다! 게다가 다이애나도 같이 자고 갈 예정이었다. 어쩌면 이리도 그리운 옛 시절 그대로인지! 식탁에는 장미 꽃봉오리 무늬 찻잔 세트까지 놓여 있었다! 마릴라로서는 할 수 있는 최대한의 표현이었다.

"이제 다이애나와 밤새 이야기하느라 잠도 안 자겠구나."

앤과 다이애나가 2층으로 올라가자, 마릴라가 빈정거리며 말했다. 마릴라는 감정을 들키면 언제나 빈정거렸다.

앤이 밝게 대답했다.

"네, 하지만 그 전에 데이비부터 재우고요. 데이비가 그렇게 해 달라고 고집을 부려서요."

두 사람이 복도를 걸어갈 때 데이비가 말했다.

"당연하지. 나는 예전처럼 기도를 들어줄 사람이 필요하다고. 혼자 말하는 건 하나도 재미없어."

"혼자 말하는 게 아니야, 데이비. 하느님은 언제나 네 곁에서 네가 하는 말을 들으셔."

"하지만 나한테는 안 보이잖아. 난 내 눈에 보이는 사람이 들어주는 게 좋단 말이야. 그래도 린드 아줌마랑 마릴라 아주머니하고는 안 할 거야!"

데이비가 반박했다. 그러나 회색 플란넬 잠옷으로 갈아입은 데이비는 막상 기도할 생각이 없어 보였다. 앤 앞에 선 채로 맨발을 서로 부비작대며 뭔가 망설이는 눈치였다.

"자, 이리 오렴. 무릎을 꿇어야지."

데이비는 다가와 앤의 무릎에 얼굴을 묻었지만 무릎은 꿇지 않았다. 데이비는 얼굴을 파묻은 채 웅얼웅얼 말했다

"누나, 나는 기도할 기분이 아니야. 벌써 일주일이나 기분이 그랬어. 난…… 난 어젯밤에도 기도를 안 했고, 그 전날 밤에도 안 했어."

앤이 다정하게 물었다.

"어째서 그런 거니, 데이비?"

데이비가 애원하듯 말했다.

"내가…… 내가 말해도 나한테 화 안 낼 거지?"

앤은 회색 플란넬 잠옷을 입은 작은 몸을 무릎에 앉히고 머리를 끌어안았다.

"네가 무슨 말을 할 때 내가 화닌 적이 있었니, 데이비?"

"아아니, 한 번도 없어. 하지만 누나가 슬퍼지면 그건 더 싫어. 내가 이 이야기를 하면 누나는 굉장히 슬퍼할 거야, 누나…… 그리고 나를 부끄럽게 생각할 것 같아."

"무슨 나쁜 짓이라도 했니, 데이비? 그래서 기도를 하지 못하는 거야?"

"아니야, 나쁜 짓 같은 건 안 했어…… 아직은. 하지만 하고 싶어."

"뭘 하고 싶은데, 데이비?"

데이비가 죽을 힘을 다해 노력하는 얼굴로 불쑥 말했다.

"나…… 나쁜 말을 하고 싶어, 누나. 지난주에 해리슨 아저씨네 집에서 일하는 형이 말하는 걸 들었는데, 그때부터 자꾸만 그 말이 하고 싶은 거야. 기도할 때도 말이야."

"그럼 말해 봐, 데이비."

데이비가 깜짝 놀라 빨개진 얼굴을 들었다.

"하지만, 누나, 굉장히 나쁜 말이야."

"말하라니까!"

데이비는 다시 한 번 못 믿겠다는 얼굴로 앤을 보고는, 조그만 목소리로 그 끔찍한 말을 뱉었다. 다음 순간 데이비는 앤에게 얼굴을 파묻었다.

"아, 누나, 다시는 이런 말 쓰지 않을래. 절대로. 다시는 쓰고 싶어 하지도 않을게. 나쁜 말인 건 알고 있었는데, 이렇게…… 이렇게…… 이런 건 줄은 몰랐어."

"그래, 네가 또 다시 그런 말을 쓰고 싶어 할 거라고 생각하지 않아, 데이비. 생각하는 것도 그렇고. 그리고 누나라면 해리슨 아저씨네서 일한다는 형하고는 자주 만나지 않을 거야."

"그 형이 끝내주는 인디언 함성 소리를 잘 내는데."

데이비가 약간 아쉬워했다.

"그렇지만 네 마음을 나쁜 말로 가득 채우고 싶은 건 아니지, 데이비? 그런 말은 독처럼 퍼져서 착한 마음과 남자다운 마음을 모조리 쫓아내고 말 거야."

"그건 안 돼."

데이비가 반성하는 눈빛으로 말했다.

"그럼 그런 말을 쓰는 사람들하고 놀면 안 되는 거야. 자, 이제는 기도할 수 있을 것 같니, 데이비?"

"응, 할 수 있어. 이제는 잘할 수 있어. 이젠 '자는 동안 죽음을 맞이할지라도'라는 구절도 무섭지 않아. 그 말이 하고 싶었을 땐 무서웠거든."

데이비가 무릎을 꿇고 앉아 몸을 들썩이며 말했다.

아마도 앤과 다이애나는 그날 밤 그동안 쌓아 두었던 이야기를 탈탈 털어 함께 나누느라 밤을 지새웠겠지만, 그 비밀 이야기를 담은 기록은 남아 있지 않다. 두 사람은 실컷 떠들고 속 얘기를 털어 놓기도 하며 뜬눈으로 밤을 보냈지만, 젊은이이기에 가능한 생기 발랄한 눈빛으로 아침 식탁에 나타났다. 그때까지 눈은 한 번도 내린 적이 없었는데, 다이애나가 오래된 통나무 다리를 건너 집으로 돌아가는 길에 깊은 잠에 빠진 잿빛과 낙엽빛깔의 들판이며 숲 위로 하얀 눈송이가 흩날리기 시작했다. 이내 멀리 보이는 산비탈과 언덕이 얇고 하얀 스카프를 두르자 꼭 희끄무레한 유령이 서 있는 듯 보였다. 마치 창백한 가을 신부가 안개로 만든 면사포를 늘어뜨리고 겨울 신랑을 기다리는 모습 같았다. 그렇게 화이트 크리스마스를 맞은 그날은 매우 즐거운 하루였다. 오전에는 라벤더 아주머니와 폴에게서 편지와 선물이 도착했다. 앤은 그것들을 생기 넘치는 초록 지붕 집 부엌에서 개봉했다. 부엌은 데이비가 황홀하게 코를 킁킁대며 말하듯이 '좋은 냄새'로 가득 차 있었다.

앤이 편지를 읽으며 소식을 전해주었다.

"라벤더 아주머니와 어빙 씨는 이제야 새 집에 자리를 잡았대요. 라벤더 아주머니는 더없이 행복해 보여요. 편지에 적힌 글체가 전체적으로 그래요. 샬로타 4세 소식도 있는데, 보스턴이 전혀 마음에 들지 않아서 지독한 향수병을 앓고 있대요. 라벤더 아주머니가 제게 언제든 에이번리에 오면 메아리 오두막에 들러서 불을 지펴 집안 공기를 말려 달래요. 쿠션에 곰팡이가 피지 않았는지도 봐달라고 하시고요. 다음 주에 다이애나와 같이 다녀올게요. 저녁엔 시어도라 딕스를 만나고 싶어요. 그런데 루도빅 스피드는 계속 시어도라하고 사귀나요?"

마릴라가 대답했다.

"그렇다고 하더라. 루도빅은 계속 만나긴 할 것 같더라만. 그 두 사람은 아무래도 더 이상 진전되긴 힘들 것 같다고 다들 포기하고 있단다."

"내가 시어도라라면 루도빅을 조금 재촉했을 게다. 아무렴."

린드 부인이 말했다. 린드 부인이라면 의심의 여지없이 정말로 그랬을 것이다.

필리파도 필리파답게 휘갈겨 쓴 편지를 보냈다. 온통 알렉과 알론조 이야기뿐인, 그 둘이 무슨 말을 했고 어떤 일을 했으며 자신을 만났을 때 어떤 얼굴이었는지 등이 빼곡하게 적힌 편지였다.

하지만 나는 누구와 결혼하면 좋을지 아직 결심이 서지 않아. 네가 나와 함께 와서 대신 결정해 주었다면 정말 좋았을 텐데. 누군가는 그렇게 해줘야 하는걸. 알렉을 만났을 때 가슴이 쿵 내려앉는 것 같아서 '바로 이 사람이구나' 생각했어. 그러다가 알론조가 왔는데 또다시 심장이 쿵 내려앉는 거야. 이래서야 알 수가 없잖아. 그동안 읽었던 소설에서 모두 다 그걸로 알 수 있다던데. 그런데 앤, 네 심장은 모든 것을 다 갖춘 완벽한 왕자님이 아니면 아무한테나 그렇게 내려앉지 않겠지? 틀림없이 내 심장은 뭔가 근본적으로 잘못됐나 봐. 하지만 나는 더없이 멋진 나날을 보내고 있어. 네가 여기에 있었다면 얼마나 좋았을까! 오늘은 눈이 내려서 정말 황홀한 기분이었어. 크리스마스에 눈이 오지 않을까 봐 너무 걱정했거든. 그런 크리스마스는 질색이야. 눈이 오지 않으면 회색이며 갈색으로 너저분한 크리스마스가 되어 버려. 백 년 전부터 그런 모습이어서 내 기분도 백 년 동안 그렇게 절어 있는 기분이 든단 말이야. 그런 게 바로 그린 크리스마스라고! 왜 그런지는 묻지 마! 던드레리 경의 말처럼 '아무도 이해하지 못할 일'도 있는 거니까.

앤, 전차를 탔는데 차비가 한 푼도 없다는 걸 뒤늦게 알아차린 적 있니? 얼마 전에 내가 그랬어. 차에 탈 때는 5센트가 있었거든. 분명히 외투 왼쪽 주머니에 들었다고 생각했지. 그런데 편하게 자리에 앉은 다음 주머니를 뒤적거렸는데 없는 거야. 등골이 오싹한 거 있지. 다른 주머니도 뒤졌지만 거기에도 없었어. 다시 한 번 등골이 오싹! 이번에는 작은 안주머니도 찾아 보았지만 허사였어. 온몸에 소름이 돋는 것 같았어.

장갑을 벗어 좌석에 내려놓고 주머니란 주머니는 전부 샅샅이 뒤졌어. 없더라. 나는 일어나서 몸을 흔들고는 바닥을 내려다봤어. 전차는 오페라가 끝난 시간이라 귀가하는 사람들로 꽉 찼고, 모두 나를 빤히 쳐다보았지만 그런 일에 신경 쓸 상황이 아니었단다.

결국 차비는 못 찾았어. 난 내가 동전을 입에 물고 있다가 무심코 삼켜 버린 게 아닐까 의심하기 시작했지.

어떻게 해야 할지 모르겠더라. 차장이 차를 세우고 내리라고 하면 창피하고 수치스러워서 어떻게 하지? 정신이 없다 보니 이렇게 되었을 뿐, 무임승차나 하려는 비양심적인 사람은 아니라고 차장을 납득시킬 수 있을까? 알렉이나 알론조가 같이 있었다면 얼마나 좋았을까 하는 생각도 들었지. 하지만 두 사람이 오지 않은 건 내가 싫다고 해서였어. 내가 같이 오기 싫다고 하지만 않았어도 둘은 백 번도 더 왔을 거야. 난 차장이 다가오면 뭐라고 해야 할지 마음이 어지러웠어. 변명할 말이 한 문장만 떠올라도 곧 누가 그 말을 믿어 줄까 싶어져서 또 다른 변명거리를 생각해야 했지. 하늘의 뜻에 맡기는 수밖에 별다른 도리가 없겠다는 생각이 들더라. 그러자 마음이 편해지긴 했지만, 그래도 휘몰아치는 폭풍우 속에서 '전능하신 하느님께 모든 것을 맡길 수밖에 없다'는 선장의 말을 듣고 '오, 선장님, 그 정도로 상황이 안 좋은가요?'라고 외쳤다는 할머니가 된 심정이었어.*

모든 희망이 사라지고 차장이 내 옆자리 승객에게 차비를 받는 바로 그 순간, 갑자기 그놈의 동전을 어디에 두었는지 생각나지 뭐야! 어쨌거나 삼킨 건 아니었어. 나는 장갑 집게손가락에서 유유히 동전을 꺼내 차장에게 건넸단다. 다른 사람들을 보며 방긋 웃어 주었는데, 세상이 정말 아름답게 느껴지더라.

메아리 오두막을 찾아가는 일은 방학 동안 즐겁게 다닌 여러 나들이 가운데서도 가장 즐거웠다. 앤과 다이애나는 너도밤나무 숲 속 옛길을 따라 걸으며, 점심이 든 바구니도 챙겨갔다. 라벤더 아주머니의 결혼식날 이후로 줄곧 닫혀 있었던 메아리 오두막은 잠

---

* 톰 테일러(Tom Taylor)의 희곡《우리 미국인 사촌(Our American Cousin)》에 나오는 이야기이다. 신에게 운명을 맡긴다는 말은 신의 전능함을 믿는다는 종교적 표현이지만, 다른 대안이 없는 가장 절망적인 상황에 이 표현을 쓰는 자체가 신의 지배에 대한 냉소를 암시하는 것이라는 우스갯소리를 인용한 것이다.

시 문을 활짝 열고 다시 한 번 바람과 햇볕을 쬐었다. 난롯불도 작은 방들마다 그윽하게 타올랐다. 라벤더 아주머니가 만든 장미 바구니의 향기가 아직도 공기 중에 짙게 배어 있었다. 금방이라도 라벤더 아주머니가 경쾌한 발걸음으로 나와 갈색 눈동자를 별처럼 반짝이며 반가이 맞아주고, 샬로타 4세가 파란 나비 리본을 매고 함박웃음을 지으며 문을 열고 나타날 것만 같았다. 폴 역시 상상 속에서 요정 이야기를 펼치며 주위를 서성이고 있는 듯했다.

앤이 웃으며 말했다.

"꼭 유령이 되어 밤의 세계에 펼쳐진 지난날과 재회한 기분이야. 밖으로 나가서 메아리는 집에 있는지 확인해 보자. 그 호른을 가져다 줘. 지금도 부엌문 뒤에 걸려 있을 거야."

메아리는 집에 있었다. 하얀 강물 너머에서 예전과 같이 은구슬처럼 맑은 소리로 무수한 울림을 되돌려주었다. 메아리가 대답을 멈추자 두 사람은 다시 메아리 오두막의 문을 잠그고, 겨울해가 아주 잠깐 온 세상을 장밋빛과 사프란 빛으로 물들인 완벽한 황혼의 시간 속으로 걸어 들어갔다.

8장

처음으로 청혼을 받다

 묵은해는 분홍빛이 감도는 노란 석양 뒤로 청명한 어스름을 남기며 고요히 물러나지 않았다. 거세게 휘몰아치는 눈보라와 함께 한 해가 저물었다. 그날 밤도 폭풍은 꽁꽁 얼어붙은 초원과 어두운 골짜기 위를 사납게 날아들어, 길 잃은 짐승처럼 처마 밑을 맴돌며 울어대고 덜컹거리는 창문에 눈을 뿌려댔다.

 "이런 밤엔 서로 담요를 두르고 이렇게 부둥켜안고선 신의 자비에 감사드리고 싶어져."

 앤이 제인 앤드루스에게 말했다. 제인이 오후부터 와서 같이 자고 가기로 한 날이었다. 그러나 두 사람이 앤의 작은 방에서 담요를 덮고 누워 있을 때, 제인이 생각한 건 신의 자비가 아니었다.

 "앤, 너한테 할 말이 있어. 해도 돼?"

 제인이 진지한 목소리로 말했다. 앤은 전날 밤 루비 길리스가 연 파티에 참석했던 터라 무척 졸렸다. 제인의 속 얘기라는 것도 지루할 게 뻔하니까, 그 이야기를 듣는 것보다 그냥 자고 싶은 마음이 훨씬 간절했다. 무슨 이야기일지는 짐작도 가지 않았다. 아마 제인도 약혼을 한 거겠지 싶었다. 루비 길리스가 스펜서베일 학교 선생님과 약혼했다는 소문을 들었는데, 근방의 아가씨들한테 그렇게 인기가 많은 사람이라고 했다.

'곧 우리 4인조 가운데 나만 짝 없이 혼자가 되겠구나.'

앤은 몽롱한 정신으로 생각하다가, 마지막 말이 입 밖으로 튀어나왔다.

"물론이지."

제인의 목소리가 한층 더 진지허졌다.

"앤, 우리 빌리 오빠를 어떻게 생각해?"

앤은 이 뜻밖의 질문에 깜짝 놀라서 허둥거렸다. 맙소사! 빌리 앤드루스를 어떻게 생각했더라? 앤은 빌리 앤드루스에 대해 무슨 생각을 해본 적이 없었다. 둥근 얼굴에 멍청한데다 늘 싱글벙글 웃기만 하는 사람 좋은 빌리 앤드루스를, 진지하게 생각해 본 사람이 있기는 할까?

"무슨…… 무슨 말인지 모르겠어, 제인. 그게 정확히 무슨…… 뜻이야?"

앤이 더듬더듬 대답하자 제인이 직설적으로 다시 물었다.

"빌리 오빠가 좋니?"

"그야…… 뭐…… 그렇지, 좋지, 그럼."

앤은 간신히 대답하면서도, 자기가 하는 말이 틀림없는 사실인지 자신이 없었다. 확실히 빌리가 싫지는 않았다. 그렇지만 빌리가 눈에 띄어도 관심이 없으니 아무렇지 않았던 건데, 그것만으로 좋다는 확신을 가져도 되는 걸까? 제인은 정확히 무슨 말을 하려는 걸까?

제인이 차분하게 물었다.

"오빠가 남편감으로 괜찮아?"

"남편감?"

앤은 빌리 앤드루스에 대한 생각을 정확히 정리하려고 침대에 일어나 앉아 있었는데, 다시 베개 위로 쓰러져 숨도 쉬지 못할 정도로 놀라고 말았다.

"누구 남편 말이야?"

"당연히 너지. 빌리 오빠가 너하고 결혼하고 싶어 해. 오빠는 원래 너한테 푹 빠져 있었어. 이번에 아버지가 위쪽 밭을 오빠 앞으로 물려주셔서 당장이라도 결혼을 할 수 있게 됐거든. 그런데 오빠가 너무 부끄럼을 많이 타서 너한테 직접 말을 꺼내지 못하고 나한테 시켰어. 나도 안 하고 싶지만, 오빠가 어찌나 들볶는지 하는 수 없이 기회가 되면 물어보겠다고 했지. 넌 어떻게 생각해, 앤?"

이게 꿈인가? 그런 악몽 중 하나일까? 싫어하는 사람이나 아예 알지도 못하는 누군가하고 약혼하거나 결혼을 했는데, 어쩌다가 그렇게 됐는지는 영문을 알 수 없는 그런 악몽. 아니다. 앤 셜리는 지금 눈을 말똥말똥 뜨고 자기 침대에 누워 있고, 옆에선 제인 앤드루스가 태연하게 오빠 빌리를 대신해서 청혼을 하고 있었다. 앤은 괴로워야 할지 웃어야 할지 몰랐지만, 어느 쪽도 할 수 없었다.

제인의 감정을 상하게 할 수는 없었다.

앤은 가까스로 입을 열었다.

"난…… 나는 빌리하고 결혼할 수 없어. 알잖아, 제인. 그런 생각은 한 번도 해본 적이 없는걸. 단 한 번도!"

제인도 수긍했다.

"그랬을 거야. 오빠는 너무 부끄럼을 많이 타는 성격이라 구애 같은 건 해볼 생각조차 못했으니까. 하지만 잘 생각해 봐, 앤. 빌리 오빠는 좋은 사람이야. 우리 오빠라서 이렇게 말하는 게 아니야. 나쁜 버릇도 하나 없고, 일 잘하고, 네가 의지할 수도 있는 사람이야. '손 안에 든 새 한 마리가 숲속에 있는 두 마리보다 낫다'는 말도 있잖아. 오빠는 네가 대학을 마칠 때까지 기꺼이 기다려주겠다는 말도 전해 달랬어. 네가 굳이 졸업을 해야겠다면 그런데, 물론 오빠는 올봄 파종을 시작하기 전에 결혼하고 싶대. 오빠는 언제나 네게 잘해줄 거야. 그리고 나도 네가 내 올케가 되면 정말 좋겠어."

"나는 빌리와 결혼할 수 없어."

앤이 단호히 말했다. 정신을 차리자 약간 화도 났다. 전부 다 너무 우스꽝스러웠다.

"더 생각할 것도 없어, 제인. 난 그런 쪽이라면 한 번도 빌리를 생각해 본 적이 없어. 빌리에게 그렇게 전해 줘."

제인이 체념하듯 한숨을 쉬며, 자신은 최선을 다했다는 말투로 대답했다.

"그래, 네가 승낙할 거라고는 생각 안 했어. 너한테 물어봐야 소용없다고 오빠한테도 얘기했지만 오빠가 고집을 부린 거야. 그래. 네 결정은 그렇다는 거지, 앤. 거기에 후회가 없길 바랄게."

제인은 다소 차갑게 말했다. 제인도 마음을 빼앗긴 빌리가 앤을 설득해서 결혼할 가망은 전혀 없다는 걸 이미 알고 있었다. 그래도 어쨌든 의지할 친척 하나 없는 고아에 지나지 않으면서 앤 셜리가 자신의 오빠를, 에이번리의 앤드루스 집안 사람을 거절했다는 생각이 들자 살짝 분한 마음이 들었다. '그래, 오만한 사람은 오래가지 못한다고 했어.' 제인은 그렇게 못된 생각이 들었다.

앤은 빌리 앤드루스와 결혼하지 않은 것을 후회하지 말라는 제인의 말을 생각하며 어둠 속에서 조용한 웃음을 머금었다.

"빌리가 이 일로 너무 기분 상하지 않았으면 좋겠어."

앤이 조심스럽게 말을 건넸다. 제인은 베개에서 머리를 홱 들었다.

"아, 마음 아파하거나 하진 않을 거야. 오빠도 분별력이 있으니까 그러진 않겠지. 오빠는 네티 블루엣도 꽤 좋아하고, 어머니도 다른 사람 말고 네티하고 결혼시키고 싶어 하셔. 그 애는 살림도 아주 잘하고, 알뜰하거든. 내 생각엔, 오빠는 너하고 결혼할 가망이 없다고 확신이 서면 네티를 선택할 거야. 부탁인데 이 얘기는 아무한테도 하지 말아 줄래, 앤?"

"그럼, 물론이지."

앤도 빌리 앤드루스가 자기와 더 결혼하고 싶어 했다는 소문을 퍼뜨리고 다닐 마음은 조금도 없었다. 아무리 그래도 네티 블루엣이라니! 네티 블루엣이라니!

"그러면 이제 자는 게 좋겠어."

제인은 어렵지 않게 금세 잠이 들었다. 여러 모로 제인과 맥베스*는 닮은 구석이 없지만, 제인이 용케도 앤의 잠을 살해한 것만은 분명했다. 청혼을 받은 아가씨는 베개를 베고 누워 꼭두새벽까지 잠을 이루지 못했지만, 머릿속을 가득 채운 생각은 낭만과는 거리가 멀었다. 다음날 아침이 되어서야 앤은 간밤의 일을 두고 마음껏 웃을 수 있었다. 앤이 앤드루스 가문과의 명예로운 혼담을 고마운 줄 모르고 딱 잘라 거절한 데 대해 아직 목소리와 태도에 냉랭한 기운이 가시지 않은 채로 제인이 돌아가자, 앤은 자기 방으로 올라가 문을 닫고 마침내 웃음을 터뜨렸다.

'이렇게 재미있는 일을 아무한테도 말할 수 없다니! 그래도 하면 안 되지. 다이애나한테만은 말하고 싶지만, 제인과 비밀을 지키기로 약속하지 않았다 하더라도 지금은 다이애나에게 말할 수 없어. 전부 다 프레드한테 말해 버릴 테니까. 분명해. 어쨌든 처음으로 청혼을 받았네. 언젠가는 이런 날이 오리라 생각은 했지만⋯⋯ 대리인을 통한 청혼이라니, 정말 생각도 못했어. 너무 우습지만, 어쩐지 씁쓸하기도 해.'

말로 표현하지는 않았지만, 앤은 마음이 씁쓸해지는 이유를 잘 알았다. 앤이 남몰래 간직한 마음속에는 누군가 멋진 말로 청하는

---

* 셰익스피어의 희곡《맥베스》의 주인공으로, 왕을 살해했다.

첫 번째 구혼의 꿈이 있었다. 그 꿈속의 장면들은 언제나 아주 낭만적이고 아름다웠다. 그 '누군가'는 얼굴이 잘생기고 눈동자가 검은, 기품 있는 용모에 유창한 언변까지 겸비한 사람이었고, 앤은 모든 것이 완벽한 그 매력적인 왕자님에게 매료되어 "네"라고 대답하거나, 아쉬운 마음이 묻어나는 아름다운 말들로 희망의 여지를 주지 않는 거절을 해야만 했다. 거절을 하는 경우라도, 우아하고 섬세한 표현들 덕에 상대는 승낙을 받은 것에 버금가는 마음으로 앤의 손에 입을 맞추고 영원히 변치 않을 사랑을 맹세하며 떠났다. 그것은 언제까지나 아름다운 기억이 될 터였고, 자랑스러우며 또한 조금은 애틋하기도 한 추억으로 남아야 했다.

그런데 이 가슴 설레야 할 경험이 그저 불쾌하고 터무니없는 기억이 된 것이다. 빌리 앤드루스는 아버지가 위쪽 밭을 주었다고 동생에게 대신 청혼을 시켰고, 앤이 자신을 원치 않으면 네티 블루엣의 남편이 되겠다고 했다. 정말 대단한 로맨스였다! 앤은 웃음을 터뜨렸다. 그러다가 한숨을 쉬었다. 소박한 최초의 꿈은 활짝 피지도 못하고 떨어져 나갔다. 이렇게 고통스러운 과정이 거듭 이어지다가 결국 모든 것이 따분하고 지루하게 변하는 걸까?

9장

연인보다 친구

레드먼드 대학에서의 2학기는 1학기 때만큼이나 빠르게, 필리파의 표현을 빌자면 '정말로 쌩 하고' 지나가 버렸다. 앤은 그렇게 지나가는 대학 생활을 매 순간 마음껏 즐겼다. 활기를 주는 동기간의 경쟁, 새로 사귀고 더 깊이 알아가며 서로를 돕는 친구들과의 우정, 화려한 사교 기술들, 멤버로 속한 다양한 모임에서의 활동들, 시야를 넓히고 관심의 폭을 키우는 여러 경험들도 놓치지 않았다. 앤은 열심히 공부했다. 영문학에서 소번 장학금을 타야겠다고 마음을 먹었기 때문이다. 이 장학금을 타면 이듬해 레드먼드로 돌아올 때 마릴라가 모아둔 얼마 되지 않는 돈을 쓰지 않아도 될 터였다. 그 돈은 절대 손대지 않으리라고 앤은 마음먹고 있었다.

길버트 역시 장학금을 목표로 전력을 다하고 있었지만, 세인트 존 가 38번지를 제집처럼 드나들 시간은 충분했다. 대학에서 거의 모든 행사와 모임을 앤과 나란히 참석했고, 앤도 학생들이 두 사람의 이름을 짝으로 엮어 얘깃거리로 삼는다는 사실을 잘 알았다. 앤은 이 사실에 분개했지만 어쩔 수 없었다. 길버트처럼 오랜 친구를 버릴 수는 없는 일이었다. 특히 길버트는 갑자기 처신이 신중하고 조심스러워졌는데, 길버트로서는 잿빛 눈동자가 저녁 하늘의 샛별처럼 아름답게 반짝이는 이 날씬한 빨강 머리 여학생의 옆자리를 노리는 남학생들이 한둘이 아니어서 마땅히 신중해질 수밖에 없었다. 앤은 1년 내내 정복 행진을 계속한 필리파처럼 기꺼이 제물이 되려는 추종자들을 몰고 다닌 적은 없었다. 다만 멀대같이 크고 머리 좋은 1학년생과 작은 체구에 쾌활하고 얼굴이 둥근 2학년생, 키가 크고 배움이 깊은 3학년생이 무슨 '이론'이니 무슨 '주의'니 하는 이야깃거리나 가벼운 화젯거리를 들고 세인트존 가 38번지 하숙집을 찾아와 쿠션이 즐비한 응접실에서 앤과 이야기 나누는 것을 좋아했다. 길버트는 그들 모두 다 마음에 들지 않았다. 또 그중 어느 누가 별안간 앤을 향해 본심을 드러내는 일이 없도록 극도로 주의를 기울였다. 앤에게 그는 다시 에이번리 시절의 친구로 돌아가 있었기에, 지금까지 앤에게 홀딱 반한 다른 경쟁자들을 유리한 입지에서 버텨낼 수 있었다. 앤도 솔직히 벗으로서 길버트만큼 만족감을 주는 사람은 없다고 인정했다. 길버트가 그 말도 안 되는 생각을 모두 떨친 것 같아서 정말 다행이라고 앤은 생각했다. 비록 한편으로는 그 이유가 무엇인지 궁금한 마음도 적지 않게 맴돌았지만.

딱 한 가지 불쾌한 사건이 그해 겨울에 오점을 남기긴 했다. 어느 날 찰리 슬론이 에이다 아주머니가 가장 아끼는 쿠션 위에 꼿

꽂이 앉아, 앤에게 "훗날 찰리 슬론 부인이 되겠다"고 약속해 줄 수 있느냐고 물었다. 빌리 앤드루스의 대리 청혼 사건을 겪지 않았다면 앤의 낭만적인 감수성은 큰 충격을 받았겠지만 이번에는 별 충격 없이 지나갈 수 있었다. 그러나 이 또한 환상이 깨지는 마음 아픈 사건인 건 분명했다. 앤은 화도 났다. 찰리에게 그런 가능성을 염두에 두도록 어떤 여지를 준 적이 전혀 없다고 생각했기 때문이다. 하긴 슬론 집안 사람이 어련하겠느냐고, 레이철 린드 부인도 경멸하는 목소리로 말하지 않았던가? 찰리는 전체적인 태도며 말투며 분위기와 한 마디 한 마디까지 지극히 전형적인 슬론 집안 사람이었다. 그리고 틀림없이 앤에게 대단한 명예라도 안겨주듯이 말을 꺼냈던 것이다. 그 명예라는 것을 전혀 느끼지 못한 앤은 최대한 배려하여 섬세하고 기품 있는 표현들로 청혼을 거절했다. 슬론 집안 사람이라도 감정이 있고, 그 감정을 지나치게 다치게 하면 안 되기에. 그러나 슬론 집안의 기질은 더욱 더 확연히 정체를 드러냈다. 확실히 찰리는 앤의 상상 속 구혼자처럼 거절을 받아들이지는 않았다. 오히려 골이 나서 겉으로 화를 내기까지 했고, 불쾌한 말도 몇 마디 내뱉었다. 앤도 욱하며 화가 치밀어 신랄한 말들을 퍼부었다. 그 말들이 어찌나 날카로웠던지 슬론네 집안 기질마저 뚫고 찰리의 마음 깊숙이 파고들어 꽂혔다. 찰리는 모자를 집어 들고 얼굴이 시뻘개져서 집을 뛰쳐나가갔다. 앤은 에이다 아주머니의 쿠션에 두 번이나 발이 걸려 넘어지면서 2층으로 뛰어 올라가 침대에 몸을 던지고 굴욕과 분노의 눈물을 흘렸다.

내가 정말 슬론 가 사람과 싸울 정도로 나락으로 떨어진 건가? 찰리 슬론이 한 말에 휘둘려 화를 내다니, 어떻게 그럴 수가 있지? 아, 이건 정말 굴욕이야. 네티 블루엣의 경쟁자가 되는 것보다 더!

"저 끔찍한 인간하고 다시는 만날 일이 없으면 좋겠어."

앤은 분한 마음에 얼굴을 베개에 파묻고 흐느껴 울었다.

찰리 슬론과 다시 만나지 않을 수는 없었지만, 화가 난 찰리 쪽에서 너무 가까이 마주치지 않으려고 조심했다. 덕분에 에이다 아주머니의 쿠션도 그날 이후로는 찰리 때문에 고통 받는 일이 없었다. 길이나 학교에서 앤을 마주치면 찰리는 극도로 냉랭하게 목례를 건넸다. 오랜 학교 친구였던 두 사람의 관계는 그렇게 껄끄럽게 1년 가까이 풀리지 않았다. 그러다가 찰리의 상처 입은 애정은 동그랗고 발그스름한 얼굴에 들창코인, 눈이 파란 자그마한 2학년 여학생에게로 옮겨갔다. 그 여학생은 찰리의 마음을 소중하게 받아들였다. 그러자 찰리는 앤을 용서하고 생색내듯 다시 정중하게 행동했다. 앤에게 어떤 사람을 놓친 건지 보라고 일부러 거들먹거리는 태도였다.

어느 날 앤이 흥분해서 종종걸음을 치며 프리실라의 방에 뛰어들어왔다. 앤이 소리치며 프리실라에게 던지듯 건네준 건 한 통의 편지였다.

"이것 좀 읽어 봐. 스텔라의 편지야. 내년에 레드먼드에 올 거래. 정말 근사하지? 그대로 된다면 말이야. 그렇게 될까, 프리실라?"

"무슨 말인지 알고 나면 대답하기가 더 쉬울 거야."

프리실라가 그리스어 단어를 내던지고 스텔라의 편지를 펼쳐들었다. 스텔라 메이너드는 퀸스 학교의 친구로, 지금까지 학교에서 아이들을 가르치고 있었다.

하지만 학교를 그만두고, 내년에 대학에 가려고 해, 앤. 퀸스에서 3학년까지 마쳤으니 대학 2학년으로 편입할 수 있을걸. 시골 오지의 학교에서 아이들을 가르치는 일에 지쳤어. 언젠가 '시골학교 여교사의 고충'을 주제로 글을 쓸 거야. 비참한 현실을 조금이나마 옮겨볼 생각이야. 사람들은 여교사가 팔자 좋게 하는 일도 없이 월급만 꼬박꼬박 받아간다고 생각하는 것 같아. 내 책으로 여교사들이 처한 현실을 알려 줘야지. 단 일주일만이라도 편한 일 하면서 월급은 많이 받아간다는 소리를 듣지 않고 지낼 수 있다면, 난 그 자리에서 당장 내 관을 짜도 여한이 없겠어. 지방세 납세자들 중에는 업신여기듯이 이렇게 말하는 사람들도 있어. '참 쉽게 돈 버네요. 그저 책상 앞에 앉아서 아이들이 책 읽는 소리만 들으면 되잖아요.' 처음에는 이 문제로 언쟁도 벌였지만, 이제는 나도 깨달은 게 많아. 진실은 힘이 세지만, 어느 현자가 말했듯이 오류의 절반만큼도 힘이 없으니까. 그래서 지금은 그저 고상하게 싱긋 웃으며 의미심장한 침묵만 날릴 뿐이지. 학교에는 1학년부터 9학년까지 있고, 난 모든 과목을 조금씩 다 가르쳐야 해. 지렁이 내장 관찰부터 태양계 연구까지 모두 다. 가장 어린 학생은 네 살인데, 어머니가 '귀찮아서' 학교에 보낸 거야. 제일 나이 많은 학생은 스무 살이고. 어느 날 갑자기 학교에 가서 교육을 받는 편이 밭일보다 더 쉽겠다는 생각이 들더래. 모든 과목을 하루 6시간 안에 욱여넣으려다 보니, 학생들이 영사기 앞에 끌려온 꼬마가 된 느낌이라고 해도 할 말이 없어. '방금 지나간 내용도 모르겠는데, 계속 다른 내용이 나온다'고 투덜대더라고. 내 기분도 딱 그래.

게다가 내가 어떤 편지들을 받는지 아니, 앤? 토미의 어머니는 바라는 만큼 토미의 산수 실력이 늘지 않는다고 편지를 보냈어. '토미는 아직 간단한 뺄셈 정도 하는데, 조니 존슨은 분수를 하더라, 토미가 조니보다 두 배는 더 머리가 좋은데, 이해가 안 간다'면서. 수지의 아버지는 수지가 편지를 쓰는데 왜 절반은 맞춤법이 틀리는지 이유를 알고 싶다고 하고, 딕의 친척 아주머니는 딕이 옆자리에 앉은 브라운이라는 못된 아이에게 나쁜 말을 배워 온다며, 자리를 바꿔달라더라.

경제적인 부분은 어떠냐 하면…… 아니야, 이 얘기는 접어둘게. 신은 제일 먼저 파멸시키고 싶은 사람을 시골 학교 여교사로 만드시는 거야!

넋두리를 늘어놓고 나니 기분이 나아진다. 그래도 지난 2년은 즐거웠어. 하지만 난 레드먼드에 갈 거야.

앤, 난 작은 계획이 있어. 내가 얼마나 하숙을 싫어하는지 너도 알지? 이미 4년이나 하숙 생활을 해서 아주 지긋지긋해. 그러니 그 생활을 3년 더 견디기는 힘들어.

그래서 있잖아, 너와 프리실라와 내가 돈을 모아서, 킹스포트 어디쯤 작은 집 한 채를 빌려 우리끼리 자취를 하면 어떨까? 비용도 그 편이 제일 적게 들 거야. 물론 살림을 맡아줄 사람이 필요할 텐데, 그 문제는 내가 벌써 알아뒀지. 일전에 제임시나 아주머니에 대해 얘기한 적이 있었지? 이름만 들어서는 모르겠지만 정말 그렇게 다정한 분은 또 없을 거야. 이름은 아주머니도 어쩔 수 없는 거니까! 제임시나라는 이름을 갖게 된 까닭은, 아버지 성함이 제임스였는데 아주머니가 태어나기 한 달 전 바다에 나갔다가 돌아가셔서 그런 거래. 난 그분을 늘 짐시 아주머니라고 불러. 어쨌든, 아주머니의 외동딸이 최근에 결혼해서 외국으로 선교 활동을 나갔단다. 제임시나 아주머니는 혼자 넓디넓은 집에 남아 몹시 쓸쓸하시지. 우리가 부탁드리면 킹스포트로 와서 집안일을 돌봐주실 텐데, 너희 둘 다 틀림없이 아주머니를 아주 좋아하게 될 거야. 이 계획을 생각하면 할수록 점점 더 마음에 들어. 계획대로만 되면 아주 즐겁고 자유롭게 지낼 수 있을 거야.

　프리실라와 네가 이 계획에 찬성한다면, 그곳에 있는 너희가 알맞은 집이 있는지 올봄에 찾아보는 게 좋지 않을까? 가을까지 기다리는 것보다 그 편이 더 나을 거야. 가구가 딸린 집이라면 더할 나위 없겠지만, 그런 집이 없더라도 각자 가진 것들이나 친한 이웃이 다락에 치워 뒀던 낡은 가구들을 조금씩 얻어서 장만하면 돼. 아무튼 되도록 빨리 결정해서 답장해 줘. 제임시나 아주머니께도 계획을 알려드리고 준비할 시간을 드려야 하니까.

"멋진 생각 같아."

프리실라의 의견에 앤도 기뻐하며 맞장구쳤다.

"내 생각도 그래. 물론 이 하숙집도 괜찮지만, 아무리 그래도 하숙집이 집과 같을 수는 없잖아. 얼른 집을 찾으러 나가 보자. 시험이 다가오기 전에."

프리실라가 경고하듯 말했다.

"꼭 맞는 집을 구하는 건 어려울 거야. 너무 기대하지는 마, 앤. 좋은 위치에 있는 멋진 집이라면 우리가 가진 돈으로는 어림없을 거고. 어떤 사람들이 사는지 모를 이름 없는 거리의 작고 허름한 집에 만족하고 집 안에서 우리끼리의 생활이 외부 환경을 상쇄할 수 있도록 노력해야 할 거야."

그렇게 두 사람은 집을 알아보러 다녔지만, 마음에 드는 집을 찾기란 프리실라가 걱정했던 것보다도 더 어려웠다. 집은 많았다. 가구가 딸린 집도, 그렇지 않은 집도 얼마든지 있었다. 하지만 너무 크거나, 너무 작았다. 어떤 집은 너무 비쌌고, 어떤 집은 학교에서 너무 멀었다. 시험이 시작되었다가 끝났다. 학기의 마지막 주가 시작되었지만, 앤이 붙인 이름처럼 이들의 '꿈의 집'은 여전히 공중누각이었다.

"그만 포기하고 가을까지 기다릴까 봐. 그때쯤이면 그럭저럭 바람은 막아 줄 오두막이라도 구할 수 있겠지. 그것마저 안 되면, 하숙집이 늘 우리와 함께 있잖아."

프리실라가 피곤한 듯 말했다. 두 사람이 공원을 산책하던 4월의 어느 화창한 날이었다. 바람이 산들산들 불고 하늘은 파랗게 펼쳐졌다. 잿줏빛 안개에 덮인 항구가 크림색으로 희미하게 어른거렸다.

"어쨌든 지금 이 순간엔 그런 걱정을 하느라 이 사랑스러운 오후를 망쳐 버리지 않을래."

앤이 기쁜 얼굴로 주위를 둘러보았다. 차고 상쾌한 공기에는 희미하게 소나무 향기가 배어 있었고 머리 위로 하늘은 수정처럼 맑고 파랬다. 커다란 컵에 축복을 담아 거꾸로 엎어 놓은 것 같았다.

"오늘은 봄이 내 피를 타고 노래를 부르고, 4월의 유혹이 공기 중에 떠다니고 있어. 나는 이상을 보며 꿈을 꾸고 있어, 프리실라.* 바람이 서쪽에서 불어오고 있으니까. 난 서풍을 사랑해. 희망과 기쁨의 노래를 부르잖아, 안 그래? 동풍이 불 때는 언제나 처마 끝에서 떨어지는 슬픈 비며 잿빛 기슭으로 밀려오는 슬픈 파도만 생각나거든. 내가 할머니가 된 다음에 동쪽에서 바람이 불어오면 틀림없이 류머티즘에 걸리고 말 거야."

프리실라가 웃었다.

"처음으로 털옷이랑 겨울옷을 벗어던지고 이렇게 봄옷 차림으로 산책을 나오니까 신나지 않아? 새로 태어난 기분이 들지 않니, 앤?"

---

* '너희 자녀들이 장래 일을 말할 것이며 너희 늙은이는 꿈을 꾸며 너희 젊은이는 이상을 볼 것이며'(구약성서 요엘서 2장 28절)에서 인용하였다.

"봄에는 모든 게 새로워. 봄 자체도 늘 새로운걸. 봄은 해마다 다 다른 모습이야. 반드시 뭔가 자기만의 것으로 고유한 향기를 만든다니까. 저것 봐, 저 작은 연못 둘레에도 풀이 파릇파릇하고 버드나무에도 잎눈이 움트고 있어."

"시험도 끝났고, 곧 종업식이야. 오는 수요일이네. 일주일 뒤엔 집에 돌아가 있겠다."

앤이 꿈속을 거닐 듯 말했다.

"정말 기뻐. 하고 싶은 일이 많아. 뒷문 계단에 앉아 해리슨 씨네 밭에서 살랑살랑 불어오는 바람도 쐬고 싶고, 유령의 숲에 가서 고사리도 뜯고, 제비꽃 골짜기에 가서 제비꽃도 잔뜩 꺾고 싶어. 우리가 소풍 갔던 그 멋진 날을 기억하니, 프리실라? 개구리 노랫소리와 포플러가 속삭이는 소리도 듣고 싶어. 하지만 킹스포트도 아주 좋아하게 됐어. 그래서 가을에 다시 돌아올 수 있다는 게 기뻐. 소번 장학금을 받지 못했다면 돌아오기 힘들었을 거야. 마릴라 아주머니의 얼마 안 되는 저금에 손댈 수는 없는 일이니까."

프리실라가 한숨을 쉬었다.

"이제 집만 구하면 되는데! 킹스포트를 봐, 앤. 집, 집, 사방에 집인데, 우리가 들어가 살 곳은 없다니."

"그만해, 프리실라. '가장 좋은 것은 가장 뒤에 온다'고 하잖아. 고대 로마인들처럼 우리가 찾는 집이 없으면 새로 하나 만들면 돼. 살 집을 찾다가 못 찾으면 새로 지으면 되고. 오늘 같은 날 나의 빛나는 사전에 실패라는 단어는 없어."

두 사람은 해가 넘어갈 때까지 공원을 거닐며 기적처럼 놀라운 봄날의 영광과 경이를 흠뻑 만끽했다. 그리고 여느 때처럼 집으로 돌아가는 길엔 스포퍼드 거리를 지나왔고, 그 길에 패티의 집도 구경할 생각이었다.

앤이 언덕길을 오르면서 말했다.

"뭔가 신비로운 일이 금방이라도 일어날 것 같은 기분이야. '엄지손가락이 찌릿찌릿한 걸 보면.'* 멋진 동화책 속에 들어온 느낌인걸. 어, 세상에, 이럴 수가! 프리실라 그랜트, 저기 좀 봐. 저게 정말이야? 내가 헛것을 보는 거야?"

프리실라는 앤이 가리킨 곳을 보았다. 앤의 엄지손가락과 눈이 거짓을 말한 게 아니었다. 패티의 집 입구 아치에 작고 수수한 팻말이 걸려 있었다. '세 놓음. 가구 딸림. 들어와서 문의해 주세요.'

앤이 속삭이듯이 물었다.

"프리실라, 우리가 패티의 집을 빌릴 수 있을까?"

프리실라는 딱 잘라 대답했다.

"아니, 빌릴 수 없어. 조건이 너무 좋아. 동화 같은 이야기는 요즘엔 일어나지 않거든. 나는 기대하지 않을래, 앤. 실망이 너무 크면 견디기 힘드니까. 분명 집세가 너무 비싸서 우리 예산으로는 어려울 거야. 잊지 마, 앤. 여기는 스포퍼드 거리라고."

하지만 앤은 이미 마음을 굳혔다.

---

* 셰익스피어의 희곡 《맥베스》에서 인용하였다.

"아무튼 알아보기는 해야지. 오늘은 시간이 너무 늦었으니 내일 다시 오자. 아, 프리실라, 이 예쁜 집에서 살 수 있다면 얼마나 좋을까! 내 운명이 패티의 집과 연결되어 있다는 느낌이 계속 들었단 말이야. 처음 본 순간부터!"

10장

패티의 집

 이튿날 저녁, 두 사람은 마음을 굳게 먹고 자그마한 뜰에 깔린 헤링본 문양 벽돌길을 걸어갔다. 4월의 바람에 소나무 가지가 살랑대고, 작은 소나무 수풀엔 울새들이 바삐 날아들었다. 크고 통통한 울새 몇 마리가 좁은 길 위를 뽐내며 걸어 다녔다. 두 사람이 조금 주뼛거리며 초인종을 울리자, 엄한 표정의 나이 많은 하녀가 나왔다. 문이 열리자 곧바로 커다란 거실이 보였고, 활기차게 타오르는 난로 옆에 노부인 두 명이 앉아 있었다. 두 사람 역시 표정이 엄격하고 나이가 많아 보였다. 한 사람은 일흔 살 정도고 다른 한 사람은 쉰 살 정도로 보이는 것 말고는 다른 점이 거의 없었다. 둘 다 놀랄 만큼 큰 눈에 연푸른 눈동자를 지녔고 금속테 안경을 썼다. 둘 다 똑같이 모자를 쓰고 회색 숄을 걸쳤으며, 서두르지 않지만 손을 쉬지도 않으며 뜨개질을 했다. 그리고 똑같이 느긋하게 흔들의자를 흔들며 말없이 앤과 프리실라를 바라보았다. 두 부인 뒤에는 크고 하얀 개 모양 도자기 인형이 하나씩 놓여 있었다. 온 몸에 동그란 초록빛 점이 박혀 있고 코와 귀도 모두 초록색이었다. 앤은 보자마자 도자기 인형에 매료되었다. 마치 패티의 집을 지키는 쌍둥이 수호신처럼 보였다.

한참 동안은 아무도 말이 없었다. 두 소녀는 너무 긴장해서 말이 나오지 않았고, 노부인과 도자기 개들도 이야기를 나누고 싶지 않은 듯했다. 앤은 방을 힐끔 훑어보았다. 정말 멋졌다! 열려 있는 다른 문 밖으로 곧장 소나무 수풀이 이어졌고 울새들은 대범하게도 계단 바로 위까지 뛰어다녔다. 바닥에는 직접 짠 둥근 깔개가 깔렸다. 마릴라가 초록 지붕 집에 만들어 간 것과 비슷했는데, 지금은 에이번리에서조차 유행이 지난 물건으로 취급당했다. 그런 물건이 스포퍼드 거리에 있다니! 잘 닦인 커다란 구식 괘종시계가 구석에서 크고 묵직한 소리로 재깍거렸다. 벽난로 선반 위에는 마음에 쏙 드는 작은 그릇장이 있었는데, 유리문 안에서 진기한 자기 그릇들이 은은하게 빛을 발했다. 벽에는 옛 판화들이 걸렸다. 한쪽 구석에 위로 올라가는 계단이 있는데, 계단이 옆으로 꺾이는 첫 번째 층계참에는 기다란 창이 나 있고 앉고 싶어지는 좌석도 마련되어 있었다. 앤이 그리던 집의 모습 그대로였다.

침묵이 견딜 수 없이 어색해질 즈음 프리실라가 빨리 말을 꺼내라는 듯 팔꿈치로 앤을 쿡쿡 찔렀다. 앤이 들릴 듯 말 듯한 목소리로 패티 스포퍼드가 분명한, 더 나이든 부인을 향해 말했다.

"저희는…… 저희는…… 팻말을 봤는데 이 집을 세 놓는다고 해서요."

"아, 맞아요. 오늘 팻말을 떼려던 참이었어요."

노부인의 대답에 앤이 아쉬워하며 물었다.

"그럼…… 그러면 저희가 늦었네요. 벌써 집이 나간 건가요?"

"그건 아니지만, 세를 놓지 않기로 했어요."

"아, 너무 안타깝네요. 저는 이 집을 아주 사랑해요. 이 집을 꼭 빌리고 싶었는데."

앤이 자신도 모르게 큰 소리로 말했다.

그러자 패티 스포퍼드는 뜨개질거리를 내려놓고는 안경을 벗어서 닦고 다시 쓴 뒤, 그제야 처음으로 사람을 대하는 눈으로 앤을 쳐다봤다. 다른 한 부인도 그대로 따라하는데, 그 모습이 어찌나 똑같은지 마치 패티 스포퍼드가 거울에 비친 상 같았다. 패티 스포퍼드가 이곳저곳 힘을 주어 강조하며 대답했다.

"이 집을 '사랑'한다라. 그건 이 집을 정말로 '사랑'한다는 뜻인가요? 아니면 단지 이 집의 모습이 마음에 든다는 뜻인가요? 요즘 아가씨들은 아무 때나 그렇게 과장되게 말을 해서 도무지 '속내'를 알 수가 없다니까. 우리가 젊을 때는 안 그랬어요. '그때' 아가씨들은 어머니나 예수님을 사랑한다고 말할 때 같은 말투로 순무를 '사랑'한다느니 하지 않았지."

앤은 양심에 거리낄 게 없었기에 차분하게 말했다.

"이 집을 정말로 사랑해요. 지난 가을에 처음 본 뒤로 줄곧 사랑했어요. 내년에는 하숙을 하지 않고 학교 친구 두 명과 같이 집에서 생활해 보고 싶어서 작은 셋집을 찾고 있거든요. 그래서 이 집을 세 놓는다는 팻말을 보고는 정말 기뻤어요."

패티 스포퍼드가 말했다.

"이 집을 정말 사랑한다면 빌려줄 수 있어요. 오늘 마리아하고 아무래도 세를 놓지 말자고 결정을 바꾼 이유는 이 집에 세 들고 싶다는 사람들이 하나같이 마음에 들지 않아서예요. 꼭 세를 놓아야 하는 것도 아니고요. 세를 놓지 않아도 유럽에 갈 정도의 여유는 되거든요. 보탬이야 되겠지만, 금덩어리를 준대도 지금껏 여기를 보러 다녀간 그런 사람들한테 내 집을 넘겨주긴 싫더군요. 아가씨는 다른 것 같네요. 이 집을 사랑하고 소중히 여기리라는 믿음이 가요. 아가씨에겐 맡겨도 좋겠어요."

앤이 머뭇거리며 물었다.

"그래도, 그래도 저희가 원하시는 집세를 드릴 수 있어야 하잖아요."

패티 스포퍼드가 필요한 집세를 말했다. 앤과 프리실라는 서로 얼굴을 마주보았다. 프리실라는 살짝 고개를 저었고, 앤이 실망을 꾹꾹 눌러 삼키며 말했다.

"그렇게까지는 힘들 것 같아요. 아시겠지만 저희는 아직 학생이라 돈이 별로 없거든요."

패티 스포퍼드가 뜨개질하던 손을 멈추지 않은 채 물었다.

"얼마나 낼 수 있죠?"

앤이 생각했던 예산을 말하자 패티 스포퍼드가 진지하게 고개를 끄덕였다.

"그거면 되겠어요. 아까도 말했지만 이 집을 꼭 세놓아야 하는 게 아니니까요. 우린 부자는 아니지만 유럽에 갈 정도 여유는 있어요. 나는 살면서 한 번도 유럽에 가본 적이 없었고, 갈 생각도 없었고, 가고 싶은 마음도 없었어요. 그런데 여기 있는 조카 마리아 스포퍼드가 가고 싶어졌다잖아요. 마리아처럼 젊은 사람을 혼자 바다 건너로 보낼 수도 없고."

"그, 그럼요. 그렇죠."

패티 스포퍼드가 너무도 진지하게 말하는 것을 보고 앤이 작은 소리로 중얼거렸다.

"그러니까요. 그래서 내가 따라가서 저 애를 돌봐줘야 해요. 간 김에 즐겁게 지내고 싶기도 하고요. 이제 일흔 살이 되었지만 아직 사는 게 지루했던 적은 없어요. 아마 유럽에 가고 싶은 마음이 있었다면 진즉에 다녀왔겠지. 나가면 2년이나 3년쯤 있을 생각이에요. 6월에 배를 타면서 아가씨들한테 열쇠를 보내 줄게요. 다른 건 전부 다 두고 갈 테니 편할 때 들어와요. 특별히 중요한 물건 몇 가지는 따로 치워 두겠지만 대부분은 그대로 둘게요."

앤이 조심스럽게 물었다.

"도자기 강아지는 그냥 두실 건가요?"

"그렇게 할까요?"

"아, 네, 그렇게 해주세요. 굉장히 마음에 들어요."

패트 스포퍼드가 기쁜 표정을 지으며 자랑스럽게 말했다.

"나도 대단히 소중하게 여기는 거들이에요. 백 살도 더 된 아이들인데, 우리 오빠 아론이 50년 전에 런던에서 가져온 뒤로는 줄곧 이 벽난로 양옆에 앉아 있었죠. 스포퍼드 거리도 바로 아론 오빠에게서 이름을 따서 붙인 거랍니다."

"좋은 분이셨죠. 아, 요즘은 그런 분을 보기 힘들어요."

마리아 스포퍼드가 처음으로 입을 열었다. 그러자 패티 스퍼포드는 감정이 북받치는 듯했다.

"네게 좋은 삼촌이었지, 마리아. 잊지 말고 잘 기억해야 한다."

"언제까지나 잊지 않을 거예요. 지금도 눈에 선한걸요. 저 벽난로 앞에 외투 뒷자락 밑으로 뒷짐을 지고 서서 우리를 보며 활짝 웃으시던 모습이요."

마리아 스포퍼드가 엄숙하게 말하고는 손수건을 꺼내 눈가를 닦았다. 하지만 패티 스포퍼드는 단호히 감성에서 빠져나와 나누던 이야기로 돌아왔다.

"저 개들은 그대로 두고 가죠. 아주 소중히 다루겠다고 약속하면 말이에요. 이름은 고그와 마고그. 오른쪽 아이가 고그이고 왼쪽이 마고그예요. 할 말이 한 가지 더 있어요. 이 집에 패티의 집 말고 다른 이름을 생각하진 않았으면 좋겠는데."

"그럼요, 당연하죠. 그 이름이 이 집의 가장 근사한 점 중 하나인걸요."

패티 스포퍼드가 무척이나 흡족한 목소리로 말했다.

"아가씨들은 뭘 좀 아는군요. 우리 집을 빌리고 싶다며 찾아오는 사람마다 하나같이 뭐라고 했는지 아세요? 이 집에 사는 동안 입구에 걸린 문패를 떼도 되냐고 묻더군요. 나는 이 집은 이 이름이 딱 어울린다고 잘라 말해 줬죠. 이 집은 아론 오빠가 유언으로 내게 물려준 뒤부터 지금까지 패티의 집으로 불렸어요. 내가 죽고 마리아가 죽을 때까지 계속 패티의 집이어야 해요. 그다음에는 이 집에 들어온 사람이 무슨 이름을 붙이든 상관없죠."

패티 스포퍼드는 '나 죽은 다음에야 홍수가 나든 말든' 알 바 아니라는 식이었다.*

"그럼 계약을 맺기 전에 집을 한 번 돌아보는 게 좋겠죠?"

집은 보면 볼수록 더 마음에 들었다. 넓은 거실 외에도 부엌과 작은 침실 하나가 아래층에 있었다. 위층에는 방이 셋인데, 하나는 크고 둘은 작았다. 앤은 특히 커다란 소나무가 내다보이는 작은 방에 마음이 끌려서 그 방을 쓰고 싶다고 생각했다. 벽지가 엷은 푸른빛이고, 고풍스러운 작은 화장대가 있는데 그 위에 촛대가 몇 개 놓였다. 작은 마름모꼴 문양의 창문에는 파란 모슬린 커튼 아래 앉을 자리가 마련되어 있어, 공부를 하거나 몽상을 하기에 더없이 좋아 보였다.

"모든 게 너무 환상적이라서 잠에서 깨고 나면 꿈처럼 덧없이 사라져 버릴 게 틀림없어."

프리실라가 패티의 집을 나오면서 말했다. 앤이 웃었다.

---

* 프랑스 왕 루이 15세가, 정치적 무능력과 방탕한 생활 탓에 민중의 반감과 불신이 커지며 혁명이 일어날 것이라는 소문이 돌자 "다음 왕이 잘할 것"이라며 이렇게 말했다고 한다.

"패티 아주머니나 마리아 아주머니는 도저히 꿈에 나오는 사람들처럼은 안 보였어. 두 분이 유럽을 걸어 다니시는 모습이, 특히 저 모자를 쓰고 숄을 두르고 다니시는 모습이 상상이 안 돼."

"출발할 때 모자랑 숄은 벗어 두고 가시겠지. 그래도 뜨개질감은 틀림없이 어디든 가져가실 거야. 손에서 내려놓으실 수 없는 것 같았거든. 웨스트민스터사원을 구경하면서도 뜨개질을 하실 것 같아. 그건 그렇고, 앤, 우리가 패티의 집에서 사는 거야. 스포퍼드 거리에서 말이야. 벌써부터 백만장자가 된 기분이야."

"나는 기쁨을 노래하는 아침 샛별이 된 기분이야!"

그날 밤 필리파 고든은 세인트존 가 38번지를 찾아와 앤의 침대에 몸을 던졌다.

"얘들아, 나 지금 피곤해서 죽을 것 같아. 나라 잃은 사람이 된 기분이야. 나라가 아니고 그림자였나? 뭐였는지 기억이 안 나네. 아무튼, 여태 짐을 꾸렸단 말이야."

프리실라가 웃었다.

"그리고 네가 녹초가 된 건 무엇을 먼저 쌀지, 어디에 넣어야 할지 결정을 내리지 못해서겠지."

"딩동댕. 간신히 짐을 다 쑤셔 넣고는 주인 아주머니랑 하숙집 하녀를 가방에 올라타게 한 다음 자물쇠를 채웠거든. 그런데 그 순간 종업식 때 필요한 물건들을 전부 다 맨 밑바닥 쪽에 넣었다는 사실을 깨달은 거야. 다시 가방을 열고 한 시간이나 휘젓고 뒤집은 끝에 필요한 것들을 꺼낼 수 있었어. 내가 찾는 건가 싶어서 끄집어내고 보면 다른 거더라고. 아니야, 앤, 욕 같은 건 안 했어."

"난 아무 말도 안 했는데."

"표정으로 말했잖아. 하지만 솔직히 말해서 속으로는 벌 받을 일을 저지를 뻔했지. 게다가 코감기에 심하게 걸려서, '홀'쩍거리다가 '한'숨 쉬다가 '흐'에취 재채기하는 것밖엔 아무것도 못 하겠단 말이야. 두운 반복의 고통이라고나 할까? 앤 여왕님, 나한테 기운이 날 만한 얘기 좀 해줘."

"돌아오는 목요일 밤이면 네가 알렉과 알론조가 있는 땅으로 돌아간다는 사실을 잊지 마."

앤의 말에도 필리파는 우울한 듯 고개를 저었다.

"'알'렉과 '알'론조도 두운이구나. 아니야. 알렉과 알론조도 코감기에 걸렸을 땐 보고 싶지 않아. 그런데 너희 둘은 무슨 일이 있었던 거야? 지금 이렇게 가만히 보니까 너희 얼굴이 환하게 빛나는 것 같아. 세상에, 정말로 빛이 나잖아! 무슨 일이야?"

앤이 신이 나서 말했다.

"다음 학기부터 패티의 집에서 살게 됐어. 잘 들어, 하숙이 아니라 거기서 살 거라고! 우리가 그 집을 빌렸어. 스텔라 메이너드도 올 거고, 스텔라의 친척 아주머니도 살림을 도와주실 거야."

필리파가 벌떡 일어나더니 코를 닦고 앤 앞에 무릎을 꿇었다.

"얘들아, 친구들아, 나도 같이 살게 해줘. 오, 정말 잘할게. 남는 방이 없으면 잠은 밭에 있는 작은 개집에서 자도 괜찮아. 전에 본 적 있거든. 같이 살게만 해줘."

"일어나, 바보같이."

"다음 학기에 너희와 같이 살 수 있다고 할 때까지 꼼짝도 안 할 거야."

앤과 프리실라는 서로 얼굴을 마주보았다.

앤이 천천히 말을 꺼냈다.

"필, 우리는 진심으로 너하고 같이 살고 싶어. 하지만 솔직하게 말하는 게 좋겠다. 나는 돈이 별로 없어. 프리실라와 스텔라 메이너드도 어려운 형편이고. 우리는 생활도 아주 검소해야 하고 먹는 것도 단출할 거야. 너도 우리와 똑같이 생활해야만 해. 그런데 너는 부자잖아. 하숙비만 봐도 알 수 있는 사실이야."

필리파가 비장한 목소리로 말했다.

"그게 어떻다는 거야? 하숙집에서 살진 소를 먹으며 홀로 쓸쓸히 지내느니 풀을 뜯어먹어도 친구들과 함께 하는 게 나아.* 나를 배불리 먹는 거 말고는 관심 없는 사람처럼 보지 마, 애들아. 빵하고 물만 있으면, 잼도 아주 조금만 있으면, 난 기꺼이 잘 살 수 있어. 너희들이 같이 살자고 해준다면 말이야."

앤이 말을 이었다.

"거기다가 해야 할 일도 많을 거야. 스텔라의 친척 아주머니가 혼자서 전부 다 하실 수는 없으니까. 우리 모두 각자 잡다한 일들

---

* '채소를 먹으며 서로 사랑하는 것이 살진 소를 먹으며 서로 미워하는 것보다 나으니라'(구약성서 잠언 15장 17절)에서 인용하였다.

을 맡아서 해야 하는데 너는……."

필리파가 앤의 말을 이어받았다.

"수고도 안 해 봤고 길쌈도 안 해 봤어.* 하지만 배울게. 어떻게 하는 건지 한 번만 보여 주면 돼. 내 침대는 정리할 줄 아니까 그것부터 시작할게. 요리는 할 줄 모르지만 욱하는 건 참을 수 있어. 그것도 대단한 거야. 날씨에 대해서도 절대로 투덜거리지 않을게. 그건 더 대단하지 않니? 아아, 부탁이야, 제발! 뭔가를 이토록 간절히 바라는 건 태어나서 처음이란 말이야. 그런데 여기 바닥은 엄청 딱딱하네."

프리실라가 단호하게 말했다.

"한 가지가 더 있어. 필, 네게 거의 매일 저녁 방문객이 있다는 건 레드먼드에 모르는 사람이 없잖아. 패티의 집에서는 그럴 수 없어. 우리는 집에서 친구를 만나도 좋은 날은 금요일 저녁으로만 제한하기로 결정했거든. 우리와 함께 살면 이 규칙을 지켜야 해."

"설마 내가 그 규칙을 싫어할 거라고 생각하는 건 아니지? 오히려 다행이야. 나도 그런 규칙이 필요하다는 건 알고 있었는데, 규칙을 세울 결심을 하기도 어려웠고 마음먹은 규칙을 고수하기도 힘들었거든. 너희가 내 대신 책임지고 규칙을 세워 주면 나로서는 정말 안심이지. 내가 너희와 운명을 같이하도록 해주지 않는다면,

---

* '또 너희가 어찌 의복을 위하여 염려하느냐 들의 백합화가 어떻게 자라는가 생각하여 보라 수고도 아니하고 길쌈도 아니하느니라'(신약성서 마태복음 6장 28절)에서 인용하였다.

난 낙담해서 죽을 거고 그럼 유령이 돼서 돌아와 너희들을 따라다닐 거야. 패티의 집 현관 계단에 진을 치고 있을 거니까, 집을 드나들 때마다 내 유령한테 발이 걸려서 넘어질걸."

다시 한 번 앤과 프리실라가 의미심장한 눈길을 주고받았다.

이윽고 앤이 말했다.

"물론 스텔라와 의논할 때까지는 확실하게 약속할 수 없어. 하지만 스텔라도 반대하진 않을 것 같고, 우리 의견을 묻는다면, 네가 오면 대환영이야."

프리실라가 얼른 덧붙였다.

"소박한 생활에 싫증이 나면 떠나도 괜찮아. 아무것도 묻지 않을게."

필리파가 벌떡 일어나 두 사람을 끌어안으며 환호성을 질렀다. 그리고 기쁨에 들떠 돌아갔다.

"다 잘 풀려야 할 텐데."

프리실라가 진지한 목소리로 말했다.

"잘 풀어 나가야지. 필은 우리의 '행복한 작은 집'에 아주 잘 어울리는 사람이 될 거야."

"그래, 필은 수다 떨며 친구로 어울리기에 참 좋은 아이야. 그리고 물론 한 사람이라도 더 늘어나면 빈약한 주머니 사정에 부담도 덜겠지. 하지만 함께 생활하기에는 어떨까? 여름과 겨울을 겪어 보지 않으면 같이 살 만한 사람인지 아닌지 알 수 없는 법이야."

"아, 하지만 그런 점이라면 우리 모두가 시험대 위에 있는 거야.

우리는 분별 있는 사람답게 각자의 방식을 인정하고 서로 맞춰가며 살아야 해. 필은 이기적인 아이는 아니야. 조금 철이 없어서 그렇지. 나는 우리 모두 패티의 집에서 멋지게 해내리라 믿어."

11장

인생의 단면

앤은 소번 장학금을 받고 자랑스러운 모습으로 에이번리에 돌아왔다. 사람들은 앤에게 별로 변한 게 없다고 말했는데, 그 말투에선 변하지 않은 게 놀랍고 약간은 실망이라는 마음도 느껴졌다. 에이번리도 변한 게 없었다. 적어도 처음에는 그래 보였다. 그러나 집에 돌아와 첫 일요일에 참석한 예배에서, 초록 지붕 집 지정석에 앉아 교회에 모인 사람들을 둘러보았을 때 몇 가지 작은 변화가 한눈에 들어왔다. 시간이 에이번리를 비껴가지 않았음을 뼈저리게 깨닫게 해주는 변화들이었다. 설교단에는 새로 부임한 목사님이 서 있었다. 신도석에는 낯익은 얼굴들이 앉아 있던 많은 자리가 영영 비워져 있었다. 예언을 모두 끝낸 '에이브 아저씨', 한숨을 달고 살아 더는 한숨 쉴 일 없기를 바랐던 피터 슬론 부인, 레이철 린드 부인 말마따나 '20년 동안 죽는 연습을 한 끝에야 간신히 죽은' 티모시 코튼, 그리고 구레나룻을 깨끗하게 정리한 탓에 관속에 누운 모습을 아무도 알아보지 못한 조시아 슬론 할아버지까지. 이들 모두 교회 뒤의 작은 묘지에 잠들어 있었다. 그리고 빌리 앤드루스는 네티 블루엣과 결혼했다! 두 사람은 그 일요일이 '첫 등장'이었다. 빌리가 뿌듯하고 행복한 함박웃음을 지으며 비단옷에 깃털 장식으로 치장한 신부를 하면 앤드루스 가족 신도석으로 데려가는 것을 보고, 앤은 이리저리 방황하는 눈동자를 들키지 않으려 눈을 내리깔았다. 크리스마스 방학 중에 눈보라치던 어느 겨울밤, 제인이 빌리를 대신해서 청혼하던 날이 떠올랐다. 확실히 빌리는 거절을 당했다고 가슴 터질 듯이 슬퍼하거나 하지는 않았던 모양이다. 제인이 네티에게도 대신 청혼을 해주었는지, 아니면 빌리가 용기를 끌어모아 그 운명의 장난 같은 질문을 직접 건넸을지 궁금했다. 앤드루스 사람들은 집안 신도석에 앉아 있는 하면 부인부터 성가대석에 앉은 제인까지 전부 다 빌리와 똑같은 뿌듯함을 느끼는 것 같았다. 제인은 에이번리 학교를 사직했고 가을에 서부로 갈 예정이었다.

레이철 린드 부인이 경멸하듯이 말했다.

"에이번리에서는 애인이 안 생기니까 그렇지. 말로는 서부에 가면 건강이 좋아질 것 같아서라는데, 그 애 건강이 안 좋다는 얘기는 들어본 적도 없다."

앤이 친구의 편에서 대답했다.

"제인은 바른 아이예요. 누구처럼 주위의 관심을 끌려고 애쓴 적이 없잖아요."

"그래, 남자애들 뒤꽁무니나 쫓아다니진 않았지. 네가 하고 싶은 말이 그거 아니냐. 하지만 제인도 누구 못지않게 결혼하고 싶어 해. 그게 아니면 서부 같이 외떨어진 곳에 왜 가려고 하겠니? 남자만 득실대고 여자가 귀하다는 것 말고는 내세울 것 하나 없는데. 내 눈은 못 속인다!"

하지만 그날 앤이 보고 충격을 받을 만큼 놀란 사람은 제인이 아니라, 성가대석에서 제인 옆자리에 앉아 있던 루비 길리스였다. 루비에게 무슨 일이 있었던 거지? 루비는 전보다도 더 예뻐진 모습이었다. 그러나 파란 눈동자가 지나치게 선명하고 광이 나는 데다 뺨은 병적으로 발그스름했다. 게다가 너무 야위어 성가집을 든 손이 투명하게 들여다보일 정도로 가냘팠다.

앤은 교회를 나와 집에 돌아오는 길에 린드 부인에게 물었다.

"루비 길리스는 아픈가요?"

린드 부인이 거침없이 말했다.

"루비 길리스는 급성폐결핵으로 죽어가고 있어. 다 아는 사실인데 그 애하고 그 애 가족만 아니라고 하지. 인정하려 들질 않아. 그 집 사람들한테 물어봐라. 애가 멀쩡하다고 하지. 학교에서 아이들을 가르치지 못하게 된 것도 겨울에 피를 토하고 나서부터인데, 루비는 가을이 오면 다시 아이들을 가르칠 생각이라면서, 화이트샌즈 학교에 가고 싶어 하더구나. 가여운 것, 화이트샌즈 학교가 개학할 즈음이면 무덤 속에 누워 있을 텐데."

앤은 충격으로 말문이 막혀 가만히 듣고만 있었다. 오랜 학교 친구인 루비 길리스가 죽는다고? 그런 일이 있을 수 있을까? 요 몇 년은 떨어져 지낸 시간이 많았지만 학교 친구로 만나 오랜 시간 이어온 우정의 끈은 여전히 그대로 남아 있었기에, 앤은 가슴이 날카롭게 조여드는 아픔을 느꼈다. 눈부시게 밝고 쾌활하고 애교 넘치는 루비가! 루비를 죽음 따위와 연관시켜 생각할 수가 없었다. 예배를 마치고 루비는 앤에게 따뜻한 인사를 건네면서 내일 저녁 집으로 꼭 놀러오라고 다짐까지 받아갔다.

"화요일과 수요일 밤엔 집에 없을 거야. 카모디에 콘서트를 보러 가고 화이트샌즈에서 파티도 있거든. 허브 스펜서가 데려다 줄 거야. 허브는 요새 만나는 사람이야. 내일 꼭 와야 해. 너랑 실컷 얘기하고 싶어 못 참겠어. 레드먼드에서 어떻게 지냈는지도 모두 듣고 싶어."

루비는 의기양양하게 속삭였다. 사실은 루비가 자신의 최근 연애담을 시시콜콜 들려주고 싶은 거라는 걸 알았지만 앤은 가겠다고 약속했고, 다이애나도 함께 가겠다고 했다. 이튿날 저녁, 다이애나는 초록 지붕 집을 나서면서 앤에게 이렇게 말했다.

"루비를 만나러 가고 싶었지만 한참을 못 봤어. 혼자서는 도저히 못 가겠더라. 저렇게 재잘거리는 말을 들으면 너무 힘들어. 기침 때문에 말도 제대로 못 하면서 자기는 아무렇지도 않은 척하는 모습을 보기가 괴롭고. 루비는 온힘을 다해 사투를 벌이고 있지만, 사람들 말로는 이미 아무런 가망이 없대."

두 사람은 말없이 황혼에 물들어 붉게 땅거미 진 길을 걸어 내려갔다. 울새들이 저 높이 나뭇가지 위에서 저녁 찬송가를 부르는 듯 황금빛 대기를 환희에 찬 울음소리로 가득 채웠다. 은피리 소리 같은 개구리들의 노랫소리가 늪지와 연못에서 흘러나왔고, 쏟아져 내린 햇살과 빗방울에 신이 난 씨앗들이 생명을 움틔우는 들판 위로 울려 퍼졌다. 공기 중엔 어린 산딸기 덤불이 풍기는 달콤하고 건강한 향이 감돌았다. 하얀 안개가 고요한 함지 안에 엷게 깔렸고, 자줏빛 별들이 개울물 위에서 우울하게 반짝였다.

"노을이 정말 아름답다. 저것 좀 봐, 앤, 저것만으로 하나의 세상 같지 않니? 저 낮게 깔린 기다란 자줏빛 구름이 해변이고, 그 위에 맑은 하늘은 금빛 바다 같아."

앤이 몽상에서 깨어나며 말했다.

"폴이 작문에 썼던 달빛 배 기억나니? 그 배를 타고 저기로 항해해 간다면 얼마나 멋질까? 그곳에서 우리의 지나간 시간을 모두 다시 만날 수 있을까, 다이애나? 지나간 봄들이며, 그 꽃들을? 폴이 그곳에서 보았던 꽃밭은 예전에 우리를 위해 꽃망울을 터뜨렸던 그 장미꽃밭일까?"

"그만해, 앤! 네 말을 들으니 우리가 인생을 다 살아 버린 할머니가 된 것 같잖아."

"가엾은 루비 이야기를 듣고 나니까 정말 우리가 늙어 버린 기분이야. 루비가 죽는 게 사실이라면 다른 슬픈 일들도 다 현실이 될 수 있다는 거니까."

다이애나가 물었다.

"잠깐 엘리샤 라이트 씨네 집에 들러도 괜찮아? 어머니가 이 잼을 아토사 대고모님께 갖다드리라고 하셨거든."

"아토사 대고모님이 누구야?"

"어머, 아직 못 들었니? 스펜서베일의 샘슨 코츠 부인인데, 엘리샤 라이트 부인의 이모님이셔. 우리 아버지의 고모님이기도 하고. 지난 겨울에 남편이 돌아가시고 혼자가 되셨는데, 형편도 안 좋고 적적해 하셔서 라이트 씨네 집에서 모셔왔어. 어머니는 우리가 모셔야 하는 거랬는데, 아버지가 극구 반대하셨거든. 아토사 대고모님하고는 같이 못 사신다고."

"대고모님 성격이 고약하셔서?"

앤이 무심코 물었는데, 다이애나가 의미심장하게 말했다.

"아마 그 집에서 나오기 전에 너도 알게 될 거야. 아버지는 아토사 고모님 얼굴이 꼭 도끼 같다고 말씀하셔. 공기도 가를 거라고. 그런데 혀는 얼굴보다 더 날카로워."

늦은 시간이었는데도 아토사 대고모는 라이트 씨네 부엌에서 감자를 썰고 계셨다. 낡고 색이 바랜 가운 같은 옷을 몸에 휘감은 차림이었고, 희끗희끗한 머리는 헝클어져 제멋대로였다. 아토사 대고모는 '기분 좋은 모습을 들키기 싫어서' 일부러 더 불쾌하게 굴었다.

"아, 그래, 네가 앤 셜리구나. 네 이야기는 들었다."

다이애나가 앤을 소개하자 아토사 대고모가 말했다. 그 말투로 보아 좋은 이야기는 하나도 못 들은 것 같았다.

"앤드루스 부인이 네가 집에 왔다고 그러더구나. 네가 아주 많이 좋아졌다면서 말이다."

아직 더 좋아져야 할 여지가 많다고 생각한다는 게 확실했다. 아토사 대고모는 넘치는 힘으로 쉬지 않고 감자를 썰면서, 비아냥거리듯 물었다.

"앉으라고 권해봐야 소용 있겠니? 아무렴 여기엔 너희가 그리 재미있어 할 일도 없지. 다른 식구들도 다 나가 버렸고."

다이애나가 상냥하게 말했다.

"어머니가 대황잼을 한 병 주셨어요. 오늘 만들어서 대고모님도 좋아하실 것 같다고요."

아토사 대고모가 심술궂은 목소리로 말했다.

"참, 고맙구나. 너희 엄마가 만든 잼을 좋아하진 않는다. 매번 너무 달아서 말이지. 그래도 신경 써서 조금 맛은 보도록 해보마. 올봄엔 도무지 입맛이 돌지를 않는구나. 사는 게 말이 아니야."

아토사 대고모는 아주 진지하게 말을 이어갔다.

"그래도 나는 계속 일을 하지. 일을 못 하는 사람은 이 집에 필요치 않으니까. 귀찮게 해서 미안하다만 잼을 식료품 창고에 넣어주겠니? 난 이 감자들을 오늘밤에 다 썰어야 해서 바쁘거든. 너희 같은 아가씨들은 이런 일은 절대 안 하겠지. 손이 거칠어질까 봐."

앤이 싱긋 웃으며 대답했다.

"우리 농장을 빌려주기 전에는 저도 감자를 자주 썰었어요."

"전 지금도 하는걸요. 지난주에도 사흘이나 썰었어요. 물론 감자를 썬 날은 밤마다 레몬즙에 손을 담갔다가 염소가죽 장갑을 끼고 잠들긴 했죠."

다이애나도 웃으면서 말하고는 뒤엣말을 장난스럽게 덧붙였다.
아토사 대고모가 콧방귀를 뀌었다.

"그렇게 열심히 읽어대던 그 멍청한 잡지에서 배운 비법인 모양이구나. 네 엄마가 그런 걸 보게 내버려둔다니 놀라워. 하긴 네 엄마는 처음부터 널 응석받이로 키웠지. 조지가 네 엄마와 결혼할 때 우린 모두 그 애가 조지한테 어울리는 짝이 못 된다고 생각했다."

아토사 대고모는 한숨을 무겁게 내쉬었다. 마치 조지 배리가 결혼할 때 들었던 불길한 예감이 빠짐없이 맞아들어서 암울하다는 듯이.

앤과 다이애나가 일어서자 아토사 대고모가 물었다.

"가려고? 하긴 나 같은 늙은이랑 얘기하는 게 무슨 재미가 있겠니. 남자애들이 집에 없어서 아쉽구나."

"어서 가서 루비 길리스를 잠시 만나야 하거든요."

다이애나가 사정을 설명하자, 아토사 대고모가 유해진 말투로 대답했다.

"그래, 핑계야 많지. 영문도 모르게 쌩 하니 왔다가 쌩 하니 가는구나. 찬찬히 인사할 새도 없이 말이다. 대학 다니는 티를 낸다는 게 그런 거겠지. 루비 길리스하고는 만나지 않는 게 좋을 거다. 의사들 말로는 폐결핵이 잘 옮는다더라. 지난 가을에 보스턴에 간다고 나다닐 때부터 무슨 병이든 걸릴 것 같더라니. 집에 가만히 있지 못하는 사람은 언제라도 화를 당하기 마련이야."

다이애나가 숙연하게 말했다.

"여행을 가지 않아도 병에 걸려요. 죽는 사람들도 있고요."

아토사 대고모가 의기양양하게 되받아쳤다.

"그럼 그 사람들은 자기 탓을 하지 않아도 되는 거지. 너는 6월에 결혼을 한다지, 다이애나?"

"사실이 아니에요."

다이애나가 얼굴을 붉히며 대답하자, 아토사 대고모가 의미심장하게 말했다.

"그래도 너무 미루지는 마라. 너도 금방 시들 테니. 피부하고 머리카락 빼면 볼 것도 없잖니. 게다가 라이트 집안 사람들은 변덕이 얼마나 심한지 몰라. 넌 모자를 쓰고 다녀야겠다, 앤 셜리. 코에 주근깨가 볼썽사납구나. 세상에, 게다가 빨강 머리잖이! 그래, 우리 모두 신께서 만들어 주신 그 모습 그대로 살 수밖에. 마릴라 커스버트에게 내 안부나 전해다오. 내가 에이번리에 온 뒤에 한 번도 나를 만나러 찾아오지 않았지만, 그걸 뭐라 할 수는 없지. 커스버트 집안 사람들은 항상 자기네가 남들보다 고고하다 여겼으니까."

그곳을 빠져나와 오솔길을 내려오면서 다이애나가 말했다.

"아, 끔찍하지 않니?"

"엘리자 앤드루스 부인보다 더 심하잖아. 그런데 한편으로는 생각해 봐. 평생 아토사 같은 이름으로 살아야 하다니! 누군들 저런 심술이 안 생길까? 아주머니도 자기 이름이 코델리아라고 상상해 봤다면 좋았을 텐데. 그랬더라면 굉장히 도움이 됐을 거야. 나도 앤이라는 이름을 좋아하지 않았던 시절에 그게 도움이 됐거든."

"조시 파이가 크면 저 대고모님하고 똑같아질 거야. 조시의 어머니하고 아토사 대고모님이 사촌이거든. 아, 이 일을 마쳐서 다행이야. 대고모님은 너무 심술궂어. 무슨 일이든 기분 나쁘게 만드시는 것 같아. 아버지가 대고모님에 대해서 굉장히 웃긴 이야기를 해 주셨어. 예전에 스펜서베일에 인품도 훌륭하고 영성이 충만한 목사님이 계셨는데 귀가 거의 안 들렸나 봐. 보통 대화하는 소리는 전혀 듣지 못하셨다는 거야. 일요일 저녁마다 기도회가 있었는데, 참석한 신도들이 차례대로 일어나서 기도를 하거나 성경 구절을 읊었대. 그런데 어느 날 저녁 모임에서 아토사 대고모님이 벌떡 일어나신 거지. 그러고는 기도도 하지 않고, 설교도 하지 않고, 대신 교회 신도들을 전부 공격하면서 두섭게 호통을 치셨다는 거야. 직접 이름까지 부르면서 그 사람들이 무슨 짓을 했는지 폭로하고, 지나간 10년 동안 어떤 싸움이 있었고 어떤 추문이 돌았는지 낱낱이 나열한 다음, 본인은 스펜서베일 교회에 넌더리가 난다며 다시는 그 교회 앞에 얼씬도 하지 않을 거라고, 그리고 교회에는 무서운 벌이 내려올 거라고 얘기를 끝내고는 숨이 차서 자리에 앉으셨대. 그런데 목사님은 그 말들을 하나도 듣지 못하고, 대고모님이 자리에 앉자마자 더없이 경건한 목소리로 그러셨대. '아멘! 주여, 사랑하는 우리 자매님의 기도를 이루어 주시옵소서!' 네가 아버지 이야기를 직접 들었어야 하는 건데."

앤이 특별하고 비밀스러운 이야기를 털어놓듯 말을 꺼냈다.

"이야기라고 하니까 생각이 나는데, 요즘 고민하는 게 있거든. 내가 단편소설을 쓸 수 있을까? 책으로 낼 수 있을 만큼 괜찮은 소설 말이야."

앤이 넌지시 던진 깜짝 놀랄 이야기가 무슨 뜻인지 완전히 이해한 다이애나가 대답했다.

"그럼, 당연히 할 수 있지. 몇 년 전 우리가 이야기클럽을 만들었을 때도 넌 진짜 신나는 이야기들을 쓰곤 했잖아."

앤이 웃었다.

"아니, 내가 말하는 건 그런 종류의 글이 아니야. 요즘 그런 고민을 조금 했는데, 시도를 못 하겠어. 실패하면 너무 부끄러울 것 같아서."

"언젠가 프리실라가 말하는 걸 들었는데, 모건 부인도 처음에 쓴 소설들은 모두 퇴짜를 맞았대. 하지만 네 작품은 분명 그렇지 않을 거야, 앤. 요즘은 편집자들도 좀 더 감각이 생겼을 테니까."

"레드먼드의 3학년 학생인 마거릿 버튼이 지난 겨울 소설을 썼는데, 그 소설이 〈캐나다 여성〉지에 실렸어. 내 생각에는 나도 그 정도 소설은 쓸 수 있을 것 같거든."

"그럼 그 소설도 〈캐나다 여성〉지에 발표할 거니?"

"더 큰 잡지사에 먼저 보내 보는 것도 괜찮을 것 같아. 어떤 이야기를 쓰느냐에 따라 달라질 거야."

"어떤 이야기를 쓸 건데?"

"아직 모르겠어. 구성을 제대로 잡고 싶어. 편집자의 입장에서 보면 이게 아주 중요할 것 같아. 지금까지 내가 정한 건 주인공의 이름밖에 없어. '에이버릴 레스터', 굉장히 예쁘지 않니? 아무한테도 말하면 안 돼, 다이애나. 너하고 해리슨 아저씨 말고는 아직 아무도 몰라. 아저씨는 별로 탐탁지 않아 하시더라. 요즘은 옛날에 비해 쓰레기 같은 책들이 너무 많다면서, 대학에서 1년 동안 공부하고 왔으면 좀 더 괜찮은 생각을 할 줄 알았대."

다이애나가 어이없다는 투로 말했다.

"해리슨 아저씨는 그런 쪽으로 뭘 아시는데?"

루비 길리스의 집은 불빛을 환하게 밝히고 손님들이 찾아와 유쾌한 분위기였다. 스펜서베일의 레너드 킴벌과 카모디의 모건 벨이 응접실에서 멀찍이 떨어져 앉아 서로 노려보고 있었다. 발랄한 아가씨 몇 명도 놀러 와 있었다. 루비는 하얀 드레스를 입었는데, 눈과 뺨이 매우 밝게 빛났다. 쉴 새 없이 웃고 떠들다가 다른 아가씨들이 돌아가자 앤을 데리고 위층으로 올라가 새로 장만한 여름 드레스를 보여 주었다.

"파란색 실크가 있는데 여름에 입기에는 조금 두꺼워. 그건 가을까지 놔두려고. 알겠지만 화이트샌즈에서 아이들을 가르칠까 하거든. 내 모자는 어때? 어제 네가 교회에 쓰고 왔던 모자는 진짜 깜찍하더라. 하지만 난 밝은색이 더 좋아. 아래층에 있는 웃기는 두 남자 봤니? 둘 다 서로 상대가 먼저 나갈 때까지 저렇게 앉아 있겠다는 거야. 나는 둘 다 요만큼도 관심 없는데. 내가 좋아하는 사람은 허브 스펜서뿐이잖아. 가끔은 허브야말로 나의 '연분'이란 생각이 들어. 크리스마스 때만 해도 스펜서베일 학교 교장이 내 짝이구나 했었거든. 그런데 교장에 대해 뭔가를 알게 되고서 그 사람이 싫어졌어. 내가 거절하니까 거의 미치려고 하더라. 저 두 사람은 오늘 오지 않기를 바랐는데. 너랑 기분 좋게 실컷 얘기하고 싶었거든, 앤, 너에게 해줄 얘기들도 산더미처럼 많고. 너랑 나랑은 예전부터 좋은 친구잖아, 그렇지?"

루비가 한 팔로 앤의 허리를 감싸듯 안으며 가벼운 웃음을 날렸다. 그러나 잠시 두 사람의 눈이 마주친 순간, 루비의 반짝이는 모습들 뒤로 앤은 마음 아픈 무언가를 엿보았다.

루비가 소곤소곤 말했다.

"자주 놀러 올 거지, 앤? 혼자 와. 너하고 같이 있고 싶어."

"루비, 너 괜찮은 거니?"

"나? 그럼, 난 완전히 건강해. 살면서 이렇게 가뿐한 적이 없었어. 물론 겨울에 각혈 때문에 조금 힘들긴 했지만. 내 혈색을 봐. 그렇게 아픈 사람처럼 보이지는 않잖아."

루비의 목소리는 날카로움을 감추고 있었다. 루비는 억울한 일을 당한 사람처럼 앤을 안았던 팔을 풀더니 아래층으로 뛰어 내려갔다. 그리고 그곳에서 한층 더 쾌활하게 굴었고, 겉으로 보기엔 자신을 숭배하는 두 청년을 골려주는 재미에 푹 빠진 듯 행동했다. 다이애나와 앤은 따로 겉돌다가 곧 그곳을 떠났다.

12장

'에이버릴의 속죄'

"무슨 꿈을 꾸고 있니, 앤?"

어느 날 저녁 두 소녀는 함지 안으로 개울이 흐르는 요정 마을을 거닐었다. 고사리가 고개를 끄덕이고 작은 풀들이 푸르게 돋아난 주변으로 하얀 커튼처럼 야생 배들이 고운 향기를 풍기며 둘러서 있었다. 앤은 몽상에서 깨어나며 행복한 한숨을 내쉬었다.

"내가 쓸 이야기를 생각하고 있었어, 다이애나."

"어머, 정말로 벌써 시작했어?"

다이애나가 즉시 열렬한 관심을 보이며 소리쳤다.

"응, 아직 몇 장 쓰지는 못했는데, 전체적인 구상은 거의 잡았어. 적당한 줄거리를 짜느라 시간이 조금 걸렸지. 내용들이 하나같이 에이버릴이라는 이름의 아가씨에게는 어울리지 않아서 말이야."

"주인공 이름을 바꾸면 안 돼?"

"그건 안 되더라. 바꾸려고 해봤는데 못 하겠는 거야. 내가 네 이름을 바꿀 수 없는 거랑 똑같았어. 에이버릴이 꼭 진짜 있는 사람처럼 아무리 다른 이름을 붙여 봐도 어느새 내가 에이버릴이라고 생각하고 있는 거야. 하지만 결국에는 에이버릴과 어울리는 줄거리를 생각해냈어. 그다음은 다른 등장인물들에게 붙일 이름을 고르는 짜릿한 순서였지. 얼마나 재미있었는지 몰라. 몇 시간이나 잠도 안 자고 그 이름들을 생각했다니까. 남자 주인공 이름은 퍼시벌 댈림플이야."

다이애나가 아쉬워했다.

"등장인물들 이름을 벌써 전부 다 지었어? 나도 하나만 짓게 해 달라고 하려 했는데. 중요하지 않은 인물로 말이야. 그렇게 하면 나도 네 소설에 조금 기여했다는 기분이 들 것 같아서 말이야."

앤이 다이애나의 마음을 이해했다.

"레스터 집안에 고용된 어린 남자아이의 이름은 네가 붙여 줘. 그렇게 중요한 인물은 아니지만 아직 이름을 짓지 않은 건 그 아이뿐이야."

"그 아이는 레이먼드 피츠오즈번이라고 부를래."

다이애나는 그런 이름을 한가득 기억하고 있었다. 모두 학창 시절 앤과 제인 앤드루스와 루비 길리스까지 함께했던 이야기클럽에서 썼던 이름들이었다. 앤이 마음에 들지 않는다는 듯이 고개를 저었다.

"잔심부름하는 아이 이름으로는 너무 귀족적이야. 다이애나. 피츠오즈번이라고 불리는 아이가 돼지한테 먹이를 주고 땔나무를 줍다니, 상상이 안 돼."

다이애나는 상상력 풍부한 앤이 왜 그런 상상은 못 한다는 건지 이해가 안 됐지만, 자기보다는 앤이 더 잘 아는 일이겠기에 잔심부름하는 소년에게 마침내 로버트 레이라는 이름을 붙여 주었고, 애칭이 필요할 때는 바비로 부르기로 하였다.

"이 책을 쓰면 얼마나 받을 수 있을 것 같아?"

앤은 그런 생각은 전혀 해본 적이 없었다. 앤이 추구하는 것은 명성이지 너저분한 돈벌이가 아니었고, 문학을 꿈꾸는 앤의 마음은 아직 돈 생각에 물들어 있지 않았다.

"나도 보여 줄 거지?"

다이애나가 부탁했다.

"다 쓰면 너하고 해리슨 아저씨한테는 읽어 줄 테니까, 냉혹하게 비판해 줘. 다른 사람들은 출판되기 전까진 안 보여 줄 거야."

"마지막은 어떻게 할 건데? 행복하게 끝나? 아니면 슬프게?"

"아직 몰라. 나는 슬프게 끝나는 게 좋아. 훨씬 더 낭만적이니까. 하지만 편집자들은 슬픈 결말을 까닭 없이 싫어하는 것 같아. 언젠가 해밀턴 교수님이 그러셨는데, 천재가 아니면 슬플 결말을 쓰려고 해선 안 된대. 나는 천재는 아니거든."

앤이 겸손하게 말을 맺었다.

"난 행복하게 끝나는 이야기가 제일 좋아. 퍼시벌과 에이버릴을 결혼시키면 좋겠어."

다이애나는 특히 프레드와 약혼한 뒤로 모든 이야기가 그렇게 끝나야 한다고 생각했다.

"그렇지만 너는 소설을 읽으면서 우는 거 좋아하잖아?"

"맞아. 읽다가 중간쯤에선 그렇지. 하지만 마지막에는 모든 게 잘되는 게 좋아."

앤이 곰곰이 생각하며 말했다.

"애절한 장면을 하나는 꼭 넣어야 해. 로버트 레이가 사고로 다쳐서 죽음을 맞는 것도 괜찮고."

다이애나가 딱 잘라 말하며 웃음을 터뜨렸다.

"안 돼, 바비는 죽이지 마. 그 애는 내 거니까 살아서 잘되면 좋겠어. 꼭 죽여야겠으면 다른 사람을 죽여 줘."

그로부터 2주일 동안 앤은 고통스럽게 몸부림치기도 하고 즐거워 춤을 추기도 하면서 기분이 시키는 대로 작품에 몰두했다. 번뜩이는 발상이 떠올라 환호를 지르기도 했다가, 정반대의 등장인물이 제대로 움직여 주질 않아 좌절하기도 했다. 다이애나는 그런 앤을 이해할 수가 없었다.

"네가 하고 싶은 대로 하도록 쓰면 되잖아."

다이애나가 말하자 앤이 한탄하듯 대답했다.

"그게 안 돼. 에이버릴은 그렇게 마음대로 움직일 수 있는 사람이 아니야. 내가 시킨 적도 없는 말을 하고 행동을 한단 말이야. 그러면 그때까지 쓴 게 다 엉망이 되어 버려서 처음부터 다시 써야 한다니까."

그러나 마침내 소설은 완성되었고, 앤은 호젓한 2층 자기 방에서 다이애나에게 그 글을 읽어 주었다. '애절한 장면'에서도 로버트 레이를 희생시키지 않았기에, 앤은 계속해서 다이애나를 살피며 읽어 내려갔다. 다이애나는 적절한 반응을 보이며 울어야 할 때는 눈물도 흘렸다. 하지만 결말에 이르자 조금 실망한 표정이었다.

"모리스 레녹스를 왜 죽인 거야?"

다이애나가 원망하는 말투로 물었다. 앤은 억울했다.

"악당이니까 벌을 받은 거지."

"나는 그 사람이 제일 좋단 말이야."

다이애나가 터무니없는 말을 하자 앤도 못마땅했다.

"그래도 그 사람은 죽었고, 그냥 그대로 갈 거야. 만약 살려두면 계속 에이버릴과 퍼시벌을 못살게 굴었을 거야."

"그랬겠지, 네가 개과천선시켜 주면 안 그러겠지만."

"그렇게 되면 낭만이 사라져. 게다가 소설도 너무 길어지고."

"그래, 어쨌든 완벽하게 품격이 느껴지는 이야기야, 앤. 넌 유명해질 거야. 틀림없어. 제목은 정했니?"

"아, 제목은 벌써 한참 전에 지었지. '에이버릴의 속죄'. 어감도 좋고 근사하지? 자, 이제 솔직하게 말해 줘, 다이애나. 내 이야기에 고칠 부분이 있어?"

다이애나가 망설이다 말했다.

"글쎄, 에이버릴이 케이크를 만드는 장면은 별로 낭만적으로 느껴지지 않아서 다른 내용들과 어울리지 않는 것 같아. 그건 누구나 하는 일이잖아. 여주인공한테 요리를 시키는 건 아닌 것 같아."

"왜? 그래서 재미있는 건데. 그 부분이 이 이야기에서 최고의 장면 중 하나란 말이야."

이 점에 있어서는 앤이 옳았다고 말할 수 있겠다.

다이애나는 현명하게도 더 이상의 비판을 자제했지만, 해리슨 씨는 바라는 게 훨씬 더 많은 사람이었다. 우선 해리슨 씨는 이야기에 묘사가 지나치게 많다고 지적했다.

"과한 미사여구는 다 빼라."

해리슨 씨의 인정머리 없는 지적에 앤은 불쾌했지만, 해리슨 씨의 말이 확실히 옳게 들렸기 때문에 애정을 듬뿍 주었던 묘사들을 대부분 억지로 삭제할 수밖에 없었다. 그런데도 세 번이나 고쳐 쓰며 까다로운 해리슨 씨를 만족시키기 위해 내용을 줄이고 또 줄여야 했다.

마침내 앤이 말했다.

"묘사란 묘사는 전부 뺐고 석양 부분만 남겼어요. 그 부분만큼은 버릴 수 없어요. 제일 잘된 묘사거든요."

"이야기하고는 아무 상관이 없잖아. 그리고 부유한 도시를 배경으로 이야기를 쓰면 안 되지. 네가 도시 사람들에 대해 뭘 아니? 왜 여기 에이번리를 배경으로 하지 않았지? 물론 지명은 바꿨어야 했겠지만. 안 그러면 레이철 린드 부인이 자기가 여주인공인 줄 알 테니까."

"아니, 그렇게는 절대 안 해요. 에이번리는 세상에서 가장 사랑하는 곳이지만, 소설의 무대가 될 만큼 낭만적이진 않으니까요."

해리슨 씨가 메마른 목소리로 말했다.

"에이번리에도 숱한 로맨스가 있었고, 비극도 숱하게 일어났을 게다. 그런데 네가 쓴 인물들은 실제 인물 같은 구석이 아무데도 없어. 말도 너무 많은데다 과장된 표현만 쓰잖아. 어느 부분인가 댈림플이라는 친구가 두 쪽 내리 혼자서 말을 하느라 여자가 한마디도 못 끼어드는 장면도 있었지. 현실에서 그랬다면 여자가 걷어차 버렸을걸."

"제 생각은 달라요."

앤이 딱 잘라 말했다. 앤은 마음속으로 그처럼 아름답고 시적인 말을 들으면 어떤 여자라도 마음을 사로잡힐 거라고 생각했다. 게다가 에이버릴이, 여왕처럼 고고한 에이버릴이 누군가를 '걷어찬다'니, 듣기만 해도 충격적이었다. 에이버릴은 '구혼을 거절'할 뿐이다.

해리슨 씨의 무자비한 비평은 멈추지 않았다.

"나는 모리스 레녹스가 어째서 에이버릴을 취하지 않았는지도 모르겠어. 모리스가 상대보다 두 배는 더 사내다운데. 나쁜 짓들이긴 해도 어쨌든 해내잖아. 퍼시벌은 멍청한 짓 말고 뭘 했냐고."

'멍청하다'니. '걷어찬다'는 말보다 더 끔찍했다!

"모리스 레녹스는 악당이란 말이에요. 왜 다들 퍼시벌보다 모리스를 더 좋아하는지 모르겠어요."

앤은 화를 냈다.

"퍼시벌은 너무 착해. 짜증이 날 정도야. 다음에는 주인공한테 인간미를 조금 넣어 주라고."

"에이버릴을 모리스와 결혼시킬 수는 없어요. 모리스는 나쁜 사람이니까."

"여자가 그 사람을 고치면 되지. 남자는 바뀔 수 있어. 해파리 같은 인간이야 안 되겠지만. 네 이야기는 나쁘지 않아. 나름 재미도 있다는 것도 인정하마. 다만 좋은 작품을 쓰기엔 아직 너무 어려. 10년은 더 기다려야지."

앤은 앞으로 다시 소설을 쓰면 아무에게도 비평을 부탁하지 않겠다고 마음먹었다. 기만 꺾이는 일이었다. 길버트에게는 이야기를 읽어 주지 않고, 소설을 썼다고만 말해 주었다.

"성공하면 글이 실릴 테니까 볼 수 있을 거야, 길버트. 하지만 실패하면 아무한테도 보여 주지 않을 거야."

마릴라는 앤이 어떤 모험에 나섰는지 전혀 알지 못했다. 앤은 어느 잡지에 실린 자신의 작품을 마릴라에게 읽어 주는 상상을 해 보았다. 상상으로야 불가능한 일이 없으니 마릴라가 그 글에 칭찬을 듬뿍 늘어놓게 한 다음, 의기양양하게 바로 자신이 그 글을 쓴 작가라고 알리는 것이다.

어느 날 앤은 기다랗고 두툼한 봉투를 들고 우체국으로 갔다. 미숙한 젊음에서 오는 기분 좋은 확신을 안고 봉투에 적은 주소는 '큰 잡지사들' 중에서도 가장 큰 잡지사였다. 다이애나는 거의 앤만큼이나 설레어 했다.

"얼마나 기다려야 결과를 알 수 있어?"

"2주일 안에는 소식이 오겠지. 아, 채택된다면 얼마나 기쁘고 자랑스러울까!"

"당연히 채택될 거야. 그리고 너한테 글을 더 보내 달라고 부탁할걸. 넌 언젠가 모건 부인만큼 유명해질 거야, 앤. 그러면 너하고 아는 사이라는 게 얼마나 자랑스러울까."

다이애나는 적어도 친구가 지닌 재능과 영예에 사심 없이 찬사를 보내는 놀라운 장점을 갖고 있었다.

일주일이 기분 좋은 꿈결처럼 지나가자, 쓰라린 자각의 시간이 찾아왔다. 어느 날 저녁 다이애나가 찾아갔을 때 앤은 2층 자기 방에서 평소 같지 않은 눈을 하고 있었다. 탁자 위에는 기다란 봉투와 구겨진 원고가 놓여 있었다.

다이애나가 믿기 힘들다는 듯이 소리쳤다.

"앤, 네 작품이 되돌아온 건 아니지?"

앤이 짧게 대답했다.

"아니, 돌아왔어."

"뭐야, 그 편집자 머리가 어떻게 됐나 봐. 이유가 뭐래?"

"이유도 없어. 그냥 부적합하다고 인쇄된 종이쪽지 하나 들어 있어."

다이애나가 몹시 격한 목소리로 말했다.

"그런데 그 잡지사는 처음부터 별로였어. 거기 실리는 소설들도 〈캐나다 여성〉에 실리는 이야기에 비하면 재미가 반도 못 따라와. 값은 훨씬 비싸면서. 거기 편집자는 양키가 아니면 괜히 싫어하는 것 같더라. 기죽을 것 없어, 앤. 모건 부인의 소설들도 되돌아왔다는 걸 잊지 마. 네 글을 〈캐나다 여성〉지에 보내 봐."

앤이 용기를 내며 말했다.

"그래야겠어. 그래서 만일 그 잡지에 실리면 거기에 표시를 남겨서 그 미국인 편집자한테 한 권 보내야지. 하지만 석양 장면은 빼야겠어. 해리슨 아저씨 말이 옳은가 봐."

그렇게 석양을 묘사한 장면은 사라졌다. 하지만 이 영웅적 결단에도 불구하고 〈캐나다 여성〉지의 편집자 역시 '에이버릴의 속죄'를 돌려보냈다. 원고가 어찌나 단박에 돌아왔던지, 분개한 다이애나는 편집자가 원고를 읽지도 않은 게 분명하다며 자신도 〈캐나다 여성〉지 구독을 당장 중단하겠다고 공언했다. 앤은 두 번째로 거절당하자 이번에는 냉정하게 체념하는 쪽을 택했다. 그 옛날 이야기클럽의 작품들을 모아둔 다락방 트렁크에 원고를 집어넣고 잠갔다. 그러나 그보다 먼저 다이애나의 간절한 청을 못 이겨 사본을 하나 건넸다.

"이렇게 나의 문학적 포부도 끝이구나."

앤은 씁쓸하게 중얼거렸다.

이 일을 해리슨 씨에게는 알리지 않았는데, 어느 날 저녁 해리슨 씨가 소설은 채택되었느냐며 불쑥 물었다. 앤은 짧게 대답했다.

"아니요. 편집자들이 받아주지 않았어요."

해리슨 씨는 곁눈질로, 발갛게 달아오른 섬세한 옆얼굴을 보더니, 격려인 듯 말했다.

"그렇구나. 그래도 글은 계속 쓸 테지."

"아니요. 다시는 소설 같은 건 쓰지 않겠어요."

눈앞에서 문이 닫히는 것을 목격한 열아홉 살답게, 앤은 희망을 단호하게 끊어낸 말투로 분명히 말했다. 해리슨 씨는 많이 고심했던 듯이 이렇게 말했다.

"나라면 완전히 포기하지는 않을 거다. 때때로 소설을 쓰되, 다만 그걸 편집자한테 보내지는 않겠어. 나라면 내가 아는 공간과 사람들의 이야기를 쓸 거고, 내가 만든 인물들이 일상의 언어로 말하게 할 거야. 태양이 뜨고 지는 것도 호들갑스럽지 않게, 있는 그대로 묘사할 거다. 만일 악당이 필요하다면, 나는 악당한테도 기회를 주겠어, 앤. 악당한테도 기회가 있어야지. 세상에는 정말 끔찍한 악당들도 있겠지. 하지만 그런 사람들은 쉽게 만나볼 수 없거든. 린드 부인한테야 우리가 다 나쁜 사람들이지만. 그래도 대부분의 사람들은 마음속 어딘가에 조금은 괜찮은 점들이 있는 법이야. 글은 계속 쓰도록 해, 앤."

"아니에요. 그럴 생각을 하다니 제가 너무 어리석었어요. 레드먼드를 졸업하면 아이들을 가르치는 일에 전념할래요. 가르치는 건 할 수 있어요. 소설은 못 쓰겠어요."

"레드먼드를 졸업하면 시집 갈 나이가 되지 않겠니. 결혼을 너무 뒤로 미루는 건 좋지 않아. 나처럼."

앤은 자리에서 일어나 집으로 돌아갔다. 해리슨 씨는 정말이지 참고 마주하기 힘들 때가 있었다. '걸어찬다'느니, '멍청하다'느니, '시집을 가라'느니, 아악!

13장

죄인의 길

데이비와 도라가 주일학교에 갈 준비를 마쳤다. 둘이서만 갈 예정이었는데, 이런 일은 드물었다. 린드 부인이 늘 동행했기 때문이다. 하지만 린드 부인이 발목을 삐끗해서 다리를 절룩거리는 바람에 오늘 아침에는 집을 나서지 못했다. 쌍둥이는 교회에 가족 대표로도 참석해야 했다. 앤은 카모디에서 친구들을 만나 일요일을 보내기로 하여 전날 저녁에 집을 나섰고, 마릴라는 두통이 재발한 상태였다.

데이비는 느릿느릿 아래층으로 내려왔다. 도라는 린드 부인이 준비를 거들어준 덕분에 현관 앞에서 데이비를 기다리고 있었다. 데이비는 스스로 준비를 마쳤다. 주일학교에 헌금할 1센트와 교회에 헌금할 5센트를 주머니에 챙겼고, 한 손에는 성경책을, 다른 한 손에는 주일학교 회보도 들었다. 주일학교에서 배우는 수업 내용과 성구와 교리문답의 질문까지 완벽하게 알고 있었다. 지난 일요일 오후 내내 린드 부인과 함께 부엌에서 우격다짐으로라도 공부한 덕이었다. 그러므로 데이비는 마음가짐이 평온해야 마땅했다. 그러나 사실 성경 구절과 교리문답을 공부했는데도 데이비의 마음속은 굶주려 날뛰는 이리와 같았다.

데이비가 도라 옆에 서자 린드 부인이 부엌에서 절뚝거리며 나왔다. 그리고 데이비에게 엄하게 물었다.

"깨끗하게 씻었니?"

데이비가 반항하듯이 노려보며 대답했다.

"네, 보이는 데는 다요."

린드 부인이 한숨을 내쉬었다. 데이비의 목과 귀가 미심쩍었지만, 직접 검사하려 들면 데이비는 틀림없이 줄행랑을 칠 텐데 오늘은 그런 데이비를 뒤쫓을 수 없었다. 린드 부인은 아이들에게 주의를 주었다.

"그럼, 반드시 얌전히 굴어야 한다. 흙먼지가 많은 데로 다니지 말고. 교회 입구에 서서 다른 아이들하고 이야기하면 안 돼. 자리에 앉아서 꼼지락대고 바르작거리면 안 된다. 주일학교 성구 잊으면 안 되고. 헌금 낼 돈을 잃어 버리거나 헌금 내는 걸 깜박하면 안 돼. 기도 시간에 쑥덕거리지 말고, 목사님이 설교하실 때 딴생각하면 안 된다."

데이비는 아무 대꾸도 하지 않았다. 그대로 오솔길을 따라 또박또박 내려가자 온순한 도라가 뒤를 쫓아갔다. 데이비는 속이 부글부글 끓었다. 린드 부인이 초록 지붕 집에 온 뒤로 데이비는 린드 부인의 말과 행동 때문에 많은 고통을 겪었다. 적어도 데이비는 그렇게 생각했다. 왜냐 하면 린드 부인은 누구와 같이 살든, 상대가 아홉 살이든 아흔 살이든 예의범절을 가르치려 들지 않고는 직성이 풀리지 않는 사람이었기 때문이다. 어제 오후만 해도 린드 부인이 훼방을 놓는 바람에 마릴라가 허락해 주지 않아 데이비는 티모시 코튼 씨네 아이들하고 고기를 잡으러 나가지 못했다. 데이비는 아직도 그 일로 속이 부글부글 끓고 있었다.

오솔길을 벗어나자마자 데이비는 걸음을 멈추고 얼굴을 있는 대로 찌푸렸다. 얼굴이 어찌나 괴상망측하고 심하게 일그러졌는지, 데이비가 그런 면에 재주를 타고났다는 걸 잘 아는 도라마저 데이비의 얼굴이 원래대로 돌아오지 않을까 봐 불안할 정도였다.

"망할 할망구."

데이비가 갑자기 감정을 터뜨렸다. 도라는 숨도 못 쉴 만큼 놀랐다.

"세상에, 데이비, 욕하면 안 돼."

"망한다는 건 욕이 아니야. 진짜 욕은 아니라고. 그리고 사실 욕이라고 해도 상관없어."

데이비는 막무가내로 내뱉었다. 도라가 사정하듯이 말했다.

"꼭 무서운 말을 해야겠으면 일요일만이라도 하지 마."

데이비는 아직 뉘우칠 마음이 없었지만, 어딘지 모르게 마음 한 구석에서 조금 지나쳤다는 생각도 올라왔다.

"나만의 욕을 만들어야겠어."

"그러면 하느님이 벌주실 거야."

도라가 데이비를 진지하게 나무랐다.

"그럼 하느님도 치사한 할방구인 거지. 하느님은 누구나 자기 감정을 풀 방법이 있어야 한다는 것도 모르나?"

"데이비!"

도라는 데이비가 그 자리에서 쓰러져 죽을 거라고 생각했다. 하지만 그런 일은 일어나지 않았다. 데이비가 식식거리며 말했다.

"아무튼 난 더 이상 린드 아줌마가 우두머리처럼 구는 거 못 참아. 앤 누나나 마릴라 아주머니는 그래도 되지만 린드 아줌마는 그럴 권리가 없단 말이야. 난 아줌마가 하지 말라고 한 것만 다 할 거야. 두고 봐."

무거운 침묵에 휩싸여 겁을 집어먹은 도라가 지켜보는 앞에서, 데이비는 길가의 초록 잔디에서 나와 4주 동안이나 비가 오지 않아 먼지구덩이가 된 길로 뛰어들었다. 고운 먼지 속에 발목까지 푹 잠긴 발을 찍찍 끌며 걸어가자 흙먼지가 구름처럼 일어나 데이비를 뽀얗게 휘감았다. 데이비가 의기양양하게 외쳤다.

"이게 시작이야. 그리고 교회 입구에 가면 거기 서서 지나가는 애들하고 다 떠들 거야. 자리에 앉으면 몸도 꼼지락꼼지락거릴 거고, 속닥거리고 떠들고, 성경구절도 모른다고 할 거야. 그리고 헌금은 지금 여기서 던져 버릴래."

데이비는 신이 나 죽겠다는 얼굴로 1센트와 5센트 동전을 배리 씨네 울타리 너머로 던졌다.

"악마가 시킨 거야."

도라가 나무랐다. 그러자 데이비가 화내며 소리쳤다.

"그런 거 아니야. 나 혼자 생각한 거야. 그리고 이거 말고 생각한 게 또 있어. 난 주일학교도 안 가고 교회도 안 가. 코튼네 애들이랑 놀러 갈 거야. 걔네가 어제 그랬거든. 오늘 주일학교에 안 갈 거라고. 걔네 엄마가 어디 가서 억지로 보낼 사람이 없댔어. 같이 가자, 도라. 진짜 재미있을 거야."

도라가 반대했다.

"나는 가고 싶지 않아."

"가야 돼. 가지 않으면 프랭크 벨이 저번 월요일에 학교에서 너한테 입 맞춘 거 마릴라 아주머니한테 이른다."

"그건 어쩔 수 없었어. 프랭크가 그러려는 줄 몰랐단 말이야."

도라가 소리치며 얼굴을 빨갛게 붉혔다.

"그런데 넌 프랭크 뺨도 안 때렸고, 화도 하나도 안 나 보였어. 아주머니한테 그 얘기까지 다 할 거야. 그러니까 같이 가자. 이 밭을 가로지르자."

"저 소들이 무서워."

가엾은 도라가 어기대며 도망칠 기회를 엿보았다. 데이비가 비웃었다.

"무섭다고 생각하니까 무섭지. 저 소들이 너보다 더 어리잖아."

"몸집은 나보다 크잖아."

"널 해치진 않아. 자, 따라와. 끝내준다. 어른이 되면 난 교회 다니는 건 신경도 쓰지 않을 거야. 천국엔 나 혼자서도 갈 수 있어."

"안식일을 지키지 않으면 오빠는 천국 말고 다른 데 갈걸."

도라는 불편하고 우울했지만, 마지못해 데이비를 따라갔다.

하지만 데이비는 무섭지 않았다. 아직은 그랬다. 지옥은 머나먼 곳에 떨어져 있고, 코튼네 아이들과 고기잡이 탐험을 떠나는 즐거움은 코앞에 있으니까. 데이비는 도라도 좀 더 용감했으면 좋겠다고 생각했다. 도라가 아까부터 울음을 터뜨릴 것 같은 얼굴로 계속 뒤를 돌아보니까 모처럼 놀러 나온 기분까지 망쳐 버렸다. 정말이지 여자애들이란 마음에 안 들었다. 하지만 데이비는 이번엔 생각으로도 '망할'이란 말을 담지 않았다. 그 말을 한 번 내뱉은 걸 후회하는 건 아니지만, 아직 뭔지 알 수 없는 힘을 하루에 너무 많이 시험하는 것도 좋지 않을 것 같아서였다.

코튼네 아이들은 자기네 집 뒷마당에서 놀고 있다가, 데이비가 나타나자 신이 나서 환호성을 지르며 맞았다. 피트와 토미와 아돌퍼스와 미라벨 등, 코튼네 어린 아이들뿐이었다. 어머니와 누나들은 나가고 없었다. 도라는 미라벨이라도 있는 게 반가웠다. 남자아이들 속에 혼자 있게 될까 봐 걱정했기 때문이다. 미라벨은 남자애들보다 나을 게 없었다. 시끄럽게 떠들었고, 햇볕에 타서 피부가 가무잡잡했으며 행동도 앞뒤를 가리지 않았다. 하지만 적어도 치마는 입고 있었다.

데이비가 말했다.

"우리는 물고기 잡으러 가려고 왔어."

"와아!"

코튼네 아이들이 환호했다. 아이들은 즉시 지렁이를 잡으러 달려들었고, 미라벨이 깡통을 들고 앞장섰다. 도라는 주저앉아 울고 싶었다. 아, 얄미운 프랭크 벨이 입만 맞추지 않았더라면! 데이비의 말 같은 건 무시하고 즐거운 주일학교에 갔을 텐데.

물론 아이들은 낚시하러 연못에 가지는 못했다. 그곳에 있으면 교회에 가는 사람들에게 훤히 보일 터였다. 결국 갈 곳은 코튼네 집 뒤쪽 숲속의 개울밖에 없었다. 개울이라도 송어가 굉장히 많아서 아이들은 아침 내내 신나는 시간을 보냈다. 적어도 코튼네 아이들은 그랬고, 데이비도 그렇게 보였다. 데이비는 조심성을 완전히 놓지는 못해서 장화와 양말을 벗어 놓고 위아래가 한 벌로 붙은 토미 코튼의 작업복을 빌려 입었다. 그런 복장이라면 늪이든 습지든 덤불숲이든 두려울 게 없었다. 도라는 무척 속상했고 누가 봐도 그런 기분을 알아차릴 수 있었다. 이 웅덩이 저 웅덩이로 끝없이 돌아다니는 아이들을 따라다니면서, 도라는 성경책과 주일학교 회보를 꼭 끌어안고 분한 마음을 곱씹었다. 지금은 좋아하는 성경 공부를 하며 동경해 마지않는 선생님 앞에 앉아 있어야 할 시간인데. 이런 곳에서 반미치광이 같은 코튼네 아이들과 숲속을 돌아다니며, 장화가 더러워질까, 예쁜 흰 원피스가 뜯기고 얼룩질까 전전긍긍하는 신세라니. 미라벨이 앞치마를 빌려 주겠다고 했지만 도라는 쌀쌀맞게 거절했다.

송어는 언제나 그렇듯이 일요일에도 미끼를 물었다. 한 시간여 만에 죄인들은 물고기를 원하는 만큼 잡고 집으로 돌아갔다. 도라로서는 그나마 안심이었다. 도라가 닭장 위에 새침하게 앉아 있는 동안, 나머지 아이들은 난리법석을 떨며 술래잡기를 했고, 그러다가 돼지우리 지붕으로 기어 올라가 나무판자에 각자 이름의 머리글자를 새겼다. 지붕이 평평한 닭장과 그 아래 쌓아둔 짚더미를 보자 데이비는 또 멋진 놀거리가 떠올랐다. 아이들은 지붕에 올라갔다가 비명과 함성을 쏟아내며 짚더미 위로 뛰어내리는 놀이로 기가 막히게 즐거운 30분을 보냈다.

하지만 무단의 환락에도 끝은 오기 마련이다. 마차 바퀴가 덜컹거리며 연못 다리를 건너는 소리가 들렸다. 그것은 사람들이 교회에서 나와 집으로 돌아간다는 뜻이었고, 데이비도 집에 가야 할 때가 되었음을 깨달았다. 토미의 작업복을 벗고 원래의 옷차림으로 돌아간 데이비는, 낚싯줄에 걸린 송어를 보다가 고개를 돌리며 한숨을 쉬었다. 집에 가지고 가는 건 생각도 할 수 없는 일이었다.

"진짜 재미있지 않았어?"

언덕 아래로 펼쳐진 밭길을 내려오며 데이비가 시비라도 걸 듯이 물었다.

"아니. 그리고 오빠도, 진짜 그랬다고는 생각 안 해."

도라가 딱 잘라 말하며, 평소 같지 않게 문득 데이비의 속마음이 들여다보이는 것 같아 뒷말을 덧붙였다.

"난 진짜 재미있었어."

데이비가 소리쳤지만, 너무 강하게 부정하니까 오히려 어색하게 들렸다.

"넌 당연히 재미없었겠지. 그냥 가만히 앉아만 있었으니까. 노새도 아니고."

"난 코튼네 애들이랑은 안 놀 거야."

도라가 거만하게 말했다. 데이비도 쏘아붙였다.

"걔네 이상한 애들 아니야. 그리고 우리보다 훨씬 더 재미있게 살아. 자기들 하고 싶은 대로 하고, 사람들 앞에서 하고 싶은 말도 다 하면서. 앞으로는 나도 그렇게 하려고."

"사람들 앞에서 감히 하지 못할 말들도 많이 있어."

도라가 똑 부러지게 말했다.

"그런 말은 없어."

"있다니까. 오빤 목사님 앞에서 '톰캣'*이라는 말 할 수 있어?"

도라가 진지한 목소리로 물었다. 말문이 탁 막혔다. 데이비는 하고 싶은 말을 할 자유에 대해 그렇게까지 구체적인 예는 준비가 안 되어 있었다. 하지만 꼭 도라에게 장단을 맞출 필요는 없었다.

데이비는 부루퉁하게 인정했다.

"물론 안 하지. 그건 경건한 말이 아니니까. 그런 동물 얘기는 목사님 앞에서 꺼낼 생각이 없는데."

"하지만 꼭 해야 한다면?"

도라가 포기하지 않고 물었.

---

* 톰캣(tomcat)은 수고양이라는 뜻인데, 여자 꽁무니만 쫓아다니는 남자라는 의미도 있다.

"그럼 '토머스 캣'이라고 하지."

"내 생각엔 '신사 고양이'라고 하는 게 더 예의바르겠다."

"네가 생각을 한다고?"

데이비는 기를 죽이려는 듯 날카롭게 쏘아붙였다.

데이비도 마음이 편치 않았다. 굴론 그걸 도라에게 털어놓는 건 죽기보다 더 싫었지만. 주일학교를 무단으로 빠진 짜릿한 즐거움이 사라지자 양심이 존재를 과시하며 쿡쿡 찔러대기 시작했다. 그래도 주일학교와 교회는 가는 편이 나았을걸. 린드 부인이 우두머리 행세를 할지는 몰라도, 부엌에 언제나 쿠키 상자를 마련해 두었고 먹는 것에 인색하게 군 적도 없었다. 하필 이런 곤란한 순간에 데이비는 1주일 전 학교에 입고 갈 새 바지를 찢어 먹었을 때, 린드 부인이 말쑥하게 꿰매 주고 마릴라에게도 비밀로 해준 일이 생각났다.

그러나 데이비의 죄악의 잔은 아직 다 차지 않았다. 데이비는 죄를 지으면 그 죄를 덮으려고 또 다른 죄를 짓게 된다는 걸 알았다. 그날 저녁 쌍둥이는 린드 부인과 식사를 했는데, 부인이 데이비에게 던진 첫 질문이 이거였던 것이다.

"오늘 주일학교에 너희 반 아이들은 다 왔더냐?"

데이비는 침을 꼴깍 삼켰다.

"네. 다 왔어요…… 한 명 빼고."

"성경구절과 교리문답도 외웠니?"

"네."

"헌금도 했고?"

"네."

"말콤 맥퍼슨 부인은 교회에 오셨든?"

"몰라요."

'이 말만은 적어도 거짓말 아니야.' 가련한 데이비는 생각했다.

"부인회에서 다음 주 모임은 공지했니?"

"네."

목소리가 떨렸다.

"기도회는?"

"모, 모르겠어요."

"왜 몰라. 공지 같은 건 좀 더 신경 써서 들어야지. 하비 씨가 내준 성경구절은 뭐니?"

데이비는 정신없이 물 한 모금을 꿀꺽 삼키면서 마지막까지 저항하던 양심도 함께 삼켜 버렸다. 그리고 몇 주 전에 배웠던 성경구절을 줄줄 암기했다. 다행히 린드 부인은 더는 묻지 않았지만, 데이비는 입맛이 다 달아났다.

데이비가 푸딩 한 접시만 겨우 비우자, 린드 부인이 깜짝 놀라 캐물었다.

"왜 그러니? 어디 아픈 게니?"

"아니요."

데이비가 우물우물 대답하자, 린드 부인이 단단히 일렀다.

"얼굴이 핼쑥하구나. 오늘 오후는 햇볕을 쬐지 않는 게 좋겠다."

식사가 끝난 뒤 둘만 남게 되자, 곧 도라가 나무라는 말투로 데이비에게 물었다.

"오빠가 린드 아주머니한테 거짓말을 몇 개나 했는지 알아?"

시달리다 못해 자포자기하는 심정이 된 데이비는 오히려 사납게 받아쳤다.

"몰라. 알 게 뭐야. 입 좀 닫아, 도라 키스."

가엾은 데이비는 사람들이 잘 오가지 않는 장작더미 뒤쪽 구석에 숨어 죄인의 앞날에 대해 생각했다.

초록 지붕 집이 어둠과 정적에 휩싸여 있을 즈음 앤이 돌아왔다. 앤은 곧장 잠자리로 뛰어들었다. 너무 피곤하고 졸렸다. 에이번리의 친구들과 늦은 시간까지 떠들썩하게 노는 자리가 한 주 동안 몇 차례나 이어졌다. 앤은 머리가 베개에 닿기도 전에 반쯤 눈이 감겨 있었다. 그러나 바로 그때 방문이 살그머니 열리며 간절한 목소리가 앤을 불렀다.

"누나."

앤은 비몽사몽 중에 일어나 앉았다.

"데이비, 너니? 무슨 일이야?"

흰 옷을 입은 형체가 방을 가로질러 침대 위로 날아들었다. 데이비가 흐느껴 울며 앤의 목에 매달렸다.

"누나, 누나가 집에 와서 진짜 다행이야. 누구한테 이야기하지 않고는 잠을 잘 수가 없었어."

"누구한테 뭘 이야기한다는 거야?"

"내가 얼마나 슬픈지."

"네가 왜 슬픈데?"

"왜냐하면 나는 오늘 너무 나쁜 짓을 했거든, 누나. 아, 난 엄청나게 나쁜 아이였어. 여태까지보다 더 나빴어."

"무슨 짓을 했는데?"

"아, 누나한테 말하기 무서워. 누나도 다시는 나를 좋아해 주지 않을 거야. 오늘 밤엔 기도도 할 수 없었어. 내가 한 짓을 하느님한테 털어놓을 수가 없어. 하느님이 아시는 게 너무 창피해서."

"그래도 하느님은 다 아셔, 데이비."

"도라도 그렇게 말했어. 하지만 난 그때는 하느님이 미처 못 볼 수도 있다고 생각했지. 어쨌든 누나한테 먼저 말하고 싶어."

"그래서 무슨 짓을 했는데?"

그날 하루가 한꺼번에 쏟아져 나왔다.

"주일학교에 안 갔고, 코튼네 애들이랑 낚시하러 갔고, 린드 아줌마한테 새빨간 거짓말을 엄청나게 많이 했고…… 아! 여섯 개쯤한 것 같아. 그리고…… 그리고 그…… 욕도 했어, 누나. 욕 비슷한 말 같은 거, 그리고 하느님한테도 욕했어."

앤은 아무 말이 없었다. 데이비는 앤의 침묵을 어떻게 받아들여야 할지 알 수 없었다. 너무 충격을 받아서 다시는 나랑 말도 하지 않을 생각인가?

"누나, 나를 어떻게 할 거야?"

데이비가 기어들어가는 목소리로 물었다.

"어떻게 안 해, 데이비. 넌 이미 벌을 받은 것 같네."

"아니야, 안 받았어. 나한테 아무 일도 없었는걸."

"나쁜 짓을 한 다음부터 계속 마음이 무척 안 좋았지?"

"맞아!"

데이비가 힘을 주어 말했다.

"그게 바로 네 양심이 너한테 벌을 준 거야, 데이비."

"내 양심이 뭔데? 알고 싶어."

"그건 네 안에 있어, 데이비. 네가 나쁜 일을 하면 너한테 알려주고, 그래도 그만두지 않고 계속하면 너를 괴롭게 만들지. 그런 거 느껴본 적 없니?"

"있어. 하지만 그게 뭔지 몰랐어. 그런 게 없으면 좋을 텐데. 그럼 훨씬 더 재미있을 거야. 내 양심은 어디에 있어, 누나? 알고 싶어. 뱃속에 있어?"

"아니, 네 마음속에 있어."

앤은 어둠에 감사했다. 진지한 문제를 이야기할 때는 엄숙한 분위기가 필요했기 때문이다. 데이비가 한숨을 쉬었다.

"그럼 그걸 없애지도 못 하겠네. 마릴라 아주머니랑 린드 아줌마한테 말할 거야, 누나?"

"아니야. 아무한테도 말하지 않을 거야. 말 안 듣고 나쁜 짓 한 거 너도 후회하고 있지?"

"당연하지!"

"그럼 그런 나쁜 짓을 다시는 하지 않는 거지?"

"응, 그렇긴 한데…… 다른 나쁜 걸 할지도 몰라."

데이비가 조심스럽게 뒷말을 덧붙였다.

"나쁜 말을 쓰거나, 주일학교를 빠지거나, 잘못을 감추려고 거짓말하거나 하지 않을 거지?"

"응, 해도 좋은 게 없더라."

"그럼, 데이비, 하느님께 잘못했다고 말씀드리고 용서를 구해."

"누나는 날 용서한 거야?"

"그래, 데이비."

데이비가 기쁨을 감추지 못하고 말했다.

"그럼 하느님이 용서하든 말든 상관없어."

"데이비!"

"아…… 용서해 달라고 할게. 한다니까."

데이비는 재빨리 침대에서 내려갔다. 앤의 목소리로 보아 자신이 뭔가 크게 잘못된 말을 한 듯했다.

"하느님께 용서를 구하는 건 할 수 있어, 누나. 하느님, 오늘 나쁘게 행동해서 진짜로 죄송합니다. 앞으로 일요일엔 착해지도록 노력할 테니 용서해 주세요. 다 했어, 누나."

"자, 그럼 착한 아이답게 얼른 가서 자야지."

"알았어. 이젠 마음이 슬프지 않아. 기분이 좋아졌어. 잘 자, 누나."

"잘 자, 데이비."

앤은 베개에 머리를 뉘이며 안도의 한숨을 쉬었다. 아, 어찌나 졸음이 쏟아지는지!

그 순간이었다.

"누나!"

데이비가 돌아와 침대 옆에 서 있었다. 앤이 가까스로 눈꺼풀을 들어올렸다.

"이번엔 뭐니, 데이비?"

앤은 목소리에 짜증난 기색이 묻어나지 않도록 애쓰며 물었다.

"누나, 해리슨 아저씨가 침 뱉는 거 본 적 있어? 나도 열심히 연습하면 아저씨처럼 침을 뱉을 수 있을 것 같아?"

앤이 일어나 앉았다.

"데이비 키스, 당장 침대로 가. 가서 오늘 밤엔 두 번 다시 나오지 마! 어서 가!"

데이비는 앤의 말이 다 끝나기도 전에 방에서 사라졌다.

14장

하늘의 부름

 앤은 루비 길리스와 함께 길리스 씨네 뜰에 앉아 있었다. 한낮이 머무적거리듯 느릿느릿 지나가 못내 저물어 버린 뒤였다. 덥고 흐리멍덩한 여름 오후였다. 세상은 꽃망울을 터뜨려 화려하게 피어난 꽃들이 만발했다. 한적한 골짜기마다 엷은 안개가 가득 피어올랐다. 숲속 오솔길마다 녹음이 짙어지고, 들판에는 자줏빛 참취가 한창이었다.

 앤은 그날 밤 화이트샌즈 해변까지 달빛 아래로 드라이브를 하며 루비와 시간을 보내려 했던 계획을 포기했다. 그해 여름에 앤은 여러 차례 그런 저녁을 보냈는데, 그게 누구에게 무슨 도움이 되는 일인지 의문이 들 때도 잦았고 가끔은 집으로 돌아오는 길에 다시는 못 오겠다고 마음먹은 적도 있었다.

 여름이 기울면서 루비는 점점 더 핏기를 잃어갔다. 화이트샌즈 학교도 포기해야 했다. 루비의 아버지가 새해가 될 때까지는 아이들을 가르치지 않는 게 낫겠다고 했다. 좋아하는 자수도 몹시 지처 손에서 놓는 일이 점점 잦아졌다. 하지만 루비는 언제나 쾌활했고 희망에 차 있었으며, 언제나 자신의 남자친구들 이야기며 그들끼리 경쟁하고 절망하던 사연들을 재잘대고 속닥거렸다. 앤이 루비를 찾을 때마다 괴롭다 여기는 이유도 이 때문이었다. 한때는 어리석다 생각하고 웃어넘기기도 했던 것들이 지금은 섬뜩하게 다가왔다. 고집스럽게 부여잡은 삶이라는 가면 뒤에서 죽음이 슬며시 내다보는 것만 같았다. 그러나 루비는 앤에게 매달리며, 곧 다시 오겠다는 약속을 할 때까지 보내 주지 않았다. 린드 부인은 앤이 루비에게 너무 자주 드나든다고 불평하며 그러다가는 폐병이 옮을 거라고 단언했다. 마릴라도 불안을 감추지 못했다.

"루비를 만나러 갈 때마다 녹초가 돼서 오는구나."

앤이 나지막이 말했다.

"너무 슬프고 끔찍해서 그래요. 루비는 자기 상태를 조금도 모르는 것 같아요. 그런데 또 어쩐지 루비가 도움을 구한다는 느낌이 들어요. 아주 간절히 청하는 느낌이요. 그래서 제가 도와주고 싶은데, 할 수가 없어요. 같이 있는 내내 루비가 보이지 않는 적과 싸우는 모습을, 그 적을 밀어내려 미약한 몸으로 발버둥치는 모습을 저는 그저 보고만 있을 뿐이에요. 그래서 집에 올 때 이렇게 지쳐 버리는 거예요."

그러나 오늘밤은 그런 느낌이 그리 강하게 느껴지지 않았다. 루비는 이상하리만큼 조용했다. 파티며 드라이브며 드레스며 '남자들'에 대해서도 단 한 마디 꺼내지 않았다. 손도 대지 않은 자수를 옆에 놓고 해먹에 누워 흰 숄로 야윈 어깨를 감싼 채였다. 학생 시절 앤이 그토록 부러워했던, 길게 땋은 금발이 양쪽으로 드리워져 있었다. 핀은 머리를 아프게 한다며 모두 뽑아 두었다. 병적으로 발그레하던 뺨도 지금은 창백해져 아이 같아 보였다.

달이 은빛 하늘에 떠올라 둘레의 구름들을 진줏빛으로 물들였다. 그 아래에선 연못을 덮은 실안개가 은은한 빛을 뿜어냈다. 길리스네 집 바로 건너편에 교회가 있고, 그 옆에는 오래된 묘지가 있었다. 달빛을 받은 하얀 묘석이 뒤편에 선 어두운 나무들과 선명하게 대조되었다.

"달빛이 비추는 묘지는 정말 이상해 보여! 유령이라도 나올 것 같아!"

루비가 불쑥 말하며 몸서리를 쳤다.

"앤, 나도 머지않아 저기 눕게 될 거야. 너도 다이애나도, 다른 친구들도 모두 활기차게 인생을 시작할 때 나는 저기…… 저 오랜 묘지에…… 죽어 있겠지!"

갑작스러운 말에 놀란 앤은 당황하여 한동안 할 말을 찾지 못했다. 루비가 작정한 듯 말했다.

"그렇게 된다는 건 너도 알고 있었잖아?"

앤이 나지막이 대답했다.

"그래, 알아. 루비, 나도 알고 있어."

루비가 비통하게 말했다.

"모두 알고 있어. 나도 알아. 여름이 시작할 때부터 알고 있었어.

인정하고 싶지 않았지만. 그런데 아, 앤."

루비가 저도 모르게 손을 뻗어 간절한 듯 앤의 손을 잡았다.

"나는 죽고 싶지 않아. 죽는 게 두려워."

앤이 조용히 물었다.

"왜 두려운 거야, 루비?"

"왜냐하면…… 왜냐하면…… 아아, 천국에 가는 게 두렵다는 게 아니야, 앤. 난 교회 신자잖아. 하지만…… 모든 게 달라질 거 아냐. 생각하고, 또 생각해도 너무 겁이 나고, 또 집이 그리울 거야. 물론 천국은 틀림없이 아주 아름답겠지. 성경에서 그렇다고 하니까. 하지만 앤, 그래도 내가 살던 곳은 아니잖아."

언젠가 필리파 고든이 들려준 우스꽝스러운 이야기가 앤의 마음에 불쑥 떠올랐다. 사후의 세계에 대해 이와 똑같은 말을 했던 어떤 노인의 이야기였다. 그때는 웃겨서 프리실라와 함께 배꼽을 쥐었는데, 지금은 루비가 창백한 입술을 떨며 뱉은 그 말이 조금도 우습지 않았다. 슬프고 참담했고, 게다가 사실이었다! 천국은 루비에게 익숙한 곳일 수가 없었다. 쾌활하고 가벼운 삶과 높지도 크지도 않은 이상과 포부 안에 갇혀 있던 루비에게 죽음 이후의 삶은 감당하기 힘든 너무 거대한 변화였다. 루비에게 그 삶은 알 수 없는 외계이자 실체가 없는 비현실이었고 가고 싶지 않은 세상일 뿐이었다. 어떤 말을 해야 루비에게 도움이 될까, 속수무책이었다. 무슨 말을 할 수 있을까? 앤으로서는 마음속 가장 깊은 곳에 자리한 생각이든, 또는 이제 막 어렴풋이 형태를 갖추기 시작한 새로운 생각이든, 이 세상의 삶과 다음 세상의 삶이라는 알 수 없는 관념에 대해 오래된 어린애 같은 사고를 대체할 만한 어떤 이야기를 한다는 게 쉽지 않았다. 특히 상대가 루비 길리스 같은 사람일 때가 가장 힘들었다. 앤은 머뭇머뭇 말을 꺼냈다.

"내 생각에는, 루비, 우리는 천국에 대해 아주 잘못 알고 있는 것 같아. 그곳이 어떤 곳인지, 우리에게 어떤 의미인지 말이야. 나는 대부분의 사람들이 생각하는 것처럼 천국 생활이 이곳 생활과 크게 다를 것 같지는 않아. 거기서도 계속 살 거라고 믿거든. 여기서 사는 것처럼 말이야. 그리고 우리가 우리인 것도 똑같은 거야. 다만 착해지기는 좀 더 쉬울 것 같아. 가장 고귀한 가치를 따르는 것도. 모든 장애와 어려움은 우리 앞에서 사라지고, 모든 것이 우리한테 더 분명하게 보일 거야. 두려워하지 마, 루비."

루비가 측은하게 말했다.

"나도 어쩔 수 없어. 천국이 정말 네가 말한 곳과 같다고 해도…… 너도 확실히 안다기보다 그저 상상해 본 것이겠지만. 어쨌든 아주 똑같지는 않을 거야. 그럴 리는 없잖아. 나는 여기서 계속 살고 싶어. 나는 너무 젊단 말이야. 아직 제대로 살아보지도 못했는데. 살려고 얼마나 열심히 싸웠는데 아무 소용이 없어…… 이대로 죽어야 해…… 소중한 걸 모두 다 남겨 놓고!"

앤은 견디기 힘들 만큼 괴로운 채로 앉아 있었다. 위로해 주려고 거짓말을 할 수는 없었다. 루비의 말은 전부 다 소름이 돋을 만큼 사실이었다. 루비는 소중히 여기는 모든 것을 남겨 두고 떠나야 했다. 아끼는 보물들을 전부 땅 위에만 모아 두었으니까. 루비는 인생에서 사소한 것들, 덧없이 사라지는 것만을 쫓으며 살았다. 영원한 삶으로 이어지는 위대한 것들에 대해서는 생각하지 않았다. 그것이야말로 심연에 막힌 두 삶 사이에 다리를 놓는 일이고, 죽음이 다름 아닌 한 삶에서 다른 삶으로, 저녁 어스름이 내려앉은 지상에서 구름 한 점 없는 맑은 하늘 위로 옮겨가는 과정이게 해주는 것이었다. 하느님이 그곳에서 돌보시리라. 루비도 알게 될 것을 앤은 믿었다. 하지만 지금 루비는 아무것도 보지 못하는 무력감 속에서 자신이 알고 있고 사랑하고 있는 것들에만 매달리고 있었다.

루비는 한 팔을 짚고 몸을 일으키고는 밝게 빛나는 아름답고 푸른 눈을 들어 달빛 환한 하늘을 바라보았다. 그리고 떨리는 목소리로 말했다.

"나는 살고 싶어. 나도 다른 여자애들처럼 살고 싶어. 나는, 나는 결혼하고 싶어, 앤. 그리고…… 아이들도 낳고 싶어. 나 아기들을 좋아하잖아, 앤. 이런 말은 너 말고는 할 수 있는 사람이 없어. 너는 이해해 주잖아. 게다가 가엾은 허브는…… 그 사람은, 그는 나를 사랑하고 나도 그를 사랑해, 앤. 나머지는 나한테 아무 의미도 없어. 하지만 그는 아니야……. 내가 살아 있을 수 있다면 그의 아내가 될 거고 정말 행복할 텐데. 오, 앤. 너무 힘들어."

루비는 다시 베개 위로 쓰러져 온몸이 들썩이도록 흐느꼈다. 앤은 마음을 옥죄는 연민에 루비의 손을 꼭 잡았다. 말없이 전해진 연민이 루비에게는 확약을 줄 수 없는 허점투성이 말 몇 마디보다 더 힘이 된 모양이었다. 루비는 이내 마음을 가라앉히고 울음을 그치고는 소곤소곤 말했다.

"너한테 이런 말을 하길 잘했어, 앤. 모두 다 말해 버리니까 한결 나아졌어. 여름 내내 그렇게 하고 싶었는데, 네가 올 때마다 너하고 다 얘기하고 싶었는데, 할 수 없었어. 내 입으로 죽는다는 말을 하면, 아니, 다른 누가 그런 말을 하거나 그 비슷한 말만 꺼내도, 죽음이 돌이킬 수 없는 사실이 될 것 같았거든. 그런 얘기는 입 밖에 내지 않으려고 했고, 생각도 하기 싫었어. 낮에는 내 주위에 사람들도 많고 활기차게 지낼 수 있어서 힘들게 노력하지 않아도 그런 생각이 잘 안 들었지. 하지만 밤에는, 잠도 잘 수 없는 날엔, 너무 무서웠어, 앤. 그때는 그 생각을 떨칠 수가 없었거든. 죽음이 다가와 나를 빤히 쳐다보는 기분 때문에 겁에 질려 비명을 지를 뻔한 적도 많아."

"하지만 이제는 더 이상 겁 내지 않을 거지, 루비? 용기 내서 모든 게 다 잘될 거라고 믿어야 해."

"노력할게. 네 이야기도 차근차근 생각하고 믿도록 노력해 볼게. 너도 되도록 자주 와줄 거지, 앤?"

"그래, 루비."

"이제…… 이제 그리 길지 않을 거야, 앤. 확실히 느껴져. 그래서 다른 사람들보다 네가 있어 주면 좋겠어. 동창생들 중에 나는 언제나 네가 제일 좋았어. 넌 샘도 안 내고 심술도 안 부렸잖아. 그런 애들도 많았는데. 가엾게도 엠 화이트가 어제 나를 만나러 왔었어.

엠하고 나하고 학교에서 3년 동안 단짝이었던 거 기억해? 그러다가 발표회 때 다투고는, 그 뒤로 서로 말도 하지 않고 지냈어. 우습지 않니? 지금 생각하면 유치하지. 우린 옛날에 다퉜던 일을 어제 화해했어. 엠이 그러는데, 몇 년 전부터 화해하고 싶었지만 내가 받아주지 않을 것 같았대. 난 엠이 받아주지 않을 것 같아서 말을 못 걸었는데. 그렇게 서로 오해한 채로 지낼 수 있다니, 참 이상하지, 앤?"

"살다 보면 곤란한 일들이라는 게 대부분 오해에서 시작되는 것 같아. 이제 가야 해, 루비. 늦겠다. 너도 밤공기가 습한데 나와 있으면 안 돼."

"곧 또 와줘."

"그래, 금방 올게. 그리고 내가 도울 수 있는 일이 있다면 정말 좋겠어."

"알아. 넌 벌써 도움을 줬어. 이제는 어떤 것도 그리 끔찍하지 않아. 잘 자, 앤."

"잘 자, 루비."

앤은 달빛을 받으며 아주 천천히 집으로 돌아갔다. 그날 밤은 앤에게 어떤 변화를 가져다주었다. 인생에 다른 의미를, 더 깊은 목적을 부여하게 되었다. 겉으로는 달라진 게 없었지만, 깊은 내면은 동요했다. 죽음을 맞이하는 순간에 불쌍한 루비와 같아서는 안 된다. 한쪽 삶의 끝에 다다랐을 때 다음 삶을 전혀 다른 무엇이라고, 익숙한 생각과 이상과 포부가 공존할 수 없는 곳이라고 두려워해서는 안 된다. 아름답고 뛰어나더라도 인생에서 덧없는 것들을 추구해선 안 되고, 가장 고귀한 가치를 따르며 쫓아야 한다. 천국에서의 삶은 이곳 지상에서 시작되어야 한다.

그날 뜰에서 나눈 작별 인사는 마지막 인사가 되었다. 앤은 살아 있는 루비를 다시는 만나지 못했다. 이튿날 밤에 에이번리 마을 개선회에서 서부로 떠나는 제인 앤드루스에게 송별회를 열어 주었다. 경쾌한 발들이 춤추고 반짝이는 눈들이 웃고 즐거운 입들이 재잘거리는 동안, 에이번리의 한 영혼은 피하지도, 무시하지도 못할 하늘의 부름을 받았다. 다음날 아침 집집마다 루비 길리스가 죽었다는 소식이 전해졌다. 루비는 잠든 동안 아무 고통 없이 얼굴에 미소를 머금은 평온한 모습으로 죽었다. 죽음은 루비가 무서워하던 소름끼치는 유령의 모습으로 다가오진 않은 모양이었다. 다정한 친구처럼 찾아와 루비가 문턱을 넘어갈 수 있도록 이끌어준 듯했다.

레이철 린드 부인은 장례식이 끝난 뒤, 죽은 이의 얼굴이 루비 길리스처럼 아름다운 경우는 처음 봤다고 힘주어 말했다. 하얀 옷을 입고 앤이 넣어준 고운 꽃들 속에 누운 루비의 아름다움은 에이번리 마을 사람들의 기억에 오래도록 남아 몇 년이 지나도록 회자되었다. 루비는 원래 아름다웠다. 하지만 그 아름다움은 이 세상의 것이고 지극히 세속적이었다. 어떤 오만함이 서려 있어 눈에 보이는 모습을 과시할 뿐, 그 안에서 영혼이 빛나지 못했고 지성도 엿보이지 않았다. 하지만 죽음이 존엄한 손길로 어루만지자 루비의 아름다움에 살아 있는 동안 볼 수 없었던 섬세한 깊이와 순수한 윤곽이 더해졌다. 살아남아 삶과 사랑과 깊은 슬픔과 여인으로서의 환희를 두루 겪은, 성숙한 루비의 모습이 꼭 저러했으리라. 앤은 눈물로 부연 시야로 옛 친구를 내려다보았다. '하느님은 루비에게 이런 얼굴을 주시려 했구나.' 앤은 그 얼굴을 영원히 기억하기로 다짐했다.

길리스 부인은 장례식 행렬이 집을 떠나기 전에 앤을 빈 방으로 따로 불러 작은 꾸러미를 건넸다. 그리고 흐느껴 울며 말했다.

"이걸 네게 주고 싶구나. 루비도 네가 가지길 바랐을 거야. 그 애가 만들던 식탁 장식보란다. 완성된 건 아니야. 가엾게도 그 손이 마지막으로 닿았던 자리에 바늘이 남아 있어. 오후에 그 채로 내려놓고 밤새 그렇게 가 버렸단다."

린드 부인이 눈물을 글썽이며 말했다.

"누군가 떠난 자리엔 미처 끝내지 못한 일들이 남는 법이란다. 하지만 항상 보면 그 일을 마저 해내는 사람도 있는 법이더라."

앤은 다이애나와 함께 집으로 돌아오는 길에 말했다.

"늘 알고 지내던 사람이 정말로 죽을 수도 있다는 건 실감이 잘 안 되는 일이야. 루비가 우리 학교 친구들 가운데선 제일 먼저 갔네. 머지않아 언젠가 우리도 하나하나 그 뒤를 따라가겠지."

"그래, 그럴 거야."

다이애나가 편치 않은 목소리로 대답했다. 그런 이야기는 하고 싶지 않았다. 그보다 장례식 얘기를 나누고 싶었다. 길리스 씨가 루비를 위해서라며 고집했다는 아름다운 하얀 벨벳 관이며, "길리스네는 장례식까지 호사스럽게 치러야 직성이 풀린다니"라던 린드 부인의 말이며, 허브 스펜서의 슬픈 얼굴이며, 루비의 언니 한 명이 주체할 수 없는 슬픔 때문에 온몸으로 울부짖은 일 등 이야깃거리가 많았다. 하지만 앤은 그런 이야기는 하지 않으려 했다. 그저 몽상의 세계에 틀어박힌 모습이었고, 다이애나는 끼어들 수 없어서 외로웠다.

데이비가 불쑥 말했다.

"루비 길리스 누나는 참 잘 웃었는데. 천국에서도 에이번리에 있을 때만큼 많이 웃을까, 누나? 궁금해."

"그래, 그럴 거야."

"세상에, 앤."

다이애나가 충격을 받은 듯한 미소를 지으며 말리듯 앤을 불렀다. 앤은 진지하게 되물었다.

"왜? 웃으면 안 되는 거니, 다이애나? 천국에서는 절대 웃지 않을 거라 생각하는 거야?"

다이애나는 당황했다.

"아, 나는…… 잘 모르겠어. 왠지 그러면 안 되는 것 같아. 교회에서는 웃는 게 조금 무섭잖아."

"하지만 천국이 모든 면에서 교회와 똑같지는 않을 거야."

그러자 데이비가 나서서 단호하게 말했다.

"그랬으면 좋겠다. 교회랑 똑같으면 난 천국에 가기 싫어. 교회는 너무 재미없단 말이야. 어쨌든 난 오래오래 안 가고 여기 있을래. 백 살까지 살 거야. 하이트샌즈의 토머스 블루엣 아저씨처럼. 아저씨가 그러는데 그렇게 오래 산 게 담배를 쉬지 않고 피운 덕분이래. 담배가 병균을 다 죽여준대. 나도 이제 슬슬 담배를 피워도 될까, 누나?"

"안 돼, 데이비. 담배는 평생 피지 않기를 바라."

앤이 별 생각 없이 대답하자 데이비가 따졌다.

"그랬다가 병균이 나를 죽이면 누나 마음이 어떻겠어?"

15장

뒤집힌 꿈

"일주일만 있으면 레드먼드로 돌아가네."

앤은 레드먼드로 돌아가 다시 수업을 듣고 공부를 하며 친구들을 만날 생각에 즐거웠다. 행복한 공상은 패티의 집 주변에서도 펼쳐졌다. 아직 살아본 적도 없는데, 그 집을 떠올리는 것만으로도 집을 생각할 때의 기분 좋은 온기가 느껴졌다.

하지만 이번 여름도 무척 즐거웠다. 여름의 태양과 하늘에 감사하고, 건강한 것들과 더불어 즐겁게 보낸 시간이었고, 옛 친구들과 우정을 새로이 다지고 더 깊게 나눈 시간이었으며, 더 기품 있게 살고 참을성 있게 일하며 열심히 놀아야 한다는 것을 배운 시간이었다.

'인생의 교훈은 대학에서 다 배울 수 있는 게 아니야. 인생은 어디에서든 가르쳐 주지.'

그러나 아아, 즐거운 방학의 마지막 주는 뒤집혀진 꿈 같은 엉뚱한 사건 때문에 엉망이 되고 말았다.

어느 날 저녁 해리슨 부부와 함께 차를 마시는 자리에서, 해리슨 씨가 친절하게 물었다.

"요즘도 소설 쓰는 거 있니?"

"아니요."

앤이 조금 딱딱하게 대답했다.

"저런, 다른 뜻으로 물은 건 아니야. 요전에 하이럼 슬론 부인한테 들었는데 '몬트리올 롤링스 릴라이어블 베이킹파우더 회사'의 주소가 적힌 큰 봉투가 한 달 전쯤 우체국에 들어와 있더라는 거야. 그 회사가 베이킹파우더 제품명이 들어가는 소설을 공모했는데, 누가 상금을 타려고 응모한 게 아닐까 싶더래. 봉투에 적힌 주소가 네 글씨체는 아니었다고 했지만, 나는 네가 아닐까 생각했거든."

"설마요, 아니에요! 상금을 준다는 건 봤지만, 그것 때문에 글을 쓰겠다는 생각은 꿈에서도 하지 않았어요. 베이킹파우더를 광고하는 소설을 쓰다니 그보다 더 수치스러운 일은 없을 것 같아요. 그건 저드슨 파커 씨가 농장 담장을 제약회사 광고에 빌려주는 거랑 다를 게 없잖아요."

앤은 고고하게 큰소리쳤다. 치욕의 골짜기가 자신을 기다리고 있는 줄은 꿈에도 모른 채. 바로 그날 저녁, 다이애나가 눈을 반짝이며 발갛게 뺨이 달아올라서는 앤의 방으로 뛰어 들어왔다.

"아, 앤, 너한테 편지가 왔어. 내가 우체국에 갔다가 너한테 전해주려고 가져왔어. 빨리 뜯어 봐. 내가 생각하는 그런 편지라면 난 너무 기뻐서 미쳐 버릴지도 몰라."

앤은 어리둥절해서 다이애나에게 편지를 받았다. 봉투를 뜯으니 타자기로 인쇄한 종이가 들어 있었다.

프린스아일랜드 섬 에이번리
초록 지붕 집
앤 셜리 앞

안녕하세요.
금번 우리 회사 공모전에서 귀하의 매력적인 소설 〈에이버릴의 속죄〉가 수상작에 당선되어 25달러의 상금을 받게 되었다는 기쁜 소식을 알려드립니다. 수표를 여기에 동봉합니다. 회사에서는 소설을 캐나다의 여러 유력 일간지에 발표할 계획이며, 또한 소책자로 인쇄하여 자사 고객들께 나누어 줄 예정입니다. 우리 회사 사업에 보여주신 관심에 감사드립니다.
그럼 안녕히 계십시오.

롤링스 베이킹파우더 회사

"이게 무슨 소리지."
앤이 멍하니 말했다. 다이애나가 손을 딱 맞부딪히며 말했다.
"와, 상을 받을 줄 알았어. 확실히 알았다니까. 내가 네 소설을 공모전에 보냈거든, 앤."

"다이애나, 너!"

다이애나가 신이 나서 침대에 걸터앉으며 말했다.

"그래, 내가 그랬어. 공모전 광고를 보자마자 네가 떠올랐지. 처음에는 너한테 보내라고 할까 했지만, 넌 안 보낼 것 같았어. 네가 그 소설에 자신감을 많이 잃은 상태였으니까. 그래서 내가 너한테 받은 사본을 보내고 네게는 비밀로 해두기로 결심했지. 그러면 당선되지 않아도 넌 모를 테니 더 실망할 일도 없을 거고. 낙선작은 돌려주지 않는다고 했으니까. 그리고 만약 당선되면 너한테 깜짝 선물처럼 기쁜 일이 될 거라고 생각했어."

다이애나가 사람의 기색을 잘 살피는 성격은 아니었지만, 그 순간 앤이 딱히 기쁨에 넘쳐 보이지 않는다는 것만은 알 수 있었다. 놀란 기색은 확실한데 왜 기뻐하지 않지?

"어머, 앤, 너는 조금도 기쁘지 않은 것 같아!"

다이애나의 외침에 앤은 얼른 억지웃음을 지어 보이고는 천천히 말했다.

"물론 나를 기쁘게 해주려는 네 착한 마음씨에 어떻게 기쁘지 않을 수 있겠어? 근데 그렇잖아…… 너무 놀라서…… 실감도 안 나고…… 이해가 안 돼. 내 소설에는 그런…… 그런 내용이 없는데…… 그……."

앤은 목이 꽉 막힌 듯 그 말이 쉽게 나오지 않았다.

"베이킹파우더 이야기 말이야."

다이애나가 마음 놓으라는 듯 말했다.

"아, 그건 내가 넣었어. 식은 죽 먹기던걸. 물론 옛날에 이야기클럽에서 했던 경험이 있어서 도움이 됐지. 에이버릴이 케이크 만드는 장면 있지? 음, 거기서 에이버릴이 롤링스 베이킹파우더를 넣었다고 쓴 게 다야. 그래서 케이크가 잘 구워졌다고 말이야. 그리고 마지막 장면에 퍼시벌이 에이버릴을 껴안고 '내 사랑, 앞으로 올 아름다운 세월이 우리가 꿈꾸던 가정을 이루게 해줄 거예요'라고 말하는 부분 있잖아. 거기에 '롤링스 베이킹파우더 말고 다른 건 쓰지 않는 그런 집 말이에요'라고 덧붙였어."

"맙소사!"

가엾은 앤은 숨이 턱 막혔다. 누가 찬물이라도 끼얹은 것 같았다. 다이애나가 환희에 넘쳐서 말을 이었다.

"그래서 상금을 25달러나 받은 거야. 언젠가 프리실라한데 들었는데 〈캐나다 여성〉지는 소설이 실려도 고작 5달러밖에 주지 않는대!"

앤은 떨리는 손가락으로 쳐다보기도 싫은 분홍색 수표를 내밀었다.

"난 받을 수 없어. 이건 네 거야, 다이애나. 네가 소설을 보냈고 고쳐 쓰기도 했잖아. 나는…… 나라면 네 말대로 절대 보내지 않았을 거야. 그러니까 그건 네가 받아야 해."

다이애나가 자조적인 태도로 말했다.

"나도 그게 내가 이룬 거라면 좋겠어. 그렇지만 내가 한 일은 전혀 힘든 게 아니었어. 수상자가 내 친구라는 것만으로도 나한테는 충분히 영광이야. 이제 가봐야겠어. 손님이 있어서 우체국에서 집으로 곧장 갔어야 했거든. 그래도 너한테 들러서 어떻게 됐는지 보고 싶었어. 네가 잘되어서 정말 기뻐, 앤."

앤은 갑자기 몸을 굽혀 다이애나를 끌어안고 뺨에 입을 맞추었다. 그리고 살짝 떨리는 목소리로 말했다.

"너는 이 세상에서 가장 다정하고 진실한 친구야, 다이애나. 네가 왜 그런 일을 했는지 알아. 네 마음은 고맙게 생각해."

다이애나는 기쁘면서도 창피한 듯 집으로 돌아갔고, 가엾은 앤은 죄 없는 분홍색 수표를 피 묻은 부정한 돈인 것마냥 책상 서랍에 던져 넣고, 침대로 뛰어들어 엉엉 울었다. 수치심과 분노가 들끓었다. 아, 이 치욕은 평생 씻을 수 없을 거야. 결코!

땅거미가 질 무렵 길버트는 앤을 한껏 축하해 주고 싶은 마음에 초록 지붕 집을 찾아왔다. 과수원집에 들렀다가 소식을 들었던 것이다. 하지만 앤의 얼굴을 보자 축하의 말이 쑥 들어가 버렸다.

"아니, 앤, 무슨 일이야? 네가 롤링스 공모전에서 상금을 받아 무척 기뻐하고 있을 줄 알았는데. 잘됐잖아!"

"오, 길버트, 너마저. 너만은 이해할 줄 알았는데. 이게 얼마나 끔찍한 일인지 모르겠니?"

앤이 "브루투스, 너마저"* 같은 말투로 한탄했다.

---

* 셰익스피어의 희곡 《줄리어스 시저》에서, 시저가 자신을 암살하는 원로원 위원들 중에 양자이자 심복인 브루투스가 끼어 있는 것을 보고 죽어가며 마지막으로 내뱉은 말이다.

"솔직히 말하면, 모르겠어. 뭐가 문제라는 거야?"

"모든 게 다. 평생 동안 따라다닐 수치를 당한 기분이야. 자기 아이가 온몸에 베이킹파우더 광고로 문신을 했다는 걸 알게 되면 그 엄마는 어떤 심정일까? 지금 내 기분이 그래. 별거 아닌 소설이지만 난 내 작품을 사랑했어. 최선을 다해 내 모든 걸 쏟아 부어 썼지. 그런데 그걸 베이킹파우더 광고 수준으로 끌어내린 건 신성모독이나 다름없어. 퀸스에 다닐 때 해밀턴 교수님이 문학 시간에 누누이 하시던 말씀 기억 안 나니? 천박한 동기나 무가치한 동기로는 절대로 단 한 줄도 글을 써서는 안 된다고 하셨잖아. 언제나 가장 숭고한 이상을 고수해야 한다고. 내가 롤링스 베이킹파우더를 광고하는 소설을 썼다고 하면 교수님이 어떻게 생각하실까? 그리고 이 소식이 레드먼드에도 알려지면? 나를 얼마나 조롱하고 비웃을까!"

"그렇지 않아."

길버트는 앤이 그 괘씸한 3학년생이 어떻게 생각할지를 그토록 걱정하는 게 아닐까 하고 불안해졌다.

"레드먼드 학생들은 나하고 똑같은 생각일 거야. 너도 우리 열 명 중 아홉 명이 그렇듯이 물질적으로 감당 못할 만큼 부유하거나 한 건 아니잖아. 이런 방법으로 정직하게 돈을 벌어서 스스로 한 해 학비를 마련했다고 여기겠지. 그게 어떤 점에서 천박하고 무가치하다는 건지 모르겠어. 왜 조롱받을 일인지도 모르겠고. 누구나 위대한 문학 작품을 쓰고 싶어 하는 건 당연하지. 하지만 하숙비며 수업료도 내야 하잖아."

 이 상식적이며 실질적인 견해에 앤은 약간 기운이 났다. 적어도 비웃음을 당할 거라는 두려움은 사라졌다. 그러나 이상이 짓밟혔다는 상처는 더 깊어질 뿐이었다.

16장

변화하는 관계

"이렇게 집처럼 편안한 곳은 처음이야. 우리 집보다 더 내 집 같아!"

필리파 고든은 기쁜 눈으로 집을 둘러보았다. 해 질 무렵 패티의 집 넓은 거실에 모두가 모였다. 앤과 프리실라, 필리파, 스텔라, 그리고 제임시나 아주머니와 러스티와 조지프와 새라고양이, 마지막으로 고그와 마고그까지. 난롯불이 드리운 그림자가 벽 위에서 춤을 췄고, 고양이들은 그르렁거렸다. 온실 국화가 담긴 커다란 화병은 필리파의 어느 숭배자가 보냈는데, 금빛 일렁이는 어둠 속에서 은은한 달빛처럼 빛났다.

안정이 됐다고 생각한 지 3주일이 지나면서 다들 이미 실험이 성공했다고 믿었다. 방학이 끝나고 돌아와 보낸 첫 2주일은 즐겁고 짜릿한 시간이었다. 세간을 준비하고 집 안을 정리하고 각자 의견을 조율하느라 바빴다.

앤은 레드먼드로 돌아갈 시간이 다가와도 에이번리를 떠나는 것이 별로 서운하지 않았다. 마지막 며칠 동안이 즐겁지 않았기 때문이다. 앤의 공모전 수상 소식이 프린스에드워드 섬의 여러 신문에 실렸고, 윌리엄 블레어 씨는 상점 계산대 위에 앤의 소설이 실린 분홍색, 초록색, 노란색 소책자를 산더미처럼 쌓아 두고는 손님이 다녀갈 때마다 한 권씩 나눠 주었다. 블레어 씨는 축하하는 의미로 앤에게도 책을 한 묶음 보내 주었지만, 앤은 그 책들을 곧장 부엌 불 속에 던져 넣었다. 앤이 수치심을 느끼는 건 오로지 자신이 품었던 이상에 상처를 입었기 때문이었다. 에이번리 사람들은 오히려 앤의 수상을 놀랍고 대단한 일로 여겼다. 앤의 많은 친구들은 진심으로 감탄했고, 몇 안 되는 앙숙들은 업신여기면서도 부러워했다. 조시 파이는 앤 셜리가 다른 작품을 베낀 게 틀림없다며, 확실히 몇 해 전 어떤 신문에서 읽은 기억이 난다고 말했다. 슬론네 사람들은 찰리 슬론도 응모했다가 미끄러졌던 사실을 알고 있는지, 아니면 짐작해서 하는 말인지, 그런 건 별로 자랑거리가 못 된다며 아무나 시도만 하면 거의 다 할 수 있는 일이라고 말했다. 아토사 대고모는 앤에게 소설을 쓴다니 무척 유감이라고 말했다. 에이번리에서 나고 자란 토박이라면 그런 짓은 하지 않을 거라며, 이게 다 부모도 출신도 모르는 고아를 데려다 키워서 생긴 일이라는 것이었다. 린드 부인조차 꾸며낸 이야기를 쓰는 일이 적절한 것인지 비관적인 의구심을 품고 있었다. 물론 25달러 수표 덕에 마음이 누그러지긴 했지만.

"이렇게 놀라울 데가 있나. 그런 거짓말을 썼다고 돈을 주다니,

참내."

 반쯤은 대견스럽고 반쯤은 엄하게 들리는 말투였다.

 모든 점을 미루어볼 때, 떠날 시간이 다가온 것이 오히려 다행이었다. 그래서 더없이 행복한 기분으로 레드먼드에 돌아와 경험 많고 현명한 2학년으로서 많은 친구들과 반가운 인사를 나누는 즐거운 개강일을 맞았다. 프리실라와 스텔라와 길버트도 있었고, 지금까지의 어느 2학년생보다 더 목에 힘이 들어간 찰리 슬론과, 알렉이냐 알론조냐 하는 문제를 아직 결정하지 못한 필리파, 그리고 무디 스퍼전 맥퍼슨도 있었다. 무디 스퍼전은 퀸스를 졸업한 뒤로 계속 학교에서 아이들을 가르쳤는데, 그의 어머니가 이제 학교를 그만두고 목사가 될 공부에 신경을 써야 할 때라고 결론을 내렸다. 불쌍한 무디 스퍼전은 대학 생활 첫날부터 운이 좋지 않았다. 같이 하숙하는 못된 2학년생 대여섯 명이 어느 날 밤 무디 스퍼전을 덮쳐 머리카락 절반을 밀어 버렸다. 가엾은 무디 스퍼전은 머리카락이 다시 자랄 때까지 그 모습으로 다녀야 했다. 무디 스퍼전은 앤에게 자신이 정말로 목사가 되라는 소명을 받은 건지 의심이 들 때가 있다고 씁쓸하게 털어놓았다.

 제임시나 아주머니는 아가씨들이 집 정리와 다른 준비를 모두 마친 뒤 도착했다. 패티 스포퍼드는 앤에게 열쇠를 보내면서 같이 보낸 편지에 고그와 마고그를 상자에 넣어 손님용 침실 침대 밑에 두었으니 꺼내고 싶으면 그렇게 해도 좋다고 쓰고, 덧붙이는 말로 그림을 걸 때는 조심해 달라고 당부했다. 거실 벽지는 5년 전에 새로 바른 것으로, 자신과 마리아는 새 벽지에 더 이상 구멍이 나는 걸 원치 않기 때문에 정말 꼭 필요한 경우에만 못질을 해달라는 것이었다. 그 밖의 것은 모두 앤을 믿고 맡기겠다고 했다.

아가씨들이 자기 보금자리를 어찌나 즐겁게 꾸미던지! 필리파가 말했듯이 결혼하는 것이나 거의 마찬가지였다. 성가신 남편 없이도 살림하는 재미를 맛볼 수 있었다. 다들 각자 무언가를 가져와서 작은 집을 장식하거나 안락하게 만들었다. 프리실라와 필리파와 스텔라는 작은 장식품과 그림 등을 잔뜩 가져왔는데, 자기 취향대로 원 없이 그림을 거느라 패티 스포퍼드의 새 벽지에 구멍이 나는 것도 아랑곳하지 않았다.

"나갈 때 접합제로 구멍을 메우면 돼. 절대로 모르실걸."

세 사람은 말리는 앤에게 그렇게 말했다.

다이애나는 앤에게 솔잎 쿠션을 주었고, 에이다 아주머니는 앤과 프리실라 모두에게 어마어마한 자수로 멋지게 장식한 쿠션을 선물했다. 마릴라는 커다란 설탕절임 상자를 보내면서 추수감사절 바구니도 보내겠다는 뜻을 넌지시 비추었고, 린드 부인은 앤에게 누비이불을 한 채 선물하고 다섯 채를 더 빌려주었다. 린드 부인은 명령조로 말했다.

"가져가거라. 다락에 쌓아 두고 좀먹게 두느니 쓰는 게 낫지."

하지만 좀벌레들은 감히 그 누비이불 근처에도 가지 못했을 것이다. 좀약 냄새가 어찌나 진동을 하던지 패티의 집 마당에 꼬박 2주일을 널어둔 뒤에야 집 안에 들여놔도 참을 만한 정도가 되었으니까. 실로 귀족적인 스포퍼드 거리에서는 보기 드문 풍경이었다. '옆집'에 사는 무뚝뚝한 백만장자 노인이 찾아와 빨강과 노랑 '튤립무늬'의 화려한 누비이불을 사고 싶다고 했다. 린드 부인이 앤에게 선물한 것이었다. 어머니가 그와 같은 누비이불을 만들곤 하셨기 때문에, 그 이불을 갖고 있으면서 어머니를 추억하고 싶다고 했다. 앤이 팔지 않겠다고 하자 백만장자는 매우 실망했는데, 대신 앤이 이런 이야기를 린드 부인에게 모두 편지로 써 보내자, 매우 흐뭇해진 린드 부인이 똑같이 생긴 이불이 여분으로 하나 더 있다고 답장을 보냈다. 결국 담배왕은 누비이불을 가지게 되었고, 그 이불을 자기 침대에 깔겠다고 고집을 부려 유행에 민감한 부인이 넌더리를 냈다.

그해 겨울 린드 부인의 누비이불은 매우 쓸모가 있었다. 패티의 집은 장점이 무척 많았지만 단점도 없지 않았다. 집이 무척 추웠던 것이다. 차디찬 밤이 되면 여학생들은 감사한 마음으로 린드 부인의 누비이불 속을 파고들었고, 이 누비이불을 빌려준 일이 린드 부인이 행한 의로운 일로 하늘에 여겨지길 소망했다. 앤은 보자마자 탐냈던 파란 방을 썼다. 프리실라와 스텔라는 큰 방을 차지했다. 필리파는 기꺼이 부엌 위쪽의 작은 방에 만족했다. 제임시나 아주머니 방으로는 아래층의 거실 옆방을 비워 놓았다. 러스티는 처음에는 현관 계단에서 잠을 잤다.

에이번리에서 돌아오고 며칠 후, 학교에서 귀가하던 앤은 마주치는 사람들이 자신을 쳐다보고 슬그머니 미소를 짓는 것을 눈치

챘다. 앤은 자기가 어딘가 잘못되었는지 불안한 마음이 들었다. 모자가 비뚤어졌나? 벨트가 풀렸나? 고개를 돌려 이리저리 살피다가, 처음으로 러스티가 눈에 들어왔다.

앤의 발꿈치에 바싹 붙어 졸졸 뒤따라오던 고양이는 같은 고양이들 가운데서도 이제까지 본 적 없을 만큼 처량해 보였다. 새끼고양이 시기는 훌쩍 지난 듯했고, 야위어 홀쭉하게 뻗은 몸이 꼴사나울 정도였다. 두 귀가 다 조금씩 다쳤고, 한쪽 눈은 어쩌다 상했는지 치료가 필요해 보였으며, 아래턱이 보기 안쓰러울 정도로 부어 있었다. 색깔은 원래 털색이 검은 고양이가 불에 그을리면 이 집 잃은 고양이처럼 흐릿하고 지저분해서 보기 흉한 털의 빛깔처럼 될 것 같았다.

"저리 가."

쫓아도 고양이는 달아나지 않았다. 앤이 멈춰 서면 고양이도 엉덩이를 깔고 앉아 성한 한쪽 눈으로 앤을 원망스레 쳐다봤다. 앤이 다시 걷기 시작하면 고양이도 따라왔다. 앤도 체념하고 고양이가 따라오게 내버려 두었지만, 패티의 집 입구에 다다르자 고양이의 눈앞에서 냉정하게 문을 닫았고, 그것으로 고양이와도 더 만날 일이 없을 거라고 좋을 대로 생각했다. 하지만 15분 뒤, 필리파가 문을 열었을 때 불그죽죽한 고양이 한 마리가 계단 위에 앉아 있었다. 게다가 그 고양이는 쏜살같이 뛰어들어 와서 앤의 무릎 위로 올라가 애원하는 것도 같고 의기양양한 것 같기도 한 소리로 "야옹 야옹" 하고 울어댔다.

"앤, 그거 네 고양이니?"

스텔라가 심각한 목소리로 물었다. 앤이 펄쩍 뛰었다.

"아니야, 모르는 고양이야. 얘가 어디서부턴지 나를 따라왔어. 쫓아도 계속 따라오던걸. 윽, 제발 내려가. 나도 얌전한 고양이라면 꽤 좋아하지만 너처럼 막 생긴 고양이는 별로야."

하지만 고양이는 내려가지 않고, 앤의 무릎 위에 태연히 웅크리고 앉아 그르렁거리기 시작했다. 프리실라가 웃었다.

"고양이가 너를 입양하려는 모양이야."

"입양이라니, 사양할래."

앤은 완강했는데, 필리파가 측은해 했다.

"가엾게도 굶주렸구나. 어쩜, 뼈가 가죽을 뚫고 나올 것 같아."

그래도 앤은 여전히 단호했다.

"그럼 뭐라도 배불리 먹인 다음 있던 곳으로 돌려보내야겠어."

고양이에게 먹이를 주고는 문 밖으로 내보냈다. 아침이 되었을 때, 고양이는 아직 문 앞 계단에 있었다. 계단 위에 앉아 있다가 문이 열릴 때마다 번개같이 안으로 뛰어들어 왔다. 아무리 쌀쌀맞게 대해도 소용이 없었다. 고양이는 앤 말고는 아무에게도 관심을 두지 않았다. 아가씨들은 불쌍한 마음에 먹이를 챙겨 주었지만, 일주일이 지나자 어떻게든 해야 한다는 데 의견이 모아졌다. 고양이는 모습이 많이 나아졌다. 눈과 볼은 정상적인 모습을 띠기 시작했고, 살도 조금 올랐으며, 얼굴을 씻는 모습도 보여 주었다.

스텔라가 말했다.

"그래도 우리가 기를 수는 없어. 다음 주에 짐시 아주머니가 오시는데, 새라고양이를 데려오실 거야. 고양이를 두 마리나 기를 수는 없잖아. 이 러스티* 녀석이 하루 종일 새라고양이하고 싸울걸. 얘는 천성이 싸움꾼이라고. 어제 저녁에도 담배왕 아저씨네 고양이랑 격전을 벌이는데 아주 총력을 다해서 납작하게 눌러 주더라니까."

"고양이를 없애야 돼."

앤도 맞장구를 치며, 어두운 얼굴로 도마 위에 오른 고양이를 쳐다보았다. 고양이는 벽난로 앞 깔개 위에서 양처럼 순한 소리로 가르랑거렸다.

"하지만 문제네. 어떻게? 힘없는 여자 넷이서 절대로 나가려 하지 않는 고양이를 어떻게 없애겠어?"

필리파가 씩씩하게 말했다.

"클로로포름으로 마취하면 돼. 그게 가장 인도적인 방법이거든."

"클로로포름으로 고양이를 없애는 방법을 우린 아무도 모르잖아."

앤이 우울한 목소리로 말했다.

"나 알아. 내가 할 줄 아는 몇 안 되는 일들 중 하나거든. 정말 몇 개 안 돼. 집에서 몇 번 해봤어. 고양이를 아침에 데려와서 실컷 먹

---

* 러스티(rusty)는 녹슨 듯 붉은 빛깔이 돈다는 뜻이다.

이는 거야. 그런 다음 낡은 포대자루를 가져와. 뒷문 쪽에 하나 있더라. 고양이를 자루에 집어넣고 그 자루를 나무상자에 넣는 거야. 그러고 나서 클로로포름이 50그램 정도 든 병을 마개를 열어서 상자 안에 넣어 두면 돼. 그 다음엔 상자 뚜껑에 무게가 나가는 걸 얹어 놓고 저녁까지 기다려. 고양이는 잠자듯이 몸을 웅크리고 평화롭게 죽을 거야. 고통 없이, 몸부림치지도 않고."*

"듣기엔 쉬울 것 같은데."

앤이 반신반의하자, 필리파가 마음 놓으라는 듯 말했다.

"실제로도 쉬워. 나한테 맡겨. 내가 다 할게."

그리하여 클로로포름이 준비되고, 다음날 아침 러스티는 운명의 순간 앞으로 끌려왔다. 아침을 먹고 제 입을 핥고는 앤의 무릎 위로 올라갔다. 앤은 마음이 무거워졌다. 이 불쌍한 생명은 앤을 좋아하고 앤을 믿었다. 그런 생명을 앗으려는 일에 어떻게 동참할 수 있단 말인가?

"어서 데려가. 난 살인자가 된 기분이야."

앤이 황급히 필리파에게 말했다.

"아무 고통도 없을 거라니까."

필리파가 안심을 시켰지만 앤은 자리를 피했다.

---

* 저자인 몽고메리 자신은 5살에 처음으로 길렀던 고양이 '푸시 윌로우'와 '캣킨스'가 쥐약을 먹고 죽는 사고를 겪고 격렬한 슬픔을 느꼈는데, 놀랍게도 아무도 자신의 슬픔을 이해해 주지 못했다고 회고했다. "이전엔 행복하고 무지한 작은 동물이었던 나는 그 일이 있고서야 영혼이라는 것을 가지게 되었다." 동물의 생명을 존중하는 사회적 인식이 부족했던 시대의 에피소드로 이해하고 읽어 주기를 바란다.

돌이킬 수 없는 행위가 뒷문에서 행해졌다. 그날은 아무도 뒷문 가까이 가지 않았다. 하지만 해 질 녘이 되자 필리파는 러스티를 묻어줘야 한다고 말했다.

"프리실라하고 스텔라가 마당에 무덤을 파줘. 앤은 나하고 같이 가서 상자를 들고 오자. 난 이거 할 때가 제일 싫더라."

두 공범자는 마지못해 뒷문쪽으로 살금살금 걸어갔다. 필리파는 조심스럽게 상자 위에 올려둔 돌을 치웠다. 그때 별안간 상자 안에서 틀림없는 고양이 울음소리가 희미하지만 뚜렷하게 흘러나왔다. 앤은 숨이 멎을 듯이 놀라 부엌 문간에 망연히 주저앉았다.

"죽, 죽지 않았어."

"그럴 리가 없는데."

필리파가 믿기 힘들다는 듯이 말했다. 다시 조그맣게 야옹 하고 우는 소리가 들리며 러스티가 살아 있다는 게 분명해졌다. 두 아가씨는 서로를 빤히 쳐다보았다.

"어떻게 하지?"

앤이 필리파에게 묻는데, 스텔라가 문간에 나타나 채근했다.

"도대체 왜들 안 와? 무덤은 다 팠어. '어찌하여 이처럼 고요하고 모두들 말이 없는가?'"*

스텔라가 시를 인용하여 읊으며 장난쳤다. 앤이 얼른 대응 시구로 받으며 손가락으로 진지하게 상자를 가리켰다.

---

* 영국의 시인 조지 고든 바이런의 시 〈그리스 섬들〉에서 인용하였다.

"'오, 아니로다, 죽은 자들의 목소리가 저 멀리 급류가 쏟아지는 소리처럼 들리는구나.'"

웃음이 터지면서 긴장도 풀렸다. 필리파가 치웠던 돌을 다시 얹으며 말했다.

"아침까지 이대로 두자. 5분 동안 야옹 소리가 들리지 않았어. 아마 아까 그 소리는 마지막 신음소리였을 거야. 아니면 우리가 죄책감 때문에 그런 소리를 들었다고 착각한 걸 수도 있고."

하지만 아침이 되어 상자를 열었을 때, 러스티는 경쾌하게 앤의 어깨 위로 폴짝 뛰어올라 앤의 얼굴을 다정하게 핥았다. 이렇게 생기발랄한 고양이는 다시 없을 정도였다.

필리파가 신음했다.

"상자에 옹이 구멍이 있었잖아. 이걸 못 보다니. 그래서 죽지 않은 거야. 그럼 처음부터 다시 해야겠다."

앤이 별안간 딱 잘라 말했다.

"아니야, 그럴 필요 없어. 다시는 러스티를 그렇게 하지 않을래. 얘는 내 고양이야. 그러니까 너희도 어떻게든 잘 받아들여 줘."

"아, 그래, 제임시나 아주머니랑 새라고양이하고 잘 정리해 봐, 그럼."

스텔라가 고양이 문제에서는 발을 빼겠다는 식으로 말했다.

그때부터 러스티는 한 가족이 되었다. 밤이면 뒷 베란다에 놓인 까칠까칠한 쿠션에서 잠을 자고 온갖 호강을 누리며 지냈다. 제임시나 아주머니가 도착할 무렵 러스티는 통통하게 살이 찌고 털도 윤기가 반질반질해서 꽤나 봐줄 만한 모습이었다. 하지만 키플링의 고양이*처럼 러스티도 '혼자 다니는 고양이'였다. 러스티는 다른 고양이를 볼 때마다 발톱을 세웠고, 다른 고양이들도 러스티에게 발톱을 세웠다.** 러스티는 스포퍼드 거리에 사는 귀족 고양이들을 하나하나 처치했다. 사람 중에서는 오로지 앤만 사랑했다. 다른 사람들은 감히 쓰다듬을 엄두도 내지 못했다. 누군가 쓰다듬으려고 하면 화를 내며 으르렁거렸고 뭔가 매우 불량하게 들리는 소리를 내뱉었다.

"저 고양이 태도를 더는 못 봐주겠어."

"원래는 착한 고양이였다고."

스텔라의 불평에 앤이 자기 고양이를 보호하듯 껴안았다. 스텔라는 희망이 보이지 않는다는 얼굴로 말했다.

"저 녀석과 새라고양이가 같이 지낼 수 있을지 모르겠어. 고양이들이 마당에서 싸우는 것도 질색인데, 여기 거실에서 싸우는 건 상상도 할 수 없어."

예정된 날짜에 제임시나 아주머니가 도착했다. 앤과 프리실라와 필리파는 불안한 마음으로 제임시나 아주머니가 오시기를 기다렸다. 하지만 아주머니가 벽난로 앞 흔들의자에 자리를 잡고 앉

---

*《정글북》을 쓴 영국 소설가 키플링의 단편 〈혼자 걷는 고양이〉를 말한다.
**'그가 사람 중에 들나귀같이 되리니 그의 손이 모든 사람을 치겠고 모든 사람의 손이 그를 칠지며 그가 모든 형제와 대항해서 살리라'(구약성서 창세기 16장 12절)에서 인용하였다.

앉을 때, 여학생들은 마음으로부터 이미 아주머니를 인정하고 좋아하게 되었다.

제임시나 아주머니는 자그마한 노부인으로, 얼굴도 작고 둥글게 각진 세모 모양이었다. 부드러운 푸른 눈에는 지칠 줄 모르는 젊음이 빛났고 소녀 같은 희망이 가득했다. 뺨은 분홍빛이고, 새하얀 머리는 귀 위에서 작게 부풀린 모양을 해서 옛스러운 분위기를 자아냈다.

아주머니는 해 질 녘 구름처럼 분홍빛의 앙증맞은 무언가를 부지런히 뜨개질하며 말했다.

"아주 옛날 방식이야. 하지만 내가 옛날 사람인 걸. 옷차림도 그렇고, 그렇다 보니 사고방식도 구식이란다. 그게 제일 좋다는 건 아니야. 사실 별로 좋지 않겠지. 그래도 입으면 좋고 편해. 새 신은 보기엔 더 말쑥하지만 신으면 헌 신발이 더 편하지. 나는 이제 나이가 들 만큼 들어서 신발과 사고방식 정도는 나 좋을 대로 한단다. 나는 이곳에서 마음 편히 지내려고 해. 내가 너희를 챙겨주고 적당히 보호자 역할을 해줄 거라 기대하겠지만 나는 그렇게 하지 않을 생각이다. 너희도 그 정도 나이면 언제 어떻게 행동해야 하는지 알 테니까. 그러니까 내 생각에는, 엎어지든 자빠지든 각자 자기식대로들 잘 해봐!"

제임시나 아주머니가 생기 넘치는 눈을 반짝이며 말을 맺었다.

스텔라가 몸서리를 치며 사정했다.

"제발, 누가 저 고양이들 좀 떼어놔 줘!"

제임시나 아주머니는 새라고양이뿐 아니라 조지프라는 고양이도 데려왔다. 아주머니의 설명에 따르면, 조지프는 친한 친구가 기르던 고양이인데 그 친구가 밴쿠버로 이사를 가 버렸다.

"조지프를 데려갈 수가 없으니 맡아 달라고 부탁했어. 거절할 수가 없었단다. 아주 예쁜 고양이야. 그러니까 성질이 말이야. 털색깔이 여러 가지라서 조지프라고 이름을 지었다더구나."

확실히 그 말대로였다. 고양이라면 지긋지긋해하는 스텔라 말대로, 조지프는 걸어 다니는 누더기 자루 같았다. 원래 무슨 색이고 무슨 색 무늬라고 말하기도 애매했다. 발에는 흰색에 검은 점박이 무늬가 있고, 등은 회색인데 한쪽에는 커다란 노란 얼룩이, 또 한쪽에는 커다란 검정 얼룩이 있다. 꼬리는 노란색이고 끝만 회색이다. 한쪽 귀는 검정색이고 다른 한쪽 귀는 노란색이며, 한쪽 눈에 검정 반점이 있어 불량해 보였지만 사실 조지프는 온순하고 사람을 잘 따르는 고양이였다. 어떤 면에서 조지프는 들에 핀 백합화 같았다. 수고로운 일도, 길쌈도 하지 않는 것은 물론이고 쥐도 잡지 않았다.* 그러나 온갖 영화를 누린 솔로몬도 그처럼 부드러운 쿠션에 누워 잠을 자고 그처럼 기름진 음식을 배불리 먹지는 못했을 것이다.

조지프와 새라고양이는 각각 상자에 담겨 급행열차에 실려서 도착했다. 상자에서 풀려나 먹을 것을 먹은 뒤에 조지프는 마음에

---

* 신약성서 마태복음 6장 28절(123쪽 참고)에서 인용하였다.

드는 구석의 쿠션을 골라 자리 잡았고, 새라고양이는 벽난로 앞에 진득하게 앉아 연신 얼굴을 씻어댔다. 새라고양이는 몸집이 크고 흰색과 회색 털이 반지르르하게 윤이 났으며, 비천한 혈통 따위는 아랑곳하지 않는 위엄이 넘쳤다. 제임시나 아주머니는 이 고양이를 세탁 일을 해주던 사람에게서 받았다고 했다.

"그 여자 이름이 새라라서, 남편이 늘 새라고양이라고 불렀단다. 이제 여덟 살인데 쥐를 아주 잘 잡지. 걱정 마라, 스텔라. 새라고양이는 절대로 싸움을 하지 않고, 조지프도 좀처럼 싸우는 법이 없거든."

"여기서는 자기방어를 하느라 싸울 수밖에 없을걸요."

이 말이 끝나기가 무섭게 러스티가 등장했다. 러스티는 기분 좋게 걸어 들어오다가, 방 중간쯤에 이르러 불청객들을 발견했다. 그 순간 멈춰 서서 꼬리를 부풀려 세우니, 꼬리가 세 배는 커져 보였다. 등 털도 공격하려는 듯 둥글게 곤두섰다. 러스티는 머리를 낮추고 증오와 반발을 가득 담은 무서운 소리를 지르며 새라고양이에게 달려들었다.

위풍당당한 새라고양이는 세수하는 동작을 멈추고 러스티를 호기심 어린 눈으로 바라보았다. 그리고 러스티의 공격을 별것 아니라는 듯 한 발을 홱 휘둘러 뿌리쳤다. 러스티는 맥없이 깔개 위를 구르더니 비틀거리며 일어났다. 따귀를 갈기다니 저 고양이는 뭐지? 러스티는 반신반의하며 새라고양이를 쳐다봤다. 덤빌까, 말까? 새라고양이는 천천히 등을 돌리더니 다시 얼굴을 씻기 시작했다. 러스티는 덤비지 않는 쪽으로 결정했다. 그 뒤로 다시는 공격하지 않았다. 그때부터 새라고양이가 그 세계를 지배했다. 러스티는 두 번 다시 새라고양이를 건드리지 않았다.

그때 조지프가 눈치 없이 일어나 앉아 하품을 했다. 창피를 당한 복수심에 불타오르던 러스티는 곧장 조지프에게 달려들었다. 조지프는 천성이 온순해도 싸워야 할 때는 싸웠고, 그것도 잘 싸웠다. 싸움은 연이어 무승부로 끝났다. 러스티와 조지프는 날마다 눈만 마주치면 싸워댔다. 앤은 러스티를 편들면서 조지프를 몹시 싫어했다. 스텔라는 자포자기했다. 하지만 제임시나 아주머니는 웃을 뿐이었다. 그리고 너그러운 목소리로 말했다.

"실컷 싸우게 두렴. 조금만 지나면 친구가 될 테니까. 조지프는 운동을 좀 해야 돼. 너무 살이 쪘단다. 러스티도 저 혼자 사는 세상이 아니라는 걸 배워야 하고."

마침내 조지프와 러스티는 상황을 받아들였고, 서로 다시없을 앙숙에서 다시없을 친구가 되었다. 둘은 한 쿠션 위에서 서로 발을 걸친 채 잠을 잤고, 서로의 얼굴을 열심히 핥아 주기도 했다.

"이제 우리 모두 서로에게 익숙해졌네. 나는 설거지랑 바닥 쓰는 법도 배웠고."

필리파의 말에 앤이 웃었다.

"하지만 클로로포름으로 고양이 마취하는 법을 잘 안다고는 하지 마."

"그건 상자에 구멍이 나서 그랬던 거야."

제임시나 아주머니가 엄한 목소리로 필리파를 나무랐다.

"구멍이 있었기에 다행이지. 새끼 고양이는 물에 빠뜨려 죽여야 해. 그건 나도 인정한다. 그렇지 않으면 세상은 고양이 천지가 될 테니까. 하지만 얌전한 어른 고양이는 절대로 죽여서는 안 돼. 달걀을 훔쳐 먹지만 않으면 말이야."

스텔라가 반박했다.

"러스티가 여기 처음 왔을 때 어땠는지 보셨다면 아주머니도 얌전한 고양이라는 생각을 안 하셨을 거예요. 완전히 악마 같았다니까요."

제임시나 아주머니가 곰곰이 생각하는 얼굴로 말했다.

"설마 악마가 그렇게 못생겼을라고. 만약 못생겼다면 그렇게 나쁜 짓을 하지 않을 것 같은데. 나는 늘 악마는 잘생긴 신사일 거라고 생각한단다."

17장

데이비가 보낸 편지

11월의 어느 저녁, 필리파가 집으로 돌아오며 말했다.

"눈이 와. 너무 예쁜 별 모양, 십자 모양 눈들이 뜰에 난 길에 쌓였어. 눈송이가 이렇게 아름다운지 처음 알았어. 소박한 생활을 하면 이런 것들이 눈에 들어올 여유도 있구나. 나를 이런 생활에 동참시켜 준 너희들 모두 정말 고마워. 버터가 1파운드에 5센트 올랐다고 걱정하는 건 정말 즐거운 일이야."

"올랐어?"

생활비 담당인 스텔라가 묻자 필리파가 진지하게 대답했다.

"응, 올랐어. 자, 여기 버터. 난 장보기 전문가가 되고 있어. 남자애들이랑 희희덕거리는 것보다 더 재미있어."

"모든 가격이 하늘 높은 줄 모르고 오르는구나."

스텔라가 한숨을 쉬었다.

"걱정 마라. 고맙게도 고기와 구웤은 아직 공짜란다."

제임시나 아주머니의 위로에, 앤도 한 마디 보탰다.

"그리고 웃음도 공짜고요. 웃음에는 아직 세금이 붙지 않았으니 다행이에요. 왜냐하면 이제 곧 모두 웃을 거거든요. 내가 데이비의 편지를 읽어 줄게. 맞춤법은 지난 1년 사이에 많이 좋아졌어. 아직 문장부호나 조사에는 약하지만. 하지만 데이비는 확실히 편지를 재미나게 쓰는 재능이 있어. 잘 듣고 한바탕 웃고 나서 저녁 공부를 시작하자."

앤은 편지를 읽기 시작했다.

앤 누나에게.

우리는 모두 잘 있다고 알려 주려고 편지를 써. 누나도 그러기를 바라. 오늘 눈이 조금 내렸는데, 마릴라 아주머니가 하늘에 계신 할머니가 깃털 침대를 털고 있는 거라고 했어. 하늘에 계신 할머니는 하느님 부인이야, 누나? 나는 알고 싶어.

린드 아줌마는 무척 아팠는데 지금은 좋아졌어. 지난주 지하실 계단에서 넘어지셨거든. 아줌마가 넘어질 때 선반을 붙잡는 바람에 선반이 무너지면서 그 위에 가득 있던 우유 양동이랑 스튜 냄비가 같이 떨어져서 우당탕 소리가 굉장했어. 마릴라 아주머니는 처음엔 지진이 난 줄 알았대. 스튜 냄비 하나에 맞아서 린드 아줌마 갈비뼈가 부러졌어. 의사선생님이 와서 약을 주면서 갈비뼈에 바르라고 했는데, 아줌마가 잘못 알아듣고 다 먹었지 뭐야. 의사선생님은 아줌마가 죽지 아는 게 놀랍다고 했는데, 아줌마는 죽지 안고 갈비뼈도 다 나았어. 아줌마는 하여튼 의사들도 아는 게 없대. 하지만 스튜 냄비는 고치지 *모했어*. 마릴라 아주머니는 냄비를 버릴 수밖에 없었어. 추수감사절이 지난주였어. 그날은 학교도 안 가고 저녁도 정말 맛있었어. 나는 고기파이랑 칠면조 굽이랑 과일케이크*이*랑 도넛, 치즈, 잼, 쪼코케이크도 *머거써*. 마릴라 아주머니는 내가 죽을 거랬지만 난 죽지 *아났어*. 도라는 다 먹고 나서 귀알이를 했는데 귀가 아프지 *안*고 배가 아프*대써*. 나는 귀알이를 안 해서 아무데도 안 *아파써*.

새로 오신 선생님은 남자야. 선생님은 우스갯소리를 많이 하셔. 지난주에 우리 3학년 남학생한테 장문 과제로 어떤 아내를 얻고 싶은지 쓰고 여학생들한테는 어떤 남편을 얻고 싶은지 쓰라고 하셨어. 선생님은 장문을 읽으면서 배꼽이 떨어지도록 웃으셨어. 내가 쓴 글 보여 줄게. 누나가 보고 싶어 할 것 같아서.

〈내가 얻고 싶은 아내〉
내가 얻고 싶은 아내는 예의가 바르고, 내 밥은 시간에 맞춰 주고, 내가 시키는 일을 하고, 항상 나한테 깍듯해야 한다. 나이는 열다섯 살이어야 한다. 가난한 사람들한테 잘해주고, 집을 깨끗하게 치우고, 성격이 좋고, 교회에 잘 다녀야 한다. 얼굴은 아주 예쁘고 머리는 곱슬머리여야 한다. 만약 내가 얻고 싶은 그런 아내를 얻는다면, 나는 굉장히 좋은 남편이 될 것이다. 여자는 남편한테 아주 잘해야 한다고 생각한다. 어떤 여자들은 불쌍하게도 남편이 없다.

끝

지난주에 화이트샌즈에 아이삭 라이츠 아주머니의 장례식에 갔어. 죽은 아주머니의 남편은 굉장히 슬퍼했어. 린드 아줌마가 그러는데 라이츠 아주머니네 할아버지가 양을 한 마리 훔쳤대. 그런데 마릴라 아주머니는 죽은 사람을 나쁘게 말하면 안 된대. 그러면 왜 안 *대*, 앤 누나? 궁금해. 말해도 위험한 건 아니잖아, 그렇지?

린드 아줌마는 저번에 굉장히 화를 냈어. 내가 아줌마한테 노아[*]가 살던 때에도 살아 있었냐고 물어 봤거든. 아줌마를 기분 나쁘게 하려던 건 *안이어써*. 그냥 궁금했던 건데. 그때 아줌마가 살아 있었어, 누나?

해리슨 아저씨가 개를 없애고 싶어 했어. 그래서 목을 매달았는데 살아서 아저씨가 무덤을 파는 사이에 헛간으로 달아난 거야. 그래서 아저씨가 다시 매달았는데 이번에는 진짜로 죽었어. 해리슨 아저씨네 일하는 사람이 새로 왔어. 굉장히 이상해. 해리슨 아저씨 말로는 두 발이 다 왼쪽으로만 돌아간대. 배리 아저씨네 일꾼은 게을러. 배리 아주머니는 그렇게 말하는데, 배리 아저씨 말로는 정확히 말하면 게으른 게 아니고, 자기가 일하는 것보다 하느님한테 해 달라고 기도하는 걸 더 쉽다고 생각하는 거래.

하면 앤드루스 아주머니가 상으로 탄 거라고 그렇게 자랑하던 돼지가 갑자기 발작으로 죽었어. 린드 아줌마는 앤드루스 아주머니가 너무 자랑해서 벌 받은 거래. 그렇지만 그건 돼지한테 너무 심한

---

[*] 구약성서 창세기에 등장하는 대홍수 설화에서 방주를 지은 의인이다.

것 같아. 밀티 볼터는 병이 났어. 의사선생님이 약을 주셨는데 맛이 지독했어. 내가 25센트를 주면 약을 대신 먹겠다고 했지만, 볼터네는 너무 치사해. 밀티가 글쎄 약을 직접 먹고 돈을 아끼는 게 낫겠대.

내가 볼터 아주머니한테 어떻게 하면 남자를 잡을 수 있냐고 물었는데 아주머니가 펄펄 뛰면서 화내더니 자기는 몰른다면서 자긴 남자를 따라다녀 본 적이 한 번도 없댔어.

에이번리 마을개선회에서 마을회관을 다시 칠할 거래. 파란색이 지겹대.

새 목사님이 어젯밤에 차를 마시러 집에 왔어. 파이를 세 조각이나 드시더라. 만약 내가 그랬으면 린드 아줌마가 나한테 돼지라고 했을 거야. 게다가 목사님은 허겁지겁 먹고 한입에 엄청 많이 먹어. 마릴라 아주머니가 나한테 늘 그렇게 먹지 말라고 하는데 말이야. 왜 목사님은 해도 되고 어린아이들은 하면 안 돼? 알고 싶어.

이제 더 전할 소식이 없어. 키스 여섯 개도 같이 보낼게. xxxxxx. 도라는 한 개 보낸대. x.

누나의 사랑하는 벗

데이비드 키스

덧붙임 : 누나, 악마의 아버지가 누구야? 알고 싶어.

18장

조세핀 할머니가 앤을 기억하다

크리스마스 방학이 다가오자 패티의 집 여학생들은 각자 집으로 흩어졌지만, 제임시나 아주머니는 그대로 집에 머무르기로 했다.

"오라는 곳은 있지만 고양이 세 마리를 데리고는 아무 데도 갈 수가 없단다. 가엾은 고양이들만 남겨 두고 3주나 집을 비울 수도 없는 노릇이고. 믿을 만한 이웃이라도 있어서 먹이 주는 일만 맡겨도 다녀올 텐데, 이 거리에는 백만장자들뿐이잖니. 그러니 내가 남아서 패티의 집이 썰렁해지지 않도록 지키고 있으마."

앤은 평소처럼 즐거운 기대를 품고 집으로 돌아갔지만, 기대한 만큼 즐겁지는 못했다. 에이번리에 때 이른 맹추위에 눈 폭풍까지 몰아치는 겨울이 닥쳐, 마을에서 가장 오래 살았던 토박이 노인조차 처음 겪는 날씨라고 할 정도였다. 초록 지붕 집은 말 그대로 거대한 눈더미에 둘러싸였다. 거의 매일 별도 뜨지 않는 날들이 이어지며 눈보라만 세차게 일었다. 맑게 갠 날도 바람은 잠들지 않았다. 도로는 메우기가 무섭게 폭폭 파였다. 집 밖으로 나가는 건 가까운 외출조차 거의 불가능했다. 에이번리 마을개선회에서도 대학에서 돌아온 친구들을 환영하는 파티를 열려고 세 번이나 시도했지만 번번이 눈 폭풍이 너무 심해 아무도 나갈 수가 없었기 때문에 결국 포기했다. 앤은 초록 지붕 집을 사랑하는 마음에는 변함이 없었지만 어쩔 수 없이 패티의 집이 그리워졌다. 아늑한 벽난로와 제임시나 아주머니의 유쾌한 눈빛, 세 마리 고양이, 친구들과 떠는 즐거운 수다, 대학 친구들이 찾아와 진지하고 유쾌한 이야기를 나누는 기분 좋은 금요일 저녁까지.

  앤은 외로웠다. 다이애나는 방학 내내 심한 기관지염에 걸려 꼼짝 없이 집에 갇혀 지내야 했다. 다이애나는 초록 지붕 집에 올 수 없었고, 앤도 과수원집까지 가기가 힘들었다. 늘 다니던 유령의 숲 길은 눈에 파묻혀 지나갈 수가 없었고, 얼어붙은 반짝이는 호수를 건너 돌아가는 길도 그에 못지않게 사정이 좋지 않았다. 루비 길리스는 눈이 하얗게 덮인 묘지에 잠들어 있었고, 제인 앤드루스는 서부 대평원의 학교에서 아이들을 가르쳤다. 길버트만은 여전히 충직하게도 길이 허락되는 날이면 저녁마다 초록 지붕 집까지 눈밭을 헤쳐 왔다. 하지만 길버트의 방문은 예전 같지 않았기 때문에, 앤은 길버트가 오는 시간이 두렵기까지 했다. 무엇보다 당황스러운 순간은 갑자기 조용해져 고개를 들었다가, 담갈색 눈으로 자신을 물끄러미 바라보는 길버트를 마주할 때였다. 그럴 때 길버트는 심상찮은 얼굴로 달리 의심의 여지가 없는 표정을 짓고 있었다. 더 당황스러운 것은 자신이 길버트의 눈길에 얼굴이 빨개지고 불편해진다는 사실이었다. 마치, 마치…… 아무튼 무척 창피하고 곤란했다. 앤은 패티의 집으로 돌아가고 싶었다. 그곳에는 언제나 다른 누군가가 있어서 이처럼 미묘한 상황이 생겨도 금방 분위기를 벗어날 수 있었다. 초록 지붕 집에서는 길버트가 오면 마릴라도 쌍둥이까지 억지로 데리고 얼른 린드 부인의 방으로 들어갔다. 그런 행동이 무엇을 뜻하는지 분명했기 때문에 앤은 어찌할 바 없이 그저 화가 날 뿐이었다.

하지만 데이비는 마냥 행복했다. 아침마다 한껏 들떠서 밖으로 나가 우물과 닭장으로 가는 길의 눈을 치웠다. 마릴라와 린드 부인이 서로 경쟁을 벌이듯 앤을 위해 차린 크리스마스 맞이 진수성찬도 대단히 기뻐하며 먹었고, 학교 도서관에서 마음을 쏙 빼앗긴 책을 찾아 재미있게 읽고 있었다. 기적 같은 능력을 타고난 듯한 주인공이 곤경에 빠졌다가 지진이나 화산 폭발이 일어나 몸이 높이 솟아오르며 위기를 면하고 땅에 떨어지면서 재물까지 얻고는 환호와 갈채를 받으며 행복하게 끝나는 이야기였다. 데이비는 정말이지 책에 홀딱 빠졌다.

"정말 끝내주는 이야기야, 누나. 성경보다 훨씬 더 많이 읽고 싶어."

"그러니?"

앤이 빙긋 웃었다. 데이비가 이상하다는 듯이 앤을 유심히 쳐다보았다.

"누나는 하나도 안 놀랐나 봐. 린드 아줌마는 내가 이렇게 말했더니 깜짝 놀라던데."

"난 놀랍지 않은데, 데이비. 아홉 살 남자아이가 성경책보다 모험 이야기를 읽고 싶은 건 아주 당연해. 하지만 네가 조금 더 크면, 성경이 얼마나 멋진 책인지 깨닫기를 바라고, 또 그렇게 되리라 생각해."

데이비가 인정했다.

"아, 성경책도 재미있는 부분이 있긴 해. 요셉 이야기 있잖아. 정말 끝내줘. 하지만 내가 요셉이었다면 형제들을 용서하지 않았을 거야. 절대로 안 해, 누나. 나라면 몽땅 머리를 벴을 거야. 린드 아줌마는 내가 이렇게 말하니까 노발대발하면서 성경책을 탁 덮고는 그런 말을 하면 다시는 성경을 읽어 주지 않겠다고 하셨어. 그래서 지금은 아줌마가 일요일 오후에 성경을 읽어 줄 때는 아무말도 하지 않아. 그냥 생각만 하고 있다가 다음날 학교에 가서 밀티 볼터랑 말하지. 내가 밀티한테 엘리사와 곰 이야기를 해줬더니 엄청 무서워했어. 그다음부터 다시는 해리슨 아저씨한테 대머리라고 놀리지도 않고. 프린스아일랜드 섬에도 곰이 있어, 누나? 알고 싶어."

"요즘에는 없어."

앤이 멍하니 대답하는데, 바람이 눈을 싣고 달려와 거칠게 창을 흔들었다.

"세상에, 눈보라가 멈추기는 하려나."

"하느님만이 아시겠지."

데이비가 대수롭지 않게 대답하고는 다시 책으로 눈길을 돌렸다. 이번에는 앤이 깜짝 놀라서 나무라듯이 소리쳤다.

"데이비!"

데이비는 반박했다.

"린드 아줌마도 그러는걸. 지난주 어느 날에도 밤에 마릴라 아주머니가 '루도빅 스피드가 시어도라 딕스하고 결혼을 하긴 할까?' 하고 물으니까 린드 아줌마가 하느님만이 아실 거라고 했단 말이야. 지금처럼."

앤은 어찌해야 할지 난처했지만 시간을 지체하지 않고 결정을 내렸다.

"그래, 아주머니가 그렇게 말씀하신 것도 옳은 게 아니야. 누구든 하느님의 이름을 함부로 들먹이거나 가볍게 입에 담는 건 옳지 않아, 데이비. 다시는 그러지 마."

데이비가 진지하게 물었다.

"목사님처럼 천천히 엄숙하게 말해도 안 돼?"

"응, 그래도 안 돼."

"그럼 안 할게. 루도빅 스피드랑 시어도라 딕스는 미들그래프턴에 사는데, 린드 아줌마는 루도빅 스피드가 연애를 건 지 100년은 됐다고 하셔. 그럼 두 사람은 이제 금방 늙어서 결혼을 못 하게 되지 않을까, 누나? 길버트 형은 누나랑 그렇게 오래 연애만 하진 말아야 할 텐데. 누나랑 형은 언제 결혼할 거야, 누나? 린드 아줌마가 결혼은 확실히 한댔거든."

"린드 아주머니는 정말……."

앤이 발끈해서 말을 하려다 입을 다물었다. 그러자 데이비가 뒷말을 이어받았다.

"끔찍한 수다쟁이 할망구야. 모두 다 아줌마를 그렇게 불러. 그런데 정말로 결혼해, 누나? 알고 싶어."

"너는 정말 못 말리는 아이야, 데이비."

앤이 도도하게 방을 빠져나가면서 말했다. 부엌에 아무도 없어서, 앤은 빠르게 저무는 겨울 저녁의 어스름한 창가에 앉았다. 해가 지고 바람도 잠잠해져 있었다. 파리하고 차디찬 달이 서쪽 하늘의 자줏빛 구름층 뒤에서 얼굴을 내밀었다. 하늘은 어두워졌지만, 서쪽 수평선을 따라 노란 빛줄기가 점점 더 밝고 강렬해졌다. 마치 길 잃은 빛의 반짝임들이 한곳으로 모여들고 있는 것 같았다. 저 멀리 능선을 따라 성직자 같은 전나무들이 서 있는 언덕이 밝은 빛을 등지고 검게 도드라졌다. 앤은 고요히 가라앉은 하얀 들판을 바라보았다. 들판은 음울하고 황량한 석양 아래 죽은 듯 차가워 보였다. 앤은 한숨을 내쉬었다. 몹시 쓸쓸했다. 마음도 슬펐다. 내년에 레드먼드로 돌아갈 수 있을까 생각하고 있었기 때문이다. 돌아갈 수 있을 것 같지 않았다. 2학년이 받을 수 있는 장학금은 금액이 아주 적었다. 마릴라의 돈은 쓰지 않을 생각이었고, 여름 방학에 학비를 충당할 만큼 돈을 벌 가망도 거의 없었다.

'내년에는 휴학을 해야겠구나. 지역학교에서 다시 아이들을 가르치면서 졸업할 수 있는 학비를 모아야겠어. 그때쯤이면 동기들은 모두 학교를 졸업하고, 패티의 집은 꿈도 꿀 수 없겠지. 그래도 겁내지 말자. 내 힘으로 벌어서 헤쳐 나갈 수 있다는 게 감사한 거야.'

앤은 쓸쓸히 생각했다. 그때 데이비가 방에서 뛰쳐나오며 소리쳤다.

"저기 해리슨 아저씨가 허우적거리며 오고 있어. 편지를 가져오는 거면 좋겠다. 지난번 편지를 받은 지 사흘이나 지났잖아. 그놈의 자유당은 뭘 하고 있는지 봐야겠어. 나는 보수당이야, 앤 누나. 그러니까 누나, 정말로 자유당 사람들이 뭘 하는지 똑바로 감시해야 돼."

해리슨 씨는 우편물을 가져왔다. 스텔라와 프리실라, 필리파가 보낸 유쾌한 편지들을 읽자 앤은 우울하던 마음이 금세 사라졌다. 제임시나 아주머니도 편지를 보냈다. 아주머니는 벽난로 불이 꺼지지 않도록 지키고 있으며, 고양이들도 잘 지내고, 집의 식물들도 잘 자란다는 소식을 전해 주었다.

날씨가 정말 추워서, 고양이들을 집 안에서 재웠지. 러스티와 조지프는 거실 소파에서 자고, 새라고양이는 내 침대 발치에서 잔단다. 한밤중에 잠에서 깨어 외국 땅에 나가 있는 가엾은 내 딸이 생각날 땐, 새라고양이가 가르랑거리는 소리가 얼마나 위로가 되는지 몰라. 인도가 아니라 어디든 다른 나라라면 나도 걱정을 덜겠지만, 그곳의 뱀은 무시무시하다고들 하더구나. 새라고양이의 가르랑 소리에 온통 귀를 기울이고 있으면 가까스로 그런 생각도 떨칠 수가 있단다. 나는 모든 것에 믿음을 잃지 않지만 뱀만은 그렇지 않아. 하느님께서 어째서 그런 걸 만드셨는지 이유도 모르겠어. 때로는 하느님께서 만드신 게 아니라는 생각도 들지. 악마가 관여해서 뱀을 만든 거라고 믿고 싶구나.

앤은 타자기로 친 얇은 편지 한 통은 대수롭지 않아 보여서 맨 마지막으로 미루어 뒀다. 하지만 그 편지를 읽고 나서는 꼼짝도 하지 않고 가만히 앉아 눈물을 흘렸다.
마릴라가 물었다.
"왜 그러니, 앤?"
앤이 조용한 목소리로 대답했다.
"조세핀 배리 할머니가 돌아가셨어요."
"결국은 가셨구나. 1년이 넘도록 병을 앓으셔서 배리 씨네도 마음의 준비를 하고 있었단다. 편히 쉬게 되었으니 잘된 거야. 몹시 고통스러워 하셨거든, 앤. 네게는 늘 마음을 써주셨지."
"마지막까지 따뜻한 친절을 베푸셨어요, 마릴라 아주머니. 이 편지는 할머니의 변호사가 보낸 거예요. 배리 할머니가 유언으로 제게 1천 달러를 남기셨대요."
데이비가 외쳤다.
"이야, 진짜 많다. 그 할머니가 누나랑 다이애나 누나랑 손님방 침대에 뛰어들었을 때 만난 그 할머니 맞지? 다이애나 누나가 이야기해 줬어. 그것 때문에 할머니가 누나한테 그렇게 많은 돈을 남겨준 거야?"

"쉿, 데이비."

앤은 조용히 말하고, 가슴이 미어져서 조용히 2층 방으로 올라갔다. 남겨진 마릴라와 린드 부인은 이 소식에 대해 마음에 찰 때까지 실컷 이야기를 나누었다.

데이비가 걱정스러운 듯 물었다.

"이제 앤 누나가 결혼하려고 할까요? 저번 여름에 도카스 슬론이 결혼할 때 그랬거든요. 자기가 먹고 살 만큼 돈이 있으면 뭐하러 귀찮게 남자랑 결혼하겠느냐고요. 그런데 아이가 여덟이나 딸린 홀아비라도 올케랑 같이 사는 것보다는 낫대요."

린드 부인이 엄하게 꾸짖었다.

"데이비 키스, 입 다물지 못하겠니? 조그만 아이가 별소리를 다 하는구나."

19장

잠깐 지나가는 이야기

"이번 생일에 스무 살이 된다니, 이제 십대 시절과는 영영 이별이네요."

앤이 무릎에 러스티를 올려놓고 벽난로 앞 깔개 위에서 몸을 동그랗게 만 자세로, 좋아하는 의자에 앉아 책을 읽고 있는 제임시나 아주머니에게 말했다. 거실에 두 사람뿐이었다. 스텔라와 프리실라는 위원회 모임에 갔고 필리파는 파티에 갈 단장을 하느라 위층에 있었다.

"아쉬운 모양이구나. 십대라는 게 인생에서 참으로 멋진 시절이지. 나는 내가 아직도 십대라는 게 기쁘단다."

앤이 소리 내어 웃었다.

"아주머니는 언제까지나 그러실 거예요. 백 살이 되는 해에도 열여덟 살이실 거예요. 맞아요. 아쉬워요. 그리고 조금 불만스럽기도 해요. 오래전에 스테이시 선생님이 스무 살 무렵이면 좋은 쪽으로든 나쁜 쪽으로든 성격이 형성된다고 하셨거든요. 저는 좋은 쪽이란 생각이 안 들어요. 결점투성이니까요."

제임시나 아주머니가 명랑하게 말했다.

"누구나 그렇단다. 내 성격은 백 군데쯤 금이 가 있잖니. 스테이시 선생님이란 분의 말은 네가 스무 살이 되면 성격이 어느 한 방향으로 기울어져서 그리로 계속 발전할 거라는 뜻 같구나. 그런 문제는 걱정 마라, 앤. '하느님과 이웃과 나 자신에 대한 의무를 다하고 즐겁게 지내자.' 이게 내 인생관인데 언제나 잘 통하는 편이야. 필리파는 오늘밤에 어디 가니?"

"댄스파티에 간대요. 파티에 간다고 제일 예쁜 드레스도 준비했어요. 연노랑 비단 천에 얇고 고운 레이스가 달려서 가무잡잡한 필한테 잘 어울려요."

"'비단'이니 '레이스'니 하는 말에는 마법이 담긴 것 같지 않니? 듣기만 해도 춤을 추러 달려가고 싶거든. 게다가 노란 비단이라. 햇살로 만든 드레스가 떠오르네. 나도 줄곧 노란 비단 드레스를 입고 싶었지만, 어릴 땐 어머니가 들은 체도 안 했고, 결혼하고는 남편도 귀담아 듣질 않았지. 천국에 가면 나는 제일 먼저 노란 비단 드레스부터 사야겠다."

앤이 깔깔대며 웃고 있을 때 필리파가 눈부시게 아름다운 드레스를 끌며 아래층으로 내려왔다. 그리고 벽에 걸린 기다란 타원형 거울에 모습을 비춰보았다.

"예뻐 보이는 거울로 봐야 기분이 좋아진다니까. 내 방 거울은 확실히 낯빛이 핼쑥해 보여. 나 예쁘게 보이니, 앤?"

"네가 얼마나 예쁜지 알아, 필?"

앤이 진심으로 감탄했다.

"물론 알지. 거울은 뭐에 쓰고 남자들은 왜 있겠니? 내가 물어본 건 그게 아니야. 아랫단이 모두 안으로 잘 들어갔니? 치마는 똑바로 잘 펴졌고? 이 장미는 좀 더 낮게 다는 편이 좋을까? 너무 높은 것 같아. 그럼 사람이 한쪽으로 기우뚱해 보인단 말이야. 하지만 귀가 간지러운 것도 싫은데."

"모든 게 다 좋아. 그리고 너의 그 입가 보조개는 정말 사랑스러워."

"앤, 너는 특히 더 좋은 점이 하나 있어. 넌 정말 마음이 넓거든. 네게는 남을 선망하는 마음이 조금도 없는 것 같아."

"부러워할 게 있니? 앤이 미모는 너만큼 뛰어나지 않을지 몰라도 코는 훨씬 잘생겼지."

필리파가 제임시나 아주머니의 말에 동의했다.

"저도 알아요."

앤도 솔직히 털어놓았다.

"난 코 덕분에 늘 큰 위안이 돼."

"이마 위로 머리카락이 내려온 모습도 나는 참 좋아, 앤. 그리고 그 곱슬머리 몇 올, 언제나 금방이라도 떨어질 것 같은데 절대 떨어지지 않는 그 작은 곱슬머리도 보기 좋고. 그런데 난 정말이지 코가 걱정이야. 마흔 살쯤 되면 내 코는 아마 바이언 가문의 코가 되어 있을 거야. 내가 마흔 살이 되면 어떤 모습일까, 앤?"

"나이 들고 뚱뚱한 중년 부인 같겠지."

앤이 놀랐다. 필리파가 데이트 상대를 기다리느라 편안히 의자에 앉았다

"그렇게 안 될 거야. 조지프, 요 얼룩고양이 녀석, 내 무릎에 올라오기만 했단 봐. 춤추러 가면서 온몸에 고양이털을 덮어쓰고 싶지는 않으니까. 싫어, 앤. 뚱뚱한 중년 아줌마는 안 될 거야. 물론 결혼은 했겠지만."

"알렉하고? 아니면 알론조?"

필리파가 한숨을 내쉬었다.

"둘 중 하나겠지. 내가 결정만 할 수 있다면."

제임시나 아주머니가 꾸짖듯 말했다.

"그 결정을 어려워해선 안 되지."

"제 성격이 원래 오락가락해요, 아주머니. 전 어떤 상황에서도 이랬다저랬다 하거든요."

"좀 더 침착해지고 분별력을 키워야 해, 필리파."

"분별력을 키우면 물론 더없이 좋겠지만 그럼 재미가 없어지잖아요. 알렉이랑 알론조만 해도, 아주머니가 이 두 사람을 안다면 왜 한 명을 못 고르는지 이해하실 거예요. 둘 다 똑같이 좋은 사람들이거든요."

"그렇다면 두 사람보다 더 좋은 사람을 선택하렴. 너한테 푹 빠진 그 4학년생 있잖니. 윌 레슬리던가. 눈이 큼직하니 멋지던데. 눈빛도 순하고."

"너무 크고 순해서…… 황소 같아요."

필리파가 매정하게 말했다.

"조지 파커는 어떠니?"

"언제 봐도 금방 풀 먹여 다림질한 사람처럼 보인다는 것 말고는 달리 할 말이 없어요."

"그럼 마르 홀워시는? 걔는 흠잡을 데가 없을걸."

"네, 가난하지만 않다면요. 전 돈이 많은 사람이랑 결혼해야 해요, 제임시나 아주머니. 그게, 잘생긴 외모하고 그게 반드시 필요한 조건이에요. 길버트 블라이드가 부자라면 그와 결혼할 텐데."

"오, 그래?"

앤이 짓궂게 빈정댔다. 필리파가 놀리듯이 말했다.

"지금 한 말은 앤이나 나나 둘 다 별로 안 좋아해요. 둘 다 길버트를 차지할 마음은 없지만요. 진짜로요. 그렇지만 불쾌한 이야기는 그만하자. 결혼은 언젠가 해야겠지만 그 고난의 날은 미룰 수 있을 때까지 미룰 거야."

"사랑하지 않는 사람과 결혼해서는 안 돼, 필. 이러니저러니 해도 말이야."

제임시나 아주머니가 말하자 필리파가 놀리듯 명랑하게 말했다.

"'아, 그 옛날의 방식으로 사랑했던 마음은
오랜 세월 유행에 뒤떨어졌구나.'
마차가 왔네. 저는 갑니다. 안녕, 유행에 뒤떨어진 두 분."

필리파가 나가자 제임시나 아주머니가 진지한 얼굴로 앤을 보았다.

"저 아이는 예쁘고 귀엽고 마음씨도 착하긴 한데, 정신은 맑은 거니? 가끔 한 번씩 그런 생각이 안 드니, 앤?"

앤이 웃음을 꾹 참으며 대답했다.

"그럼요, 필의 정신은 아무 문제가 없어요. 필의 말투가 그래서 그래요."

제임시나 아주머니가 고개를 저었다.

"글쎄, 그렇다면 다행이지만, 앤. 그런 거면 좋겠어. 나도 저 아이를 사랑하니까. 하지만 이해하기가 힘들어. 저 아이를 종잡을 수가 없구나. 지금껏 내가 알던 어떤 여자애들과도 다르고, 나도 여러 모습들이 있었지만 내 젊은 시절하고도 다르거든."

"얼마나 여러 모습이셨는데요, 아주머니?"

"대여섯은 됐지."

20장

길버트가 고백하다

"따분하고 재미없는 하루였어."

필리파가 하품을 하며, 잔뜩 성난 고양이 두 마리를 쫓아낸 소파 위에서 한가로이 기지개를 켰다.

앤은 《픽윅 클럽 여행기》*를 읽다 말고 눈을 들었다. 봄 시험이 끝나 디킨스의 책을 마음껏 즐기는 중이었다. 앤은 조용히 말했다.

"우리한테는 재미없는 하루였지만, 어떤 사람에게는 놀라운 하루였겠지. 누군가는 황홀할 만큼 행복했을 거야. 오늘 어디선가 대단한 일이 이루어졌을지도 몰라. 누군가 위대한 시를 썼거나, 아니면 위대한 인물이 태어났을 수도 있고. 또 어떤 사람은 가슴이 미어지는 슬픔에 잠겨 있을 거야, 필."

필리파가 투덜거렸다.

"마지막에 왜 그런 말을 보태서 예쁜 생각을 망치는 거야, 앤?

---

* 찰스 디킨스의 소설

가슴 미어지는 슬픔 같은 좋지 않은 일들은 생각하기 싫어."

"좋지 않은 일들을 평생 피할 수 있을 것 같니, 필?"

"아니야, 그렇지 않아. 바로 지금도 그런 경우에 맞닥뜨린 거 아니야? 알렉과 알론조의 경우를 유쾌한 상황이라고 할 수는 없잖아? 두 사람 때문에 내 인생이 이렇게 괴로운데."

"넌 어떤 일도 진지하게 받아들이지 않는구나, 필."

"왜 그래야 해? 그런 사람들은 얼마든지 있잖아. 세상에는 나 같은 사람이 필요해, 앤. 재미를 주는 사람 말이야. 모든 사람이 학구적이고 진지하고 심각하고 죽도록 성실하기만 하면 세상은 끔찍한 곳이 될걸. 내 사명은 조시아 앨런*의 말처럼 '매력으로 유혹하기'라니까. 솔직히 말해 봐. 지난겨울 패티의 집이 훨씬 더 밝고 유쾌할 수 있었던 건 내가 여기에 너희들과 같이 있어서 아니야?"

"그래, 맞아."

앤도 인정했다.

"그리고 모두 날 사랑하잖아. 제임시나 아주머니까지도. 아주머니는 내가 조금은 제정신이 아니라고 생각하는데도 말이야. 그런데 내가 왜 달라지려고 노력해야 해? 아, 너무 졸려. 어젯밤에 1시까지 무서운 유령 이야기를 읽었거든. 침대에서 책을 읽었는데, 다 읽고 나서 내가 침대에서 일어나 불을 끄러 갈 수 있었겠니? 아니지! 다행히 스텔라가 늦게 오지 않았다면 내 방은 아침까지 환하

---

* 미국 작가 마리에타 홀리(Marietta Holley)의 여러 작품에 등장하는 주인공이다.

게 불이 켜져 있었을 거야. 스텔라가 들어오는 소리가 들리기에 불러서 상황을 설명하고 불을 꺼달라고 했어. 침대에서 나가면 불을 끄고 돌아올 때 뭔가가 발목을 붙잡을 것 같았거든. 그런데 앤, 제임시나 아주머니는 이번 여름에 어떻게 하실지 정하셨니?"

"응. 여기에 계시겠대. 저 복 많은 고양이들을 위해서겠지. 말씀은 아주머니 혼자 지낼 살림을 차리는 것도 번거롭고, 다른 집을 방문하는 건 질색이라고 하시지만."

"뭘 읽고 있어?"

"픽윅."

"나는 그 책만 보면 배가 고파지던데. 맛있게 먹는 장면이 너무 많이 나오잖아. 등장인물들이 항상 햄이며 달걀이며 우유펀치를 입에 달고 사는 것 같아. 픽윅을 읽고 나면 거의 늘 벽장을 뒤지러 갔어. 생각만 했는데도 배가 고파지네. 식료품 저장고에 맛있는 게 뭐 없을까, 앤 여왕님?"

"오늘 아침에 레몬파이를 만들었어. 한 조각 먹어 봐."

필리파는 식료품 저장고로 뛰어가고, 앤은 러스티를 데리고 밭으로 나갔다. 촉촉하고, 기분 좋은 냄새가 풍기는 이른 봄밤이었다. 공원에는 아직 다 녹지 않은 눈이 남아 있었다. 거무칙칙하게 작은 둑처럼 쌓인 눈은 항구로 난 길의 소나무 그림자 밑에서 4월의 햇살을 피하고 있었다. 그 때문에 항구로 가는 길은 질척거리고 저녁 공기는 싸늘했다. 그래도 사람들의 발이 닿지 않는 곳마다 풀이 파릇하게 돋아났고, 길버트는 눈에 띄지 않는 한쪽 구석에서 파르스름하고 예쁜 메이플라워 꽃을 발견했다. 길버트는 공원에서 걸어오던 길에 그것을 두 손 가득 꺾어들었다.

앤은 밭에 놓인 커다란 회색 바위에 앉아, 붉은 기운이 묽어진 찬란한 저녁 햇빛 아래 자작나무가 앙상한 가지로 써내려간 시를 감상했다. 앤은 공중누각을 지어 올리고 있었다. 경이로운 저택에 볕이 드는 마당과 우아한 거실이 아라비아의 향수로 흠뻑 젖어드는 그곳에서는 앤 자신이 여왕이며 성주였다. 그러다가 길버트가 밭을 지나 다가오는 것을 보고 얼굴을 찌푸렸다. 최근 들어 길버트와 단둘이 있는 자리를 용케 피해 다녔는데, 지금은 길버트가 앤을 본 게 확실했다. 러스티마저 앤을 내버려두고 가 버렸다.

길버트가 바위 옆 자리에 앉아 메이플라워를 내밀었다.

"이걸 보면 에이번리 학교에서 소풍 갔던 일이 떠오르지 않아, 앤?"

앤이 꽃을 받아들어 그 안에 얼굴을 묻고는 황홀한 듯 말했다.

"지금 사일러스 슬론 씨네 그 메마른 땅에 와 있는 기분이야."

"이제 며칠만 있으면 실제로 가겠지."

"아니야. 2주일 뒤에나 가. 필과 함께 볼링브로크에 들렀다가 에이번리로 가려고. 네가 나보다 먼저 가 있을걸."

"난 이번 여름에는 에이번리에 가지 않아, 앤. '데일리뉴스' 신문사에 일자리가 생겨서 일을 해볼 생각이야."

"아."

앤이 김빠진 듯 말했다. 길버트가 없는 에이번리는 여름 내내 어떻게 느껴질까. 왠지 좋은 감이 들지 않았다. 앤은 심드렁하게 말했다.

"뭐, 잘된 일이네."

"그래. 줄곧 하고 싶었던 일이고, 내년 학비에도 보탬이 될 거야."

"너무 열심히 일하면 안 돼."

앤은 말을 하면서도 자기가 무슨 말을 하는지 명확한 생각이 없었다. 필리파가 나와 주기를 간절히 바라는 마음밖에 없었다.

"겨울 내내 쉴 틈 없이 공부만 했잖아. 참 기분 좋은 저녁이지? 너 그거 아니? 오늘 저기 저 뒤틀린 나무 밑에서 흰 제비꽃이 한데 모여 피어 있는 걸 발견했어. 꼭 금광을 발견한 기분이었어."

"너는 늘 금광을 발견하잖아."

대답하는 길버트도 넋이 나가 있기는 마찬가지였다. 앤은 더 열심히 말했다.

"우리, 제비꽃이 더 있는지 가 보자. 필을 불러서……."

"지금은 필도 제비꽃도 생각하지 마, 앤. 너한테 하고 싶은 말이 있어."

길버트가 조용히 말하며 앤의 손을 꼭 잡았다. 앤이 뿌리치기 힘들 정도였다.

"아, 말하지 마. 제발 그러지 마, 길버트."

앤이 애원하다시피 말했다.

"해야겠어. 계속 이렇게 지낼 수는 없어, 앤. 너를 사랑해. 너도 알잖아. 너를, 너를 얼마나 사랑하는지 말로는 다 할 수 없어. 언젠가 내 아내가 되겠다고 약속해 줄래?"

앤은 처참한 심정으로 말했다.

"나는…… 나는 못 해. 아아, 길버트, 네가, 네가 모든 걸 다 망쳤어."

짓누를 듯 무거운 침묵을 깨고 길버트가 물었다.

"나를 조금도 좋아하지 않니?"

앤은 여전히 고개를 들 엄두조차 나지 않았다.

"이런…… 이런 식으로는 아니야. 친구로서는 진심으로 아주 많이 좋아해. 그렇지만 사랑하진 않아, 길버트."

"하지만 앞으로는…… 그렇게 될 거란 희망이라도 남겨둘 수 없을까?"

앤이 필사적으로 소리쳤다.

"안 돼, 그럴 수 없어. 난 절대로 널 사랑할 수 없어. 그런 식으로는 절대로 아니야, 길버트. 이런 얘기 다시는 내게 하지 말아 줘."

다시 대화가 끊겼다. 침묵이 너무 오랫동안 무겁게 이어지자 앤은 결국 고개를 들어서 길버트를 쳐다보지 않을 수 없었다. 길버트의 얼굴은 핏기가 하나도 없고 입술까지 하얗게 질렸다. 게다가 그 눈까지……. 앤은 몸이 떨려 눈길을 돌렸다. 낭만 같은 것은 찾아볼 수도 없었다. 청혼이란 건 말도 안 되게 불쾌하거나 이토록 가혹할 수밖에 없는 걸까? 길버트의 저 얼굴은 평생 잊을 수 없을 것 같았다.

마침내 길버트가 나직한 목소리로 물었다.

"다른 사람이 있니?"

앤은 열심히 대답했다.

"아니, 아니야. 그런 마음으로 좋아하는 사람은 없어. 그리고 난 너를 이 세상 누구보다 더 좋아해, 길버트. 그러니까 우리는…… 우리는 앞으로도 친구여야 해, 길버트."

길버트가 설핏 쓴웃음을 지었다.

"친구라고! 나는 너와 우정으로 만족할 수 없어, 앤. 내가 원하는 건 너의 사랑이야. 그런데 그건 절대로 가질 수 없다는 말이지."

"미안해. 용서해, 길버트."

앤은 그 말밖에 할 수 없었다. 상상 속에서 청혼을 거절할 때 곧잘 읊어대던 우아하고 자애로운 온갖 말들은 다 어디로 사라져 버렸을까?

길버트가 앤의 손을 가만히 놓았다.

"용서해야 할 일은 아무것도 없어. 너도 나를 좋아한다고 생각한 적이 있었어. 내가 착각했던 것뿐이고. 잘 있어, 앤."

앤은 방으로 올라가, 소나무 수풀이 내다보이는 창가에 앉아 서럽게 울었다. 헤아릴 수 없이 소중한 무언가가 인생에서 사라져 버린 느낌이었다. 그것은 물론 길버트와의 우정이었다. 아, 그것을 왜 이런 식으로 잃어야 하는 걸까?

달빛이 어슴푸레 비추는 방 안으로 필리파가 들어왔다.

"왜 그래, 앤?"

앤은 대답하지 않았다. 그 순간 필리파가 수천 킬로미터쯤 떨어진 곳에 있다면 좋겠다고 생각했다.

"나갔다가 길버트 블라이드한테 퇴짜를 놓았구나. 이 바보야, 앤 셜리!"

"사랑하지 않는 사람의 청혼을 거절하는 게 바보로 보이니?"

앤이 약이 올라 쌀쌀맞게 대답했다.

"눈앞에 있는데도 사랑인 줄 모르는 거야. 네가 사랑이라고 생각하는 걸 상상으로 꾸며놓고 현실도 그럴 거라 기대하는 거잖아. 어머, 나 태어나서 처음으로 이치에 맞는 말을 했네. 내가 용케도 어떻게 그런 말을 했지?"

앤이 간곡히 부탁했다.

"필, 부탁인데 잠시만 날 혼자 있게 해줘. 내 세상이 산산조각났어. 그 세상을 다시 일으켜 세우고 싶어."

"길버트가 없는 세상?"

필리파가 그렇게 말하고는 방을 나갔다.

길버트가 없는 세상! 앤은 그 말을 쓸쓸히 되뇌었다. 몹시 외롭고 삭막한 곳이 되지 않을까? 그래, 전부 다 길버트 탓이야. 길버트가 아름다운 우정을 깨뜨렸으니까. 앤은 그 우정 없이 살아가는 법을 배워야 했다.

21장

어제의 장미

볼링브로크에서 지낸 2주는 정말 즐거웠다. 길버트를 생각할 때마다 마음 깊은 곳이 어렴풋이 아프고 뭔지 모를 불만감도 들긴 했다. 하지만 길버트를 생각할 시간도 별로 없었다. 아름답고 유서 깊은 고든 가의 저택 '마운트 홀리'는 매우 활기찬 곳이었고, 필리파의 남녀 친구들로 북적거렸다. 정신 못 차릴 만큼 연달아 이어진 드라이브며 파티며 나들이며 뱃놀이 같은 것들을 모두 필리파가 '파티 주간'이라는 이름을 달고 떠들썩하게 준비했다. 알렉과 알론조는 필이 부르면 언제든 달려왔다. 앤은 이 두 사람이 필이라는 허깨비를 쫓으며 끊임없이 비위를 맞추는 것 말고 달리 하는 일이 있을까 의심스러울 지경이었다. 둘 다 다 친절하고 남자다웠지만, 앤은 어느 쪽이 더 괜찮은지 하는 대화에 말려들지 않았다.

필리파는 하소연처럼 말했다.

"누구랑 결혼할지 마음을 정하게끔 네가 도와주리라 얼마나 기대했는데."

앤이 비꼬는 말투를 섞어 따끔하게 대꾸했다.

"그건 네가 알아서 결정해야지. 다른 사람한테는 누구랑 결혼해야 된다 잘 정해 주잖아."

"아, 그건 문제가 전혀 다르지."

필리파가 진심으로 말했다.

앤이 볼링브로크에서 머무는 동안 가장 행복했던 일은 생가를 찾아간 것이었다. 외딴길에 있는 작고 허름한 노란집은 그토록 꿈에 그렸던 곳이었다. 앤은 기쁨이 가득한 눈으로 그 집을 바라보며, 필과 함께 대문을 들어섰다.

"내가 상상했던 거의 그대로야. 창문 위로 인동 덩굴이 늘어지진 않았지만 앞뜰에 라일락 나무가 있고…… 그래, 창문에 모슬린 커튼이 달렸어. 아직 노란색으로 칠해져 있어서 얼마나 기쁜지."

키가 훌쩍 크고 매우 마른 여자가 문을 열었다. 그녀는 앤이 묻는 말에 대답해 주었다.

"맞아요. 셜리 가족이 20년 전에 여기에 살았어요. 이 집에 세를 들었지. 기억이 나네. 부부가 열병에 걸려 나란히 눈을 감고 말았지만. 정말 슬픈 일이었죠. 그 부부한테 아기가 하나 있었는데. 아마 벌써 오래전에 죽었을 거야. 병치레가 잦았거든요. 늙은 토머스 내외가 그 어린 것을 데려갔지요. 집에 있는 애들만 해도 벅찼을 텐데."

앤이 싱긋 웃으며 말했다.

"아기는 죽지 않았어요. 제가 바로 그 아기거든요."

여자는 앤이 갓난아기가 아니라서 무척 놀랐다는 듯 소리쳤다.

"설마! 이런, 이렇게나 컸다니. 어디 보자. 그래, 닮았어. 아빠 얼굴이 있네요. 아버지도 빨강 머리였어요. 눈이랑 입은 엄마를 빼다 박았고. 참 좋은 사람이었는데. 우리 딸내미가 학교에 다닐 적에 아가씨 어머니한테 배웠는데, 선생님을 말도 못하게 좋아했어요. 두 사람은 한 무덤에 묻혔고, 성실하게 일한 보답으로 학교 이사회에서 묘비를 세워 주었답니다. 안으로 들어와요."

"집 안을 구경해도 될까요?"

앤이 간절한 마음으로 물었다.

"그럼요, 얼마든지 둘러봐도 좋아요. 얼마 안 걸려요. 집이 넓지도 않고. 남편한테 부엌을 새로 만들어 달라고 했는데 바지런 떠는 사람이 아니라서. 응접실은 저기고, 방 두 개는 위층에 있어요. 아가씨들끼리 천천히 둘러봐요. 나는 아기를 봐야 해서. 동쪽 방이 아가씨가 태어난 곳이에요. 아가씨 어머니가 해돋이 보는 걸 무척 좋아한다고 했던 게 기억나요. 아가씨가 태어났을 때 마침 해가 떠서 햇살에 비친 아기 얼굴이 어머니 눈에 제일 먼저 들어왔다고, 그런 말도 했더랬지요."

앤은 좁은 계단을 올라가, 가슴이 먹먹한 기분으로 자그마한 동쪽 방에 들어갔다. 앤에게는 신전과도 같은 방이었다. 이 방에서 어머니는 태어날 아기와 함께할 아름답고 행복한 나날을 부푼 마음으로 그렸을 것이다. 이 방에서 빨갛게 솟아오른 해가 신성한 탄생의 순간 어머니와 아기를 비추었고, 이 방에서 어머니가 세상을 떠났다. 앤은 눈물을 흘리며 경건한 마음으로 방을 둘러보았다. 앤에게는 추억 속에서 영원히 찬란하게 반짝일 인생의 보석 같은 순간이었다.

앤이 조그맣게 속삭였다.

"생각해 보면 어머니는 지금의 나보다 더 젊었을 때 나를 낳으셨던 거야."

아래층에 내려오자 여자가 현관 앞에서 앤을 기다리고 있었다. 그녀가 빛바랜 파란색 리본으로 묶은 칙칙한 작은 꾸러미를 내밀었다.

"오래된 편지들이에요. 내가 여기 왔을 때 2층 벽장 안에 있더군요. 무슨 편지인지는 몰라요. 일부러 들여다보진 않았으니까. 그런데 맨 위에 받는 사람 이름이 '버사 윌리스 양'이고, 그게 아가씨 어머니의 처녀 시절 이름이에요. 가지고 싶으면 가져가도 돼요."

"세상에, 고맙습니다. 정말 고맙습니다."

앤이 기뻐서 어쩔 줄 모르며 편지 꾸러미를 꼭 끌어안았다.

"집에 있던 건 그게 다예요. 가구는 전부 팔아서 치료비로 나갔고, 어머니의 옷이며 자질구레한 것들은 토머스 부인이 가져갔어요. 아마 그 집 아이들 틈바구니에서 뭐 하나 오래가지 못했을 거예요. 눈에 띄었다 하면 온전히 남아나는 게 없는 개구쟁이들이었거든요."

앤이 목멘 소리로 말했다.

"저는 어머니 물건을 갖고 있는 게 하나도 없어요. 이 편지들을 갖게 되어서…… 어떻게 다 감사를 드려야 할지 모르겠어요."

"천만에요. 세상에, 그런데 눈이 어머니를 꼭 닮았네요. 아가씨 어머니 눈을 보면서 얘기하는 느낌이라니까. 아버지는 잘생겼다고 할 수는 없지만 참 좋은 분이셨죠. 두 사람이 결혼할 때 그렇게 사랑하는 부부는 또 없을 거라고 모두들 말했는데…… 가엾게도 그리 오래 살지 못했네요. 하지만 살아 있는 동안은 아주 행복했답니다. 그게 중요한 거죠."

앤은 얼른 집에 돌아가 소중한 편지를 읽고 싶었지만, 그 전에 먼저 들러야 할 곳이 있었다. 혼자 찾아간 곳은 아버지와 어머니가 잠들어 있는 '옛' 볼링브로크 묘지였다. 앤은 파르라니 풀이 돋은 묘지 한구석, 부모님의 무덤 앞에 들고 갔던 흰 꽃을 바쳤다. 그런 다음 서둘러 '마운트 홀리'로 돌아가, 방에 틀어박혀 편지를 읽었다. 어떤 것은 아버지가 보낸 편지였고, 어떤 것은 어머니가 쓴 편지였다. 많지는 않아서 12통이 전부였다. 월터 셜리와 버사 셜리가 연애 시절부터 떨어져 지낸 적이 별로 없었기 때문이다. 종이는 누렇게 바래고 글씨도 흘러간 세월만큼 흐릿해져 있었다. 구겨지고 얼룩진 종이에 깊은 지혜가 엿보이는 말은 찾아볼 수 없고, 오로지 사랑과 믿음이 담긴 글뿐이었다. 잊고 살던 것들의 달콤함이 편지에 어른거렸다. 아득한 상상 속에서 만난, 오래전 세상을 떠난 연인의 자취였다. 버사 셜리는 글쓰기에 재능이 있어서, 그 매력적인 성품을 보여주는 글과 생각들은 세월이 지나도 퇴색되지 않는 아름다움과 향기를 간직하고 있었다. 편지는 살갑고 도타우면서 고결했다. 앤에게 가장 가슴 설레는 편지는, 앤이 태어난 뒤 어머니가 짧은 기간 집을 비웠던 아버지에게 쓴 것이었다. 그 편지는 뿌듯한 젊은 엄마의 '아기' 자랑으로 가득했다. 아기가 얼마나 영리하고 총기 넘치는지, 머리부터 발끝까지 얼마나 다 예쁘고 사랑스러운지.

"잠들어 있을 때가 가장 사랑스럽고, 깨어나면 더욱더 사랑스러워요."

버사 셜리는 편지 마지막에 그렇게 덧붙여 적었다. 아마도 그 문장을 쓰고는 다시 펜을 들지 못했을 것이다. 마지막 순간이 바로 가까이에 다가와 있었을 테니까.

그날 밤 앤은 필리파에게 말했다.

"오늘은 내 인생에서 가장 아름다운 날이었어. 아버지와 어머니를 찾아낸 날이니까. 편지들 덕분에 그분들이 현실로 와 닿았어. 이제 나는 더 이상 고아가 아니야. 마치 책을 펼쳤는데 어제의 장미꽃이 예쁘고 사랑스러운 모습 그대로 책갈피에 남아 있는 기분이야."

22장

초록 지붕 집에 돌아온 봄과 앤

벽난로 불빛이 드리운 그림자들이 초록 지붕 집의 부엌 벽에서 너울댔다. 봄날 저녁은 쌀쌀했다. 열린 동쪽 창으로 밤이 들려 주는 갖가지 아름다운 소리들이 흘러 들어왔다. 마릴라는 난롯가에 앉아 있었다. 적어도 몸은 그랬다. 하지만 마음은 젊은 시절로 되돌아가 오래전 일들을 더듬는 중이었다. 요즘 들어 마릴라는 그렇게 몇 시간씩 보내며, 쌍둥이들 옷을 떠야 하는데도 생각만 하다 마는 일이 잦아졌다.

"나도 나이를 먹은 게지."

마릴라는 혼잣말을 했다.

하지만 마릴라는 지난 9년 동안 거의 변한 데가 없었다. 변했다면 좀 더 여위어 뼈가 앙상해지고 머리카락이 조금 더 희끗해졌다는 것뿐이었고, 머리 모양도 여전히 단단히 틀어 올려 머리핀 두 개로 고정시킨 것까지 똑같았다. 머리핀도 9년 전과 똑같은 머리핀인지는 모를 일이지만. 다만 표정은 확연히 달라져 있었다. 있다는 것만 알았던 유머 감각이 입가에 아주 멋지게 도드라져 보였고, 눈빛은 순하고 포근해졌으며, 살가운 미소를 짓는 일도 잦아졌다.

마릴라는 지나온 삶을 돌아보고 있었다. 넉넉한 형편은 아니었지만 불행하지 않았던 어린 시절과, 소중히 감춰 두었던 꿈이 꺾여 버린 소녀 시절, 그 뒤로 특별할 것 없이 폭이 좁고 단조로운 중년의 따분한 나날이 길게 이어졌다. 그리고 앤이 왔다. 생기발랄하고 상상력이 풍부하며 충동적인 아이였던 앤은 마음에 넘치는 사랑과 자기만의 공상의 세계를 펼치며 초록 지붕 집에 색채와 따뜻함과 찬연한 빛을 가져다주었고, 황량했던 생활은 장미처럼 활짝 피어나기 시작했다. 마릴라는 지나온 60년 세월 중에 자신이 사는 것 같이 산 시간은 앤이 등장한 뒤의 9년에 지나지 않는 것처럼 느껴졌다. 그런 앤이 내일 밤이면 집에 돌아올 터였다.

누군가 부엌문을 열었다. 마릴라는 고개를 들며 린드 부인이겠거니 생각했다. 그런데 앤이 눈앞에 서 있었다. 큰 키에 꿈꾸는 듯한 눈을 하고 메이플라워와 제비꽃을 두 손 가득 든 앤이었다.

"앤 셜리!"

마릴라가 외쳤다. 그리고 놀란 나머지 난생 처음으로 자제심을 내려놓았다. 마릴라는 자신의 아이와 아이가 들고 온 꽃을 품에 꼭 끌어안고, 선명한 빨강 머리와 보드라운 얼굴에 다정하게 입을 맞추었다.

"내일 밤에나 도착할 줄 알았는데. 카모디에서 여기까지는 어떻게 왔니?"

"걸어왔어요. 사랑하는 마릴라 아주머니. 퀸스 시절에는 수도 없이 그랬었잖아요! 짐 가방은 내일 우체부 아저씨가 가져다 주실 거예요. 갑자기 집이 못 견디게 그리워져서 하루 빨리 왔어요. 아! 5월 저녁의 땅거미가 깔린 길을 걸으니 그렇게 아름다울 수가 없어요. 황야에 잠깐 들러서 이 메이플라워를 꺾고, 제비꽃 골짜기를 지나왔어요. 거긴 지금 꼭 커다란 화병 한가득 제비꽃을 장식해 둔 것 같아요. 이 고운, 하늘빛 꽃들로요. 향을 맡아 보세요, 아주머니. 흠뻑 들이마셔야죠."

마릴라는 흔쾌히 코를 킁킁거렸지만, 제비꽃 냄새보다는 앤에게 더 마음이 쓰였다.

"앉아라, 얘야. 많이 피곤할 게다. 얼른 저녁을 차려주마."

"오늘 밤엔 언덕 뒤에서 굉장히 멋진 달이 떠올랐어요, 아주머니. 참, 그리고 카모디에서 집까지 오는 내내 개구리들이 노래도 불러줬어요! 저는 개구리 노랫소리가 참 좋아요. 제가 가장 행복했던 어릴 적 봄밤의 기억들하고 다 연결되어 있거든요. 그리고 개구리 노랫소리를 들을 때마다 늘 여기에 왔던 첫날 밤도 떠오르거든요. 기억나세요, 아주머니?"

마릴라가 힘주어 대답했다.

"그럼, 기억나지. 평생 잊지 못할 듯하구나."

"그해에 개구리들이 늪지며 개울에서 유난히 요란스럽게 울어댔더랬죠. 해 질 무렵 제 방 창가에서 가만히 듣다 보면, 똑같은 개구리 소리인데 어떻게 저토록 즐겁게도 들리고 슬프게도 들릴까,

늘 신기했어요. 아, 어쨌든 집에 돌아오니 좋아요! 레드먼드 생활도 아주 좋고 볼링브로크도 즐거웠지만, 초록 지붕 집이 역시 내 집이에요."

"길버트는 올여름에 집에 오지 않는다더구나."

"네."

대답하는 목소리가 어딘가 평소와 달라 마릴라가 살피는 눈초리로 앤을 힐끔 보았지만, 앤은 제비꽃을 화병에 옮기는 데 온통 정신이 쏠린 척했다. 앤이 급하게 말을 이었다.

"보세요. 예쁘죠? 1년이 꼭 책 같지 않나요, 아주머니? 봄 장에는 메이플라워랑 제비꽃이 나오고요, 여름에는 장미, 가을엔 빨강 단풍잎이 나와요. 겨울에는 호랑가시나무랑 상록수가 나오고요."

"길버트는 시험을 잘 치렀니?"

마릴라가 집요하게 길버트 이야기를 물었다.

"훌륭히 치렀죠. 학년 수석을 차지했는걸요. 그런데 쌍둥이랑 린드 아주머니는 어디 갔어요?"

"레이철하고 도라는 해리슨 씨네로 넘어갔다. 데이비는 볼터네 집에 갔고. 방금 데이비가 오는 소리 같구나."

데이비가 벌컥 뛰어 들어오다가 앤을 보고 걸음을 멈추더니, 환성을 지르며 앤에게 와락 안겼다.

"와, 앤 누나, 돌아와서 나 너무 기쁘잖아! 이거 봐, 누나, 나 저번 가을보다 5센티미터나 컸어. 린드 아줌마가 오늘 줄자로 재줬거든. 그리고 이거 봐, 누나, 내 앞니! 앞니가 빠졌어. 린드 아줌마가 이에 실을 묶고, 실 끝을 문에 묶고는, 문을 쾅 닫아 버린 거야. 빠진 앞니는 밀티한테 2센트 받고 팔았어. 밀티가 이를 모으거든."

"도대체 이를 뭐하러 모은다니?"

마릴라가 물었다. 데이비가 앤의 무릎에 올라가 앉으며 설명했다.

"목걸이를 만들어서 인디언 추장 놀이를 할 때 쓸 거예요. 벌써 열다섯 개나 모았는데, 다른 애들도 자기 이를 주겠다고 약속해서, 밀티 말고는 이제 이를 모으기 시작해도 소용없어요. 볼터네 식구들은 다 장사를 잘 한다니까요."

"볼터 아주머니 댁에서 착하게 굴었니?"

마릴라가 엄하게 물었다.

"네, 그런데 아주머니, 있잖아요, 착하게 구는 거 힘들어요."

"말썽 부리는 일이 훨씬 더 빨리 힘들어질걸, 데이비."

앤이 타일렀지만 데이비는 억지를 부렸다.

"그래도 말썽을 부리는 동안은 재밌잖아. 뉘우치는 건 나중에 하면 되고. 그럼 안 돼?"

"뉘우친다고 해서 나쁜 행동으로 생긴 결과가 없어지진 않아, 데이비. 기억 안 나니? 지난 여름 주일학교를 빼먹었던 일요일 말이야. 그때 네가 나쁜 일을 해도 좋은 게 없더라고 말했잖아. 오늘은 밀티하고 뭘 했니?"

"아, 물고기 낚시도 했고, 고양이도 쫓아다녔고, 알도 찾아다녔어. 그리고 소리 지르기 해서 메아리도 부르고. 밀티네 집 헛간 뒤에 덤불이 있는데 그 덤불에 커다란 메아리가 있어. 저기, 메아리가 뭐야, 누나? 알고 싶어."

"메아리는 아름다운 정령이야, 데이비. 아주 먼 숲속에 살고, 언덕 사이에서 세상을 내다보며 웃는 거야."

"어떻게 생겼어?"

"머리카락하고 눈은 검고, 목과 팔은 눈처럼 하얗지. 정령이 얼마나 아름다운지 사람들은 볼 수 없어. 사슴보다 더 빠르고, 목소리를 흉내 내서 우리가 메아리에 대해 알 수 있는 것도 그 목소리뿐이야. 밤이 되면 메아리가 부르는 소리가 들릴지도 몰라. 별빛 아래서 웃는 소리가 들릴지도 모르고. 하지만 절대로 볼 수는 없어. 뒤따라가려고 하면 벌써 저 멀리 날아가 버린 다음, 언제나 저만치 멀리 떨어진 언덕에서 우리를 보며 웃는단다."

"진짜야, 누나? 뻥치는 거야?"

데이비가 빤히 쳐다보며 따지듯이 물었다. 앤이 포기라는 얼굴로 말했다.

"데이비, 동화랑 거짓말도 구분할 줄 모르는 거니?"

데이비도 굽히지 않고 물었다.

"그럼 밀티네 덤불 안에서 말을 따라하는 건방진 그건 뭐야? 알고 싶어."

"네가 조금 더 크면 가르쳐 줄게, 데이비."

나이 얘기가 나오자 데이비는 다른 생각이 떠오른 얼굴이었다. 뭔가를 한참 생각하더니 진지하게 소곤거렸다.

"누나, 나 결혼할 거야."

앤도 똑같이 진지하게 물었다.

"언제?"

"아, 그야 이 다음에 크고 나서지."

"그래, 다행이구나, 데이비. 신부는 누구니?"

"스텔라 플레처. 우리 반 아이야. 있잖아, 누나, 스텔라는 내가 본 여자애들 중에서 제일 예뻐. 만약 내가 어른이 되기 전에 죽으면 누나가 그 애를 지켜봐 줄래?"

"데이비 키스, 그 말 같지도 않은 소리 그만두지 못하겠니!"

마릴라가 엄하게 주의를 주었다.

데이비는 기분이 상한 목소리로 대꾸했다.

"그런 거 아닌데. 스텔라는 내 미래의 아내니까 내가 죽으면 미래에 혼자가 되는 거잖아요? 그런데 스텔라는 늙은 할머니 말고는 아무도 돌봐줄 사람이 없단 말이에요."

"어서 저녁 먹어라, 앤. 그 아이 선소리 하는 거 부추기지 말고."

23장

폴, 바위 사람들을 만나지 못하다

에이번리에서 지낸 그해 여름은 무척 즐거웠다. 그러나 기쁨에 찬 나날을 보내면서도 '뭐가 있어야 할 것이 사라진' 느낌을 지울 수 없었다. 앤은 길버트가 없어서 그런 기분이 든다는 것을 깊은 속마음에서조차 인정하려 들지 않았다. 하지만 기도회나 마을 개선회 모임을 마치고 집으로 혼자 돌아가야 할 때면, 다이애나와 프레드를 비롯하여 즐거워 보이는 여러 연인들이 어둠이 내려 별이 반짝이는 시골길을 함께 거니는 모습을 보면서 뭔지 모를 묘한 외로움이 못 견디게 심장을 옥죄어 왔다. 앤은 길버트가 편지를 보낼지 모른다고 생각했지만, 편지는 한 통도 오지 않았다. 다이애나에게는 가끔 편지가 온다는 걸 알았지만 앤은 길버트 소식을 묻지 않았고, 다이애나는 길버트가 앤에게도 소식을 전할 거라 생각해서 별말이 없었다. 길버트의 어머니는 쾌활하고 솔직하며 밝은 성격이었지만 눈치가 빠른 편은 아니라서 습관적으로 앤을 몹시 난처하게 만들곤 했다. 앤과 마주칠 때마다 귀가 아플 정도로 또랑또

랑한 목소리로, 그것도 언제나 많은 사람들 앞에서 요사이 길버트에게서 소식 온 게 있느냐고 묻는 것이었다. 가엾은 앤은 얼굴이 새빨개져서 들릴 듯 말 듯 "최근에는 없었어요" 하고 웅얼거릴 수밖에 없었는데, 다른 사람들은 물론 블라이드 부인도 그저 수줍어서 얼버무리는 것이라고 받아들였다.

이 일만 빼면 앤은 여름을 즐겁게 보냈다. 6월에는 프리실라가 방문해 유쾌하게 놀다 갔고, 그다음에는 어빙 부부와 폴과 샬로타 4세가 돌아와 7, 8월을 '고향'에서 머물렀다.

메아리 오두막에는 또다시 활기가 넘쳤고, 가문비나무 뒤 오래된 정원에서 울려 퍼지는 웃음소리는 강 건너에서 메아리쳐 되돌아왔다.

라벤더는 더 상냥하고 아름다워졌다는 것 말고는 달라진 게 없었다. 폴은 새어머니를 숭배할 정도로 좋아했고, 마음이 통하는 두 사람의 우정은 보기에도 아름다웠다.

폴이 앤에게 설명했다.

"하지만 그냥 '어머니'라고는 부르지 않아요. 있잖아요, 그건 내 진짜 엄마를 부를 때만 쓰는 말이라서 다른 사람한테는 그렇게 못 부르겠어요. 아시죠, 선생님? 그래서 '라벤더 엄마'라고 불러요. 그분을 아버지 다음으로 사랑해요. 그리고…… 그리고 선생님보다도 아주 조금 더 사랑해요."

"그건 당연한 거야."

폴은 이제 열세 살이었는데 나이에 비해 키가 매우 컸다. 얼굴과 눈은 여전히 아름다웠고, 상상력도 역시 프리즘처럼 모든 것을 굴절시켜 무지개 빛깔로 나누었다. 폴과 앤은 숲이며 들이며 바닷가를 즐겁게 산책했다. 세상 어디에도 없을 '마음이 통하는' 두 친구였다.

샬로타 4세는 아가씨 티가 올라오고 있었다. 이제 위로 빗어 올린 머리를 커다랗게 부풀렸던 정겨운 파란색 나비 리본은 버렸지만, 얼굴에 난 주근깨며 들창코는 그대로였고 큰 입으로 활짝 웃는 미소도 예전과 다름없었다.

"제 말투가 양키처럼 들리진 않죠, 셜리 아가씨?"

샬로타 4세가 걱정스럽게 물었다.

"그런 건 잘 못 느끼겠는데, 샬로타."

"다행이에요. 집에서는 그렇다고 하는데, 저를 약 올리려고 그러는 것 같았거든요. 양키 말투처럼 되다니, 절대 싫어요. 양키가 나쁘단 말은 아니에요, 셜리 아가씨. 그들은 정말 교양 있는 사람들이에요. 하지만 그래서 더 매일매일 프린스에드워드 섬이 그리워요."

폴은 첫 2주일을 에이번리에서 어빙 할머니와 함께 보냈다. 앤은 폴이 오던 날 그 집으로 만나러 갔었는데, 폴은 바닷가에 가고 싶어 안달이 나 있었다. 노라와 황금 부인과 쌍둥이 선원이 거기 있을 테니까. 저녁 식사를 마칠 때까지 기다리기도 힘들어 할 정도였다. 폴이 노라를 보지 못할 수 있을까? 요정 같은 얼굴로 폴이 오는 길목을 두리번거리며 안타깝게 기다리고 있을 텐데. 하지만 해질 무렵, 바닷가에 나갔던 폴은 몹시 심각한 얼굴이 되어 생각에 잠긴 채 집에 돌아왔다.

"바위 사람들을 만나지 못했니?"

앤이 묻자, 폴은 슬픈 듯 밤색 곱슬머리를 가로저었다.

"쌍둥이 선원하고 황금 부인이 오지 않았어요. 노라는 있었지만…… 전과는 달랐어요, 선생님. 노라는 변했어요."

"오, 폴, 네가 변한 거란다. 바위 사람들이 보기엔 네가 너무 커 버린 거야. 그들은 놀이상대로 어린아이들만 좋아하거든. 진줏빛으로 빛나는 마법의 배에 달빛 돛을 올린 쌍둥이 선원은 이제 다시는 너를 찾아오지 않을 것 같아. 황금 부인도 앞으로는 네게 하프를 켜 주지 않을 거고. 노라도 머지않아 널 만나지 않게 될 거야. 그건 네가 성장하면서 치러야 하는 대가야, 폴. 동화의 나라에서 나와 떠나야 해."

"두 사람은 엉뚱한 얘기만 하는 게 예나 지금이나 똑같구먼."

어빙 할머니가 인자한 목소리로 꼬집었다. 앤이 심각한 일이라는 듯 고개를 저었다.

"오, 그게 아니에요. 엉뚱한 게 아니라, 저희는 점점 더 사리에 밝아지기만 하는 걸요. 그게 너무 아쉬워요. 말이 존재하는 이유가 생각을 감출 수 있기 위해서라는 걸 알게 되면서부터 재미가 반 이상 날아가 버리잖아요."

"그렇지 않아. 말이란 생각을 주고받으라고 있는 거지."

어빙 할머니가 진지하게 말했다. 노부인은 탈레랑*이란 이름은 들어본 적도 없었고, 이 말에 담긴 풍자도 이해하지 못했다.

앤은 메아리 오두막에서 평온한 2주일을 보냈다. 한창 멋진 8월의 나날이었다. 그곳에서 지내는 동안 앤은 어쩌다 보니 시어도라 딕스와 연애를 질질 끌고 있는 루도빅 스피드를 서두르게 만들었는데, 이 사연은 앤의 이야기와 연관된 다른 소설 《에이번리 연대기》에 등장한다. 어빙 가족의 나이 많은 친구인 아놀드 셔먼도 앤과 같은 시기에 부부를 찾아와 함께 생활하는 여러 방면에서 적지 않은 즐거움을 더해 주었다.

"정말 재미있는 시간이었어요. 기운을 되찾은 거인이 된 기분이에요. 이제 2주일만 지나면 킹스포트로, 레드먼드와 패티의 집으로 돌아가요. 패티의 집은 정말 멋진 곳이에요, 라벤더 아주머니. 꼭 집이 둘인 것 같아요. 하나는 초록 지붕 집이고, 또 하나는 패티의 집이고요. 그런데 여름은 어디로 가 버렸죠? 봄날 저녁 메이플라워 꽃을 들고 집으로 돌아온 지 하루도 채 지나지 않은 것 같은데요. 어릴 때는 여름의 이쪽 끝에 있으면 저쪽 끝은 보이지 않았어요. 내 앞에 펼쳐진 여름이 끝나지 않을 것 같았거든요. 그런데 지금은 '한 뼘도 안 되는 설화 속 이야기' 같네요."

그러자 라벤더가 조용히 앤에게 물었다.

---

* Charles Maurice de Tallyrand. 나폴레옹 시대의 정치가로 '언어가 주어진 이유는 자신의 생각을 감추기 위해서다'라는 말을 남겼다.

"앤, 길버트 블라이드와는 전과 다름없이 좋은 친구 사이니?"

"길버트가 제 친구라는 데는 변함이 없어요, 아주머니."

라벤더는 고개를 저었다.

"내가 보기에는 뭔가 문제가 있는 것 같아, 앤. 예의가 아닌 줄 알지만 실례를 무릅쓰고 물어야겠어. 둘이 싸웠니?"

"아니요. 다만 길버트가 우정보다 많은 걸 원했는데 저는 그걸 줄 수 없었을 뿐이에요."

"그건 확실하니, 앤?"

"그럼요. 확실하고말고요."

"정말 너무 안타깝구나."

"왜 모두들 내가 길버트 블라이드와 결혼해야 한다고 생각하는지 이유를 모르겠어요."

앤이 골난 목소리로 말했다.

"두 사람이 서로에게 꼭 맞는 인연으로 맺어져 있으니까. 그게 이유야. 그렇게 기를 쓰고 부정할 필요 없어. 사실이 그러니까."

24장

조너스의 등장

프로스펙트 포인트에서
8월 20일

이름 끝에 'e'가 붙는 앤에게(필로부터!)
 눈꺼풀이 자꾸 내려와서 편지를 끝까지 쓸 수 있을지 모르겠어. 올여름 연락하지 못해서 미안해. 하지만 다른 사람들한테도 소식을 하나도 안 전했어. 답장할 편지들이 산더미라서, 마음의 끈을 바짝 졸라매고 열심히 괭이질을 해봐야지. 비유가 뒤죽박죽이라도 이해해 줘. 너무 졸려서 그래. 어젯밤에 친척인 에밀리하고 이웃집에 갔었어. 우리 말고도 손님이 몇 명 더 와 있었는데, 그 불쌍한 손님들이 돌아가자마자 주인아주머니랑 세 딸들이 정신없이 헐뜯어 대는 거야. 나랑 에밀리도 그 집 문을 닫고 나가는 순간 난도질을 당하겠더라. 집에 돌아오니 릴리 부인이 방금 말한 그 집에서 일하는 남자애가 성홍열로 쓰러진 것 같다고 알려 주지 뭐야. 릴리 부인은 정말이지 늘 그런 신나는 소식을 전해 준다니까. 난 성홍열이 굉장히 무섭거든. 그 생각을 하느라 잠자리에 들어도 잠들 수가 없었어. 몸만 이리저리 뒤척이다가, 깜박 잠이라도 들라치면 무서운 꿈을 꾸다 몇 분만에 눈이 떠지고. 그러다가 새벽 3시에 잠에서 깼는데 몸이 뜨겁고 목도 따갑고 머리까지 너무 아픈 거야. 성홍열에 걸렸구나! 겁에 질려 침대에서 일어나 에밀리의 《가정의학백과》를 찾아 증상을 읽었지. 앤, 증상이 딱 나왔어! 난 침대로 돌아가서 상황이 최악이라고 확신하면서 아침까지 팽이처럼 푹 잤어. 왜 푹 자는 걸 팽이에 빗대어 말하는지 도무지 이해는 안 되지만. 어쨌든 아침에 일어나서 훨씬 좋아진 걸 보면 성홍열은 아니었나 봐. 지난밤에 성홍열에 걸린 거였더라도 증상이 그렇게 빨리 나타날 리가 없잖아. 낮이 되니까 그런 생각이 들었는데, 새벽 3시에는 머리가 이성적으로 돌아가질 않더라.

대체 프로스펙트 포인트에서 뭘 하며 지내는지 궁금하겠지. 나는 여름이면 언제나 한 달쯤 바닷가에서 지내는 걸 좋아하는데, 아버지가 프로스펙트 포인트에 있는 육촌 친척 에밀리네 '고급 하숙'에서 지내야 한다고 고집을 부리셔서, 여느 때처럼 2주 전에 이곳에 왔어. 그리고 여느 때와 다름없이 '마크 밀러 아저씨'가 낡아빠진 마차하고 일명 '다용도 말'을 몰고 역으로 마중 나오셨지. 아저씨는 나이가 있으신데 좋은 분이야. 나한테 분홍색 박하사탕을 한 줌이나 주셨단다. 박하사탕은 언제 봐도 종교적인 느낌이 나. 어릴 적에 할머니가 항상 교회에서 박하사탕을 주시곤 해서 그런 것 같

아. 한 번은 박하사탕 냄새에 대해 '그게 성스러운 향이에요?' 하고 물은 적도 있었어. 마크 아저씨가 주신 박하사탕은 먹고 싶지 않았어. 주머니를 뒤적여서 사탕을 꺼낼 때 같이 잡힌 녹슨 못이며 이런 저런 잡동사니들을 골라낸 다음 주셨거든. 하지만 다정한 아저씨의 마음을 상하게 하기 싫더라. 그래서 적당히 시간차를 두고 사탕을 한 개씩 길 뒤에 뿌렸지. 마지막 사탕까지 다 없애고 나자 마크 아저씨가 나를 약간 나무라시더라.

'사탕을 그렇게 한 번에 다 먹으면 안 돼요, 필 아가씨. 배탈 나면 어쩌려고.'

에밀리네 집에 묵는 사람은 나 빼고 다섯 명뿐이야. 넷은 나이 든 부인들이고, 한 명은 젊은 남자야. 식탁에서 내 오른쪽 옆자리에 앉는 사람은 릴리 부인인데, 사람의 병이나 고통이나 통증 따위를 자세히 말하는 데서 오싹한 쾌감을 느끼는 사람 같아. 어쩌다 무슨 병 얘기라도 나오면 어김없이 릴리 부인이 고개를 절레절레 흔들면서 '아, 그 병은 내가 너무 잘 알지'라고 말해. 그런 다음 그 병에 대해 하나부터 열까지 자세히 늘어놓는 거야. 조너스가 그러는데, 한 번은 릴리 부인이 듣는 앞에서 보행성 운동 실조증에 대해 얘기했더니, 부인이 그 병을 너무 잘 안다고 그러더래. 자기가 10년을 그 병으로 고생하다가 결국 임시 대진의사한테 고쳤다나.

조너스가 누구냐고? 잠깐만 기다려, 앤 셜리. 적당한 순서가 되면 전부 다 얘기해 줄게. 이 사람을 존경스러운 노부인들과 뒤섞어 말하기 싫어서 그래.

내 왼쪽 옆자리는 피니 부인이야. 피니 부인은 언제나 곡을 하듯 비통한 목소리로 말을 해서, 언제 울음이 터질지 몰라 조마조마할 정도야. 그녀를 보고 있으면 인생이란 눈물이 흐르는 계곡이고, 소리 내어 웃는 것은 말할 것도 없이 미소를 짓는 것조차 경박스럽고 도덕적으로 비난받아 마땅하다는 인상을 받게 돼. 나에 대해서는 제임시나 아주머니보다도 더 좋지 않게 보시는데, 제임시나 아주머니처럼 마음을 속죄하듯이 더 열심히 귀여워해 주시거나 그러지도 않아.

  마리아 그림스비 여사는 대각선 자리에 앉아. 이곳에 온 첫날 마리아 여사한테 비가 조금 내릴 것 같다고 말했더니 마리아 여사가 소리 내어 웃는 거야. 역에서 오는 길이 참 예쁘다고 말했더니 또 웃었어. 모기가 아직도 조금 있다고 말하니까 또 웃고. 프로스펙트 포인트는 변함없이 아름답다고 하니까 또 웃고. 내가 '아버지는 스스로 목을 매달았고, 어머니는 독약을 마셨고, 오빠는 감방에 들어갔고, 나는 폐결핵 말기다'라고 말해도 마리아 여사는 아마 깔깔 웃을 거야. 그냥 어쩔 수 없나 봐. 타고나길 그런걸. 그래도 더없이 슬프고 끔찍한 일이지.

  다섯 번째 노부인은 그랜트 여사야. 다정한 분이지. 하지만 누구 얘기든 좋은 말만 하기 때문에 같이 대화하면 너무 재미없어.

  그리고 이제 조너스 차례야, 앤.

  여기에 온 첫날 한 젊은 남자가 식탁 맞은편에 앉아서 마치 갓난아기 시절부터 알고 지내던 사람처럼 나를 보고 벙긋벙긋 웃고 있었어. 마크 아저씨한테 들어서 알고는 있었지. 이름이 조너스 블레이크이고 세인트컬럼비아에서 온 신학생인데, 이번 여름 동안 프로스펙트 포인트 선교교회의 목사로 와 있다고 했거든.

조너스는 아주 못생긴 청년이야. 정말이지 이렇게 못생긴 젊은 남자는 처음 봤다니까. 몸집은 크고 다리는 턱없이 긴데 온 몸의 관절이 다 따로 노는 느낌이야. 머리카락은 삼베 같은 색깔인데 힘없이 직모로 축 쳐졌고, 눈은 녹색에다 입도 크고 귀는 또…… 아니야, 되도록 귀에 대해서는 생각하지 않을래.

목소리는 참 근사해. 눈을 감고 들으면 이 남자가 사랑스러울 정도야. 게다가 확실히 마음과 성품이 아름다워.

우리는 금방 좋은 친구가 됐어. 물론 조너스가 레드먼드 졸업생이어서 더 잘 통하기도 했지. 같이 낚시도 하고 뱃놀이도 나갔어. 달이 뜬 밤에 모래밭도 걸었단다. 달빛 아래서 보니 그렇게 못생겨 보이지 않았고, 오, 정말 좋은 사람이었어. 기분 좋은 매력이 마구 뿜어져 나오는 거야. 노부인들은, 그랜트 여사 빼고는 조너스를 별로 좋아하지 않아. 조너스가 큰 소리로 웃고 농담도 하는데다, 또 자기들보다 경박한 나랑 같이 어울리는 걸 더 좋아하는 게 빤히 보였거든.

왜 그런지 나는 조너스가 나를 경박하다고 생각하지 않았으면 좋겠어. 말도 안 되는 일이지. 머리 색깔도 삼베 같은 조너스라는 사람이, 그것도 여기 와서 처음 본 사람인데 나를 어떻게 생각하든 내가 왜 신경이 쓰이는 걸까?

지난 일요일에 조너스가 마을 교회에서 설교를 했어. 물론 나도 교회에 갔지만 조너스가 설교를 할 거라고는 생각하지 못했지. 그가 목사라는 사실이, 아니 어쨌든 목사가 될 거라는 사실이 그저 농담으로만 여겨져.

아무튼 조너스는 설교를 했어. 설교를 시작하고 10분쯤 흘렀을 때, 내 자신이 너무 작고 초라하게 느껴져서 맨눈으로는 보이지도 않을 거란 생각까지 들더라. 조너스는 여자에 대해서 한 마디도 하지 않았고 나한테 눈길도 주지 않았어. 하지만 나는 그때 그 자리에서 내가 얼마나 한심하고 경박하고 속 좁은 나비인지 절감했고, 조너스가 이상적으로 여기는 여성상과는 하늘과 땅 차이라는 것도 깨달았어. 조너스의 이상형이라면 당당하고 강인하고 고결한 여자겠지. 그는 실로 참되고 다정하고 진실하니까. 목사가 갖춰야 할 모든 덕목을 지닌 사람이야. 내가 어떻게 그 사람을 못생겼다고 생각했을까? 사실 못생긴 건 맞지만! 평일에는 아무렇게나 흘러내린 머리에 가려 보이지 않지만 눈썹이 저토록 지적이고 눈에는 저렇게 영감이 깃들었는데.

설교가 정말 훌륭해서 나는 평생이라도 들을 수 있었지만, 철저히 비참해지는 시간이기도 했어. 아, 내가 너 같으면 얼마나 좋을까, 앤.

집으로 가는 길에 조너스가 뒤따라와서는 여느 때와 다름없이 활짝 웃었어. 하지만 이제 나는 그 미소에 다시는 속지 않아. 조너스의 참모습을 보았으니까. 조너스가 필의 참모습을 볼 날이 있을까? 어느 누구도, 앤 너조차도 아직 본 적 없는 내 모습을.

'조너스' 하고 부르고 나니, 블레이크 목사님이라고 불러야 한다는 게 생각나더라. 끔찍하지 않니? 하지만 그런 건 아무래도 상관없을 때가 있잖아. 내가 그랬지. '조너스, 당신은 목사가 될 운명을 타고났어요. 다른 건 못 하겠네요.'

그러자 조너스가 진지하게 말했어. '그래요, 못 해요. 오랫동안 다른 일을 해보려고 애썼지만……. 목사가 되고 싶지 않았거든요. 하지만 마침내 이것이야말로 내게 주어진 소명인 걸 알게 되었어요. 그리고 하느님께서 도우시니 노력해 보려고 해요."

조너스의 목소리는 낮고 경건했어. 조너스는 자기의 일을 할 거고, 또 숭고하게 잘할 거야. 그리고 타고난 천성과 노력으로 그의 사명을 도울 수 있는 여자는 행복하겠지. 그 여자는 가벼운 깃털처럼 변덕스러운 바람이 불 때마다 이리저리 날아다니는 그런 사람이 아닐 거야. 어떤 모자를 써야 할지 정도는 언제나 쉽게 결정할 테고, 어쩌면 모자가 한 개밖에 없을지도 몰라. 목사들은 가난하니까. 하지만 그 여자는 모자가 한 개뿐이든 한 개도 없든 개의치 않을 거야. 조너스가 옆에 있을 테니까.

앤 셜리, 내가 블레이크 목사님과 사랑에 빠졌다는 둥 하는 말이든 내색이든 하기만 해봐. 혼자서 생각도 하지 마. 내가 축 늘어진 머리에 가난하고 못생긴, 조너스라는 신학생을 좋아할 수 있겠니? 마크 아저씨 말처럼 '그런 일은 일어날 수도 없지만 애초에 일어날 일도 없어.'

잘 자.

　　　　　　　　　　　　　　　　　　　　　　　　　필.

추신. 그런 일은 일어날 수 없어. 하지만 난 그게 사실일까 봐 무섭고 걱정돼. 난 행복하고 비참하고 겁이 나. 조너스는 나를 절대로 좋아할 리 없다는 걸, 나는 알거든. 내가 노력하면 목사의 아내로 그럭저럭 어울리는 사람이 될 수 있을까, 앤? 목사의 아내라면 대표 기도쯤은 이끌어야 할까?

필리파 고든

25장

완벽한 왕자님이 나타나다

앤은 패티의 집 창 너머로 멀리 공원의 소나무들을 바라보고 있었다.

"집 안에 있을지 집 밖으로 나갈지 고민하는 중이에요. 오늘 오후엔 할 일이 없어서 마음 내키는 대로 할 수 있거든요. 따뜻한 벽난로 앞에서 맛있는 사과를 먹으면서, 사이좋게 가르랑거리는 고양이 세 마리와 녹색 코의 늠름한 도자기 개 두 마리와 같이 여기 있을까요? 아니면 항구의 바위에 부딪히는 잿빛 물살과 잿빛 수풀이 손짓하는 공원으로 갈까요?"

"내가 너만큼 젊었다면 공원으로 결정했을 게다."

제임시나 아주머니가 뜨개바늘로 조지프의 노란 귀를 간질이며 대답했다.

"아주머니가 우리 중에서 제일 젊다고 하신 줄 알았는데요."

앤이 놀렸다.

"그래, 마음은 그렇지. 하지만 다리는 너희만큼 젊지 않다는 걸 인정하마. 나가서 신선한 공기를 쐬렴, 앤. 요즘 안색이 창백해."

앤은 마음이 어수선한 사람마냥 대답했다.

"공원에 가야 할 것 같아요. 오늘은 얌전히 집이 주는 즐거움에 만족할 기분이 아니에요. 혼자서 마음껏 자유로운 기분을 느끼고 싶어요. 공원에는 아무도 없을 거예요. 모두 풋볼 시합에 갔을 테니까요."

"너는 왜 가지 않았니?"

"'아가씨는 말했죠. 아무도 청하지 않았답니다.'* 어쨌든 저 끔찍한 댄 레인저 말고는요. 댄 레인저와는 아무 데도 안 가고 싶어요. 하지만 그 불쌍한 여린 마음에 상처를 주느니 아예 풋볼 시합을 보러 갈 생각이 없다고 했거든요. 상관없어요. 왠지 오늘은 풋볼을 보러 갈 기분도 아니고요."

"나가서 신선한 공기를 좀 쐬고 오렴. 하지만 우산은 가져가거라. 비가 올 거야. 다리에 류머티즘이 도지는 걸 보니."

"류머티즘은 노인들만 걸리잖아요, 아주머니."

"다리 관절에야 누구든 류머티즘이 올 수 있어, 앤. 마음까지 류머티즘을 앓는 건 늙은이들뿐이지만. 다행히 나는 괜찮단다. 마음의 류머티즘에 걸릴 바엔 가서 관이나 짜놓는 게 낫지."

11월이었다. 노을은 진홍빛으로 물들고, 새들이 떠나가고, 바다

---

* 〈나의 아름다운 아가씨, 어디 가는 길이오(Where are you going to, my pretty maid)〉라는 전승동요의 가사를 인용하였다.

는 깊고 슬픈 송가를 부르며, 솔바람이 격정적인 노래를 쏟아내는 달이었다. 앤은 공원의 소나무밭 사잇길들을 거닐며, 자기 말대로 거세게 휘몰아치는 바람에 마음속 안개를 날려 보냈다. 마음에 낀 안개로 괴로워하는 일은 앤에겐 좀처럼 익숙하지 않았다. 하지만 어찌 된 일인지 3학년으로 새 학기를 맞아 레드먼드에 돌아온 뒤로, 삶 속에 티끌 하나 없이 맑고 투명하게 비추어 보이던 앤의 마음은 전과 달리 명료해지지 않았다.

겉에서 볼 때 패티의 집 생활은 변함없이 즐겁게 일하고 공부하고 여가를 즐기는 일상이 되풀이되었다. 금요일 저녁이면 벽난로에 불을 지핀 널따란 거실이 손님들의 끝없는 우스갯소리와 웃음소리로 꽉 찼고, 제임시나 아주머니는 환하게 웃는 얼굴로 그런 젊은이들을 지켜보았다. 필리파가 편지에 썼던 '조너스'도 자주 왔다. 세인트컬럼비아에서 새벽 기차를 타고 왔다가 늦은 밤에 돌아갔다. 조너스는 패티의 집에서 대체로 모두가 좋아했지만, 제임시나 아주머니는 신학생들이 예전 같지 않다며 고개를 저었다.

"정말 좋은 사람이야, 필. 하지만 목사님은 좀 더 근엄하고 위신이 있어 보여야 해."

"남자는 많이 웃으면 기독교인도 못 되는 건가요?"

필리파가 따지듯이 말하자, 제임시나 아주머니가 꾸짖었다.

"아니, 남자라니, 나는 지금 목사님 얘기를 하는 거란다, 필. 그러니 너도 블레이크 씨와 그렇게 시시덕거리면 안 돼. 정말 그래서는 안 되는 거야."

"난 시시덕거린 적 없어요."

필리파가 발끈했다. 필리파의 같을 아무도 믿지 않았지만 앤만은 예외였다. 다른 사람들은 필리파가 여느 때나 다름없이 재미삼아 그를 가볍게 상대한다고 여겼고, 그것은 굉장히 좋지 못한 태도라고 강한 어조로 나무랐다.

스텔라는 심각하게 말했다.

"블레이크 씨는 알렉이나 알론조와는 달라, 필. 그는 상황을 진지하게 받아들인다고. 넌 그 사람에게 상처를 주고 말 거야."

"정말로 내가 그럴 수 있다고 생각해? 그렇게 생각할 수 있다면 정말 좋겠어."

"필리파 고든! 네가 그렇게까지 감정이 없는 사람인 줄 몰랐어. 남자한테 상처를 주고 싶다니, 어떻게 그런 말을 하니!"

"그렇게 말한 적 없어, 스텔라. 말을 똑바로 알아들어야지. 난 내가 상처를 줄 수 있다는 생각이라도 할 수 있으면 좋겠다고 한 거야. 나한테 그럴 힘이 있다고 생각하고 싶다고."

"네가 이해가 안 돼, 필. 넌 의도적으로 그 사람을 조종하고 있어. 그렇다고 정말로 뭘 의도하는 것도 아니면서."

"난 할 수만 있다면 그가 내게 청혼하게 할 생각이야."

필리파가 침착하게 말했다.

"너한테 두 손 들었어."

스텔라는 가망 없다는 듯 말했다.

길버트는 금요일 저녁에 가끔 찾아왔다. 언제나 기분이 좋아 보었고, 돌아다니는 우스갯소리와 이야기들 속에서 늘 자신의 태도를 고수했다. 앤을 찾아다니지도 피하지도 않았다. 사정이 여의치 않아 같이 있게 되면, 길버트는 새로 알게 된 지인을 대하듯 쾌활하고 예의바르게 이야기했다. 오랜 동지애는 흔적도 없이 사라졌다. 앤은 그것을 분명하게 느꼈다. 하지만 길버트가 자기 때문에 받았을 실망감을 완전히 극복해서 무척 고맙고 다행스럽다고 생각했다. 앤은 패티의 집 뜰에서 4월 어느 저녁에 길버트에게 심한 상처를 주었던 것 때문에 몹시 두려웠고, 길버트가 입은 상처가 오래도록 낫지 않을까 봐 매우 겁이 났다. 하지만 이제 그런 걱정을 할 필요가 없다는 걸 알았다. 사람은 목숨을 잃고 벌레의 먹이가 되어 왔지만, 사랑을 위해 그 목숨을 던진 건 아니었다. 길버트도 당장 어떻게 될 염려는 없어 보였다. 길버트는 삶을 즐겼고, 열정과 포부에 가득 차 있었다. 어떤 여자가 아름답지만 차갑다고 해서 절망하는 것은 낭비일 터였다. 앤은 길버트와 필리파가 끊임없이 주고받는 친근한 농담들에 귀를 기울이면서, 절대로 사랑할 수 없다고 말했던 날 보았던 길버트의 그 눈빛은 단지 자신이 상상했던 것이었는지 의아해졌다.

길버트가 떠난 빈자리에 기꺼이 발을 들여놓으려는 사람들이 없지는 않았다. 하지만 앤은 두려워하지도 않고 비난하지도 않으면서 그들을 차갑게 거절했다. 진정 완벽한 왕자님이 나타나지 않는다 해도 대용품을 곁에 둘 마음은 없었다. 앤은 잿빛 하늘 아래 바람이 몰아치는 공원에서 그렇게 다짐했다.

갑자기 제임시나 아주머니가 예견했던 대로 비가 거세게 쏟아지기 시작했다. 앤은 우산을 펴들고 서둘러 비탈길을 내려왔다. 항구 쪽 길가로 나왔을 때 돌풍이 길을 휩쓸듯이 지나갔다. 순간 우산이 뒤집혔고, 앤은 필사적으로 우산을 붙잡았다. 그때 어떤 목소리가 가까이에서 들렸다.

"괜찮다면, 제 우산을 함께 쓰시겠습니까?"

앤은 얼굴을 들었다. 키가 크고 잘생긴 얼굴에 기품 있는 용모의 남자였다. 우수 어린 깊고 신비한 눈, 마음을 녹일 듯 듣기 좋고 따뜻한 목소리. 그랬다. 앤이 꿈꾸던 상상 속 주인공이 현실의 육신을 얻어 눈앞에 서 있었다. 주문해서 만들었다 하더라도 이보다 더 똑같이 닮기는 어려울 정도였다.

"고맙습니다."

앤이 혼란스러워하며 인사하자 낯선 남자가 말했다.

"서둘러서 저쪽의 정자로 가는 게 좋겠는데요. 거기서 기다리다 보면 소나기가 그칠 겁니다. 이렇게 퍼붓는 걸 보면 비가 오래 내리지는 않겠어요."

극히 평범한 말들이었지만, 아, 그 목소리! 그리고 말할 때 짓는 그 미소! 이상하게도 심장이 두근두근 뛰었다.

두 사람은 허둥지둥 정자로 뛰어가 숨을 가쁘게 몰아쉬며 고마운 지붕 아래 앉았다. 앤은 웃으면서 뒤집힌 우산을 들어올렸다. 그리고 유쾌하게 말했다.

"우산이 뒤집히는 순간 저는 무생물의 영적 무능을 확신하게 됐어요."

윤기 흐르는 앤의 머리카락에서 빗방울이 반짝거렸다. 흐트러진 곱슬머리는 목이며 이마에 동글동글 감겨 있었다. 뺨은 빨갛게 상기됐고, 큰 눈은 별처럼 반짝였다. 우산을 내줬던 남자는 감탄 어린 눈으로 앤을 내려다보았다. 그 시선에 앤은 얼굴이 빨개졌다.

'누구지?'

남자는 외투 옷깃에 레드먼드의 흰색과 진홍색 배지를 달고 있었다. 하지만 앤은 레드먼드 학생들을 모두 다 안다고, 적어도 안면은 다 있다고 생각했다. 신입생이라면 모르는 사람도 많았지만 이 기품 있는 청년이 신입생일 리 없었다.

남자도 앤이 단 배지를 보며 싱긋 웃었다.

"우리는 동창인 듯하군요. 그것만으로도 소개는 충분하겠는데요. 내 이름은 로열 가드너입니다. 그쪽은 셜리 양 맞죠? 얼마 전 저녁에 수학 연구 수업에서 테니슨 논문을 읽었던?"

앤이 솔직하게 대답했다.

"네, 그런데 전 그쪽을 본 적이 없어요. 실례지만 몇 학년이신가요?"

"아직 어느 학년에도 속하지 못한 기분이에요. 2년 전 레드먼드에서 1학년과 2학년을 마치고, 그 뒤로는 지금껏 유럽에서 지냈어요. 이제 문학 과정을 마저 이수하려고 돌아왔습니다."

"나도 올해 3학년이에요."

"그럼 우리는 동창에다가 동기이기도 하네요. 메뚜기가 먹어치운* 2년도 아깝지 않군요."

상대는 멋진 두 눈에 무한한 의미를 담아 말했다.

비는 그칠 기미 없이 1시간이 다 되도록 쏟아졌다. 하지만 그 시간이 아주 짧게 느껴졌다. 구름이 걷히고 파리한 11월의 햇살이 항구와 소나무밭 위로 비스듬히 떨어질 즈음 앤은 남자와 함께 집까지 걸어왔다. 패티의 집 문 앞에 도착할 무렵, 로열 가드너는 집으로 찾아와도 되겠느냐고 물었고, 앤은 허락했다. 앤은 두 뺨이 빨개지고 심장 박동이 손끝에서까지 두근거리는 기분으로 집에 들어갔다. 러스티가 앤의 무릎 위로 올라와 입을 핥는데 앤은 멍하니 받아줄 뿐이었다. 낭만적인 설렘이 마음 한가득 들어찬 앤은 말썽꾸러기 고양이에게 신경 쓸 여유가 없었다.

그날 저녁 패티의 집 셜리 양에게 꾸러미가 배달되었다. 상자 안에 든 것은 화사한 장미 열두 송이였다. 필리파가 상자에서 떨어진 카드를 날름 집어 보낸 사람의 이름과 카드 뒷면에 적힌 시적인 인용구를 읽었다.

"로열 가드너라고! 세상에, 앤, 네가 로이 가드너와 아는 사이인 줄은 몰랐어!"

앤이 허둥대며 설명했다.

"오늘 오후에 비가 쏟아질 때 공원에서 만났어. 내 우산이 뒤집

---

* '내가 전에 너희에게 보낸 큰 군대 곧 메뚜기와 느치와 황충과 팥중이가 먹은 햇수대로 너희에게 갚아 주리니'(구약성서 요엘 2장 25절)에서 인용하였다.

혀서 그 사람이 우산을 씌워준 거야."

필리파가 호기심 어린 눈으로 앤을 빤히 쳐다보았다.

"오! 그렇게 흔해빠진 일로 로이 가드너가 길게 가지 달린 장미꽃 열두 송이에 이토록 감상적인 시구까지 적어서 보냈다는 거야? 게다가 넌 장미처럼 얼굴이 빨개져서 그 사람이 보낸 카드를 보는 건 왜일까? 앤, 너의 얼굴은 속마음을 숨기지 못하는구나."

"말도 안 되는 소리 하지 마, 필. 넌 가드너 씨를 알아?"

"그 사람의 여동생 둘을 만난 적이 있어서 얘기를 많이 들었지. 킹스포트에서는 누구나 알아둘 만한 정보거든. 가드너 집안은 노바스코샤의 파란 코 중에서도 가장 유서 깊은 집안이고 손꼽히는 부자야. 로이는 사랑스러울 정도로 잘생기고 머리도 좋아. 2년 전에 어머니가 건강이 나빠져서 로이가 어머니를 모시고 해외로 나가야 했대. 아버지는 돌아가시고 안 계시거든. 그때 대학을 그만둬야 해서 말도 못하게 낙담했을 텐데, 사람들 말로는 전혀 내색하지 않고 의연히 받아들였대. 피 파이 포 펌fee-fi-fo-fum,* 앤, 로맨스의 냄새가 나. 네가 부러울 지경이지만 꼭 그렇지도 않아. 어쨌든 로이 가드너는 조너스가 아니잖아."

"이런 바보!"

앤이 고상하게 말했다. 하지만 앤은 그날 밤 자리에 누워 오래도록 잠을 이루지 못했다. 깨어 있을 때 하는 공상이 꿈나라에서

---

* 동화 《잭과 콩나무》에서 거인이 잭을 발견했을 때 내는 소리이다.

펼쳐지는 어떤 환상보다 더 매혹적이었다. 드디어 진짜 왕자님이 나타난 것일까? 자신의 눈을 깊이 들여다보던 아름다운 검은 눈동자를 떠올리며, 앤은 그렇다고 믿고 싶은 마음이 굴뚝같았다.

26장

크리스틴의 등장

패티의 집 아가씨들은 옷을 입으며 파티에 갈 준비를 하고 있었다. 매해 2월에 3학년이 4학년을 위해 여는 축하파티였다. 앤은 파란 방에 걸린 거울을 들여다보며 아가씨다운 만족감을 느꼈다. 그날 앤은 특별히 예쁜 드레스를 입었다. 원래 이 옷은 크림색 비단에 시폰을 겉감으로 덧댄 단순한 모양이었다. 하지만 필리파가 크리스마스 방학 때 집에 가져가 시폰 위에 자그마한 장미꽃 봉오리를 수놓겠다고 고집을 부렸다. 그리고 필리파의 야무진 손재간 덕분에, 결과적으로 레드먼드의 모든 여학생이 부러워하는 드레스가 탄생했던 것이다. 파리에서 드레스를 공수한 앨리 분조차, 앤이 치맛자락을 끌며 레드먼드의 중앙 계단을 올라갈 때 장미꽃 봉오리가 수놓인 드레스를 선망의 눈길로 바라보았다.

앤은 머리에 흰 난초를 꽂으며 어울리는지 살펴보았다. 로이 가드너가 이 파티를 위해 앤에게 보낸 꽃이었는데, 그날 밤 레드먼드에 흰 난초를 장식한 여학생은 없으리라는 걸 앤은 알고 있었다.

필리파가 감탄스러운 눈빛을 하며 들어왔다.

"앤, 오늘 밤은 분명 네가 가장 아름다울 거야. 열 밤 중에 아홉 밤은 쉽게 내 미모가 더 빛나잖아. 그런데 그 열 번째는 네가 갑자기 활짝 피어나서 나를 완전히 가려 버린단 말이야. 어떻게 하면 그럴 수 있어?"

"옷 덕분이야, 필. 옷이 날개라서."

"그게 아니야. 지난밤에도 네가 갑자기 아름다워 보였는데 넌 린드 아주머니가 만든 낡은 파란색 플란넬 블라우스를 입고 있었거든. 로이가 아직도 너에게 푹 빠지지 않았다면, 분명 오늘 밤엔 홀딱 반할걸. 그런데 난꽃은 별로야, 앤. 이건 샘내서 하는 말이 아니야. 난꽃은 너와 안 어울려. 너무 이국적이고…… 너무 열대풍이고…… 좀 거만해 보인다고 할까. 어쨌든 그건 떼는 게 좋겠어."

"그럼, 하지 않을래. 사실 나도 난꽃은 그다지 좋아하지 않아. 나와는 어울리지 않는 꽃 같아서. 로이도 이걸 자주 보내지는 않아. 나는 옆에 두고 지낼 수 있는 꽃들을 좋아한다는 걸 로이도 알거든. 난초는 손님으로 방문할 때 들고 가기 좋은 정도지."

"조너스는 예쁜 분홍색 장미꽃 봉오리를 몇 송이 보냈어. 하지만 그는 오늘 저녁에 못 와. 빈민가에 가서 기도회를 이끌어야 한대! 그는 오고 싶지도 않을 거야, 앤. 조너스가 나한테 아무런 관심도 없을까 봐 너무 걱정돼. 그래서 마음이 왔다 갔다 해. 이대로 말라비틀어지다가 죽어 버릴까, 아니면 계속 공부하고 문학사 학위를 받아서 분별 있고 쓸모 있는 사람이 될까?"

"넌 분별 있고 쓸모 있는 사람은 되지 못할 테니까 말라 죽는 편이 낫겠다."

앤이 매몰차게 말했다.

"인정머리 없는 앤!"

"바보 같은 필! 조너스가 널 사랑한다는 건 너도 잘 알잖아."

"하지만…… 그는 내게 그렇게 말하지 않았는걸. 나는 그 사람 입을 열 수가 없고. 눈으로는 그렇게 말한다는 거, 나도 인정해. 하지만 '눈으로만 말해요' 같은 걸 믿고 식탁보 자수를 시작할 수는 없잖아. 그런 건 정말로 약혼을 한 다음에 하고 싶어. 운명을 시험하는 것 같아서."

"블레이크 씨는 네게 청혼하기가 두려운 거야, 필. 그는 가난해서 네가 지금껏 누렸던 생활을 하게 해줄 수 없잖아. 그가 오랫동안 말하지 못했던 이유는 오직 이것뿐인 걸 너도 알잖아."

"그런 거 같아."

필이 처연하게 대답하더니, 갑자기 표정이 밝아졌다.

"그래, 조너스가 청혼하지 않으면 내가 해야겠어. 그러면 돼. 그러니까 잘될 수밖에 없는 거지. 걱정 안 할래. 그런데 길버트 블라이드는 계속 크리스틴 스튜어트랑 같이 다니더라. 알고 있었니?"

앤은 작은 금목걸이를 목에 걸고 고리를 채우려던 참이었다. 그런데 갑자기 고리 걸기가 힘들어졌다. 대체 고리가 왜 이러지…… 손가락이 문제인가? 앤은 태연하게 물었다.

"아니, 크리스틴 스튜어트가 누군데?"

"로널드 스튜어트의 동생이야. 올겨울에 킹스포트에 음악 공부를 하러 와 있어. 나는 본 적이 없는데, 사람들 말로는 굉장히 예쁘고, 길버트가 푹 빠졌대. 네가 길버트를 거절했을 때 난 얼마나 화가 났었는지 몰라, 앤. 하지만 로이 가드너가 너한테 정해진 운명이었던 거야. 이제야 그걸 알겠어. 결국 네가 옳았어."

평소에는 이처럼 친구들이 로이 가드너와 결혼하게 될 거라고 당연한 듯 말하면 얼굴이 빨개졌지만, 이번에는 그렇지 않았다. 갑자기 기운이 쭉 빠졌다. 필리파가 떠드는 말들도 부질없이 들렸고 파티는 시들해졌다. 앤은 애꿎은 러스티의 귀를 툭툭 건드렸.

"당장 그 쿠션에서 내려가, 이 녀석! 제자리에 얌전히 있어야지!"

앤은 난꽃을 집어 들고 아래층으로 내려갔다. 제임시나 아주머니가 외투를 난로 앞에 한 줄로 걸어 놓고 따뜻하게 데우고 있었다. 로이 가드너는 앤을 기다리며 새라고양이를 골려주고 있었다. 새라고양이는 로이를 좋아하지 않았다. 언제나 로이에게 등을 보이며 돌아앉았다. 하지만 패티의 집 사람들은 모두 로이를 무척 좋아했다. 제임시나 아주머니는 언제나 변함없이 공손하고 예의 바른 그의 태도와 호소력 짙고 유쾌한 목소리에 마음을 빼앗겨, 지금껏 그렇게 괜찮은 청년은 처음 보았다며 앤은 참으로 복도 많은 아가씨라고 말했다. 그런 말을 들으면 앤은 답답해졌다. 로이의 구애는 확실히 아가씨라면 누구나 바랄만큼 낭만적이었지만, 앤은 제임시나 아주머니와 친구들이 이 모든 것을 당연시 여기지 않기를 바랐다. 로이는 앤이 외투 입는 것을 도우며 시처럼 들리는 찬사를 속삭였다. 하지만 앤은 평소처럼 얼굴을 붉히거나 마음이 설레지 않았다. 로이는 레드먼드까지 걷는 짧은 시간 동안 앤이 유난히 조용하다는 걸 알아챘다. 여학생 휴게실에서 나왔을 때도 얼굴이 약간 창백해 보인다고 생각했다. 하지만 파티장에 들어섰을 때, 앤은 갑자기 환한 낯빛과 반짝이는 생기를 되찾았다. 앤이 더없이 밝은 표정으로 로이를 돌아보았다. 로이는, 필리파의 표현에 따르면 '깊고 검은 벨벳 같은 미소'를 지으며 앤을 마주 보았다. 그러나 사실 앤은 로이가 전혀 눈에 들어오지 않았다. 앤은 길버트가 파티장 건너편 종려나무 아래 서서 크리스틴 스튜어트가 틀림없어 보이는 여학생과 이야기 나누는 모습을 날카롭게 의식하고 있었다.

크리스틴 스튜어트는 무척 아름다웠는데, 중년에 들어서면 얼마간 뚱뚱해질 체형의 위엄이 넘치는 여성이었다. 키가 컸고, 짙푸른 눈과 상아색 피부에 윤기가 흐르는 검고 매끄러운 머리카락을 지녔다.

앤은 우울해졌다.

'내가 늘 바랐던 모습 그대로야. 장미꽃잎 같은 낯빛에 별을 품은 제비꽃 같은 눈, 검고 윤기가 흐르는 머리카락. 그래, 모두 갖췄어. 이름까지 코딜리어 피츠제럴드였다면 딱이었을 텐데! 하지만 몸매는 나만큼 좋지 않아. 코는 확실히 내가 낫고.'

그렇게 결론을 내리자 조금은 위로가 되었다.

27장

∞

서로 털어놓는 마음

그해 겨울 3월은 더없이 온순한 아기 양처럼 다가와, 상쾌한 날들과 황금빛 햇살이 쏟아지는 날들과 찬바람 얼얼한 날들을 안겨 주었다. 어떤 날이든 해가 지면 몹시 추워지며 분홍빛 황혼이 내려앉았다. 황혼은 점차 달빛이 비추는 요정나라로 뒤로 자취를 감추었다.

패티의 집 여학생들에게는 4월 시험이라는 그림자가 드리웠다. 모두 열심히 공부했고, 필리파까지도 교과서와 공책 앞에 터를 잡고 전에 없던 모습으로 끈기 있게 매달렸다.

필리파가 차분하게 말했다.

"난 수학에서 존슨 장학금을 받을 거야, 앤. 그리스어로 쉽게 장학금을 탈 수 있지만 수학을 택한 이유는 조너스에게 내가 엄청나게 똑똑하다는 걸 보여 주고 싶어서야."

"조너스가 좋아하는 건 너의 큰 갈색 눈과 삐뚜름한 미소이지, 곱슬머리로 가리고 다니는 뇌가 아닐걸."

제임시나 아주머니가 끼어들었다.

"내가 너희만 할 때는 수학 같은 걸 조금이라도 알면 여자답지 않다고 여겼단다. 하지만 시대가 변했지. 다 좋게만 변한 건지는 모르겠다만. 요리는 할 줄 아니, 필?"

"아니요. 살면서 요리라고는 생강과자를 만든 게 다인데, 그마저도 엉망진창이었어요. 가운데는 납작하고 가장자리가 둥글게 부풀었거든요. 상상이 되시죠? 하지만 아주머니, 제가 진지하게 요리를 배우면, 수학 장학금을 탈 수 있는 머리로 요리도 잘 하지 않을까요?"

제임시나 아주머니가 신중하게 말했다.

"그럴 수도 있지. 나는 여자들이 고등교육 받는 걸 욕하는 게 아니야. 내 딸도 문학 석사잖니. 하지만 요리도 할 줄 알지. 난 그 애한테 요리를 먼저 가르친 다음 대학에 가서 수학을 배우게 했지."

3월 중순에는 패티 스포퍼드에게서 편지가 왔다. 마리아 스포퍼드와 함께 1년 더 외국에 머물기로 했다는 내용이었다.

그러니 다음 겨울까지 패티의 집에 머물러도 괜찮아요. 나는 마리아와 함께 이집트를 한 바퀴 돌아볼 생각이랍니다. 죽기 전에 스핑크스를 한 번 보고 싶어서요.

"두 할머니가 '이집트를 한 바퀴 도는' 모습을 상상해 봐! 두 분은 스핑크스를 구경하면서도 뜨개질을 하실까?"

프리실라가 웃음을 터뜨렸다.

"패티의 집에서 1년 더 지낼 수 있다니 참 잘됐다. 두 분이 돌아오실까 봐 걱정했거든. 그러면 이 즐거운 작은 보금자리는 사라지고, 이 어린 햇병아리들은 다시 하숙집이라는 냉혹한 세계로 던져질 테니까."

스텔라의 말에, 필리파가 책을 옆으로 내던지며 말했다.

"난 공원에 산책하러 갈래. 여든 살이 되었을 때 오늘 밤 공원에 산책 나가길 잘했다는 생각이 들 것 같거든."

"그게 무슨 말이야?"

"같이 가면 말해 줄게, 앤."

두 사람은 공원을 거닐면서 3월 저녁의 온갖 신비와 마법을 목격했다. 고요하고 편안한 정취가 흐르는 공원에는 거대하고 하얀 적막감이 무겁게 가라앉아 있었다. 그 정적 아래, 마음의 귀를 가만히 기울이면 들을 수 있는 여린 은빛 소리들이 수없이 깃들어 있었다. 두 아가씨는 기다란 소나무 길을 따라 걸어 내려갔다. 그야말로 붉디붉게 흘러넘치는 저녁노을 한가운데로 곧장 이어져 있을 듯한 길이었다.

필리파가 탁 트인 곳에서 멈춰 섰다. 장밋빛 햇살이 떨어지며 소나무의 초록색 꼭대기를 물들였다.

"방법만 알면 집에 가서 이 신성한 순간을 시로 적을 텐데. 이곳은 정말 멋있어. 위대하고 하얀 적막에, 저 어두컴컴한 나무들은 늘 보면 생각에 잠겨 있는 것 같아."

앤이 가만히 읊조렸다.

"'숲은 신의 첫 번째 사원이었다.'* 그런 곳에서 경건하게 숭배하는 마음이 들지 않을 수 없지. 나는 소나무 길을 걸을 때면 언제나 신이 바로 곁에 계신 느낌이 들곤 해."

"앤, 나는 세상에서 제일 행복한 사람이야."

필리파가 고백하듯 느닷없이 말했는데, 앤은 침착하게 대꾸했다.

"그러니까, 블레이크 씨가 드디어 청혼했다는 거지?"

"그래, 그가 청혼하는 동안 난 재채기를 세 번이나 했다니까. 끔찍하지 않니? 하지만 조너스가 말을 끝내기도 전에 '하겠다'고 대답했어. 조너스가 마음이 바뀌어서 말을 하다 멈출까 봐 너무 걱정됐거든. 정신을 차릴 수 없을 만큼 행복해. 조너스가 경박한 나를 좋아하리라곤, 전에는 정말 기대도 못 했으니까."

앤이 진지하게 말했다.

"필, 넌 실제로 경박하지 않아. 경박해 보이는 겉모습 아래 사랑스럽고 충실하고 여성스러운 마음이 자리하고 있잖아. 어째서 그토록 그것들을 감추는 거니?"

"어쩔 수가 없어요, 앤 여왕님. 네 말이 맞아. 난 마음까지 경박하진 않아. 하지만 어떤 경박함 같은 게 껍질처럼 내 마음을 덮고

---

* '미국시의 아버지'로 불리는 윌리엄 컬런 브라이언트의 시 〈숲 찬가(A Forest Hymn)〉에서 인용하였다.

있는데 그걸 걷어 버릴 수가 없어. 포이저 부인의* 말처럼 난 다시 태어나기 전까지는 달라질 가망이 없나 봐. 하지만 조너스는 진짜 내 모습을 알고, 그런 나를 경박함과 다른 모든 것까지 사랑해. 나도 그를 사랑해. 조너스를 사랑한다는 걸 깨달았을 때, 아마 태어나서 그렇게 놀란 적도 없었을걸. 못생긴 남자와 사랑에 빠질 수 있다고는 생각도 못 해봤거든. 내가 단 한 남자한테 정착한다고 생각해 봐. 그것도 이름이 조너스인 남자한테! 하지만 그를 조라고 부르면 돼. 정말 근사하고 산뜻한 이름이야. 알론조는 애칭을 부를 수가 없었거든."

"알렉과 알론조는 어쩌고?"

"아, 두 사람한테는 크리스마스 때 둘 중 누구와도 결혼하지 못하겠다고 얘기했어. 이제 와 돌이켜 보니 내가 그들 중 하나와 결혼할 수도 있다고 생각했다는 게 참 우스워. 두 사람이 어찌나 상심하던지 나까지 서럽게 울었어. 엉엉 울어댔지. 하지만 이 세상에 내가 결혼할 수 있는 사람은 단 한 사람뿐이라는 걸 알게 됐어. 나 혼자 결정을 내린 건 처음이었는데, 아주 쉬웠어. 확신이 있다는 느낌은, 그것도 다른 사람이 아닌 내 스스로 갖게 된 확신이라는 건 참으로 좋은 것 같아."

"앞으로도 계속할 수 있을 것 같아?"

"결정하는 거? 모르겠어. 하지만 조가 멋진 규칙을 만들어 줬어.

---

* 조지 엘리엇의 《애덤 비드(Adam Bede)》에 나오는 등장인물이다.

혼란스러우면, 여든 살이 되어 돌아봤을 때 '그때 그 일을 했더라면' 하는 마음이 들 것 같은 일을 하렴. 아무튼 조는 결정을 잘하는 편이니까, 한 집에 결정 내릴 사람이 너무 많아도 불편할 거야."

"부모님은 뭐라고 하실까?"

"아버지는 별말씀 안 하실걸. 내가 하는 일은 뭐든 옳다고 믿으시니까. 어머니는 뭐라고 하시겠지. 어머니는 입도 코만큼이나 영락없이 바이언 가문 사람이셔. 하지만 결국에는 다 잘될 거야."

"블레이크 씨와 결혼하면, 지금까지 네가 가졌던 좋은 것들을 많이 포기해야 할 텐데, 필."

"하지만 조너스를 얻잖아. 다른 것들은 아쉬워하지 않을 거야. 우린 내년 6월에 결혼하려고 해. 조가 올봄에 세인트컬럼비아를 졸업하잖아. 그러면 빈민가인 패터슨 가에서 작은 선교회를 맡을 생각이래. 내가 빈민가에 있다고 생각해 봐! 하지만 난 조와 함께라면 빈민가라도, 그린란드의 빙산에라도 가겠어."*

"부자가 아니면 절대 결혼 못 한다던 그 아가씨가 맞니?"

앤이 어린 소나무를 보며 말했다.

"오, 어린 시절의 어리석은 언행을 들추지 말아 줘. 가난해도 부자일 때처럼 즐겁게 지낼 거야. 두고 봐. 요리랑 재봉도 배울 거야. 패티의 집에 살면서 장보기는 배웠고, 여름 내내 주일학교에서 아

---

* 영국 성공회 주교였던 레지널드 히버의 〈선교찬송(Missionary Hymn)〉에서 인용하였다.

이들도 가르쳐 봤어. 제임시나 아주머니는 내가 조와 결혼하면 조의 목회를 방해할 거라고 말씀하시지만, 그렇게 만들진 않을 거야. 내가 사리에 밝거나 냉철한 사람이 아닌 거 잘 알지만, 내게는 훨씬 더 좋은 게 있어. 사람들이 날 좋아하게 만드는 재주가 있잖아. 볼링브로크에 혀 짧은 소리로 기도회에서 늘 간증을 하는 사람이 있거든. 그 사람이 하는 말이 있어. '전기로 밝힌 등처럼 밝게 빛날 수 없다면 촛불처럼 빛나라.' 앤, 나는 조의 작은 촛불이 될래."

"필, 널 누가 말리니. 너를 얼마나 사랑하는지 근사하고 가벼운 축하의 말은 나오질 않아. 하지만 진심으로 너의 행복이 기뻐."

"알아. 네 큰 잿빛 눈에 진실한 우정이 넘치고 있잖아, 앤. 언젠가 나도 같은 눈으로 너를 보겠지. 로이와 결혼할 거지, 앤?"

"필리파, 그 유명한 베티 백스터가 남자가 청혼을 하기도 전에 먼저 거절했다는 이야기 들어본 적 있니?* 나는 유명인사를 흉내 내서 누가 청혼도 하지 않았는데 미리 거절하거나 받아들이거나 하진 않으려고 해."

필리파가 솔직하게 말했다.

"로이가 네게 푹 빠졌다는 건 온 레드먼드가 다 알아. 너도 로이를 사랑하지, 앤?"

"그, 그런 것 같아."

---

* 토머스 라이트의 《리처드 버턴 경의 생애(Life of Sir Richard Burton)》에 나오는 일화이다.

앤이 마지못해 대답했다. 그런 마음을 털어놓을 때는 얼굴이 빨개질 것 같았는데, 의외로 아무렇지도 않았다. 앤이 얼굴이 붉게 달아오르는 건, 누군가 길버트 블라이드나 크리스틴 스튜어트를 언급할 때였다. 길버트 블라이드와 크리스틴 스튜어트는 앤과 아무 관계가 없는 사람들이었다. 전혀, 아무런 관계가 없다. 하지만 앤은 얼굴이 빨개지는 이유를 캐보려는 노력도 포기했다. 로이에 대해 말하자면, 물론 앤은 로이를 사랑했다. 아주 열렬히. 어쩔 도리가 없지 않은가? 로이는 앤의 이상형이 아니던가? 그 아름다운 검은 눈과 호소력 짙은 목소리를 누구인들 거부할 수 있겠는가? 레드먼드 여학생의 절반이 부러워 어쩔 줄 모르지 않던가? 앤의 생일날 그가 제비꽃 상자와 함께 보내온 시는 또 얼마나 멋있었는지! 앤은 그 시를 단어 하나까지 빠짐없이 외우고 있었다. 나름대로 아주 잘 쓴 시였다. 키츠나 셰익스피어 수준으로 잘 썼다는 뜻은 아니다. 앤도 그렇게 생각할 만큼 깊이 사랑에 빠진 건 아니었다. 하지만 잡지에 실릴 수준은 되는 괜찮은 시였다. 무엇보다 그 시는 앤을 위한 것이었다. 로라나 베아트리체나 아테네의 처녀가 아니라, 앤 셜리에게 바치는 시. 반복되는 운율로 그대의 눈은 새벽하늘의 별처럼 반짝인다느니, 그대 뺨에 오른 홍조는 떠오르는 태양에서 훔쳐 왔다느니, 그대의 입술은 낙원의 장미보다 더 붉다느니 하는 말을 듣는 것은 가슴 떨리도록 낭만적이었다. 길버트라면 앤의 눈썹에 바치는 시를 쓴다는 건 꿈도 꾸지 못할 것이다. 하지만 길버트와는 농담이 잘 통했다. 언젠가 로이에게 우스운 이야기를 해주었는데, 로이는 그 이야기가 왜 재미있는지 알아듣지 못했다. 앤은 길버트와 함께 다정하게 웃음을 터뜨리던 옛일을 떠올리며, 유머를 이해하지 못하는 남자와 함께 지낸다는 건 길게 보면 얼마나 재미없을까, 하는 생각에 불안했다. 하지만 우수에 젖은 신비한 이상형의 남자가 유머를 이해할 거라 기대할 수는 없지 않은가? 그거야말로 지나친 기대일 것이다.

28장

어느 6월 저녁

"언제나 6월인 세상에 산다면 기분이 어떨까요?"

앤은 활짝 핀 꽃들이 향기를 자랑하는 황혼 녘 과수원을 지나 현관 앞 계단으로 다가왔다. 마릴라와 린드 부인이 거기 앉아서 그날 다녀온 샘슨 코츠 부인의 장례식 이야기를 하고 있었다. 도라는 두 사람 사이에 앉아 열심히 공부를 했고, 데이비는 풀밭에 책상다리를 하고 앉아 하나뿐인 보조개가 아니었다면 한껏 우울하게 보였을 표정을 짓고 있었다.

마릴라가 한숨을 쉬었다.

"그럼 싫증이 나겠지."

"아마 그렇겠죠. 하지만 지금 기분은, 오늘처럼 아름다운 날이라면 아주 오랫동안 싫증이 나지 않을 것 같아요. 6월엔 모든 게 아름다워요. 데이비, 꽃 피는 시절에 왜 구슬픈 11월의 얼굴을 하고 있니?"

"그냥 사는 데 지치고 싫증이 나서."

어린 비관주의자가 대답했다.

"열 살에? 세상에, 슬프기도 하지."

데이비가 무게를 잡더니, 용기 내어 어려운 단어를 끄집어냈다.

"장난하는 거 아니야. 난 좌…… 좌…… 좌절했단 말이야."

앤이 데이비 옆에 앉으며 물었다.

"어째서, 무슨 일로?"

"홈즈 선생님이 병이 나서 선생님이 새로 오셨는데, 산수 문제를 10개나 내주면서 월요일까지 풀어 오래. 그걸 하려면 내일 하루 종일 걸려. 토요일에 공부해야 하다니 불공평해. 밀티 볼터는 과제를 하지 않겠다고 하는데, 마릴라 아주머니가 나는 해야 한대. 난 카슨 선생님이 싫어."

린드 부인이 엄하게 나무랐다.

"선생님에 대해 그렇게 말하면 못써, 데이비 키스. 카슨 선생님은 아주 괜찮은 아가씨야. 허튼 구석이 하나도 없는 분이다."

앤이 웃었다.

"그 말은 별로 매력적으로 들리지 않네요. 저는 조금은 빈틈이 있는 사람들이 좋더라고요. 하지만 카슨 선생님에 대해서는 너보다는 좋게 생각하고 싶어, 데이비. 지난밤 기도회에서 선생님을 봤는데 눈빛이 항상 이성적이지만은 않을 것 같았어. 자, 데이비, 용기를 내. '내일은 또 다른 하루가 펼쳐질 거야.'* 산수 문제 푸는 건

---

* 영국 극작가 윌리엄 슈웽크 길버트의 《펜잔스의 해적(The Pirates of Penzance)》에서 인용하였다.

내가 할 수 있는 만큼 도와줄게. 빛과 어둠이 교차하는 이 아름다운 시간을 산수 과제 걱정으로 허비하면 안 되지."

데이비의 얼굴에 화색이 돌았다.

"뭐, 그렇게. 누나가 문제 푸는 걸 도와주면 과제를 마치고 밀티랑 물고기 잡으러 갈 시간도 되겠어. 아토사 할머니 장례식이 오늘이 아니라 내일이면 좋았을걸. 나도 가고 싶었거든. 밀티가 엄마한테서 들었다는데, 아토사 할머니가 관에서 일어나서 할머니가 묻히는 걸 보러 온 사람들을 비꼴거래. 그런데 마릴라 아주머니는 그런 일은 없었대."

린드 부인이 숙연하게 말했다.

"가엾은 아토사도 관에서는 평온하게 누워 있더구나. 아토사가 즐거워 보인 건 오늘이 처음이었지 뭐냐. 아토사를 위해 우는 이도 별로 없고, 불쌍한 노인네. 엘리샤 라이트네 집에선 아토사한테서 벗어난 걸 다행스러워 한다는데, 그 집 식구들 탓은 못하겠구나."

앤이 몸을 떨었다.

"세상을 떠나며 슬퍼해 줄 사람 한 명 없다는 건 정말 무서운 일이에요."

린드 부인이 확실하다는 듯이 고개를 끄덕였다.

"부모 말고는 가엾은 아토사를 사랑해 준 사람은 아무도 없었던 게지. 남편까지도 그랬으니까. 아토사는 네 번째 아내였어. 남편은 말하자면 습관적으로 결혼을 한 거야. 아토사와 결혼하고는 몇 년 못 살았단다. 의사는 소화불량 때문에 죽었다고 하지만, 내 생각엔 그게 아니야. 아토사의 독설 때문이지, 암. 가엾은 노인네, 아토사는 이웃들 일이라면 하나부터 열까지 모르는 게 없었으면서 자기 자신에 대해서는 너무 몰랐어. 아무튼 그이도 갔구나. 그럼 이 다음으로 동네가 들썩일 일은 다이애나의 결혼식이겠군."

"다이애나가 결혼한다니, 이상하기도 하고 무섭기도 해요."

앤은 한숨을 쉬며 두 무릎을 끌어안고 유령의 숲 나무들 틈새로 불빛이 반짝이는 다이애나의 방을 바라보았다. 린드 부인이 힘주어 말했다.

"뭐가 무섭다는 건지 모르겠구나. 그 애가 그렇게 잘하고 있는데. 프레드 라이트는 버젓한 농장도 가지고 있고 모범적인 청년이야."

앤이 빙긋이 웃었다.

"확실히 예전의 다이애나가 결혼하고 싶어 하던 거칠고 기세 좋고 못된 청년은 아니에요. 프레드는 지극히 선한 사람이에요."

"당연히 그래야지. 다이애나가 못된 남자랑 결혼하면 좋겠니? 아니면 네가 그런 사람과 결혼하그 싶다는 말이냐?"

"아니요, 싫어요. 못된 사람과 결혼하고 싶진 않아요. 하지만 못된 짓을 할 수도 있지만 하지 않는 사람이라면 좋을 것 같아요. 그런데 프레드는 속수무책으로 착하기만 하다고요."

"너도 언젠가 철이 들어야 할 텐데."

마릴라의 목소리는 꽤나 신랄했다. 마릴라는 몹시 실망한 상태였다. 앤이 길버트 블라이드를 거절했다는 것을 알았기 때문이다.

에이번리에 온통 그 소문이 떠돌았는데, 그 사실이 어떻게 새어나갔는지는 아무도 몰랐다. 아마도 찰리 슬론이 혼자 짐작한 일을 사실처럼 말했으리라. 어쩌면 다이애나가 그만 비밀을 약혼자에게 말해서 프레드가 경솔하게 퍼뜨리고 다녔을지도 모를 일이었다. 아무튼 소문이 났다. 블라이드 부인은 사람들 앞에서든 단둘이 있을 때든, 더 이상 길버트에게서 최근에 편지를 받았느냐고 묻지 않았고, 서릿발처럼 차갑게 고개를 숙인 채 지나갔다. 마음이 젊고 쾌활한 길버트의 어머니를 줄곧 좋아했던 앤은 이 상황이 서글펐다. 마릴라는 입을 꾹 다물었지만, 린드 부인은 울화가 치미는 얼굴로 비꼬는 말을 했다. 그러다가 모든 소식을 가장 먼저 아는 린드 부인에게 새로운 소식이 흘러들어 왔다. 무디 스퍼전 맥퍼슨의 어머니에게서, 대학에 앤을 숭배하는 새로운 '남자친구'가 나타났는데, 부자에다 잘생기고 착하기까지 하다는 소식이었다. 그 뒤로 린드 부인도 입을 꾹 다물었다. 물론 속으로는 여전히 앤이 길버트를 받아주었으면 하고 바랐다. 재물이란 참으로 좋은 것이다. 하지만 아무리 현실적인 린드 부인이라도 돈이 전부라고 여기지는 않았다. 앤이 그 정체 모를 미남을 길버트보다 더 '좋아'한다면 할 말은 없었다. 하지만 린드 부인은 앤이 돈 때문에 결혼하는 실수를 저지를까 봐 불안하고 무서웠다. 마릴라는 앤을 잘 알기에 그런 걱정은 하지 않았지만, 안타깝게도 세상이 돌아가는 커다란 순리가 어딘지 틀어진 기분이었다.

    린드 부인이 침울하게 말했다.

"일어날 일은 일어나기 마련이지만, 일어나지 않을 일도 때로는 이렇게 생기지요. 앤에게 그런 일이 생겼다는 걸 믿지 않을 수가 없군요. 하느님이 끼어들지 않는 이상 말이에요."

린드 부인이 한숨을 내쉬었다. 하느님은 끼어들지 않을 것 같았고, 막상 린드 부인 자신도 끼어들 엄두가 나지 않았다.

앤은 드라이어드 샘으로 천천히 걸어 내려가, 커다란 흰 자작나무 밑 풀고사리들 틈에 몸을 웅크리고 앉았다. 지난 여름 길버트와 함께 무척이나 자주 찾아와 앉아 있던 곳이었다. 길버트는 방학이 시작되자 다시 신문사로 들어갔고, 그가 없는 에이번리는 몹시 지루했다. 길버트는 한 번도 앤에게 편지하지 않았고, 앤은 오지 않는 편지가 그리웠다. 로이는 일주일에 두 번씩 편지를 보냈다. 로이의 편지는 작문이 대단히 섬세하고 아름다워서 회고록이나 전기에 실려도 아주 멋질 글들이었다. 앤은 로이의 편지를 읽을 때면 그 어느 때보다 사랑이 깊어지는 기분이었다. 그러나 로이의 편지를 보자마자 야릇하게 고통스러울 만큼 가슴 철렁한 느낌을 받은 적은 한 번도 없었다. 그런 느낌을 받은 건 어느 날 하이럼 슬론 부인이 건넨 편지봉투에서 검은 잉크로 쓴 길버트의 곧은 필체를 보았을 때였다. 앤은 서둘러 동쪽 자기 방으로 달려가 정신없이 편지봉투를 뜯었다. 안에 든 건 타자기로 친 어떤 대학 모임 보고서 사본이었고 '오직 그것뿐, 다른 것은 없었다.'* 앤은 긴 글이 적힌 종

---

* 에드거 앨런 포의 시 〈갈가마귀(The Raven)〉에서 인용하였다.

이를 바닥에 내던지고 책상 앞에 앉아 로이에게 특별히 더 다정한 편지를 써내려갔다.

다이애나의 결혼식은 닷새 뒤였다. 잿빛의 과수원집은 빵을 굽고 술을 빚고 음식들을 끓이고 찌느라 정신이 없었다. 옛날식의 성대한 혼례가 치러질 예정이었다. 신부 들러리는 물론 열두 살 때 약속했던 대로 앤이었고, 신랑 들러리를 서기 위해 길버트가 킹스포트에서 돌아오고 있었다. 앤은 갖가지 준비들로 들뜨고 즐거웠지만, 속으로는 내내 마음이 조금씩 아팠다. 어떤 의미에서는 소중한 오랜 친구를 잃는 것이었다. 다이애나의 신혼집은 초록 지붕 집에서 3킬로미터는 더 떨어져 있었고, 이제 두 사람이 예전처럼 변함없이 함께할 수 있는 시간은 다시 오지 않을 터였다. 앤은 다이애나의 방 창에서 새어나오는 불빛을 올려다보며, 오랜 세월 그 불빛이 자신에게 주었던 신호들에 대해 생각했다. 그러나 곧 여름 황혼이 내려도 저 불빛은 더 이상 반짝이지 않을 것이다. 아픈 눈물이 앤의 잿빛 두 눈에 한가득 차올랐다.

"아, 어른이 되어 결혼을 하고 달라져야 한다는 게 정말 싫어!"

29장

다이애나의 결혼식

"역시 진짜 장미는 분홍 장미뿐이야. 분홍 장미는 사랑과 믿음의 꽃이야."

과수원집의 서쪽으로 난 방에서 앤이 다이애나의 신부 꽃다발에 하얀 리본을 묶으며 말했다.

다이애나는 하얀 신부옷을 차려입고 방 한가운데 안절부절못하며 서 있었다. 곱슬거리는 검은 머리에는 얇은 면사포가 하얗게 덮여 있었다. 앤은 몇 년 전 소녀 시절의 약속에 따라 그 면사포를 씌워 주었다.

앤이 웃으며 말했다.

"오래전 내가 상상했던 그대로야. 그때는 네가 결혼해서 나와 헤어지는 상상을 하며 엉엉 울곤 했었지. 너는 내가 꿈꾸던 '안개처럼 아름다운 면사포를 쓴' 신부야, 다이애나. 나는 너의 신부 들러리고. 그런데, 어쩌지! 볼록 소매를 입지 않았네. 물론 이 짧은 레이스 소매가 더 예쁘지만 말이야. 또 마음이 찢어지게 아프지도 않고, 프레드도 밉다고 할 수는 없어."

다이애나가 반박했다.

"우린 정말로 헤어지는 게 아냐, 앤. 내가 멀리 가는 것도 아니고. 우린 예전처럼 서로 사랑하며 지낼 거야. 우린 오래전에 맺은 우정의 '맹세'를 언제나 잘 지켰잖아. 그렇지?"

"그래, 약속을 충실히 지켰지. 우리는 아름다운 우정을 쌓았어, 다이애나. 한 번도 우정에 금이 갈 만큼 싸우거나 토라지거나 몰인정한 말을 한 적도 없어. 앞으로도 언제까지나 그러길 바라고. 하지만 이제부터 예전 같지만은 않을 거야. 너에게 다른 관심사들이 생길 테고, 난 그 바깥에 있는 사람이 되겠지. 하지만 린드 아주머니가 '그게 인생'이라고 말씀하시더라. 린드 아주머니가 네게 아끼던 '담배 줄무늬' 누비이불을 주셨잖아. 내가 결혼할 때도 같은 걸 주실 거래."

"속상한 건 네가 결혼할 때 나는 신부 들러리를 서지 못한다는 거야."

"나는 내년 6월에 필이 블레이크 씨와 결혼할 때 들러리를 서면, 들러리는 그만해야 돼. '신부 들러리를 세 번 서면 신부가 될 수 없다'고 하잖아."

앤이 창밖으로 분홍빛과 하얀빛의 꽃들이 한창 피어 있는 과수원을 내다보며 말했다.

"목사님이 오셔, 다이애나."

다이애나는 화들짝 놀라며, 갑자기 얼굴에 핏기가 싹 가시고 몸을 오들오들 떨기 시작했다.

"오, 앤, 오, 앤…… 왜 이렇게 떨리지. 나 이거 못 하겠어……. 앤, 난 기절할 것 같아."

앤의 대답은 냉철했다.

"네가 기절하면 내가 빗물받이 통으로 끌고 가서 빠뜨려 줄게. 기운 내, 다이애나. 결혼식은 그렇게 무시무시한 게 아닐 거야. 저토록 많은 사람들이 식을 무사히 치러냈잖아. 내가 얼마나 냉정하고 침착한지 봐. 그리고 용기를 내는 거야."

"네가 결혼할 때 보자, 앤 아가씨. 오, 앤, 아버지가 올라오시는 것 같아. 꽃다발을 이리 줘. 면사포는 제대로 되었니? 나 많이 창백하니?"

"예쁘기만 해, 다이애나. 내게 마지막으로 작별의 키스를 해줘. 이제 다시는 다이애나 배리의 키스를 받을 수 없을 테니까."

"앞으로는 다이애나 라이트가 할 거야. 어머니가 부르시네. 가자."

한창 유행했던 소박한 전통 방식에 따라 앤은 길버트의 팔짱을 끼고 응접실로 내려갔다. 길버트와는 킹스포트를 떠난 뒤 그 계단 꼭대기에서 처음으로 만났다. 길버트가 그날에야 도착했기 때문이다. 길버트는 정중하게 악수를 청했다. 아주 건강한 모습이었지만 앤은 한눈에 그가 꽤 야윈 것을 알아챘다. 안색이 창백하지는 않았다. 앤이 부드러운 흰 드레스를 입고 머리에 소담스럽게 반짝이는 은방울꽃을 꽂은 모습으로 복도를 지나와 다가가자, 길버트의 뺨이 붉게 물들었다. 두 사람이 함께 사람들로 가득 찬 응접실에 들어서자 웅성거리며 감탄하는 속삭임들이 새어나왔다.

"정말 보기 좋은 한 쌍이로군요."

린드 부인이 감성에 휩싸여 마릴라에게 소곤거렸다.

프레드는 새빨간 얼굴로 혼자서 천천히 걸어 들어왔고, 다이애나는 아버지의 팔짱을 끼고 미끄러지듯 들어왔다. 다이애나는 기절하지 않았고, 식에 차질이 생길 만한 아무런 일도 생기지 않았다. 식이 끝나고 떠들썩한 피로연이 이어졌다. 그렇게 저녁이 지나가고 프레드와 다이애나는 달빛이 쏟아지는 길을 달려 새로운 보금자리로 향했다. 그리고 길버트는 앤을 초록 지붕 집으로 바래다주었다.

허물없이 유쾌한 시간을 보내는 동안 두 사람 사이에 오랜 우정 같은 무언가가 되살아났다. 아, 익숙한 길을 다시 길버트와 걷다니 기뻤다!

그날 밤은 어찌나 고요한지 장미꽃이 봉오리를 터뜨리며 속삭이는 소리며 데이지 꽃의 웃음소리, 풀잎의 노랫소리까지 여러 달콤한 소리들이 한데 뒤섞여 들리는 것 같았다. 정다운 들판에 비치는 아름다운 달빛이 세상을 환히 밝혔다.

"연인의 오솔길을 좀 걷지 않을래?"

길버트가 반짝이는 호수에 걸린 다리를 건너며 물었다. 호수에는 달그림자가 물에 잠긴 커다란 황금 꽃처럼 드리워져 있었다.

앤은 선뜻 그러자고 했다. 그날 밤 연인의 오솔길은 마치 동화

속 세상 같았다. 어슴푸레 빛나는 신비로운 공간에, 달빛이 하얗게 마법을 수놓은 듯 오묘한 기운이 가득했다. 한때는 이처럼 길버트와 나란히 연인의 오솔길을 걷는 게 몹시 곤란했었다. 하지만 지금은 로이와 크리스틴이라는 존재 덕에 아주 안전했다. 앤은 길버트와 가볍게 대화를 나누는 동안 자신도 모르게 자꾸만 크리스틴을 생각했다. 킹스포트를 떠나기 전 크리스틴을 몇 번 만났고, 상냥하게 대했다. 크리스틴도 앤에게 친절했다. 실제로 두 사람은 더 없이 다정한 사이가 되었다. 그런데도 둘의 친분은 우정으로 무르익지 못했다. 분명 크리스틴은 마음이 통하는 친구는 아니었다.

길버트가 물었다.

"여름 내내 에이번리에 있을 거니?"

"아니, 다음 주에 동부의 밸리로드로 가. 에스더 헤이손이 7, 8월에 아이들을 대신 가르쳐 달래. 그 학교에는 여름 학기가 있는데, 에스더가 건강이 좋지 않은가 봐. 그래서 임시 교사로 가기로 했어. 어떤 면에서는 나쁘지 않아. 요즘은 내가 에이번리에서 살짝 이방인인 듯한 기분이 들거든. 속상하지만 사실이야. 지난 두 해 동안 많은 아이들이 훌쩍 커서 소년 소녀가 되고, 사실상 젊은 남녀가 된 걸 보니 굉장히 놀라워. 가르쳤던 학생들 절반은 어른이 됐고. 너나 나나 우리 친구들이 메웠던 자리를 그 아이들이 대신하고 있는 걸 보노라면 내가 폭삭 늙은 기분이라니까."

앤이 웃음을 터뜨리며 한숨을 쉬었다. 나이가 아주 많이 들고 어른스러워지고 현명해진 기분이었다. 그것은 앤이 아직 젊다는 반증이었다. 앤은 즐거웠던 그리운 시절로 돌아가고 싶은 마음이 간절하다고, 속으로 생각했다. 장밋빛 희망과 환상을 통해 어렴풋이 인생을 바라보고, 이제는 영영 사라져 버린, 뭐라 말로 형용할 수 없는 무언가를 품고 있었던 그 시절로 돌아가고 싶다고. 사라진 그것은 지금 어디 있을까? 그 꿈과 영광은.*

"'그렇게 세상은 달라져 가도다.'"**

길버트가 살짝 넋이 나간 듯 현실적인 글귀를 인용했다. 길버트는 크리스틴을 생각하고 있는 걸까, 앤은 궁금했다. 오, 에이번리는 이제 몹시도 쓸쓸하겠구나…… 다이애나가 가 버렸으니!

---

* 윌리엄 워즈워스의 시 〈영혼 불멸의 시(Ode: Intimations of Immortality)〉에서 인용하였다.
** 미국 시인 엘런 허친슨의 시 〈그렇게 세상은 달라져 가도다(So wags the world)〉에서 인용하였다.

30장

스키너 부인의 로맨스

앤은 밸리로드 기차역에 내려 마중을 나온 사람이 있는지 둘러보았다. '재닛 스위트' 씨의 집에 묵기로 했는데, 에스더의 편지를 통해 머릿속에 그려본 집주인의 모습과 조금이나마 들어맞는 사람은 한 명도 보이지 않았다. 보이는 사람이라고는 우편물 자루가 쌓인 마차에 앉은 나이 지긋한 여자뿐이었다. 줄잡아도 90킬로그램은 훌쩍 넘어 보이는 체구에, 얼굴은 추수기 달마냥 둥글고 붉은 것 말고는 평범했다. 몸에 달라붙는 검고 부드러운 모직 드레스를 입었는데 10년 전에 유행한 스타일이었고, 먼지가 앉은 검은 밀짚모자에는 노란 나비 리본 장식이 달렸다. 손에는 빛바랜 검은 레이스 장갑을 꼈다.

그 여자가 앤에게 채찍을 흔들어 보였다.

"여기요. 밸리로드에 새로 오신 선생님인가요?"

"네."

"그럴 줄 알았어요. 밸리로드는 선생님들이 예쁘기로 유명하거든요. 밀러스빌은 못생기기로 유명하고. 재닛 스위트가 오늘 아침에 선생님을 마중 나가 줄 수 있느냐고 부탁하더라고요. 내가 그랬죠. '할 수야 있지. 선생님이 좀 짜부라져도 괜찮다 하면 갈게.' 이 마차가 우편물 자루를 싣기엔 좀 작은데 난 덩치가 토머스보다 크니까! 잠깐만요, 선생님. 이 자루들을 조금 치워서 어떻게든 앉혀 드릴게요. 재닛의 집까지 3킬로미터밖에 안 돼요. 선생님 짐은 그 옆집에서 일하는 아이가 오늘밤에 가지러 올 거고. 나는 스키너예요. 아멜리아 스키너."

앤은 마침내 몸을 구겨 넣듯 마차에 올라앉았다. 앉으며 혼자서 재미있다는 듯 슬며시 웃었다. 스키너 부인이 통통한 두 손에 고삐를 모아 쥐며 명령했다.

"가자, 검정말아! 우편 배달은 이번에 처음 나왔어요. 토머스가 오늘 순무를 캐고 싶으니 대신 해달라고요. 그래서 바로 앉아서 간단히 요기만 하고 출발한 거예요. 이 일도 재미있네요. 물론 좀 지루하죠. 중간중간 앉아서 생각에 잠기거나 아니면 그냥 앉아 있으니까요. 가자, 검정말아! 얼른 집에 가고 싶네요. 내가 없으면 토머스가 지독히 외로워해서요. 우린 결혼한 지 얼마 안 됐거든요."

"아!"

앤이 예의 바르게 대답했다.

"한 달밖에 안 됐어요. 토머스가 구애한 지는 한참 됐지만요. 정말 낭만적이었어요."

"아아."

앤은 스키너 부인을 로맨스와 연관 지어 상상해 보려 했지만 잘 되지 않았다.

"그래요. 나를 쫓아다녔던 사람이 한 명 더 있었어요. 달려, 검정말아! 남편이 죽은 뒤로 혼자 오래 지내서 사람들도 내가 재혼할 거라곤 생각을 안 했죠. 우리 딸 나미도 선생님처럼 학교에서 애들을 가르치는데, 서부쪽 학교로 떠나고 나니 진짜로 쓸쓸해져서 재혼 생각이 안 들 수가 없더라고요. 얼마 지나지 않아 토머스가 다가왔고 다른 사람도 찾아왔죠. 이름이 윌리엄 오바디아 시먼이었어요. 한참이나 누구를 택할지 마음을 못 정하고 있는데, 두 사람은 계속 다가오고 난 계속 걱정만 했어요. 윌리엄 오바디아는 부자였어요. 좋은 집도 있었고, 옷차림새도 꽤나 멋있었지. 결혼상대로는 최고였어요. 달려, 검정말아!"

"왜 그분과 결혼하지 않으셨어요?"

스키너 부인의 대답이 묵직했다.

"뭐, 그는 나를 사랑하지 않았으니까."

앤은 눈을 동그랗게 뜨고 스키너 부인을 쳐다봤다. 부인의 얼굴에는 우스갯소리 같은 걸 하는 기색이 전혀 없었다. 스키너 부인은 자신의 이야기에서 우스운 점이 전혀 보이지 않는 모양이었다.

"오바디아는 상처하고 3년을 혼자 지냈는데, 그동안 누이동생이 살림을 해줬지요. 그러다가 동생이 결혼해 버리니까 대신 살림해 줄 사람이 필요했던 거예요. 하긴 맡아서 해볼 만한 살림이긴 하지. 정말 멋진 집이거든요. 이랴, 이랴. 토머스로 말하자면, 가난했어요. 맑은 날 비가 새지 않는다는 게 그 집의 유일한 장점이었죠. 뭐, 겉보기엔 그림 같기도 했고. 하지만 나는 토머스를 사랑했고, 오바디아한테는 손톱만큼도 관심이 없었지요. 그래서 나 자신에게 말했어요. '이봐 새라 크로,' 아, 내 처음 성이 크로예요. '새라 크로, 네가 원한다면 부자와 결혼해도 좋아. 하지만 행복하진 않을 거야. 이 세상에 사는 사람들은 사랑 없이는 잘 살 수가 없다고. 토머스와 결혼하는 게 나아. 그는 널 사랑하고 너도 토머스를 사랑하잖아. 그것 말고는 다른 아무것도 네게 소용없어.' 이랴, 이랴. 그래서 토머스에게 당신을 택하겠다고 했죠. 결혼을 준비하는 동안은 오바디아의 집 앞으로도 지나다니지 않았어요. 그 멋진 집을 보고 또 마음이 흔들릴까 봐서. 하지만 이젠 그런 생각은 절대 안 하죠. 토머스와 마음 편히, 행복하게 지내고 있답니다. 이랴, 이랴."

"윌리엄 오바디아는 어떻게 받아들이던가요?"

"아, 약간 소란을 떨었어요. 하지만 지금은 밀러스빌에 사는 비쩍 마른 노처녀랑 만나고 있는데, 아마 여자가 금방 승낙할 것 같아요. 첫 부인보다야 좋은 아내가 되겠지요. 오바디아는 첫 부인과 결혼하기 싫어했어요. 청혼을 한 이유도 그저 부친이 원해서, 여자가 거절할 줄 알고 한 거였대요. 그런데 이런, 덜컥 승낙한 거죠. 살다 보면 궁지에 몰리는 일도 있잖아요. 이랴, 이랴. 여자는 대단한 살림꾼이었지만 인색하기 짝이 없었어요. 똑같은 모자를 18년간 쓰고 다녔다니까. 그러다가 새 모자를 썼는데, 오바디아가 길거리에서 자기 아내를 보고도 몰라봤더랬죠. 이랴, 이랴. 난 간신히 도

망친 거지. 그 사람하고 결혼했더라면 내 가엾은 사촌 제인 앤처럼 정말 비참해졌을 거예요. 제인 앤은 마음에도 없는 부자하고 결혼해서 사는 게 그렇게 비참할 수가 없거든요. 지난주에 날 찾아와서 그러더라고요. '새라 스키너, 네가 부러워. 길가의 작은 오두막집이라도 좋아하는 사람이랑 사는 게, 내 남편 같은 사람이랑 큰 집에서 사는 것보다 나아.' 제인 앤의 남편은 그렇게 나쁜 사람은 아니지만, 어찌나 거꾸로만 하려 드는지 기온이 30도가 넘어갈 때 모피코트를 입겠다고 고집 부리는 식이에요. 그자한테 뭐라도 시키려면, 그 반대로 해보라고 살살 구슬려야 한다니까요. 하지만 사랑하는 마음이 조금이라도 있어야 일도 매끄럽게 풀리는 거라, 사는 게 힘들어질 수밖에요. 이랴, 이랴. 재닛의 집은 함지에 있어요. 재닛은 '길섶'이라고 불러요. 그림 같은 곳이죠? 우편물 자루들 사이에 파묻혀 있다가 내리니 잘됐다 싶겠어요."

"그러네요. 하지만 덕분에 아주 즐겁게 왔어요."

앤은 진심이었다. 스키너 부인이 기분 좋게 어깨를 으쓱했다.

"그럴 리가! 토머스한테 가서 그대로 말해 줘야겠네요. 그 사람은 내가 칭찬을 들으면 언제나 아주 즐거워하거든요. 이랴, 이랴. 다 왔어요. 학교에서 잘 해내길 바라요, 선생님. 재닛의 집 뒤쪽으로 학교까지 습지를 지나는 지름길이 있어요. 그 길로 다닐 때는 엄청 조심해야 해요. 그 시커먼 뻘에 한 번 빠지면 그대로 빨려 들어가서 심판의 날이 올 때까지 아무도 선생님을 보지 못할 테니까요. 애덤 파머네 소가 그렇게 됐거든요. 가자, 검정말아."

31장

앤이 필리파에게

앤 셜리가 필리파 고든에게

 사랑하는 필, 너에게 편지를 쓸 때가 되었구나. 나는 이곳 밸리 로드에서 다시 한 번 시골 학교 선생님으로 일하게 되어, 재닛 스위트 아주머니의 '길섶'이라는 집에서 하숙하고 있어. 재닛 아주머니는 친절하고 아주 예쁘게 생긴 분이야. 키도 크지만 지나치게 크진 않아. 통통한 편인데, 몸매도 절제된 느낌이라 그마저도 절약 정신이 엿보인다고 할까, 낭비하지 않으려는 태도에 살찌는 것도 아끼는 사람 같아. 부드럽게 곱슬거리는 밤색 머리를 위로 틀어 올렸는데 흰머리가 희끗희끗해. 환한 얼굴에 볼은 발그레하고, 크고 상냥한 눈은 물망초처럼 파란색이야. 게다가 유쾌한 옛날 요리사 같은 분이야. 소화가 되든 말든 조금도 신경 쓰지 않고 기름진 음식을 마음껏 요리하셔.
 나는 재닛 아주머니가 좋고, 아주머니도 나를 좋아하셔. 어릴 때

죽은 여동생 이름이 앤이어서 더 그런 것 같아.

    이 집 앞에 도착한 날 아주머니가 힘차게 말씀하셨지. '만나서 정말 반가워요. 어머, 생각했던 모습과 전혀 다르군요. 피부가 가무잡잡할 줄 알았는데. 내 동생 앤이 그랬거든요. 게다가 빨강 머리네요!'

    아주 잠깐 동안은 첫인상을 보고 느꼈던 만큼 그 아주머니를 좋아할 수는 없을 것 같더라. 그러다가 빨강 머리라는 말을 들었다는 이유만으로 사람한테 편견을 갖는 어리석은 짓은 범하지 말아야겠다는 생각이 들었지. 어쩌면 '적갈색'이라는 단어를 재닛 아주머니는 몰랐을 수도 있으니까.

    '길섶'은 정감이 가는 곳이야. 집은 작고 하얀데, 길보다 푹 꺼져 있는 쾌적한 함지 안에 들어가 있어. 길하고 집 사이에는 과수밭과 꽃밭이 어우러져 있어. 현관으로 이어진 길은 대합조개 껍데기로 가장자리를 만들어놨어. 재닛 아주머니는 그걸 '대왕조개'로 부르셔. 미국담쟁이덩굴이 현관을 뒤덮고 지붕은 이끼로 덮였어. 내 방은 작고 깔끔한 곳으로 응접실에서 떨어져 있어. 침대와 내가 들어가면 딱 맞는 크기야. 침대 머리맡에는 로버트 번스*가 연인 메리의 무덤 앞에 서 있는 그림이 있어. 커다란 수양버들이 무덤 위로 그림자를 드리우고 있는데, 로버트 번스의 얼굴이 얼마나 침울해 보이는지 밤에 악몽을 꿀 것 같아. 아니나 다를까, 여기에 온 첫날

---

* 스코틀랜드 출신의 유명한 시인이다.

밤엔 전혀 웃을 수 없는 꿈을 꿨다니까.

응접실은 자그마하고 깔끔해. 창이 하나인데 커다란 버드나무 때문에 그늘이 져서 꼭 밝은 초록빛 어둠이 내린 좁은 동굴 같은 느낌이 들어. 의자에는 멋진 수납용 등받이 덮개가 있고, 바닥에는 화사한 카펫이 깔렸어. 책과 카드들이 둥근 탁자에 가지런히 정리되어 있고, 말린꽃을 꽂은 화병들이 벽난로 선반에 놓였어. 꽃병 사이사이마다 관 뚜껑에 붙이는 명판들이 장식처럼 놓여 있는데, 모두 다섯 개야. 재닛 아주머니의 아버지와 어머니, 오빠, 여동생 앤, 그리고 전에 여기서 일했던 직원이래! 만약 내가 머지않은 미래에 갑자기 미치기라도 한다면, '여기 이 편지로서 모든 이에게 알리노니,' 바로 저 명판들 때문인 거야.

하지만 모든 게 유쾌해. 아주머니에게도 그렇게 말씀드렸더니 아주 좋아하셨지. 에스더는 너무 그늘이 져서 위생상 좋지 않고 깃털 침구에서 자는 것도 싫다고 했다면서, 그것 때문에 불쌍한 에스더를 무척 못마땅해 하시는 눈치더라고. 난 깃털 이불이라서 참 좋던데. 비위생적이더라도 깃털이 많을수록 난 더 좋아. 재닛 아주머니는 내가 먹는 모습을 보면 그렇게 마음이 좋대. 나도 헤이손 양 같을까 봐 걱정하셨다면서 말이야. 헤이손 양은 아침엔 과일하고 끓인 물밖에 먹지 않으려고 하고 아주머니가 튀김 요리를 하는 것도 말렸다는 거야. 사실 에스더는 상냥한 사람이지만 유행을 너무 타긴 해. 문제는 상상력이 부족하고 소화불량기가 있다는 거지.

재닛 아주머니는 젊은 남자들이 찾아오면 응접실을 써도 좋다고 하셔! 찾아올 사람들이 많을 것 같지 않지만. 밸리로드에서 젊은 남자라고는 아직 이웃집의 일꾼밖에 못 봤어. 샘 톨리버라는 아이인데 키가 멀대 같이 크고, 머리 색깔이 삼베 주머니처럼 엷은 색이야. 요 며칠 전 어느 저녁엔가 찾아와서는 한 시간 동안이나 뜰 울타리 위에 앉아 있더라고. 그 옆에서 아주머니와 내가 자수를 놓고 있었는데, 앉아 있는 내내 먼저 꺼낸 말이란 게 '선생님, 박하사탕 좀 드셔요! 박하가 코하구 목에 좋아요' 하고 '오늘 밤엔 근처에 메뚜기가 억세게 많네'가 다였어.

하지만 이 동네에도 연애 사건이 진행되고 있어. 나는 자의반 타의반이긴 하지만 나이 드신 중년들의 연애사에 휘말리는 게 운명인가 봐. 어빙 부부도 내 덕분에 결혼했다고 말하고, 카모디의 스티븐 클라크 부인은 내가 해준 말이 더없이 고맙대. 내가 아니더라도 다른 누군가가 했을 말일 뿐인데. 그래도 루도빅 스피드만큼은 내가 두 사람을 돕지 않았다면 정말이지 여전히 한가롭게 연애만 하면서 더 이상 나가지 못했을 거야.

지금 벌어지는 사건에서 나는 그저 손 놓고 지켜보고만 있어. 한번 도와주려고 했다가 오히려 엉망으로 망쳐 버렸지 뭐야. 그래서 다시는 끼어들지 않으려고 해. 자세한 얘기는 만나서 해줄게.

32장

더글러스 부인과 차를 마시다

앤이 밸리로드에서 맞은 첫 목요일, 재닛이 함께 기도회에 가자고 청했다. 재닛은 마치 장미꽃처럼 활짝 핀 모습으로 참석했다. 팬지꽃 무늬가 흩뿌려진 연푸른색 모슬린 드레스에는 주름 장식도 여기저기 달려서, 경제관념이 투철한 재닛으로서는 죄책감이 들 만한 옷이었다. 하얀 밀짚모자에는 분홍 장미와 타조 깃털 3개도 달려 있었다. 앤은 약간 놀랐다. 나중에서야 그렇게 차려 입은 이유를 알 수 있었다. 에덴동산 시절로 거슬러 올라가야 할 만큼 오래된 그 이유를.

밸리로드 기도회는 주로 여자들 모임 같았다. 부인이 서른두 명에 소년 두 명, 그리고 목사 말고는 단 한 명의 남자가 있었다. 앤은 자신도 모르게 남자를 요모조모 살폈다. 남자는 잘생긴 얼굴도, 젊은 나이도 아니었고 기품이 있는 것도 아니었다. 다리가 눈에 띄게 긴 탓에, 두 다리를 꽈배기처럼 꼬아 의자 밑으로 쑥 집어넣어 처리해야 할 정도였다. 어깨는 구부정했다. 손은 큼지막했고, 머리는 이발이 필요해 보였으며, 콧수염도 정돈된 상태는 아니었다. 하지만 앤은 남자의 얼굴이 마음에 들었다. 친절하고 정직하며 부드러워 보였고, 또 다른 무언가가 있었다. 그것이 무엇인지 설명하기는 어려웠다. 마침내 앤은 이 남자가 수많은 고생을 겪어낸 강인한 사람이며 그것이 얼굴에 나타난 거라고 결론을 내렸다. 그의 표정에는 어떤 끈기와 유머가 녹아 있는 인내심이 엿보였고, 필요하다면 어떤 시련도 감수할 것이나, 정말로 몸부림쳐야 할 때가 오기 전까지는 유쾌한 얼굴을 잃지 않을 사람임을 알 수 있었다.

기도회가 끝나자 남자가 재닛에게 다가와 말을 걸었다.

"집까지 바래다줄까요, 재닛?"

재닛이 남자의 팔짱을 꼈다. '새초롬하고 수줍게, 마치 열여섯 살 소녀가 처음으로 남자의 에스코트를 받는 모습'이었다고, 앤은 후일 패티의 집에서 친구들에게 전했다.

"셜리 선생님, 더글러스 씨를 소개해 드릴게요."

재닛이 뻣뻣하게 말했다. 더글러스 씨가 고개를 끄덕였다.

"기도회에서 아가씨를 보고 있었어요. 참으로 멋진 아가씨라고 생각했지요."

다른 사람에게 이런 말을 들었다면 백 명 중 아흔아홉 명에게는 몹시 짜증이 났을 텐데, 더글러스 씨의 말투는 진심으로 기분 좋은 칭찬처럼 들렸다. 앤은 감사하는 마음으로 미소를 지어 보이고는 두 사람에게서 일부러 조금 뒤떨어져, 달빛 비치는 길을 걸어갔다.

재닛 아주머니에게도 남자친구가 있었구나! 앤은 기뻤다. 재닛은 모범적인 아내가 될 터였다. 쾌활하고 알뜰하고 너그러운데다 요리 솜씨마저 탁월했다. 재닛이 언제까지나 독신으로 산다면 그것은 자연을 헛되이 두는 것이리라.

이튿날 재닛이 말했다.

"존 더글러스가 선생님과 함께 어머님을 뵈러 가줄 수 있느냐고 묻더군요. 병약하신 분이라 집 밖으로 외출을 못하세요. 하지만 손님의 방문은 무척이나 좋아하시고 우리 집에서 하숙하는 분들이라면 언제나 만나고 싶어 하시거든요. 오늘 저녁에 가볼래요?"

앤은 알겠다고 했지만, 그날 오후 더글러스 씨가 어머니를 대신하여 찾아와 토요일 저녁에 차를 마시러 들러달라고 초대했다.

함께 집을 나서며 앤이 물었다.

"어머나, 그 예쁜 팬지꽃 드레스를 입지 그러셨어요."

더운 날이었다. 가엾게도 재닛은 흥분한데다 두꺼운 검정 모직 드레스를 입어서 산 채로 불판 위에 올라앉은 모습이었다.

"더글러스 부인이 그 옷을 굉장히 경박하고 부적절하다고 생각하실까 봐요. 존은 그 옷을 좋아하지만요."

더글러스 부인의 집은 '길섶'에서 1킬로미터가 채 안 되는, 바람이 세게 부는 언덕 꼭대기에 있었다. 집 자체는 크고 편안했으며 오랜 시간의 무게를 지니고 있었고, 단풍나무 숲과 과수원들에 둘러싸여 있었다. 집 뒤에 잘 정비된 큰 헛간까지 있어서, 모든 게 풍요로움을 보여 주고 있었다. 더글러스 씨의 얼굴에서 엿보인 끈기와 인내가 무엇을 뜻하든, 빚과 빚 독촉 같은 것과는 거리가 멀 거라고 앤은 생각했다.

 존 더글러스가 문을 열고 나와 두 사람을 거실로 안내했다. 더글러스 씨의 어머니가 여왕처럼 안락의자에 앉아 있었다.

 앤은 더글러스 씨처럼 그의 어머니도 키가 크고 야위었을 거라고 추측했다. 하지만 더글러스 부인은 체구가 아주 자그마했다. 뺨은 부드러운 분홍빛에 눈은 온화한 푸른빛이었고 입은 아기 같았다. 아름답고 세련된 검정색 비단 드레스를 입고 보송보송한 하얀 숄을 어깨에 두른 차림에, 새하얀 머리를 하나로 올려 앙증맞은 레이스 모자를 쓴 모습이 마치 할머니 인형 같았다.

 더글러스 부인이 다정하게 인사를 건네며, 귀여운 얼굴을 내밀어 입맞춤을 받았다.

 "잘 지냈지, 재닛? 다시 만나서 정말 반갑구먼. 이분이 새로 오신 선생님이로군. 만나서 기뻐요. 우리 아들이 선생님 칭찬을 어찌나 하던지 내가 샘날 지경이었다오. 재닛이라면 아마 더했겠지."

 가엾은 재닛은 얼굴을 붉혔다. 앤이 뭔가 공손하게 판에 박힌 말을 하고 나서야 모두가 자리에 앉아 대화를 나누기 시작했다. 하지만 앤조차 대화 자리가 편하지는 않았다. 그 자리에서 편해 보이는 사람은 더글러스 부인뿐이었다. 확실히 더글러스 부인은 아무런 거리낌 없이 이야기했다. 재닛을 옆에 앉히고 가끔씩 그 손을 토닥이기도 했다. 재닛은 앉아서 가만히 미소를 지었지만, 흉한 드레스를 입고는 몹시도 불편해 보였고, 존 더글러스는 웃음기 없이 앉아 있었다.

차가 준비된 탁자에서 더글러스 부인은 재닛에게 차를 따라달라고 우아하게 부탁했다. 재닛은 얼굴이 한층 더 붉어져서 차를 따랐다. 앤은 그 다과 자리의 풍경을 스텔라에게 이렇게 적어 보냈다.

우리는 차가운 혀 요리와 닭고기, 딸기절임, 레몬파이와 타르트, 초콜릿케이크, 건포도 쿠키, 파운드케이크, 과일케이크를 먹고, 몇 가지 음식과 다른 파이들도 더 먹었어. 캐러멜파이였던 것 같아. 평소 먹는 양보다 두 배나 더 먹었을 때, 더글러스 부인이 한숨을 쉬며, 내 입맛을 당길 만한 음식이 없어서 걱정이라는 거야. 상냥한 말투로 말씀하셨지.
"재닛의 요리 덕에 다른 음식은 다 입에 안 맞게 된 것 같군요. 물론 밸리로드에서 재닛과 겨루자고 들 사람은 없어요. 파이 한 쪽 더 들어요, 셜리 양. 아무것도 입에 대질 않는군요."
스텔라, 난 혀 요리 한 접시와 닭고기 한 접시, 비스킷 세 조각, 설탕절임 한가득, 파이며 타르트, 초콜릿케이크까지 한 조각씩 먹었다고!

차를 마신 뒤 더글러스 부인은 아들에게 '우리 재닛'을 정원에 데리고 나가 장미를 꺾어 주라고 말했다.
"두 사람이 정원에 나가 있는 동안 셜리 선생은 나하고 말동무나 해요. 괜찮죠?"
더글러스 부인은 구슬픈 목소리로 말하고는 안락의자에 앉으며 한숨을 쉬었다.

"나는 많이 늙고 몸도 아주 약해요, 셜리 선생. 20년이 넘도록 온갖 고생을 다 했죠. 20년이라는 길고 고달픈 세월 동안 한 걸음 한 걸음 죽음을 향해 걸어온 거예요."

"얼마나 힘드실까요!"

앤은 연민의 마음을 표하려고 애썼지만 그런 자신이 바보처럼 느껴졌다. 더글러스 부인은 침통한 목소리로 말을 이었다.

"모두들 내가 이대로 아침을 맞지 못할 거라 예상했던 밤이 한두 번이 아니었어요. 내가 어떤 나날을 보내왔는지 아무도 몰라요. 아무도. 나만 알죠. 이제 얼마 못 갈 거예요. 내 고단한 순례는 곧 끝나요. 셜리 선생. 그래도 마음이 놓이는 건 내가 가도 존의 곁에 저렇게 좋은 아내가 생길 거라는 점이에요. 내겐 정말 큰 위안이에요, 셜리 선생."

"재닛 아주머니는 아주 좋은 분이죠."

앤이 따뜻하게 말했다. 더글러스 부인이 수긍했다.

"좋다마다! 성격도 좋고. 주부로서 더할 나위 없다오. 나는 그러질 못했어요. 건강이 허락하질 않았거든요, 셜리 선생. 존이 저렇게 현명한 선택을 해줘서 얼마나 고마운지 몰라요. 그 애가 행복하기를 바라고, 또 그럴 거라고 믿어요. 존은 외아들이에요, 셜리 선생. 그 애의 행복이 나에겐 아주 중요하답니다."

"물론 그러실 거예요."

앤이 어수룩하게 대답했다. 태어나서 처음으로 앤은 바보 같았다. 하지만 이유를 도무지 알 수가 없었다. 상냥하게 웃으며 다정히 손을 쓰다듬어 주는 천사 같은 노부인에게, 앤은 아무런 할 말도 생각이 나지 않았다.

앤과 재닛이 돌아갈 때, 더글러스 부인은 애정이 담긴 목소리로 말했다.

"곧 또 와줘, 재닛. 더 자주 오렴. 하지만 곧 머지않아 존이 너를 데려오면 여기서 쭉 함께 지내게 될 거야."

더글러스 부인이 말하는 동안 앤은 우연히 존 더글러스를 힐끔 보았다가 가슴이 철렁 내려앉았다. 그는 마치 고문을 당하는 듯한 표정이었다. 고문대 위에 누워 사지가 뜯겨 나가기 직전의 고통이라도 느끼고 있는 사람 같았다. 앤은 존 더글러스가 아픈 거라 생각하고 얼굴을 붉히고 서 있는 가엾은 재닛을 서둘러 밖으로 데리고 나왔다.

재닛이 길을 따라 내려오며 물었다.

"더글러스 부인은 참 다정하죠?"

"아…… 음."

앤은 멍하니 대답했다. 속으로는 존 더글러스가 왜 그런 표정을 지었을까를 생각하고 있었다. 재닛이 울컥하는 심정인 듯했다.

"병 때문에 정말 고생을 많이 하셨어요. 발작을 심하게 하실 때도 있고요. 그래서 존이 늘 걱정이죠. 집에 일하는 아이밖에 없을 때 발작을 일으키실까 봐 존은 집 밖에 나오는 것도 겁내요."

33장

"그 사람은 그냥 오기만 해요"

그로부터 사흘 뒤, 앤이 학교에서 돌아오니 재닛이 울고 있었다. 재닛에게 눈물이라니, 어울리지 않아서 앤은 정말 놀라고 걱정이 되었다.

"어머나, 왜 그러세요?"

앤이 걱정스레 소리쳤다.

재닛이 흐느끼며 대답했다.

"오늘, 오늘로 난 마흔 살이 됐어요."

앤이 웃음을 참으며 위로했다.

"하지만 어제도 거의 마흔 살이었는데 속상해 하지 않으셨잖아요."

재닛이 울음을 꿀꺽꿀꺽 삼키며 말을 이어갔다.

"하지만, 하지만 존 더글러스가 내게 결혼하자는 말을 하지 않잖아요."

앤은 달리 할 말이 없어 자신감 없이 대답했다.

"아, 하실 거예요. 그분께 시간을 드려야 해요, 아주머니."

"시간이라고요!"

그 말에는 뭐라 표현할 수 없는 모멸감이 들어 있었다.

"시간은 20년이나 있었어요. 시간이 얼마나 더 필요하다는 건가요?"

"존 더글러스 씨가 아주머니를 만나러 온 게 20년이나 됐다는 뜻이에요?"

"그래요. 그러면서도 한 번도 내게 결혼 얘기를 꺼내지 않았어요. 나도 이제 와서 구혼할 거라 기대도 않고요. 이 얘기는 지금까지 아무한테도 한 적이 없는데, 누군가에게 털어놓지 않으면 내가 미쳐 버릴 것 같아요. 존 더글러스가 나와 만나기 시작한 건 20년 전이에요. 우리 어머니가 돌아가시기 전이죠. 그가 계속 찾아오기에 나는 한동안 기다리다가 누비이불이며 이것저것 준비를 시작했어요. 하지만 그는 결혼에 대해서는 한 마디도 안 했어요. 그냥 계속 오기만 할 뿐이었죠. 나로서는 어쩔 수 있는 일이 없었어요. 어머니가 돌아가신 건 우리가 만난 지 8년이 지났을 때였어요. 그때도 내가 세상에 홀로 남겨졌으니 설마 말을 꺼내겠지 생각했죠. 존은 정말 친절했고 나를 가엾게 여기며 나를 위해 할 수 있는 일은 다 해줬지만, 결혼 얘기만은 하지 않았어요. 그런 식으로 지금까지 온 거예요. 사람들은 내 탓이라고 하죠. 내가 결혼을 승낙하지 않는 거라고요. 그 사람 어머니가 병환이 깊으니 내가 병구완을 하기 싫어서 그런 거라고. 아니, 난 진심으로 존의 어머니를 옆에서 보살펴드리고 싶어요! 하지만 사람들이 그렇게 생각하게 내버려두고 있어요. 비난을 받을지언정 동정을 받는 건 싫으니까요! 존이 청혼하지 않는 게 끔찍이도 굴욕스러워요. 도대체 왜 하지 않을까요? 이유만이라도 알면 이렇게까지 전전긍긍하지도 않을 것 같아요."

앤이 조심스럽게 말했다.

"혹시 더글러스 씨의 어머니가 아들이 누구하고든 결혼하는 걸 싫어하시는 게 아닐까요?"

"아, 그건 아니에요. 눈을 감기 전에 존이 자리 잡는 모습을 보는 게 소원이라고 내게 몇 번이고 말씀하셨는걸요. 존에게도 언제나 그런 뜻을 넌지시 내비치시죠. 셜리 선생님도 지난번에 직접 들었잖아요. 그때 난 쥐구멍이라도 있으면 들어가고 싶었다고요."

"어려운 문제네요."

앤이 말끝을 흐렸다. 앤은 루도빅 스피드가 떠올랐다. 하지만 경우가 달랐다. 존 더글러스는 루도빅과는 부류가 다른 사람이다.

앤이 이번에는 단호하게 말했다.

"마음을 단단히 먹으셔야 해요. 왜 진즉에 그분을 버리지 않았나요?"

가엾은 재닛이 애처롭게 말했다.

"그럴 수 없었어요. 앤, 알겠지만 난 처음부터 존을 정말 많이 좋아했어요. 그가 오는 게 오지 않는 것보다 나았죠. 다른 사람을 좋아한 적은 한 번도 없어서, 그런 건 문제가 되지 않았어요."

"하지만 그랬더라면 그분이 남자답게 얘기를 꺼냈을지 모르잖아요."

재닛은 고개를 저었다.

"아니요, 아닐 거예요. 어쨌든 난 두려웠어요. 존이 내 마음을 곡해하고 그대로 떠나 버릴까 봐서요. 내가 겁쟁이인가 싶기도 하지만, 그게 내 마음이에요. 나도 어쩔 수가 없어요."

"오, 아니에요. 할 수 있어요, 아주머니. 아직 늦지 않았어요. 단호해져야 해요. 그처럼 미적미적거리는 태도는 더 이상 참지 않겠다는 걸 그분께 보여 드리세요. 제가 도울게요."

재닛이 무기력하게 말했다.

"모르겠네요, 내가 그만한 용기를 낼 수 있을지…… 너무 오랫동안 되는 대로 흘러온 터라…… 하지만 생각해 볼게요."

앤은 존 더글러스가 실망스러웠다. 그가 꽤 마음에 들었고, 여자의 감정을 20년 동안이나 농락할 사람으로는 보이지 않았었는데. 정말 그런 사람이라면 따끔하게 혼날 필요가 있었다. 앤은 응징하는 마음으로 상황을 맘껏 지켜보겠다고 생각했다. 따라서 다음날 밤 기도회에 나가며 재닛이 '단단히' 보여 주겠다고 말했을 때 앤은 기분이 좋았다.

"더 이상 짓밟히지 않겠다는 걸 존 더글러스에게 보여 주겠어요."

"지당하신 말씀이에요."

앤이 힘주어 말하며 동조했다.

기도회가 끝나자 존 더글러스가 다가와 평소처럼 에스코트를 청했다. 재닛은 겁에 질려 보였지만 단호한 표정을 짓고 냉담하게 말했다.

"아뇨, 괜찮아요. 혼자서도 집에 가는 길은 아주 잘 알아요. 그럴 수밖에요. 그 길을 40년 동안 다녔잖아요. 그러니 굳이 수고할 필요 없어요, 더글러스 씨."

앤은 존 더글러스를 쳐다보고 있었다. 밝은 달빛 아래, 고문대 위에서 극심한 고문을 받는 듯 고통스럽게 일그러지는 표정이 다시 눈에 보였다. 존 더글러스는 한 마디 말도 없이 뒤돌아서더니 성큼성큼 가 버렸다.

"잠깐만요! 잠깐만 기다리세요! 더글러스 씨! 잠깐 멈춰요! 돌아와요!"

앤이 어안이 벙벙하여 쳐다보는 사람들은 아랑곳하지 않고, 큰 소리로 외치며 그를 쫓아갔다. 존 더글러스는 걸음을 멈췄으나 돌아오지는 않았다. 앤은 단숨에 길가까지 달려가 그의 팔을 붙잡고 끌다시피 하여 재닛에게 데려왔다.

앤은 간절히 부탁했다.

"돌아와 주세요. 모두 오해예요, 더글러스 씨. 다 제 잘못이에요. 제가 아주머니에게 그렇게 하시라고 했어요. 아주머니는 싫다고 하셨는데, 하지만 이제 괜찮아요. 그렇죠, 아주머니?"

재닛은 한 마디도 하지 않고 존 더글러스의 팔짱을 끼고 걸어갔다. 앤은 얌전히 두 사람 뒤를 따랐고, 집에 도착해서는 뒷문으로 살그머니 들어갔다.

"도와 준다더니 참 고맙네요."

재닛이 빈정거리자 앤이 후회하며 말했다.

"저도 어쩔 수가 없었어요, 아주머니. 마치 옆에 서서 살인 현장을 목격하는 기분이었다고요. 그분을 뒤따라가지 않을 수 없었어요."

"아, 앤이 그렇게 해줘서 다행이에요. 존 더글러스가 뒤돌아서 길가로 내려가는 모습을 보는데, 내 삶에 남아 있던 보잘것없는 기쁨과 행복까지 모조리 그와 함께 사라져 버리는 기분이었어요. 정말 끔찍했어요."

"아주머니에게 왜 그랬는지 묻던가요?"

재닛이 망연히 대답했다.

"아니요. 그 일에 대해서는 한 마디도 안 했어요."

34장

존 더글러스가 마침내 말하다

앤은 그 뒤에도 무슨 일인가 일어날지 모른다는 가느다란 희망을 놓지 않았다. 하지만 아무 일도 일어나지 않았다. 존 더글러스가 찾아와 재닛을 데리고 드라이브를 갔고, 기도회를 마치면 집까지 바래다주었다. 20년 동안 해왔던 그대로였고, 앞으로 20년 동안도 그럴 것 같았다. 여름이 저물었다. 앤은 학교에서 아이들을 가르쳤고, 편지를 쓰고 공부도 조금 했다. 학교와 집을 오가는 길은 즐거웠다. 앤은 언제나 늪을 지나다녔다. 아름다운 곳이었다. 흙이 질퍽거리는 땅과 이끼가 새파랗게 덮인 둔덕들이 있고, 그 사이를 은빛 개울이 굽이굽이 지나갔다. 가문비나무가 곧게 뻗어 올라가며 서 있는데, 가지에는 잿빛이 도는 녹색 이끼가 돌아다녔고, 뿌리 쪽에는 숲에서 볼 법한 온갖 아름다운 식물들이 무성하게 자라고 있었다.

그럼에도 앤은 밸리로드 생활이 조금은 단조롭게 느껴졌다. 그러나 딱 한 가지 기분전환이 된 사건이 있었다.

삼베처럼 누르스름한 머리의 멀대 같은 샘 톨리버는 박하사탕을 먹으라던 그날 저녁 이후 길거리에서 우연히 마주칠 때 말고는 만나지 못했다. 그런데 따뜻한 8월의 어느 날 밤, 그가 나타나 현관 옆 통나무 벤치에 점잖게 앉아 있었다. 평소의 작업복 차림 그대로 조각조각 기운 바지와 팔꿈치가 헤진 청셔츠를 입고 너덜너덜한 밀짚모자를 쓴 모습이었다. 샘은 지푸라기를 씹고 있었는데, 앤을 진지하게 쳐다보는 동안에도 내내 지푸라기를 질겅거렸다. 앤은 책을 옆에 내려놓고 한숨을 쉬며 그릇받침 뜨개를 집어 들었다. 샘과 대화한다는 건 생각해 본 적도 없는 일이었다.

한참을 아무 말 없이 시간이 흘렀는데 샘이 갑자기 입을 열었다.

"저기를 떠날라고요."

샘은 불쑥 말하며 질겅거리던 지푸라기를 이웃집 쪽으로 흔들어댔다. 앤이 예의 바르게 대답했다.

"아, 그래요? 그러면 이제 어디로 갈 거예요?"

"글쎄요. 내 집을 장만해 볼까 생각하구 있는데. 밀러스빌에 나한테 딱인 집이 하나 있걸랑요. 하지만 그 집을 빌리게 되믄 같이 살 여자가 있어야죠."

앤이 건성으로 대답했다.

"그렇겠네요."

"네."

다시 긴 침묵이 흘렀다. 마침내 샘이 지푸라기를 입에서 뱉으며 말했다.

"나랑 살려오?"

"뭐, 뭐, 뭐라고요?"

앤은 말문이 막힐 정도로 놀랐다.

"나하구 살겠느냐구요."

"그 말은…… 결혼하자 그건가요?"

가엾은 앤이 실낱같은 소리로 물었다.

"네."

앤이 화가 나서 소리쳤다.

"어머나, 난 그쪽을 잘 알지도 못하는데요."

"결혼하믄 알게 되잖아요."

앤은 가엾어진 위엄을 끌어모아 거만하게 말했다.

"당신과 결혼하는 일은 없을 거예요."

톰이 타이르려는 듯이 말했다.

"저기, 후회하실 건데. 나는 일 잘하는 일꾼이구 은행에 돈도 좀 모았거든요."

"나한테 다시는 그런 말 하지 말아요. 도대체 왜 그런 생각을 하게 된 거예요?"

앤은 이제 화가 나기보다 우스운 생각이 들었다. 그만큼 터무니없는 상황이었다.

"그쪽은 적당해 뵈는 아가씨구 걸음걸이도 맵시가 나잖아요. 나는 게으른 여자는 싫어요. 생각을 해봐요. 내 마음은 한동안 안 바뀔 거니까. 그럼 난 가봐야겠네요. 소젖을 짜야 해서."

청혼에 대해서는 요 몇 년 사이 겪었던 일들로 환상이 거의 남아 있지 않았다. 덕분에 앤은 이런 일이 있고 나서도 아무런 불쾌감 없이 진심으로 마음껏 웃을 수 있었다. 그날 밤 앤은 애꿎은 샘을 흉내내며, 감성에 푹 빠져든 그를 두고 재닛과 배꼽이 빠지도록 웃었다.

어느 날 오후, 앤이 밸리로드에 머물 날도 얼마 남지 않았을 때였다. 알렉 워드가 '길섶'으로 마차를 몰고 와 허둥지둥 재닛을 찾았다.

"더글러스 씨 댁에서 얼른 오시래요. 더글러스 부인이 드디어 죽을 것 같아요. 20년 동안이나 시늉만 내더니."

재닛이 모자를 가지러 달려갔다. 앤이 더글러스 부인이 평소보다 더 나쁜 상태냐고 물었는데, 알렉이 진지하게 대답했다.

"평소보다 훨씬 괜찮아요. 그래서 이번엔 심각하다 싶은 겁니다. 다른 때는 고래고래 비명을 지르며 온 집안을 데굴데굴 굴러다니거든요. 이번에는 가만히 누워서 잠자코 있잖아요. 더글러스 부인이 말을 안 할 땐 진짜 중한 거거든요."

"알렉은 더글러스 부인을 좋아하지 않는군요?"

앤이 이상하다는 듯이 묻자 알렉은 알쏭달쏭하게 대답했다.

"고양이는 고양이라야 좋죠. 고양이* 같은 여자는 별로예요."

재닛은 황혼이 내린 뒤에야 돌아왔다. 그녀는 완전히 녹초가

---

* 'cat'이 심술궂은 여자를 말한다.

되어 있었다.

"더글러스 부인이 돌아가셨어요. 내가 도착하고 나서 금방요. 내게 딱 한 마디를 남기셨죠. '이제 존과 결혼하겠구나?' 아, 마음이 찢어질 것 같아요, 앤. 다른 사람도 아닌 존의 어머니가 내가 결혼하지 않는 이유를 당신 때문이라고 생각했다니! 난 한 마디도 할 수 없었어요. 거기엔 다른 여자들도 있었거든요. 그 자리에 존이 없는 게 다행이었지요."

재닛은 서럽게 울기 시작했다. 앤은 재닛을 위로하려고 따끈한 생강차를 끓였다. 나중에야 생강 대신 백후추를 넣었다는 걸 깨달았지만, 재닛은 알아차리지 못했다.

장례식을 지내고 그날 저녁, 재닛과 앤은 저녁노을이 깔린 현관 앞 계단에 앉아 있었다. 소나무 숲의 바람은 잦아들고, 번쩍이는 번개가 소리 없이 북쪽 하늘을 갈랐다. 보기 흉한 검정 드레스를 입은 재닛은 보기에도 상태가 최악이었다. 눈과 코는 울어서 빨갰다. 두 사람은 대화도 거의 나누지 않았다. 재닛이 위로하려는 앤의 노력을 달가워하지 않는 기색이었기 때문이다. 재닛은 차라리 비참한 상태로 있고 싶은 듯했다.

갑자기 문의 걸쇠가 달그락거리더니 존 더글러스가 뜰 안으로 성큼성큼 걸어 들어왔다. 존은 제라늄 꽃밭을 넘어 곧장 두 사람 쪽으로 다가왔다. 재닛은 일어섰다. 앤도 따라 일어섰다. 앤은 키가 크고 흰 옷을 입고 있었지만, 존 더글러스의 눈에는 보이지 않았다.

"재닛, 나와 결혼해 주겠소?"

20년 동안이나 그 말을 하고 싶었고, 다른 무엇보다 먼저 지금 이 말을 하지 않을 수 없다는 듯이, 존이 그 말을 쏟아냈다.

울어서 빨개진 재닛의 얼굴은 더 이상 빨개졌다는 말도 어울리지 않을 자줏빛으로 변했다. 재닛이 입을 옴질거리며 물었다.

"왜 내게 더 빨리 말하지 않았죠?"

"그럴 수 없었어요. 어머니께 약속을 해서…… 어머니가 그러지 말라고 약속하라고 하셔서. 19년 전 어머니가 심한 발작을 일으키셨어요. 다시 일어나지 못하실 것 같았죠. 그때 어머니가, 당신이 살아 있는 동안에는 재닛에게 청혼하지 않겠다고 약속해 달라고 애원하셨어요. 나는 그런 약속은 하기 싫었어요. 비록 모두들 어머니가 그리 오래 살지 못할 거라 생각하긴 했지만. 의사도 여섯 달밖에 남지 않았다고 했었으니까. 그런데 어머니가 병 때문에 고통스러운 와중에도 무릎까지 꿇고 애원하시니, 약속할 수밖에 없었어요."

재닛이 울부짖었다.

"당신 어머니는 나의 어디가 마음에 들지 않았던 건가요?"

"아니에요. 그런 건 없어요. 그저 다른 여자를, 그게 누구든, 당신 생전에 다른 여자를 집에 들이고 싶지 않으셨던 거예요. 어머니는 내가 약속하지 않으면 그 자리에서 죽어 버리겠다고, 그렇게 되면 내가 당신을 죽인 거라고 하셨어요. 그래서 약속했죠. 그때부터 어머니는 계속 약속을 지키게 하셨어요. 내 쪽에서 무릎을 꿇고 사정해도 소용이 없었지."

재닛은 목멘 소리로 물었다.

"왜 내게 이 이야기를 해주지 않았어요? 내가 알았더라면! 왜 말해 주지 않았죠?"

존 더글러스가 쉰 목소리로 말했다.

"아무한테도 말하지 않겠다고 약속했으니까. 어머니는 내게 성경에 대고 맹세시켰어요. 이렇게 긴 세월이 걸릴 줄 알았다면 결코 그런 짓을 하지 않았을 텐데. 재닛, 지난 19년 동안 내가 얼마나 괴로웠는지 모를 거예요. 내가 당신까지 괴롭게 만들었다는 거 알아요. 그래도 나와 결혼해 줄 거죠, 재닛? 아, 재닛, 그렇죠? 말을 할 수 있게 되자마자 이리로 달려 왔어요."

얼이 빠져 서 있던 앤은 그제야 자기가 낄 자리가 아니라는 것을 깨달았다. 앤은 슬그머니 그 자리를 빠져나왔고, 이튿날 아침이 돼서야 재닛을 다시 만났다. 재닛은 앤에게 그 뒷이야기를 들려주었다.

"모질고 독한 거짓말쟁이 노인네 같으니라고!"

앤이 소리치자 재닛이 진지하게 말했다.

"쉿, 돌아가신 분이잖아요. 돌아가시지 않았다면 몰라도······ 돌아가셨죠. 그러니 그분에 대해 나쁘게 말하면 안 돼요. 하지만 나도 이제 행복해요, 앤. 그리고 이유만 진작 알았다면, 이렇게 오래 기다리는 걸 마음 쓰지 않았을 거예요."

"그럼 결혼식은 언제 하실 거예요?"

"다음 달에요. 물론 아주 조용히 할 거예요. 사람들 입에는 안 좋게 오르내리겠죠. 어머니라는 방해꾼이 없어지자마자 내가 달려들어 존을 채간다고들 하겠죠. 존은 사실대로 알리자고 하지만 내가 그랬어요. '존, 그래도 당신 어머니잖아요. 비밀은 우리끼리만 간직하고 어머니에 대한 추억에 어두운 그림자를 만들지 말아요. 사람들이 뭐라 하든 난 상관없어요. 내가 진실을 알고 있으니까. 그런 건 조금도 중요하지 않아요. 모든 걸 돌아가신 분과 함께 묻도록 해요.' 존을 구슬려서 그렇게 하기로 했어요."

앤이 다소 뻐딱하게 말했다.

"아주머니는 저 같은 사람은 흉내도 못 낼 만큼 너그러우시네요."

재닛이 너그러운 말투로 대답했다.

"앤도 내 나이가 되면 상당히 많은 것들이 달리 보일 거예요. 우리가 나이를 먹으면서 배우는 것들 가운데 하나가 그런 거죠. 용서하는 법 말이에요. 마흔 살이 되면 스무 살 때보다 더 쉬워지거든요."

35장

레드먼드에서의 마지막 해가 시작되다

필이 여행 가방에 앉으며 기분 좋은 한숨을 쉬었다.

"모두들 다시 모였구나. 햇빛에 보기 좋게 그을려서, 길을 달리기 기뻐하는 건장한 남자처럼 돌아왔네.* 정든 패티의 집을 다시 보니 즐겁지 않니? 그리고 아주머니도, 고양이들도. 러스티는 귀가 더 상한 것 같네? 그런 거지?"

"러스티는 두 귀가 다 없어도 세상에서 제일 멋진 고양이일 거야."

앤이 자기 여행 가방 앞에서 러스티의 주인답게 말하는 동안, 러스티는 앤의 무릎 옆에서 환영의 몸부림을 쳤다.

"우리가 돌아오니 반갑지 않으세요, 아주머니?"

필리파가 강요라도 하듯이 물었다.

---

* '해는 신랑이 혼인하는 방에서 나오는 것 같고 장사가 달리기 기뻐함 같아서'(구약성서 시편 19장 5절)에서 인용하였다.

"반갑지. 하지만 물건들은 깨끗이 정리했으면 좋겠구나. 이야기는 나중에 나눠도 되잖니. 할 일 먼저 하고 노는 게 내 처녀 시절 좌우명이었단다."

제임시나 아주머니가 하소연처럼 말하며, 아무렇게나 널브러진 여행 가방이며 옷가방들을 둘러보았다. 그 옆에선 네 명의 아가씨가 둘러앉아 까르르 웃으며 수다를 떨고 있었다.

"오, 우리 세대에선 그 순서가 거꾸로 바뀌었어요, 아주머니. 우리 좌우명은 놀 건 논 다음에 쥐어짜는 거예요. 먼저 실컷 놀고 나면 일도 훨씬 잘되는 법이잖아요."

제임시나 아주머니는 조지프와 뜨개질거리를 집어 들며, 과연 여학생 기숙사의 독보적인 여사감이라 할 만한 매력적이고 우아한 태도로 못 말리겠다는 듯이 말했다.

"목사님과 결혼하려거든 '쥐어짠다' 같은 표현은 그만 써야 할 거야."

필리파가 투덜거렸다.

"왜요? 어째서 목사 부인은 고상 떨면서 점잔 빼는 말만 써야 돼요?* 난 안 그럴 거예요. 패터슨 가에 사는 사람들은 다들 속어나 은어를 써요. 비유적인 말들 있잖아요. 그런데 내가 그런 말을 안 쓰면 사람들이 날 참을 수 없이 오만하고 거드름 피우는 사람이라고 생각할 걸요."

---

* 찰스 디킨스의 소설 《리틀 도릿(Little Dorrit)》에서 인용하였다.

프리실라가 점심 바구니에서 먹다 남은 음식을 새라고양이에게 먹이며 물었다.

"가족들한테는 이야기했니?"

필리파가 고개를 끄덕였다.

"뭐라셔?"

"말도 마, 어머니가 펄펄 뛰셨어. 하지만 나도 꿈쩍 않고 버텼지. 내가, 어떤 일로도 고집을 부린 적 없던 이 필리파 고든이 말이야. 아버지는 좀 더 침착하셨어. 아버지의 아버지도 목사님이었기 때문에, 성직자에 대해 애정이 좀 있으시거든. 어머니의 흥분이 조금 가라앉은 다음 조를 마운트 홀리로 데려갔어. 두 분 모두 조를 아주 마음에 들어 하셨지. 하지만 어머니는 대화할 때마다 은근히 속내를 비치시는 거야. 나한테 뭘 바라고 기대하셨었는지 그런 것들 있잖아. 아, 내 방학은 장미가 흩뿌려진 아름다운 나날은 아니었어, 얘들아. 그래도 난 해냈고, 조를 얻었어. 다른 건 아무래도 상관없어."

제임시나 아주머니가 매섭게 말했다.

"너한테는 그렇겠지."

필리파도 똑같이 응수했다.

"조한테도 그렇죠. 아주머니는 계속 조를 동정하시네요. 도대체 왜요? 내 생각에는 조를 부러워해도 될 것 같은데. 조는 지성과 미모와 순결한 마음을 겸비한 '나'를 얻었잖아요."

제임시나 아주머니가 근엄하게 말했다.

"우리야 네가 하는 말을 어떻게 받아들여야 할지 잘 알지만, 제발 모르는 사람한테는 그런 식으로 말하지 마라. 남들이 뭐라고 생각하겠니?"

"아, 남들이 뭐라고 생각하건 상관없어요. 남들이 보는 시선으로 저 자신을 이해하기 싫다고요. 그렇게 하면 잠시도 마음 편할 날이 없을 거예요. 번스도 그 기도문에서 그렇게 진정어린 말만 한 건 아닐걸요."*

제임시나 아주머니가 솔직하게 말했다.

"오, 아마 우리 모두가 마음에 없는 말로 기도를 올릴 때가 있을 거야. 자기 마음을 솔직하게 들여다보기만 하면 보일 테지. 그런 기도로는 그리 높은 곳까지 도달하지 못할 게다. 나는 어떤 사람을 용서할 수 있게 해달라고 기도드리곤 했지만, 정말은 그 사람을 용서하고 싶지 않은 게 본심이라는 걸 이제 알아. 그걸 알게 되니까, 그런 기도를 드리지 않고도 진심으로 그 사람을 용서할 마음이 생겼지."

스텔라가 말했다.

"아주머니가 누군가를 오랫동안 용서하지 않았다는 건 상상이 안 가요."

"아, 전에는 그랬단다. 하지만 원한이란 나이를 먹을수록 가슴

---

* 로버트 번스의 시 〈교회에 앉아 있는 부인의 모자 속에서 돌아다니는 머릿니에게(To a louse, On Seeing One on a Lady's Bonnet at Church)〉라는 시에서, 남들이 보는 눈으로 스스로를 바라보면 많은 실수를 면하게 될 것이라는 내용이 있다.

에 품고 있을 가치가 없는 것 같아."

"그러고 보니 생각이 나는데요."

앤은 존과 재닛의 이야기를 들려주었다.

"그럼 이제 편지에 은근히 내비쳤던 낭만적인 사건 이야기를 해 봐."

필리파가 보챘다. 앤은 샘이 거칠 것 없이 구혼하던 모습을 흉내냈다. 아가씨들은 비명을 지르며 웃어댔고 제임시나 아주머니는 조용히 미소를 지었다.

"자기를 숭배한 남자를 놀림감으로 삼는 건 좋은 태도가 아니야. 나도 매번 그러긴 했었지만."

아주머니는 엄하게 나무라고는 조용히 덧붙였다. 그러자 필리파가 졸랐다.

"아주머니의 애인 이야기를 해주세요. 틀림없이 아주 많았을 것 같아요."

"과거형으로 말하지 않아도 돼. 지금도 있으니까. 고향에 늙은 홀아비 셋이서 한동안 내게 추파를 던졌었지. 너희 같은 어린애들이 이 세상 로맨스를 독차지했다고 생각해선 안 돼."

"홀아비니 추파니 하는 말들은 그리 낭만적으로 들리지 않아요, 아주머니."

"그래, 그렇구나. 하지만 젊은이들이라고 항상 낭만적이기만 한 건 아니야. 내 숭배자들 몇 명도 확실히 그렇진 않지. 나는 그런 가여운 청년들을 비웃곤 했단다. 짐 엘우드라는 사람이 있었는데, 노상 공상에 빠져서 주변 돌아가는 상황을 도무지 모르는 것 같더구나. 나한테 거절을 당하고도 1년이 지나도록 그 사실을 깨닫지 못했으니까. 결혼하고 나서는 어느 날 밤 교회에서 나와 집으로 가는 길에 아내가 썰매에서 떨어졌는데도 모르고 그냥 갔다니까. 또 댄 윈스턴도 있었지. 아는 게 너무 많은 사람이었어. 이 세상 일은 모르는 게 없고, 저 세상 일도 거진 다 알았지. 뭘 물어도 답이 있었어. 심지어 심판의 날이 언제냐고 물어도 대답을 들을 수 있었지. 밀튼 에드워즈는 정말 괜찮은 사람이었고, 나도 그를 좋아했지만 결혼은 하지 않았어. 우선, 우스갯소리 하나를 이해하는 데 일주일이나 걸렸고, 또 하나는 내게 청혼을 하지 않았거든. 호레이셔 리브는 제일 재미있는 청년이었단다. 그런데 이야기를 너무 꾸며대서 장식 안에 가려진 골자가 뭔지 알 수가 없는 거야. 저 사람이 거짓말을 하는 건지, 그저 상상력을 풀어놓는 건지 판단이 안 됐단다."

"다른 숭배자들은 어땠는데요, 아주머니?"

제임시나 아주머니는 뜨개바늘을 든다는 게 실수로 조지프의 꼬리를 들고는 휘휘 흔들었다.

"자, 가서 짐을 풀거라. 나머지는 다들 썩 좋은 사람들이라 웃음거리로 삼고 싶지 않아. 내게는 소중한 추억이란다. 네 방에 꽃 상자가 와 있다, 앤. 온 지 1시간쯤 됐어."

일주일 뒤 패티의 집 학생들은 마음을 가라앉히고 열심히 공부했다. 레드먼드에서 공부하는 마지막 해였고, 영광스러운 졸업을 맞으려면 끊임없는 박차를 가해야 했다. 앤은 영문학에 전념했고 프리실라는 고전을 탐독했으며 필리파는 수학을 파고들었다. 때로는 지쳤고, 때로는 낙심했으며, 그토록 열심히 노력한 보람이 무엇일지 보이지 않을 때도 있었다. 비가 내리는 11월의 어느 날 저녁, 그런 기분에 빠져 있던 스텔라는 앤의 파란 방을 찾아갔다. 앤은 램프등이 만든 작고 동그란 불빛 속에 앉아 있었다. 바닥이며 주변에 구깃구깃한 원고들이 수북했다.

"도대체 뭘 하는 거야?"

"그냥 예전에 이야기클럽 때의 글들을 읽어 보고 있었어. 기분 좋게 흠뻑 취할 만한 게 필요했거든. 공부를 지나치게 했는지 세상이 온통 우울해 보이잖아. 그래서 여기 올라와 내 가방에서 이것들을 꺼냈지. 이 글들은 눈물과 비극에 절어 있다 못해 너무 웃겨."

스텔라가 긴 의자에 털썩 앉았다.

"나도 우울하고 의욕이 안 나. 뭘 해도 아무 보람을 모르겠어. 내 생각 자체가 낡았는걸. 전부 다 전에 생각했던 것들이야. 사는 게 다 무슨 소용일까, 앤?"

"스텔라, 머리가 지쳐서 자꾸 그런 생각이 드는 거야. 날씨도 이렇고. 열심히 공부한 날 밤에 이처럼 비가 퍼부으면 마크 태플리* 가 아닌 다음에야 누구나 억눌린 기분이 들 거야. 사는 건 가치 있는 일이란 걸 잘 알면서 그래."

---

* 찰스 디킨스의 소설《마틴 처즐위트》의 등장인물이다.

"오, 그렇겠지. 하지만 지금으로서는 그걸 나 자신에게 증명해 보이지 못하겠는걸."

앤이 꿈을 꾸는 듯한 얼굴로 말했다.

"이 세상에 살며 공헌했던 위대하고 고귀한 사람들을 생각해 봐. 그 사람들 뒤에 태어나서 그들이 이루고 가르쳐 준 것들을 물려받는 게 가치 있지 않니? 우리가 그들의 영감을 나누어 가질 수 있다는 게 가치 있지 않아? 그리고 장차 살아갈 위대한 사람들은? 그들을 위해 우리도 조금은 공헌하고 길을 닦아 놓는 건 가치 없는 일이야? 그들이 갈 길을 단 한 걸음이라도 수월하게 만들 수 있다는 게?"

"아, 나도 머리로는 네 생각에 동감이야, 앤. 하지만 내 마음은 여전히 우울하고 활기를 찾지 못하겠어. 비 내리는 밤만 되면 나는 늘 꾀죄죄하고 우중충해져."

"난 어떤 날은 밤에 비가 내려도 좋아. 침대에 누워서 빗방울이 지붕을 두드릴 때나 빗줄기가 소나무 숲을 흔드는 소리를 듣는 게 좋아."

"지붕만 두드리는 거라면 나도 좋지. 그런데 늘 그렇진 않잖아. 지난 여름 어느 낡은 시골 농가에서 오싹한 밤을 보낸 적이 있어. 지붕이 새서 빗물이 내 침대로 뚝뚝 떨어졌지. 그럴 땐 시적 낭만 따윈 없다니까. 어두컴컴한 한밤중에 침대에서 나와 비가 떨어지지 않는 곳을 찾아 헤매며 침대를 끌고 다녀야 했거든. 하필이면 튼튼한 구식 침대라 무게가 1톤은 나갔어. 거의 그 정도였다고. 그

다음부터는 후두둑 후두둑, 밤새 물 떨어지는 소리 때문에 신경이 바짝 곤두섰지. 넌 상상도 못 할 거야. 한밤중에 맨바닥에 굵은 빗방울이 철퍼덕거리며 떨어지는 소리가 얼마나 기괴한지. 꼭 유령 발자국 소리나 아무튼 그런 무시무시한 소리 같다니까. 왜 웃어, 앤?"

"이 이야기들 때문에 그래. 필이 보면 '죽이는 이야기'라고 했을 거야. 여러 면에서 말이야. 모든 등장인물이 다 죽거든. 여주인공은 어쩌면 이토록 눈부시게 아름다운지, 게다가 옷이라고 입혀 놓은 것 좀 봐. 새틴에, 벨벳에, 보석에, 레이스에, 그런 것 말고는 절대 입질 않아. 여기 제인 앤드루스가 소설 여주인공을 설명해 놓은 것 좀 봐. 잠을 잘 때 아름다운 흰 새틴 잠옷을 입는데, 잠옷에 작은 진주알 장식이 달려 있어."

"계속 얘기해 봐. 인생에 웃을 일이 있는 한, 살아갈 가치가 있다는 생각이 들기 시작했거든."

"이건 내가 쓴 글이야. 여주인공이 무도회장에서 즐겁게 노는데 '머리 꼭대기에서 발끝까지 커다란 최고급 다이아몬드로 반짝반짝' 빛이 난대. 하지만 아름다운 외모나 부가 다 무슨 소용이야? '찬란한 영광의 길도 단지 무덤으로 이어질 뿐,'* 모두 살해되거나 비탄에 잠겨 죽고 마는데. 살아남은 사람이 없어."

---

* 토머스 그레이의 시 〈시골 묘지에서 읊은 만가(Elegy Written in a Country Churchyard)〉에서 인용하였다.

"네가 쓴 글 몇 편만 읽어 볼게."

"음, 이게 나의 걸작이야. 이 유쾌한 제목을 봐. 〈나의 무덤들〉. 이걸 쓰는 동안 눈물을 한 바가지 흘렸는데, 친구들한테 읽어 주니까 다들 눈물을 양동이째로 쏟았다니까. 제인 앤드루스는 그 주에 손수건을 너무 많이 적셔 온다고 어머니한테 호되게 꾸중을 들었지. 감리교 목사 부인의 방랑기를 담은 참혹한 이야기야. 감리교로 정한 건 목사 부인이 떠돌아다녀야 하는 설정 때문이었어. 부인은 사는 곳마다 아이를 한 명씩 땅에 묻어. 아이들이 모두 아홉이어서, 무덤이 뉴펀들랜드에서 밴쿠버까지 어마어마하게 멀리 흩어져 있지. 나는 아이들을 묘사하면서 그애들이 죽는 순간하고 묘석에 묘비명까지 상세하게 풀어썼어. 아홉 명을 모두 죽일 생각이었지만, 여덟째 아이를 땅에 묻고 나니 참상을 그릴 방법이 다 바닥난 거야. 그래서 아홉째 아이는 절망적인 장애를 갖고 지내도록 살려줬지."

스텔라는 〈나의 무덤들〉을 읽으면서 그 비극적인 문장들 틈틈이에서 키득키득 웃었고, 러스티는 밤새 밖을 돌아다닌 고양이답게 제인 앤드루스의 이야기 원고 위에 몸을 둥글게 웅크리고 잠이 들었다. 15살의 아름다운 소녀가 나병 환자 마을에 간호하러 들어가는 이야기로, 물론 마지막에는 소녀도 그 저주받은 질병에 걸려 죽음을 맞는 결론이었다. 앤은 다른 원고들을 훑어보다가 오래전 에이번리 학교 시절을 떠올렸다. 이야기클럽 회원들이 가문비나무 아래, 또는 개울가 풀고사리 수풀에 앉아 그 이야기들을 쓰던 시간이었다. 얼마나 재미났었는지! 글을 읽는 동안 오래전 그 여름의 햇살이며 웃음소리들이 생생하게 되살아났다. 영광스러웠던 그리스 이야기도 장대한 로마 이야기도* 이야기클럽의 웃기고 눈물겨운 이야기들처럼 마법을 부리지는 못할 것이다. 원고들 사이에서 앤은 포장지에 적힌 글도 발견했다. 그 글을 언제 어디서 썼는지 기억나니 잿빛 눈에 웃음이 물결처럼 차올랐다. 토리 길에 있던 토프 자매네 집에서 오리 우리 지붕이 무너지며 앤이 떨어졌던 날 적어둔 소설의 개요였다.

앤은 그 글을 훑어보고는 다시 찬찬히 읽었다. 과꽃과 스위트피, 라일락 덤불에 앉아 있는 야생 카나리아와 정원의 수호 정령이 이야기를 나누는 짤막한 대화 형식의 글이었다. 글을 다 읽고 나서 앤은 앉은 채로 허공을 응시했다. 그리고 스텔라가 자기 방으로 돌아간 뒤 구깃해진 원고를 판판하게 펴며 결연히 말했다.

"그래, 할 수 있어."

---

* 에드거 앨런 포의 시 〈헬렌에게(To Helen)〉에서 인용하였다.

36장

가드너 가족의 방문

"제임시나 아주머니 앞으로는 인도 우표가 붙은 편지가 한 통 왔어요. 스텔라한테는 세 통이 왔고, 프리실라는 두 통, 제일 두툼하고 멋진 이 편지는 조가 나한테 보낸 거. 앤, 너한테는 이 회보밖에 없어."

필리파가 아무렇게나 건넨 얇은 편지를 받아들었을 때 앤의 얼굴이 느닷없이 빨갛게 달아오른 것은 아무도 알아채지 못했다. 하지만 얼마 후, 필리파는 고개를 들었다가 앤의 얼굴이 달라진 것을 알아보았다.

"앤, 무슨 좋은 일이라도 있니?"

"〈젊은이의 벗〉 잡지에서 2주 전에 보낸 내 짧은 글을 싣기로 했대."

앤은 짧은 글을 보낼 때마다 잡지에 실리는 게 익숙한 사람처럼 말하려고 애썼지만, 잘 되지 않았다.

"앤 셜리! 정말 멋져! 무슨 글이었어? 언제 실리는데? 원고료도 있어?"

"그래, 10달러 수표가 왔어. 그리고 편집자가 내 작품을 더 보고 싶다는 편지도 보냈어. 세상에, 그럼 보내 줘야지. 내 상자에서 찾은 건데 오래전에 쓴 글이었어. 그걸 다시 손봐서 보냈는데…… 채택될 거라고는 생각도 안 했어. 줄거리랄 게 없거든."

앤은 〈에이버릴의 속죄〉 때의 쓰라린 경험이 떠올랐다.

"그 10달러로는 뭘 할 거야, 앤? 다 같이 시내로 나가서 취하도록 마셔 볼까?"

필리파의 제안에 앤이 쾌활하게 대답했다.

"흥청망청 놀 수 있는 뭔가를 하면서 막 쓸래. 어쨌든 이건 더러운 돈은 아니니까. 그때 그 기분 나쁜 베이킹파우더 회사에서 받은 수표하고는 다른걸. 그 돈은 유용하게 쓰려고 옷을 샀는데, 옷을 입을 때마다 꼴 보기 싫더라고."

"패티의 집에 진짜 작가가 산다고 생각해 봐."

프리실라가 말했다.

"무거운 책임이 따를 거야."

제임시나 아주머니가 진지하게 말했다.

프리실라도 못지않게 진지한 목소리로 말했다.

"맞는 말씀이야. 작가란 날뛰는 황소처럼 다루기 어려운 사람이거든. 언제 어떻게 터질지 아무도 모를 일이야. 앤도 우리 이야기를 쓸지 모르지."

제임시나 아주머니가 엄하게 말했다.

"내 말은, 글을 써서 언론에 공개하는 능력에는 커다란 책임이 따른다는 뜻이야. 앤도 그 점을 잘 알아 두어야 한다. 내 딸도 외국에 나가기 전에는 소설을 쓰곤 했지만, 지금은 좀 더 높은 차원으로 눈길을 돌렸지. 그 아이는 자기 좌우명이 '내 장례식에서 읽어 부끄러울 글은 단 한 줄도 쓰지 않는다'라고 했었단다. 앤, 너도 글 쓰는 일을 할 생각이면 그걸 좌우명으로 삼는 게 좋을 게다. 하긴……."

제임시나 아주머니는 이해할 수 없다는 듯 착잡한 표정을 지으며 말을 이었다.

"엘리자베스도 자기 입으로 말하면서 늘 웃음을 터뜨렸어. 언제나 그렇게 웃어대던 아이라, 난 그 애가 어떻게 선교사가 될 결심을 했는지 모르겠구나. 그런 결심을 했다는 데 감사할 뿐이지. 난 그 애가 그렇게 되면 좋겠다고 기도를 했으니까……. 그런데 그러지 말걸 싶기도 해."

제임시나 아주머니는 이 아가씨들이 왜 저토록 들떠서 모두들 웃는지 알 수가 없었다.

앤은 하루 종일 눈이 반짝반짝 빛났다. 문학을 향한 포부가 머릿속에 싹트고 자라기 시작한 것이다. 제니 쿠퍼의 하이킹 모임에 갔을 때도 기분 좋게 들뜬 마음은 사라지지 않았다. 로이와 함께 걷는 앤 바로 앞에서 길버트와 크리스틴이 함께 걷는 모습을 보았을 때조차 생기로 가득한 두 눈에서 별빛처럼 반짝이는 희망은 가라앉지 않았다. 그렇다고 세상과 동떨어진 황홀경에 취해 크리스틴의 걸음걸이가 품위와는 거리가 멀다는 걸 몰라볼 정도까지는 아니었다.

'길버트는 크리스틴의 얼굴만 보나 봐. 남자들이 다 그렇지.'

앤은 마음속으로 경멸했다.

로이가 물었다.

"토요일 오후에 집에 있을 거야?"

"응."

로이는 조용히 말했다.

"어머니와 누이들이 찾아갈 거야."

전율 같은 것이 앤을 휘감고 지나갔는데, 기분 좋은 전율은 아니었다. 앤은 아직 로이의 가족을 만난 적이 없었다. 로이가 한 말의 의미를 깨닫자, 이제는 되돌릴 수 없다는 생각에 오싹한 기분이 들었다.

"뵙게 되면 반가울 거야."

앤은 예사로이 대답했다. 그리고 정말 반가울까 생각했다. 물론 반가워야 했다. 하지만 어떻게 보면 시련 같은 것이 되지 않을까? 가드너 집안에서 아들과 오빠인 로이가 '지나가는 열병'을 앓고 있다고 생각한다는 소문은 앤에게까지 흘러 들어왔다. 이번 방문은 로이가 자청한 일이 틀림없었다. 앤은 자신이 저울대 위에 올라가 평가받게 되리라는 점을 알았다. 로이의 가족이 앤을 방문하기로 결정했다는 건, 그들이 싫든 좋든 앤을 그 일가의 일원으로 받아들일 가능성도 염두에 두고 있다는 뜻이다. 앤은 진중하게 생각했다.

'나다우면 되는 거야. 좋은 인상을 주려고 애쓰지 말자.'

하지만 앤은 이미 토요일 오후에 어떤 드레스를 입는 게 나을까, 머리는 높이 묶는 새로운 스타일의 손질법이 예전 스타일보다 더 어울릴까 같은 생각에 사로잡혔다. 앤에게 그날 하이킹 모임은 엉망이 되고 말았다. 그날 밤, 앤은 토요일에 밤색 시폰 드레스를 입고 머리는 원래대로 낮게 묶기로 마음먹었다.

금요일 오후에 패티의 집 여학생들은 모두 수업이 없었다. 스텔라는 이 기회에 수학 연구회에 제출할 논문을 쓰기로 하고, 거실 한구석 탁자에 앉아서, 주변 바닥에 쪽지며 원고들을 너저분하게 늘어놓고 있었다. 스텔라는 다 쓴 원고를 그때그때 바닥에 어지러이 던져놔야 글이 잘 써진다고 늘 주장했다. 앤은 플란넬 블라우스와 모직 스커트 차림으로, 집까지 바람 부는 길을 걸어오느라 머리가 헝클어진 채로 바닥 한가운데 꼿꼿하게 앉아서 새 뼈를 가지고 새라고양이를 놀려 주고 있었다. 조지프와 러스티는 같이 앤의 무릎 위에서 몸을 둥글게 웅크리고 누워 있었다. 따뜻한 자두향이 집 안 가득 퍼졌다. 프리실라는 부엌에서 요리를 했다. 커다란 앞치마를 두른 프리실라가 코에 밀가루를 묻힌 채로, 막 거실에 들어와 제임시나 아주머니에게 당의까지 입힌 초콜릿케이크를 자랑하고 있었다.

이 경사스러운 순간에 문을 두드리는 소리가 들렸다. 그 소리에 주의를 기울인 사람은 필리파뿐이었다. 필리파는 벌떡 일어나 문을 열었다. 모자가게 아이가 아침에 산 모자를 들고 배달을 왔으리라 생각했던 것이다. 문 앞에 가드너 부인과 그 딸들이 서 있었다.

앤이 허둥지둥 일어나며 화가 난 고양이 두 마리를 바닥으로 내려 보내고, 자신도 모르게 새 뼈를 오른손에서 왼손으로 옮겨 쥐었다. 부엌에 들어가려면 거실을 가로질러야만 하기에 프리실라는 정신없이 벽난로 옆 소파 쿠션 밑에 초콜릿케이크를 엎어놔 버리고 2층으로 뛰어 올라갔다. 스퀠라는 허둥지둥 바닥에 늘어놨던 원고를 쓸어 모았다. 평상시처럼 행동한 사람은 제임시나 아주머니와 필리파뿐이었다. 그 두 사람 덕분에 모두가, 앤까지도 편안히 자리에 앉을 수 있었다. 프리실라는 앞치마를 벗고 밀가루 반죽을 떼고 내려왔다. 스텔라는 앉아 있던 구석 자리를 말끔하게 치웠으며, 필리파는 끊임없이 가벼운 대화거리를 던져 분위기를 풀었다.

가드너 부인은 키가 크고 마른 몸에 미인이었고 멋진 드레스를 입었는데, 다정했지만 살짝 꾸며낸 태도 같은 인상도 들었다. 얼라인 가드너는 어머니의 판박이인티 다정해 보이진 않았다. 친절하게 행동하려고 노력했지만 거만하고 잘난 체하는 태도로만 보였다. 도로시 가드너는 몸이 날씬하고 쾌활하며 약간 말괄량이 같았다. 도로시는 로이가 가장 좋아하는 누이여서인지 호감이 갔다. 로이와 무척 닮은 얼굴이었는데, 다만 눈이 그처럼 꿈꾸는 듯한 검은색이 아니라 악동 같은 녹갈색이었다. 도로시와 필리파 덕분에, 이 날 방문은 순조롭게 진행되었다. 약간의 중압감과 뜻밖의 사건 두 가지가 있긴 했지만. 러스트와 조지프가 둘만 바닥으로 밀려나자 저희들끼리 추격전을 시작하더니 가드너 부인의 비단 드레스 무릎 위로 미친 듯이 뛰어올랐다가 내려갔다. 가드너 부인은 손잡이가 달린 안경을 눈에 갖다 대고 고양이를 생전 처음 본다는 듯이 펄쩍펄쩍 뛰어오르는 고양이들을 빤히 살펴보았다. 앤은 초조하게 터져 나오려는 웃음을 간신히 삼키고 최선을 다해 사과했다.

"고양이를 좋아해요?"

너그러이 이해하지만 이상하긴 하다는 느낌이 살짝 묻어나는 말투였다.

앤은 러스티를 아끼긴 해도 딱히 고양이를 좋아하지 않았지만, 가드너 부인의 말투가 언짢았다. 엉뚱하게도 존 블라이드 부인이 고양이를 무척 좋아하여 남편이 허락하는 만큼 고양이 여러 마리를 키웠던 생각도 났다.

"정말 사랑스러운 동물 아닌가요?"

앤이 짓궂게 묻자 가드너 부인이 난감해하며 말했다.

"난 원래 싫어해요."

그러자 도로시가 말했다.

"나는 아주 좋아해요. 고양이는 정말 예쁘고 이기적이에요. 개는 너무 착해서 이기적이질 못해요. 개를 보면 마음이 불편하더라고요. 하지만 고양이는 기가 막히게 인간적이죠."

"저기 있는 도자기 개 두 마리가 마음에 드네요. 가까이 가서 봐도 될까요?"

얼라인이 방을 가로질러 벽난로 쪽으로 갔는데, 그 행동이 의도치 않은 두 번째 사건이 되었다. 마고그를 집어든 얼라인이 프리실라의 초콜릿케이크를 감춰둔 쿠션 위에 앉은 것이다. 프리실라와 앤은 고민 가득한 눈길로 서로를 마주 보았지만 어떻게 할 방법도 없었다. 얼라인은 위풍당당한 모습으로 그 자리에 눌러앉아 도자기 개에 대해 이야기를 나누었고, 집에 돌아가는 순간까지 그 자리를 지켰다.

도로시는 뒤에 잠깐 남아 앤의 손을 꼭 잡고 갑자기 마음이 동한 듯이 소곤댔다.

"우린 좋은 친구가 될 것 같아요. 로이 오빠가 당신에 대해 다 말해 줬어요. 오빠는 가족 중에 이런 이야기를 할 사람이 나밖에 없거든요. 가여운 오빠. 엄마와 얼라인한테는 누구라도 비밀 같은 건 털어놓지 못할걸요. 여기서는 여자들끼리 얼마나 즐겁게 지낼까! 저도 자주 와서 같이 시간을 보내도 될까요?"

"얼마든지 자주 와요."

앤은 진심으로 대답하며, 로이의 여동생 중 한 명이라도 좋아할 수 있어서 다행이라고 생각했다. 얼라인은 결코 좋아할 수 없을 것 같았다. 얼라인도 앤을 좋아하게 될 것 같지 않았다. 가드너 부인의 마음은 얻을 수 있을 것 같았다. 아무튼 시련이 끝나자 앤은 안도의 한숨을 내쉬었다.

"말과 글로서 표현할 수 있는 온갖 슬픈 말 가운데

가장 슬픈 말은 이것이라네. '이렇게 안 될 수도 있었는데!'"*

필리파가 비극적인 목소리로 시구를 읊으며, 쿠션을 들췄다.
"이 케이크는 떡이 되고 쿠션도 다를 바 없이 망가졌네. 역시 금요일은 불길한 날이야."
"토요일에 오겠다고 했으면 토요일에 와야지."
제임시나 아주머니의 말에 필리파가 대답했다.
"그건 로이가 실수한 것 같아요. 그 사람이 앤한테 하는 말들이 사실 그 사람 잘못은 아니거든요. 앤은 어디 갔어요?"
앤은 이미 위층에 올라가 있었다. 묘하게도 울고 싶은 기분이었다. 하지만 앤은 우는 대신 웃기 시작했다. 러스티와 조지프는 오늘 정말 너무했다! 그리고 도로시는 아주 다정한 사람이었다.

---

* 미국 시인 존 그린리프 휘티어의 시 〈모드 뮬러(Maud Muller)〉에서 인용하였다.

37장

어엿한 학사가 되다

"죽고 싶어. 아니면 내일 밤이 얼른 오든가."

필리파가 끙끙 앓는 소리를 했지만, 앤은 차분하게 대꾸했다.

"살다 보면 그 소원 두 가지가 다 이루어질 거야."

"너야 담담하겠지. 넌 철학을 잘하니까. 난 아니란 말이야. 내일 있을 그 무시무시한 시험을 생각하면 덜컥 겁이 나. 시험을 망치면 조가 뭐라고 할까?"

"망치지 않을 거야. 오늘 그리스어는 어땠어?"

"모르겠어. 잘 본 것 같기도 하고, 어쩌면 너무 엉망이라서 호메로스가 무덤 속에서 홱 돌아누웠을지도 몰라. 공책을 하도 들여다보고 그 생각만 해서, 다른 생각은 아무것도 안 날 정도였다니까. 이 '시험고사'가 전부 끝나면 이 가련한 필은 얼마나 좋을까."

"'시험고사'? 그런 말은 처음 듣네."

"나는 새로운 단어 좀 만들면 안 돼?"

"말은 만드는 게 아니야. 생기는 거지."

"아무려면 어때. 이제 막 저 앞에 시험고사라는 파도가 없는 잔잔한 바다가 희미하게 보이기 시작했는걸. 애들아, 레드먼드 생활도 거의 끝이라는 거 알고 있니? 아니, 실감 나니?"

앤은 슬픈 듯 말했다.

"실감이 안 나. 프리실라와 단둘이 레드먼드 신입생들 사이에 서 있던 기억이 엊그제 같은데. 우리가 벌써 4학년이 되어 졸업 시험을 치르고 있다니."

"'권세와 지혜를 겸비한 경애하는 4학년 여러분'*이지. 우린 정말 레드먼드에 처음 왔을 때보다 더 지혜로워졌을까?"

제임시나 아주머니가 엄하게 말했다.

"가끔은 그렇지 않은 행동을 하지."

"어머, 아주머니가 어머니처럼 보살펴 주신 지난 3년 동안 우린 대체로 꽤 착한 아이들 아니었나요?"

필리파가 애원하듯이 물었다. 제임시나 아주머니는 쓸데없이 칭찬을 아끼는 사람이 아니었다.

"너희 넷은 대학에 다닌 아가씨들 중에 제일 다정하고 사랑스럽고 착한 학생들이었을 거야. 하지만 아직 너희가 분별력이 뛰어나다고는 믿지 않아. 아직은 그런 걸 기대하지 않는 게 당연하지. 분별력도 경험을 통해 생기는 거란다. 대학 공부만 가지고는 배울 수 없는 노릇이지. 너희는 대학에서 4년 동안 공부했고 난 대학에 다

---

* 셰익스피어의 《오셀로》에서 인용하였다.

닌 적도 없지만, 너희 젊은 아가씨들보다는 내가 아는 게 훨씬 많을 거야."

스텔라가 시처럼 읊조렸다.

"많은 일들이 정해진 대로 되지 않으며
배워야 할 지식이 많고도 많은데
대학에서는 그것을 얻을 수 없네.
학교에서 배울 수 없는 것들이 수북하구나."

"레드먼드에서는 배운 게 있니? 지금은 쓰지도 않는 언어나 기하학 같은 쓸데없는 것들 말고 말이다."

제임시나 아주머니의 물음에 앤이 대답했다.

"아, 그럼요. 전 배운 게 있다고 생각해요, 아주머니."

필도 대꾸했다.

"우들리 교수님이 연구회의 마지막 시간에 말씀하신 진리를 배웠지요. '유머란 존재의 향연에서 가장 풍미가 강한 향신료다. 실수를 비웃되 그것을 통해 배우고, 고생을 웃어넘기되 거기에서 힘을 얻고, 난관을 농지거리로 삼되 그것을 이겨내라.' 이건 배울 가치가 있지 않나요, 아주머니?"

"그래, 그렇구나, 필. 웃어넘겨야 할 일은 웃어넘기고 웃어넘겨서는 안 될 일은 웃어넘기지 않는 법을 배운다면, 너희가 지혜와 이해심을 갖췄다고 해도 되겠지."

프리실라가 앤에게 따로 조용히 물었다.

"너는 레드먼드에서 뭘 얻었니, 앤?"

앤이 천천히 대답했다.

"나는 작은 장애는 웃어넘길 일로 여기고, 큰 장애는 승리를 내다볼 수 있는 전조로 여기는 법을 실제로 배운 것 같아. 이거야말로 레드먼드가 내게 준 가르침이라고 생각해."

"레드먼드에서 얻은 교훈을 말하려면 난 다시 우들리 교수님 말씀을 인용해야 해. 교수님이 이런 연설을 하셨던 거 기억할 거야. '우리에게 그것을 볼 눈이 있고, 그것을 사랑할 마음이 있고, 그것을 그러모을 손이 있다면, 이 세상에는 우리를 위한 것들이 참으로 많이 존재합니다. 그게 남자나 여자일 수도 있고, 예술이나 문학일 수도 있고, 어느 곳, 어느 장소가 될지 모르지만 기뻐하고 감사할 일들이 얼마든지 있는 것입니다.' 레드먼드에서 이걸 조금은 알게 된 것 같아, 앤."

제임시나 아주머니가 말했다.

"너희들 말을 들어보니, 결국 진취적인 용기를 타고나면 20년 동안 살면서 배울 것들을 대학 4년 동안 다 배울 수 있겠어. 듣고 보니 나도 고등교육이 옳다는 생각이 드는구나. 전에는 늘 미심쩍었는데."

"그럼 진취적인 용기를 타고나지 못한 사람들은 어떻게 해요, 아주머니?"

"타고난 용기가 없는 사람은 배우지 못하는 거지. 대학에서든 인생에서든 똑같아. 백 살까지 산다 해도 사실 아무것도 모르는 건 태어날 때와 매한가지인 거니까. 불우한 일이지, 그 사람들의 잘못은 아니야. 하지만 어느 정도 용기가 있다면 그건 신께 감사드릴 일이란다."

"진취적인 용기라는 게 어떤 건지 설명해 주세요, 아주머니."

필이 부탁했다.

"아니, 하지 않을게요, 아가씨. 용기가 있는 사람이라면 그게 뭔지 알 것이고, 용기가 없는 사람이라면 설명해 줘도 끝까지 모를 테니까. 그러니 굳이 설명할 필요가 없단다."

바쁜 나날이 쏜살같이 지나가고 시험고사도 끝이 났다. 앤은 영문학에서 우등상을 받았다. 프리실라는 고전 문학에서, 필리파는 수학에서 우등상을 받았다. 스텔라는 전 과목에서 두루 우수한 성적을 거두었다. 그렇게 졸업식 날이 되었다.

"옛날 같으면 내 인생이 신기원을 이룬 날이라고 말했을 거야."

앤은 그렇게 말하며 로이가 보낸 제비꽃을 상자에서 꺼내 생각에 잠겨 바라보았다. 물론 그 꽃을 달고 갈 생각이었지만, 앤의 눈이 탁자 위에 놓인 또 다른 상자 쪽으로 건너갔다. 그 상자에는 은방울꽃이 가득 들었다. 6월을 맞은 에이번리의 초록 지붕 집 앞뜰에 피어나는 은방울꽃만큼이나 싱그럽고 향긋했다. 옆에는 길버트 블라이드의 이름이 적힌 카드가 놓여 있었다.

길버트가 왜 졸업식에 꽃을 보냈을까, 앤은 의아했다. 지난 겨울에는 길버트와 거의 만나지 못했다. 크리스마스 방학 이후에는 금요일 저녁에 딱 한 번 패티의 집에 찾아왔을 뿐, 그 외 다른 곳에서는 좀처럼 만날 수가 없었다. 길버트는 우등생과 쿠퍼 장학금 둘 다를 목표로 매우 열심히 공부하고 있었고, 그래서 레드먼드의 사교 모임과 활동에도 거의 참석하지 않았었다. 반면에 앤에게는 사교적으로 무척 신나는 겨울이었다. 가드너 가족과도 꽤 자주 만났고, 도로시와는 아주 친해졌다. 대학 친구들은 조만간 앤과 로이가 약혼을 발표하리라 기대했다. 앤도 그럴 거라 생각했다. 그런데도 졸업식장을 향해 패티의 집을 나서기 전, 로이가 보낸 제비꽃을 옆으로 던져 놓고 길버트가 보낸 은방울꽃을 달았다. 왜 그랬는지 앤 자신도 설명할 수가 없었다. 오랫동안 소중히 간직한 포부가 이루어진 오늘 같은 날에는 그리운 에이번리 시절과 오랜 꿈과 우정이 어쩐지 더 친밀하게 느껴지는 듯했다. 언젠가 앤과 길버트는 두 사람이 학사모를 쓰고 졸업 가운을 입고 문학부 학사로서 졸업하는 날을 즐겁게 상상했었다. 드디어 그 경이로운 날이 왔고, 로이의 제비꽃이 끼어들 자리는 없었다. 한때 함께 나누었던 소망이 오랫동안 꽃을 피워 결실을 맺은 오늘은 오로지 옛 친구가 보낸 꽃만이 어울리는 것 같았다.

  몇 년 동안이나 앤은 이 날을 손꼽아 기다렸다. 그러나 막상 그날이 되었을 때, 앤에게 오래도록 남게 된 단 하나의 날카로운 기억은 위엄 넘치는 레드먼드의 학장이 학사모와 졸업증서를 수여하며 '학사님'이라고 불렀던 그 숨막히는 순간이 아니었다. 앤이 달고 온 은방울꽃을 보며 길버트가 눈을 반짝였던 일도 아니었고,

연단 위에서 앤 앞을 지나가는 로이가 당황하며 언짢은 눈길로 흘 깃 쳐다본 일도 아니었다. 얼라인 가드너가 선심처럼 건네는 축하 인사도, 도로시가 열정적으로 퍼붓는 덕담의 말도 아니었다. 말로 설명하기 힘든, 이상하리만큼 욱신거리는 마음의 통증이 오랫동안 기다렸던 이날을 망쳐 버렸고, 희미하지만 오래도록 사라지지 않을 씁쓸한 여운을 남겼다.

그날 밤 문학부 졸업생들을 위한 댄스파티가 열렸다. 앤은 드레스를 갈아입고는, 평소에 하던 진주목걸이를 빼고, 크리스마스 날 초록 지붕 집으로 배달된 작은 상자를 가방에서 꺼냈다. 상자에 든 것은 작은 분홍색 에나멜 하트가 펜던트로 달린 실처럼 가느다란 금줄이었다. 동봉된 카드에는 이렇게 적혀 있었다. '행복을 빌며, 옛 친구 길버트가.' 앤은 에나멜 하트를 보며 숙명의 그날이 떠올라 웃음을 터뜨렸다. 길버트가 앤을 "홍당무"라고 부른 뒤 분홍색 하트 모양 사탕을 주며 화해를 시도했던 날이었다. 길버트에게는 고맙다는 쪽지를 써서 보냈지만, 목걸이는 착용한 적이 없었다. 오늘 밤 앤은 그 목걸이를 하얀 목에 걸고, 꿈을 꾸는 듯한 미소를 지었다.

앤은 필리파와 함께 레드먼드로 걸어갔다. 앤은 잠자코 걸었지만, 필리파는 여러 이야기를 재잘거렸다. 그러다가 문득 앤에게 물었다.

"오늘 들었는데 길버트 블라이드랑 크리스틴 스튜어트가 졸업식을 마치고 곧 약혼을 발표한대. 너는 뭐 들은 얘기 없니?"

"아니."

"사실인 것 같아."

필리파가 가볍게 말했다.

앤은 아무 말도 하지 않았다. 어둠 속에서 얼굴이 화끈 달아오르는 게 느껴졌다. 앤은 옷깃 안으로 손을 밀어 넣어 금줄을 움켜쥐었다. 한 번 세게 비틀자 목걸이가 끊어졌다. 앤은 끊어진 목걸이를 주머니에 쑤셔넣었다. 손이 떨리고 눈이 아렸다.

그러나 그날 밤 앤은 신이 나서 흥청거리며 즐겼던 모든 참석자들 가운데 가장 신나게 즐겼고, 춤을 청하는 길버트에게는 순서가 다 찼다며 아쉬워하는 기색도 없이 거절했다. 그 뒤 패티의 집에 돌아와서, 친구들과 꺼져 가는 잉걸불 앞에 앉아 고운 피부에 남은 봄의 한기를 쫓는 동안에도, 앤은 그날 있었던 일들을 누구보다 유쾌하게 재잘댔다.

제임시나 아주머니가 똑바로 앉아 사그라지는 불길을 살리며 말했다.

"무디 스퍼전 맥퍼슨이 오늘 밤 너희들 나가고 난 뒤에 여기 찾아왔더라. 졸업생 댄스파티가 있는 줄 몰랐다더구나. 그 애는 잘 때 머리에 고무줄을 두르고 자야겠더라. 그래야 귀가 옆으로 툭 튀어나온 걸 고치지. 내 숭배자 중에도 그렇게 해서 굉장히 좋아진 이가 있었어. 그렇게 해보라고 권했던 내 충고를 따른 건데, 내가 그런 말을 했다는 건 결국 용서하지 못했지."

프리실라가 하품을 하며 말했다.

"무디 스퍼전은 아주 진지한 청년이에요. 자기 귀보다는 더 엄숙한 문제들에 관심이 가 있죠. 목사님이 될 거라잖아요."

"그래, 하느님도 사람의 귀 모양에는 아무 관심이 없으실 게다."

제임시나 아주머니는 진지하게 말하며, 무디 스퍼전에 대해 더 이상 이러쿵저러쿵 하지 않았다. 아주머니는 아직 풋내기 목사라 하더라도 성직자를 진심으로 존경했다.

38장

가짜 새벽

앤은 린드 부인이 준 누비이불을 상자에 넣다가 그 위로 몸을 구부렸다.

"생각해 봐. 일주일 뒤 밤이면 난 에이번리에 돌아가 있을 거야. 정말 즐거워! 하지만 생각해 봐. 다음 주 이때쯤이면 난 패티의 집을 영영 떠나 있는 거야. 아, 너무 끔찍해!"

필리파가 궁리하는 목소리로 말했다.

"우리의 웃음소리가 유령이 되어 패티 아주머니와 마리아 아주머니가 돌아온 첫날 밤 꿈에 울려 퍼질까?"

패티 스포퍼드와 마리아 스포퍼드는 사람이 살 만한 지구촌 동네를 대부분 돌아다닌 끝에 집으로 돌아올 예정이었다. 패티 스포퍼드는 편지에 이렇게 적어 보냈다.

우리는 5월 둘째 주에 돌아가요. 카르나크 신전을 구경한 뒤이니 패티의 집이 퍽 작아 보이겠지만, 나는 그렇게 큰 집에서 사는 건 싫어요. 그리고 다시 집에 돌아가면 정말 기쁠 거예요. 늦은 나이에 여행에 나서니 하고 싶은 게 너무 많아져서 탈이네요. 남은 시간이 별로 없다는 걸 아니까 자꾸만 그렇게 되고, 그렇게 욕심이 점점 자라나죠. 마리아도 일상에 만족하지 못하게 되면 어쩌나 걱정이에요.

"나는 여기에 내 공상과 꿈을 남겨 두고 다음번에 들어올 사람을 축복해 줄래."

앤은 파란 방을 아쉬운 눈으로 둘러보았다. 이 파란 방에서 보낸 3년이 얼마나 행복했던지! 창가에서 무릎 꿇고 기도를 올렸고, 창밖으로 몸을 내밀어 소나무숲 뒤로 번져가는 노을을 지켜보았다. 가을비가 창문을 두드리는 소리도 들었고, 봄이면 반가운 울새도 창틀에 날아와 앉았다. 앤은 오랜 꿈들이 이 방에 남아 맴돌 수 있을까 생각했다. 비록 사람은 영원히 그 방을 떠나지만, 그곳에서 즐거웠고 고통스러웠고 웃고 울었던 자기 자신의 어떤 부분들이, 만질 수 없고 눈으로 볼 수도 없지만 그럼에도 불구하고 분명히 존재하는 그 무언가가 떠들썩한 추억처럼 여기에 남아 있지 않을까.

필리파가 말했다.

"누군가 꿈꾸고 슬퍼하고 기뻐하며 지냈던 방은 주인과 함께 그러한 시간을 지나오며 뗄 수 없는 관계로 연결되고, 그 방만의 독특한 분위기를 갖게 된다고 생각해. 지금부터 50년이 지난 뒤에이 방에 들어오면 이 방이 나한테 '앤, 앤' 하고 말할 것 같아. 여기서 우린 정말 멋진 시간을 보냈잖아, 앤! 수다도 떨고 우스갯소리도 하고 재미있고 떠들썩한 모임도 벌였지! 오, 세상에! 난 6월에 조와 결혼해. 미치도록 행복하고 기쁘리란 것도 알지만. 하지만 지금은 이 아름다운 레드먼드의 생활이 영원히 계속되었으면 하는 마음이야."

앤도 맞장구를 쳤다.

"그래, 이치에 맞지 않는 말이지만 지금은 나도 정말로 그랬으면 좋겠어. 나중에 우리에게 얼마나 더 큰 기쁨이 찾아올지는 몰라도, 여기서 누렸던 기쁨도, 무책임한 생활도 다시는 돌아오지 않을 거야. 이제 영원히 끝이야, 필."

"러스티는 어떻게 할 생각이야?"

필리파는 그 특혜 받은 고양이가 조용히 방으로 들어오는 것을 보고 물었다. 제임시나 아주머니가 러스티 뒤에서 따라 들어오며 대답했다.

"러스티는 조지프랑 새라고양이랑 같이 내가 데려갈 거야. 이제 같이 지내는 걸 배운 고양이들을 따로 떼어놓는 건 안타까운 일이잖니. 그런 걸 배운다는 건 고양이든 사람이든 쉬운 일이 아니지."

앤이 아쉬워했다.

"러스티와 헤어지려니 속상해요. 하지만 러스티를 초록 지붕 집으로 데려가도 소용이 없을 거예요. 마릴라 아주머니는 고양이를 끔찍이도 싫어하시고, 데이비가 장난을 치다가 정말 잘못될 수도 있어서요. 게다가 집에 그리 오래 머물 것 같지도 않아요. 서머사이드 고등학교에서 교장으로 와달라는 제안을 받았거든요."

"승낙할 거니?"

"아직…… 아직 결정을 못 했어."

앤은 당황한 듯 얼굴이 빨개졌다. 필리파는 알겠다는 듯이 고개를 끄덕였다. 당연히 앤은 로이가 뭔가 말을 꺼낼 때까지 계획을 세울 수 없을 것이다. 로이는 곧 입을 열 것이다, 틀림없이. 또 로이가 승낙을 구할 때 앤도 역시 "네"라고 대답할 것이 틀림없다. 앤 자신은 좀처럼 마음의 소요 없이 현 상황을 만족스럽게 받아들였다. 앤은 로이를 깊이 사랑했다. 사실 앤이 상상했던 사랑과 완전히 같지는 않았다. 하지만 살면서 상상한 그대로 이루어진 일이 있던가? 앤은 지친 기분으로 스스로에게 물었다. 어린 시절 다이아몬드에 대한 환상이 깨졌던 경험이 되풀이되고 있었다. 다이아몬드를 처음 보았을 때, 찬란한 자줏빛으로 반짝일 줄 알았던 그 보석이 냉랭한 빛만 발하고 있을 때 느꼈던 실망감이었다. "이건 내가 생각했던 다이아몬드가 아니야." 앤은 그렇게 말했었다. 하지만 로이는 좋은 사람이고, 두 사람은 함께 아주 행복하게 지낼 것이다. 비록 뭐라 표현하기 힘든 열정이 인생에서 빠져 있었지만. 그날 저녁 로이가 찾아와 앤에게 공원으로 산책을 나가자고 청했을 때, 패티의 집 사람들은 모두 로이가 무슨 말을 하러 왔는지 알았다. 그리고 앤이 뭐라고 대답할지도 알고 있었다. 아니, 안다고 생각했다.

"앤은 참 복도 많은 아가씨야."

제임시나 아주머니의 말에, 스텔라가 어깨를 으쓱해 보였다.

"저도 그렇게 생각해요. 로이는 사람도 괜찮고 다 좋아요. 그런데 사실 그 사람한테는 아무것도 없어요."

"그 말은 영락없이 샘이 난 사람처럼 들리는구나, 스텔라 메이너드."

제임시나 아주머니가 나무랐지만, 스텔라는 차분하게 말했다.

"그렇겠죠. 하지만 샘내는 게 아니에요. 저는 앤을 사랑하고 로이도 마음에 들어요. 모두가 앤이 훌륭한 신붓감이라고 말하고, 가드너 부인마저도 이제는 앤을 멋지다고 생각해요. 모든 게 하늘이 정해준 일처럼 여겨지지만, 저는 의구심이 들어요. 아주머니도 잘 생각해 보세요."

로이는 앤에게 청혼했다. 비 오는 날 두 사람이 처음 만나 이야기를 나누었던 항구의 조그만 정자에서였다. 앤은 로이가 그 장소를 선택한 것이 참 낭만적이라고 생각했다. 게다가 로이는 어디선가 베낀 듯이 아름다운 청혼의 말들을 준비했다. 옛날 루비 길리스의 애인 하나가 《결혼과 구혼 완벽 지침서》를 그대로 베껴 청혼했던 일이 떠오를 정도였다. 전체적으로 흠잡을 데가 없었다. 게다가 진실했다. 로이가 하는 말들이 모두 진심이라는 건 의심할 필요가 없었다. 전체 곡의 화음을 깨는 가짜 음표 하나 들어 있지 않았다. 앤은 머리끝부터 발끝까지 전율을 느껴야 마땅하다고 생각했다. 하지만 그런 느낌은 없었다. 무서울 만큼 침착했다. 로이가 대답을 듣기 위해 잠시 말을 멈추자 언은 운명적인 승낙의 말을 꺼내려 입을 달싹였다. 그리고 그때였다. 앤은 어느새 마치 벼랑 끝에서 휘청거리며 뒷걸음질을 치는 사람처럼 바들바들 떨고 있었다. 눈부신 섬광이 번쩍이며 스쳐 지나가는 짧은 순간, 평생을 통해 배운 것보다 더 많은 것을 깨닫게 되는 그런 순간이 앤에게 찾아들었던 것이다.

앤은 로이가 잡고 있던 손을 잡아 빼며 거칠게 외쳤다.

"아, 나는 당신과 결혼할 수 없어…… 안 돼…… 못 하겠어."

로이의 얼굴에서 핏기가 가셨다. 조금 멍한 듯도 했다. 그도 그럴 것이, 그는 확신에 차 있었던 것이다.

로이가 더듬더듬 물었다.

"그게 무슨 뜻이지?"

앤이 필사적으로 같은 말을 되풀이했다.

"당신하고 결혼할 수 없다는 뜻이야. 할 수 있을 줄 알았는데…… 못 하겠어."

로이가 조금은 침착을 되찾고 물었다.

"왜 못 한다는 거야?"

"왜냐하면…… 결혼할 만큼 좋아하지 않으니까."

로이의 얼굴이 새빨갛게 물들였다.

그가 천천히 물었다.

"그러면 2년 동안 장난삼아 나를 만났다는 거야?"

"아니, 아니야. 그렇지 않아."

앤이 간신히 말을 이어갔다. 오, 어떻게 설명할 수 있을까? 도저히 할 수 없을 것이다. 설명할 수 없는 일들도 있으니까.

"좋아한다고 생각했어…… 진심으로 그렇게 생각했는데…… 하지만 그게 아니라는 걸 지금 알았어."

로이가 쓸쓸하게 말했다.

"당신은 내 인생을 엉망으로 만들었어."

"용서해 줘."

앤이 비참한 마음으로 용서를 청했다. 볼이 화끈거리고 눈이 따끔거렸다.

로이는 뒤돌아서더니 그대로 한참 동안 바다를 내다보았다. 앤을 향해 돌아섰을 때는 얼굴이 다시 창백해져 있었다.

"아무런 희망도 줄 수 없다는 거지?"

앤은 말없이 고개를 끄덕였다.

"그럼…… 이만. 난 이해할 수 없어……. 당신이 내가 믿었던 모습의 여자가 아니라는 걸 믿을 수가 없어. 하지만 비난해 봐야 뭐가 달라지겠어. 당신은 내가 사랑할 수 있는 단 한 명의 여자였어. 적어도 우정은 있었으니 고마워. 잘 가, 앤."

"안녕."

앤이 흔들리는 목소리로 말했다. 로이가 가고 난 뒤에도 앤은 정자에 한참을 더 앉아, 흰 안개가 조금씩 조금씩 육지를 향해 끝없이 밀고 올라오는 항구의 바닷가를 가만히 바라보았다. 수치심과 모멸감이 밀려왔다. 그런 감정들이 파도처럼 앤을 휩쓸고 지나갔다. 하지만 마음속 저 깊은 곳에서는 묘한 해방감이 자리하고 있었다.

앤은 저녁 어스름 무렵 패티의 집에 몰래 숨어 들어가 파란 방으로 달아났다. 하지만 필리파가 먼저 들어와 창가 자리를 차지하고 있었다.

앤은 앞으로 일어날 상황을 내다보며 얼굴을 붉혔다.

"잠깐 기다려. 내가 할 말을 끝낼 때까지 기다려 줘, 필리파. 로이가 청혼했고, 나는 거절했어."

"거, 거절?"

필리파가 멀뚱히 되물었다.

"그래."

"앤 셜리, 제정신이야?"

앤이 지친 목소리로 대답했다.

"그런 것 같아. 오, 필, 뭐라 하지 말아 줘. 넌 몰라."

"그래, 나는 모르겠다. 2년 동안 로이 가드너를 만방으로 부추겨 놓고, 이제 와서 거절했다니. 그럼 넌 그동안 그 사람과 시시덕거리기나 한 거야, 앤. 네가 그런 짓을 하다니 믿을 수가 없어."

"시시덕거린 게 아니야. 정말로 마지막 순간까지 그를 좋아한다고 생각했어. 그런데…… 그냥 갑자기 깨달았어. 그 사람과는 결혼할 수 없다는 걸."

필리파가 매몰차게 말했다.

"돈을 보고 결혼하려고 했는데 양심이 들고 일어나서 그렇게 못한 거겠지."

"그렇지 않아. 로이의 돈에 대해서는 생각해 본 적도 없어. 아, 네게도 도저히 설명을 못 하겠어. 로이한테도 제대로 설명하지 못했는데."

필리파는 몹시 화를 냈다.

"어쨌든 넌 로이한테 수치스러운 짓을 한 거야. 로이는 미남에다 머리도 좋고 부자인데 착하기까지 한 사람이야. 뭘 더 바라는 거니?"

"나는 나와 같은 삶을 살 수 있는 사람을 원해. 로이는 아니야. 처음에는 잘생긴 외모와 낭만적인 찬사들을 읊는 솜씨에 정신없이 빠져 버렸어. 나중에는 내가 사랑에 빠진 게 틀림없다고 생각했지. 그 사람은 내가 상상한 검은 눈의 이상형 그대로였으니까."

"자기 마음을 모른다는 점에서는 나도 할 말이 없지만, 넌 나보다 더 심해."

앤이 반박했다.

"난 내 마음을 잘 알아. 문제는 그 마음이 변한다는 거고, 변한 마음에 처음부터 다시 적응을 해야 한다는 거야."

"뭐, 네게 무슨 말을 해도 소용이 없겠구나."

"어떤 말도 할 필요 없어, 필. 나는 너무 부끄러워. 오늘 일 때문에 지나온 모든 것들이 다 망가졌어. 이제 레드먼드 시절을 생각할 때마다 오늘 저녁에 느낀 이 수치심이 같이 떠오를 거야. 로이도 나를 경멸해…… 너도 나를 경멸하고…… 나도 내가 경멸스러워."

필리파는 마음이 누그러졌다.

"가엾은 앤, 이리 와, 내가 위로해 줄게. 나한테 너를 나무랄 권리는 없지. 나도 조를 만나지 않았다면 알렉이나 알론조와 결혼했을 테니까. 아, 앤, 현실이란 원래 뒤죽박죽이야. 소설처럼 명쾌하고 깔끔하게 정리되는 법이 없어."

"앞으로는 평생 아무도 내게 청혼 같은 건 하지 않았으면 좋겠어."

가엾은 앤은 펑펑 울면서, 그것이 진심에서 나온 말이라 믿었다.

39장

결혼 문제

초록 지붕 집으로 돌아오고 몇 주 동안 앤은 인생이 바닥을 치고 있다는 기분을 떨치지 못했다. 패티의 집에서 친구들과 어울렸던 유쾌한 시간이 그리웠다. 지난겨울에는 눈부신 꿈들을 품고 지냈건만, 지금 그 꿈들은 수북이 먼지가 쌓여 뒹굴었다. 지금처럼 자기혐오에 사로잡혀 있는 순간에는 당장 새로운 꿈을 그릴 수가 없었다. 그리고 앤은, 꿈이 있는 고독은 아름답지만 꿈이 없는 고독은 보잘것없다는 진리를 깨달았다.

로이와는 공원 정자에서 고통스럽게 헤어진 그날 이후 다시 만나지 않았다. 그런데 킹스포트를 떠나기 전에 도로시가 앤을 찾아왔다.

"로이 오빠와 결혼하지 않는다니 정말 섭섭해요. 앤이 내 올케가 되기를 정말 바랐는데. 하지만 잘했어요. 앤은 오빠 때문에 따분해서 죽을지도 몰라. 나는 오빠를 사랑하고 오빠는 분명 착하고 다정한 사람이지만, 정말이지 재미라고는 요만큼도 없다니까요.

멀쩡한 사람처럼 보이지만 그렇지가 않아."

앤이 안타까운 마음으로 물었다.

"이 일로 우리 우정이 깨지진 않겠죠, 도로시?"

"그럼요. 앤처럼 좋은 사람을 잃을 수야 없죠. 내 올케가 되지 않더라도, 계속 친구로 지내고 싶어요. 그리고 로이 오빠 일로 너무 괴로워하지 마요. 오빠는 지금 당장은 실의에 빠져 있긴 해요. 매일 같이 오빠의 넋두리를 들어줘야 하긴 하지만, 털고 일어날 거예요. 오빠는 항상 그래요."

"어머, 항상이라고요? 그럼 전에도 '털고 일어난' 적이 있었다는 거네요?"

앤의 목소리가 살짝 달라졌다.

도로시는 솔직하게 털어놓았다.

"아차, 네. 전에 두 번 있었죠. 그때도 두 번 다 똑같이 나한테 신세 한탄을 했었어요. 그녀들이 실제로 오빠를 거절했던 건 아니에요. 다만 다른 사람과 약혼한다고 발표했을 뿐이죠. 물론 오빠는 앤을 만나고는 지금까지는 진정한 사랑이 아니었다고 큰소리쳤어요. 이전의 일들은 그저 어린애같이 혹하는 마음일 뿐이었다고요. 하지만 앤이 걱정할 필요는 없을 거예요."

앤은 걱정하지 않기로 했다. 안도감과 분함이 뒤범벅된 기분이었다. 분명 로이는 앤에게 자기가 사랑한 단 한 사람이라고 말했었다. 로이 자신도 그렇게 믿고 있는 게 확실했다. 하지만 앤은 자기가 그의 인생을 엉망으로 망친 건 아닌 것 같다는 생각에 마음이 편해졌다. 앤 말고도 여신은 여럿이 있었고, 도로시의 말에 따르면 로이는 다른 누군가의 신전을 찾아가 숭배의 예를 갖출 터였다. 그렇기는 하지만 몇 가지 환상이 더 벗겨져 나가자 앤은 인생이 텅 빈 것 같다고, 쓸쓸히 생각하기 시작했다.

초록 지붕 집으로 돌아온 날 앤은 슬픈 얼굴로 2층 방에서 내려왔다.

"눈의 여왕은 어떻게 된 거예요, 마릴라 아주머니?"

"아, 네가 그 일로 속상할 줄 알았다. 나도 속이 상하더구나. 그 나무는 내가 어릴 때부터 거기 있었는데. 지난 3월에 엄청난 강풍이 불어 닥치더니 쓰러졌단다. 속이 썩어서 그래."

앤이 슬퍼하며 말했다.

"보고 싶을 거예요. 그 나무가 없으니 내 방이 예전의 그 방 같지 않아요. 이제 창밖을 내다볼 때마다 상실감이 느껴지겠죠. 그리고 아아, 전에는 초록 지붕 집에 올 때마다 다이애나가 와서 맞아주었는데."

"다이애나는 지금 생각해야 할 일들이 있어."

린드 부인이 의미심장하게 말했다.

"에이번리 소식을 모두 들려주세요."

앤이 현관 앞 계단에 앉았다. 저녁 햇살이 앤의 머리 위로 고운 황금 빛살처럼 쏟아졌다. 린드 부인이 말했다.

"편지에 쓴 것 말고 별다른 소식은 없어. 지난주에 사이먼 플렛처가 다리 부러진 이야기는 아직 못 들었겠구나. 그 집 사람들에게는 엄청난 사건이었지. 지금 산더미같이 쌓아둔 일들을 해치우고 있어. 늘 하고 싶어도 사이먼이 얼쩡거려서 하지 못했던 일들 말이야. 괴팍한 노인네 같으니."

마릴라가 한마디했다.

"워낙 사람 약을 올리는 집안 출신이잖아요."

"약을 올린다? 그렇지, 그래요! 그 영감 모친은 기도회 때마다 일어나서 자기 아이들 결점을 늘어놓고는 아이들을 위해 기도해 달라고 청했죠. 그것 때문에 아이들은 화가 나서 점점 더 비뚤어졌는데."

"앤한테 제인 소식을 아직 얘기해 주지 않았네요."

마릴라의 말에 린드 부인은 코웃음을 치더니, 내키지 않는 듯이 이야기했다.

"아, 제인. 그래, 제인 앤드루스가 서부에서 돌아왔지. 지난주에 와서는, 위니펙의 백만장자와 결혼한다더구나. 하면 앤드루스 부인이 쉴 새 없이 여기저기 다니면서 잘도 퍼뜨리고 있지."

"보고 싶은 제인…… 정말 잘됐네요. 그 애는 멋진 인생을 누릴 자격이 있어요."

앤이 진심으로 말했다.

"오, 제인을 나쁘게 말하려던 건 아니야. 괜찮은 아가씨지. 하지만 백만장자의 수준에 맞는 아이는 아니야. 그 남자도 돈 말고는 볼 것 없는 사람일 게다. 앤드루스 부인 말로는 영국인이고 광산에서 재산을 모았다는데, 난 그 사람이 양키일 거라고 본다. 돈이 있기야 있는 모양이더라만. 제인한테 보석으로 선물 공세를 하는 걸 보면. 약혼반지에다 다이아몬드를 알알이 박아 넣은 게 어찌나 큼지막한지, 제인은 손도 통통한데 꼭 석고 반죽을 붙여 놓은 것 같더라."

린드 부인은 말투에서 신랄한 기색은 감추지 못했다. 성실하긴 하나 그저 평범한 제인 앤드루스도 백만장자와 약혼을 하는데, 앤에게는 부자든 가난뱅이든 아무도 나타나지 않고 있으니. 게다가 하면 앤드루스 부인은 눈 뜨고 못 봐줄 만큼 거드름을 피웠다.

마릴라가 물었다.

"길버트 블라이드는 대학에서 뭘 한 거니? 지난주에 돌아온 모습을 보니 낯빛도 파리하고 너무 야위어서 못 알아볼 뻔했다."

"길버트는 지난 겨울 정말 열심히 공부했어요. 고전 문학 우등생에 선정되고 쿠퍼 장학금도 탔잖아요. 장학금은 5년 동안 아무도 받은 사람이 없었대요! 그래서 건강이 조금 나빠졌나 봐요. 우리도 다들 조금은 지쳤거든요."

"아무튼 너는 학사고, 제인 앤드루스는 아니지. 앞으로도 못 될 거고."

린드 부인은 우울해 보이는 얼굴로 흐뭇해했다.

이삼 일 정도가 지난 날, 앤은 제인을 만나러 갔지만 제인은 샬럿타운에 가고 집에 없었다. 앤드루스 부인이 자랑스럽게 말해 주었다.

"바느질할 게 있거든. 사정이 사정이라 에이번리의 재봉사한테 제인이 쓸 걸 맡길 수가 있어야지."

"제인한테 아주 좋은 일이 있다고 들었어요."

앤드루스 부인이 고개를 살짝 치켜들며 말했다.

"그래, 제인이 아주 잘하고 있지. 학사는 아니지만 말이야. 잉글리스 씨가 백만장자는 되는 재산가라, 두 사람이 유럽으로 신혼여행을 갈 거란다. 여행에서 돌아오면 위니펙에 대리석으로 지은 흠잡을 데 없는 저택에서 지낼 거고. 제인이 고민하는 문제가 딱 한 가지 있는데, 그 애는 요리를 썩 잘하는데 남편 될 사람이 요리를 못 하게 한다는 거야. 워낙 부자니까 요리는 요리사한테 맡긴다나. 요리사도 두고 그 밖에도 하녀 둘에다 마부에 잡다한 일을 하는 하인까지 둔다잖니. 그런데 너는 어떠니, 앤? 대학까지 다녔는데 넌 결혼한다는 소식이 전혀 없구나."

앤은 웃었다.

"아, 전 노처녀가 될 거예요. 제게 맞는 사람을 못 찾겠어요."

약간 짓궂은 대답이었다. 자신이 노처녀가 된다 해도 그건 결혼할 기회가 한 번도 없었기 때문은 아니라는 걸 앤드루스 부인에게 일부러 상기시킨 것이었다. 하지만 앤드루스 부인은 신속하게 반격했다.

"글쎄, 지나치게 까다로운 아가씨는 짝을 만나기 힘들지. 참, 길버트 블라이드가 스튜어트인가 하는 아가씨와 약혼했다는 소식은 뭐니? 찰리 슬론 말로는 그렇게 미인이라던데, 정말이니?"

앤은 꿋꿋하게 평온한 태도를 잃지 않고 대답했다.

"길버트가 스튜어트와 약혼한 게 정말인지는 모르지만, 스튜어트가 굉장히 아름다운 건 사실이에요."

"예전에는 네가 길버트와 짝이 될 줄 알았지. 앤, 조심하지 않으면 네 애인들이 전부 다 빠져나가 버리겠어."

앤은 앤드루스 부인과의 결투를 그만두기로 했다. 가느다란 검으로 전투용 도끼를 휘두르는 적을 막을 수는 없는 노릇이었다. 앤이 도도히 일어났다.

"제인이 없으니 오늘 아침엔 이만 가봐야겠어요. 제인이 돌아오면 다시 올게요."

앤드루스 부인은 야단스러운 태도로 말했다.

"그러렴. 제인은 전혀 으스대지 않아. 옛날 친구들하고 이제까지처럼 어울리려고 한단다. 너를 만나면 아주 반가워할 거야."

제인의 백만장자는 5월 마지막 날에 도착해서 화려한 치장으로 눈부시게 빛나는 신부를 데리고 가 버렸다. 린드 부인은 잉글리스 씨가 40대에 키가 작고 마른데다 머리까지 희끗희끗한 것을 보고 알밉도록 만족스러워했다. 린드 부인은 조금도 사정을 봐주지 않고 그의 결점을 하나하나 열거했다.

"저런 인간을 번쩍번쩍하게 꾸미려면 가진 돈을 다 쏟아부어야 할 게다."

앤이 친구의 편을 들었다.

"친절하고 마음씨 좋아 보이던걸요. 그리고 제인을 굉장히 좋아하고요."

"흥!"

린드 부인은 마땅찮은 듯 콧방귀를 뀌었다.

그다음 주에는 필리파 고든이 결혼식을 올렸다. 앤은 볼링브로크로 건너가 신부 들러리를 섰다. 필리파는 우아한 요정 같은 신부였고, 조너스 목사는 행복으로 환하게 빛나서 아무도 그를 못생겼다고 생각하지 않았다.

"우린 연인의 길을 걸으며 에반젤린의 땅을 돌아다니다가* 패터슨 가에 자리 잡을 거야. 어머니는 못마땅하신가 봐. 좀 더 버젓한 동네에서 교회 하나를 맡아야 한다고 생각하셔. 하지만 황량한 패터슨 빈민가라도 조가 거기 있으면 내게는 그곳이 바로 장미 화원이야. 오, 앤. 얼마나 행복한지 마음이 아릴 정도야."

앤은 언제나 친구들의 행복을 기뻐했으나, 내 것이 아닌 타인의 행복이 사방을 둘러싼 기분은 이따금 약간 쓸쓸했다. 그건 에이번리로 돌아왔을 때도 마찬가지였다. 그곳에선 다이애나가 경이로운 영광의 순간을 맞고 있었다. 첫 아기와 함께 나란히 누워 있었던 것이다. 앤은 젊은 엄마가 된 다이애나의 창백한 안색을 들여다보며, 일찍이 다이애나에게 느껴보지 못한 경외감을 느꼈다. 창백한 얼굴에 황홀한 눈빛을 한 이 여인이, 먼 옛날 어린 시절 검은 곱슬머리와 장밋빛 뺨을 하고 같이 놀던 다이애나란 말인가? 묘한

---

* 미국 시인 롱펠로의 장편 서사시 〈에반젤린(Evangeline)〉에서 배경이 되는 아카디아에는 현재의 노바스코샤를 비롯한 캐나다 영토의 여러 지역이 포함된다.

고독감에 휩싸이며, 앤은 자신이 과거에만 속할 뿐 현재와는 아무런 관계가 없는 사람처럼 여겨졌다.

"정말 예쁘지 않니?"

다이애나가 자랑스럽게 물었다. 포동포동한 갓난아기는 웃음이 나올 만큼 프레드와 똑같았다. 동글동글하고 발그레한 모습까지 닮아 있었다. 앤은 양심상 아기가 예쁘다는 말이 차마 나오지 않았지만, 진심으로 사랑스럽고 입 맞추고 싶어지는 귀여운 아이라고 말해 주었다.

"아이가 태어나기 전까지는 딸이길 바랐거든. 그럼 앤이라고 부르려 했는데. 하지만 우리 꼬마 프레드가 태어난 이상, 여자애들 백만 명하고도 바꾸지 않을래. 다른 누구도 아닌 이 아이라서 더없이 소중해."

앨런 부인이 쾌활하게 시구를 읊었다.

"'갓난아기는 모두가 가장 귀엽고 가장 고귀한 아이'[*]지. 만일 꼬마 앤이 태어났어도 다이애나는 똑같이 생각했을 거야."

앨런 부인의 에이번리 방문은, 다른 교회로 떠난 이후로 처음이었다. 그녀는 변함없이 쾌활하고 상냥하고 인정이 많았다. 오래전 친구였던 아가씨들이 부인을 열렬히 환영했다. 지금의 목사 부인도 존경할 만한 사람이었지만, 엄밀히 말해 마음이 통하는 친구는 아니었다.

---

[*] 앤 테일러의 시 〈간섭쟁이 매티(Meddlesome Matty)〉에서 인용하였다.

다이애나가 한숨을 쉬었다.

"아이가 빨리 커서 말을 하게 되면 좋겠어. 아이가 '엄마'라고 부르는 소리를 정말 듣고 싶어. 아, 아이한테 엄마에 대한 첫 기억을 좋은 것으로 심어 줘야겠어. 난 어머니에 대해 기억나는 제일 첫 모습이, 내가 뭔가를 저질러서 뺨을 맞은 거거든. 그땐 내가 맞을 만한 짓을 했겠지. 내게는 언제나 좋은 어머니였고, 나는 어머니를 정말 사랑해. 하지만 어머니와의 첫 번째 기억이 좀 더 좋은 것이었다면 더 좋았을 거야."

앨런 부인이 말했다.

"나는 어머니에 대해 딱 한 가지 기억이 있는데, 다른 어떤 기억보다 좋단다. 내가 다섯 살이었는데, 하루는 언니 두 명을 따라 학교에 가도 좋다는 허락을 받았지. 학교가 파하고 언니들은 각각 자기 친구 무리에 섞여 집에 돌아갔어. 둘 다 상대방이 나를 데려간 줄 알았던 거야. 그런데 나는 쉬는 시간에 같이 놀던 여자애랑 줄행랑을 쳤거든. 학교에서 가까운 그 아이네 집에 가서 흙장난을 하고 놀았단다. 한창 신나게 놀고 있는데 우리 큰언니가 왔어. 숨을 헐떡이면서 화가 난 얼굴로 말이야.

'이 말썽꾸러기야!' 언니가 소리치면서 미적거리는 내 손을 홱 움켜잡고 질질 끌다시피 데려갔어. '당장 집에 가야 해. 넌 혼날 거야. 엄마가 엄청 화나셨어. 엄마한테 회초리로 맞을 거야.'

나는 그때까지 한 번도 회초리를 맞아본 적이 없었거든. 겁을 잔뜩 집어먹고 말았단다. 집에 걸어가던 그때만큼 인생이 비참했던 적이 없었지. 난 말썽을 부리려던 게 아니었거든. 페미 캐머론이 집에 같이 가자고 했고, 난 가는 게 잘못이라는 걸 몰랐으니까. 그런데 그것 때문에 회초리를 맞게 생겼잖아. 집에 도착하자 언니는 나를 부엌으로 끌고 갔어. 엄마가 저녁 어스름을 받으며 불 옆에 앉아 계셨어. 다리가 너무 떨려서 똑바로 서 있기도 힘들 지경이었단다. 그런데 어머니가…… 어머니가 두 팔로 나를 안아 올리더니, 꾸짖는 말씀이나 무서운 말씀 한마디 안 하시고 나에게 입을 맞추고 가슴에 꼭 안아 주시는 거야. '네가 길을 잃었을까 봐 정말 많이 걱정했단다'라고 상냥하게 말씀하셨지. 나를 내려다보는 어머니의 눈에 사랑이 빛나고 있는 걸 알 수 있었어. 어머니는 내가 한 짓을 꾸짖거나 비난하지 않으셨어. 단지 다시는 허락 없이 어디 가면 안 된다고만 말씀하셨지. 그러고 나서 얼마 뒤에 세상을 떠나셨어. 그게 내가 기억하는 유일한 어머니의 모습이야. 아름다운 기억이지?"

어느 때보다 더 쓸쓸한 기분으로 집에 돌아가는 길에 앤은 자작나무 오솔길과 버드나무 연못을 지나갔다. 몇 달 만에 다시 걷는 길이었다. 짙은 자줏빛으로 물들고 꽃이 만발한 밤이었다. 공기 중엔 꽃향기가 가득했다. 꽃향기는 아찔할 정도로 강렬했다. 숨이 막힐 듯 밀려드는 향기는, 마치 물이 가득 차 줄줄 넘치는 컵을 보았을 때처럼 움찔 물러서고 싶게 만들었다. 오솔길의 자작나무는 오래전엔 요정처럼 자그마한 묘목이었는데 이제는 자라나 거목이 되었다. 모든 게 변했다. 앤은 여름이 끝나고 다시 에이번리를 떠나 일을 하며 지내고 싶어졌다. 그러면 인생이 이토록 텅 빈 듯 느껴지지는 않겠지.

"나는 세상에 나가 보았지. 이제 그곳은 더 이상
옛 로맨스의 색채를 입고 있지 않았네."*

앤은 한숨을 쉬었다. 그리고 세상에서 로맨스가 사라졌다는 생각의 로맨틱함에 큰 위로를 받았다.

---

* 미국의 시인 윌리엄 컬런 브라이언트의 시 〈개울(The rivulet)〉에서 인용하였다.

40장

계시록

 어빙 가족이 여름을 나려고 메아리 오두막에 돌아오자, 앤은 그곳에서 7월의 3주일을 즐겁게 보냈다. 라벤더 어빙은 그대로였고, 샬로타 4세는 이제 어엿한 숙녀가 되었지만 여전히 앤을 진지하게 숭배했다.

 샬로타 4세는 솔직하게 말했다.

 "이것저것 다 따져 봐도, 셜리 아가씨, 보스턴에서도 아가씨한테 견줄 만한 사람은 하나도 못 봤어요."

 폴도 이제 어른이 다 되어 있었다. 열여섯 살이 된 폴은 밤색 곱슬머리를 바싹 깎은 머리 모양에, 이제는 요정보다 축구에 더 관심이 많았다. 하지만 옛 선생님과의 사이에 느꼈던 유대감은 변함이 없었다. 서로 통하는 마음만은 흐르는 세월 속에서도 변하지 않고 남아 있었다.

 습하고 음산한 7월의 어느 날 저녁에 앤은 초록 지붕 집으로 돌아왔다. 가끔씩 만을 휩쓸고 지나가기도 하는 거센 여름 폭풍이 바다를 뒤흔들고 있었다. 앤이 집으로 들어서자 빗방울이 유리창을 때리기 시작했다.

마릴라가 물었다.

"폴이 집까지 데려다 줬니? 하루 재우고 보내지 않고. 날씨가 몹시 험상궂어질 것 같은데."

"빗줄기가 굵어지기 전에 메아리 오두막에 도착할 거예요. 폴이 돌아가고 싶어 하기도 했고요. 정말 즐거운 시간을 보내고 왔지만, 우리 가족을 다시 만나서 반가워요. '동쪽에 가든 서쪽에 가든 내 집이 최고로다.'* 데이비, 요 근래 키가 더 큰 거니?"

데이비가 의기양양하게 말했다.

"누나가 떠난 뒤에 3센티미터는 자랐어. 이제는 밀티 볼터랑 똑같아. 정말 좋겠지? 밀티도 자기가 더 크다고 뽐내지 못할걸. 참, 누나, 길버트 형이 죽어가는 거 알아?"

앤이 아무 말 없이 꼼짝 않고 서서 데이비를 쳐다보았다. 앤의 얼굴이 하얗게 질리자 마릴라는 저러다 기절하겠다는 생각마저 들었다. 린드 부인이 화를 냈다.

"데이비, 그만해. 앤, 그런 얼굴 하지 마라. 그런 표정 짓지 마! 이렇게 갑작스럽게 알려 줄 생각이 아니었는데."

"그게…… 사실이에요?"

---

* 영국 속담. 침례교 목사인 찰스 해돈 스펄전의 저서 《존 플라우먼(John Ploughman)》에서 인용하였다.

앤에게서 처음 들어보는 낯선 목소리가 흘러나왔다.

린드 부인이 심각하게 말했다.

"길버트가 몹시 위중해. 네가 메아리 오두막으로 떠나고 나서 바로 장티푸스에 걸렸지. 소식을 전혀 못 들었니?"

"못 들었어요."

낯선 목소리가 대답했다.

"처음부터 상태가 아주 안 좋았어. 의사 말이, 길버트의 몸이 너무 쇠약해져 있다고 해서 그 집 사람들이 간호사까지 구하고 할 수 있는 건 다 했단다. 그런 얼굴 하지 마라, 앤. 목숨이 붙어 있는 한 희망은 있는 거란다."

"아까 저녁에 해리슨 아저씨가 와서 가망이 없다고 했어요."

데이비가 다시 끼어들었다. 몹시 지치고 늙어 보이는 마릴라가 일어나서 데이비를 무섭게 나무라며 부엌에서 쫓아냈다. 린드 부인이 늙은 팔로 창백해진 앤을 다정하게 끌어안았다.

"그런 표정 좀 짓지 마라, 앤. 나는 희망을 놓지 않았어. 정말로 놓지 않았단다. 그 애는 블라이드 집안의 튼튼한 체력을 타고 났으니까, 아무렴."

앤은 린드 부인의 팔에서 가만히 떨어져 나와 아무것도 눈에 들어오지 않는 채로 부엌을 나가, 홀을 지나고 계단을 올라가서 자기 방에 들어갔다. 앤은 창가에 무릎을 꿇고 앉아 아무것도 보이지 않는 바깥을 물끄러미 내다보았다. 캄캄했다. 빗줄기가 오들거리는 들판 위로 퍼붓고 있었다. 유령의 숲은 폭풍우에 몸이 비틀려 괴로워하는 웅장한 나무들의 신음 소리로 가득했고, 대기에는 멀리 바닷가에서부터 회오리치는 거센 파도가 천둥처럼 울려댔다. 그리고 길버트는 죽어갔다!

계시록이 성서에 존재하듯, 모든 사람의 삶에도 계시록이 존재한다. 앤은 그 쓰라린 밤에 자신의 계시록을 읽으며, 폭풍과 어둠이 지배하는 시간 속에서 고뇌에 찬 기도를 멈추지 않았다. 앤은 길버트를 사랑했다. 이제까지 줄곧 사랑하고 있었다! 그것을 지금 알았다. 앤은 자신의 인생에서 고통 없이는 길버트를 버릴 수 없다는 것을 깨달았다. 그것은 자신의 오른손을 잘라 내다버릴 수 없는 것이나 똑같은 일이었다. 하지만 그 깨달음은 너무 늦게 왔다. 너무 늦어서, 마지막은 길버트와 함께 있으리라는 쓰라린 위안조차 구할 수 없었다. 자신이 그토록 눈멀어 있지 않았다면, 그토록 어리석지 않았다면, 당장이라도 길버트에게 달려갈 수 있었을 것이다. 하지만 길버트는 앤이 자신을 사랑하는 마음을 절대 알지 못할 것이다. 앤이 자신을 좋아하지 않는다고 생각하며 이 생을 마감하리라. 오, 공허한 암흑의 세월들이 앤의 눈앞에 펼쳐졌다! 앤은 그 세월을 살아낼 수 없을 것 같았다. 살아갈 수 없으리라! 앤은 창가에 웅크리고 앉아, 젊고 유쾌했던 생애에서 처음으로 자신도 죽고 싶다고 생각했다. 길버트가 한 마디 말도 없이, 아무런 흔적이나 전갈 하나 남기지 않고 곁을 떠난다면, 앤은 살 수 없었다. 길버트 없이는 그 무엇도 아무런 가치가 없었다. 앤은 길버트에게 속해 있고, 길버트는 앤에게 속해 있었다. 극심한 고통의 시간 속에서 앤은 그 사실을 조금도 의심하지 않았다. 길버트는 크리스틴 스튜어트를 사랑하지 않았다. 한 번도 사랑한 적이 없었다. 오, 길버트와 자신을 이어 주던 끈이 무엇이었는지 깨닫지 못하다니, 얼마나 바보 같은 일인지. 로이 가드너에게 우쭐한 기분으로 끌렸던 감정을 사랑이라 생각하다니. 이제 앤은 어리석음이라는 죄의 대가를 치러야 했다.

린드 부인과 마릴라는 잠자리에 들기 전에 몰래 앤의 방문 앞에 가보았다가, 아무 소리도 들리지 않자 미심쩍은 눈길을 주고받으며 고개를 절레절레 흔들고는 내려갔다. 폭풍은 밤새 노발대발하듯 날뛰더니 동틀 녘이 되자 힘이 빠졌다. 앤은 어둠의 끝자락에서 동화 같은 빛의 띠가 번지는 광경을 보았다. 곧 동쪽 언덕배기에 불꽃이 스미든 듯 다홍빛 테두리가 올라왔다. 구름이 천천히 흘러가다 크고 부드러운 흰 덩어리가 되어 지평선 위에 앉았다. 하늘은 푸른 은빛으로 빛났다. 온 세상이 고요히 숨을 죽였다.

앤은 꿇고 있던 무릎을 펴고 일어나 조용히 계단을 내려갔다. 뜰로 나가자 비가 남기고 간 바람이 앤의 하얀 얼굴에 상쾌하게 불어와, 눈물도 말라붙은 충혈된 눈을 시원하게 식혀 주었다. 신나게 춤을 추는 듯한 휘파람 소리가 오솔길을 꽉 채우며 올라왔다. 불쑥 퍼시피크 부트가 시야에 들어왔다.

앤은 몸에서 갑자기 힘이 쭉 빠져나갔다. 낮은 버드나무 가지를 붙잡지 않았다면 쓰러졌을 것이다. 퍼시피크는 조지 플레처네 일꾼이었고, 조지 플레처네 옆집이 블라이드 씨네 집이었다. 플레처 부인은 길버트의 이모였다. 퍼시피크라면 어쩌면…… 어쩌면…… 퍼시피크라면 알아야 할 소식은 알고 있을 터였다.

퍼시피크는 휘파람을 불며 기운찬 걸음으로 붉은 오솔길을 따라 걸어갔다. 그에게는 앤이 보이지 않았다. 앤이 세 번이나 불러도 듣지를 못했다. 퍼시피크가 앞을 지나쳐가기 직전에야 앤은 떨리는 입술로 간신히 그를 불러 세웠다.

"퍼시피크!"

퍼시피크는 뒤돌아보고는 활짝 웃으며 활기차게 아침인사를 했다. 앤은 들릴 듯 말 듯한 목소리로 물었다.

"퍼시피크, 오늘 아침 조지 플레처 씨네서 오는 거예요?"

퍼스피크가 싹싹하게 대답했다.

"그럼요. 어젯밤에 아버지가 아프시다는 전갈을 받았거든요. 어제는 폭풍이 너무 심해서 바로 갈 수가 없더라고요. 그래서 오늘 아침 일찍 나선 거예요. 숲속 지름길로 가려고요."

"오늘 아침에 길버트 블라이드가 좀 어떤지 들었어요?"

앤은 필사적인 마음으로 질문을 던졌다. 최악의 대답을 듣는 것도 두렵지만 끔찍한 불안감에 시달리는 건 더 견디기 힘들었다.

"좋아졌어요. 어젯밤부터 차도가 보이기 시작했대요. 의사 선생님이 이제 곧 괜찮아질 거래요. 하지만 위험할 뻔했죠! 대학에서 몸을 다 망가뜨렸다니까요. 그럼, 난 빨리 가야 해서요. 아버지가 저를 얼른 보고 싶어 하실 거예요."

퍼시피크는 휘파람을 불며 다시 걷기 시작했다. 그 뒷모습을 바라보는 앤의 눈에 기쁨이 차오르며 지난밤의 고통이 밀려나갔다. 퍼시피크는 멀대같이 야위고 너덜너덜한 옷을 걸친 못생긴 젊은이였다. 하지만 앤의 눈에는 좋은 소식을 들고 산을 넘는 자들[*]만큼이나 아름답게 보였다. 앞으로 살아가는 동안 앤은 퍼시피크의 검은 눈과 둥글고 가무잡잡한 얼굴을 볼 때마다, 좋은 소식을 전해주어 기쁨의 기름으로 슬픔을 대신하게[**] 해준 이 순간을 따뜻하게 떠올릴 것이다!

퍼시피크의 유쾌한 휘파람 소리가 희미하게 멀어지다 이윽고 연인의 오솔길 단풍나무 밑으로 사라진 뒤에도, 앤은 한참 동안 버드나무 아래 서서 커다란 두려움이 말끔히 물러난 뒤에야 맛볼 수 있는 가슴 저미는 달콤함을 음미했다. 그날 아침은 안개와 화려한 매력이 넘실거리는 잔과 같았다. 앤이 서 있는 한쪽 구석에는 수정 같은 이슬을 머금은 장미꽃들이 이제 막 봉오리를 터뜨리며 앤에게 커다란 놀라움을 안겼다. 머리 위 커다란 나무에서 재잘거리는 새들의 노랫소리에 앤의 기분이 고스란히 담겨 있는 것 같았다. 아주 오래되고 아주 진실하며 아주 놀라운 책에서 보았던 한 구절이 앤의 입에서 흘러나왔다.

"저녁에는 울음이 깃들지라도 아침에는 기쁨이 오리로다."[***]

---

[*] 구약성서 이사야서 52장 7절에서 인용하였다.
[**] 구약성서 이사야서 61장 3절에서 인용하였다.
[***] 구약성서 시편 30장 5절에서 인용하였다.

41장

사랑은 시간의 잔을 들고*

길버트가 현관 모퉁이를 돌아 불쑥 모습을 나타냈다.

"오늘 오후에는 옛날처럼 9월의 숲속과 '향신료가 자라는 언덕'을 산책하면 어떨까 해서 왔어. 헤스터 그레이의 정원에 갈래?"

돌계단에 앉아 옅은 초록빛의 얇은 옷감을 무릎 위로 펼쳐 들고 있던 앤은 얼떨떨하게 고개를 들고 쳐다보며 천천히 말했다.

"아, 그러고 싶지만 갈 수가 없어, 길버트. 오늘 저녁에 앨리스 펜헬로의 결혼식에 가기로 했잖아. 지금은 이 옷을 손봐야 하고, 이걸 끝내면 곧장 외출 준비를 해야 할 거야. 미안해. 마음은 정말 가고 싶은데."

"그럼 내일 오후엔 어때?"

길버트는 별로 실망하는 기색 없이 물었다.

"내일은 괜찮을 거야."

---

* 알프레드 테니슨의 시 〈록슬리 홀(Rocksley Hall)〉에서 인용한 제목이다.

"그럼 당장 집에 가서 내일 해야 할 일을 미리 끝내놔야겠다. 앨리스 펜헬로가 오늘 결혼한다는 거지. 올여름에 넌 결혼식을 세 번이나 참석하는구나, 앤. 필의 결혼식, 앨리스의 결혼식, 그리고 제인의 결혼식. 결혼식에 나를 초대하지 않다니, 제인을 절대 용서하지 않을 거야."

"제인을 탓할 순 없어. 앤드루스네 일가친척만 해도 초대해야 할 사람들이 그렇게 많았으니 말이야. 하객들이 집에 다 들어갈 자리도 없었다니까. 나는 제인의 오랜 친구라는 특권 덕에 초대받은 거고. 적어도 제인 생각은 그랬고, 제인 어머니가 나를 부른 이유는 제인의 화려한 모습을 보여 주려고 그러신 것 같지만."

"다이아몬드를 주렁주렁 달고 있어서 어디까지가 다이아몬드고 어디부터가 제인인지 구분이 안 될 정도였다던데 정말이야?"

앤이 웃었다.

"굉장히 많았던 건 사실이야. 다이아몬드에 하얀 공단에 얇은 실크랑 레이스랑 장미에다 오렌지 꽃들까지 장식해서, 새침한 제인이 잘 보이지도 않을 지경이었어. 하지만 제인은 아주 행복했고, 잉글리스 씨도 그랬지. 물론 제인의 어머니도 그랬고."

"그건 오늘 저녁에 입을 드레스야?"

길버트가 부푼 옷감과 주름 장식을 내려다보며 물었다.

"응, 예쁘지 않니? 머리에는 별꽃을 장식할 거야. 유령의 숲이 올여름에 별꽃 천지거든."

문득 길버트 앞에 앤의 환영이 떠올랐다. 하늘하늘한 초록색 드레스를 입은 앤이 팔과 목의 순결한 선을 드러내고, 동글동글 말린 발그스름한 머리 위에선 하얀 별 모양 꽃이 반짝이는 모습이었다. 길버트는 순간 당황했지만, 아무렇지도 않은 듯 고개를 돌렸다.

"그럼, 내일 올게. 오늘 밤 즐겁게 보내."

앤은 성큼성큼 멀어지는 길버트의 뒷모습을 눈으로 쫓으며 한숨을 내쉬었다. 길버트는 친절했다. 아주 친절했다. 지나칠 정도로. 길버트는 몸이 회복되고 나서 초록 지붕 집에 자주 찾아왔고, 예전의 우정도 되살아나는 것 같았다. 하지만 앤은 더 이상 거기에 만족할 수 없었다. 사랑의 장미에 비하면 우정의 꽃은 창백하고 향기도 없었다. 그리고 앤은 길버트가 이제 자신에게 우정 말고 다른 감정은 없는 건지 의심이 들기 시작했다. 평범한 날의 평범한 빛 속에서, 기쁨에 겨웠던 그 아침에 찬란하게 빛나던 확신도 희미해졌다. 자신의 실수를 절대 바로잡지 못할 거라는 비참한 두려움을 떨칠 수가 없었다. 결국 길버트가 사랑하는 사람은 크리스틴인 듯했다. 어쩌면 이미 약혼까지 했는지도 모른다. 앤은 불안하게 들썩이는 희망을 마음에서 밀어내고 미래에 기다리는 건 사랑이 아니라 일과 포부라는 생각으로 스스로를 다독이려 노력했다. 교사로서 지고한 수준까지는 아니어도 잘 가르칠 수는 있었다. 게다가 짧은 단편 글들이 일부 편집자들에게 좋은 반응을 얻고 있어 문학을 향한 꿈도 힘차게 싹을 틔우는 중이었다. 하지만…… 하지만……. 앤은 초록 드레스를 집어 들며 다시 한숨을 내쉬었다.

이튿날 오후 길버트가 찾아왔을 때, 길버트를 기다리고 있던 앤은 전날 밤 파티를 즐긴 흔적 하나 없이 새벽하늘의 별처럼 싱그럽고 아름다운 모습이었다. 초록색 드레스를 입었는데, 어제 입었던 결혼식 드레스가 아니라, 레드먼드의 환영회에서 길버트가 특히 마음에 든다고 말했던 예전의 그 옷이었다. 그 드레스의 초록빛에 앤의 머리 빛깔이 지닌 풍성한 색조가 깊어지고, 꿈을 꾸듯 몽롱한 잿빛 눈과 붓꽃처럼 고운 피부가 더욱 돋보였다. 나무 그늘이 드리운 숲속 오솔길을 따라 걷는 동안 길버트는 곁눈질로 앤을 훔쳐보며, 앤이 오늘따라 유난히 더 아름답다고 생각했다. 앤도 이따금 길버트를 곁눈질하고는, 그가 아프고 난 뒤로 훌쩍 성숙해 보인다고 생각했다. 길버트는 소년 시절을 영원히 떠나온 것 같았다.

　아름다운 날이었고 길도 아름다웠다. 앤은 헤스터 그레이의 정원에 도착해서 낡은 벤치에 앉는 게 아쉬울 정도였다. 하지만 그곳 역시 아름다웠다. 먼 옛날 앤이 다이애나와 제인과 프리실라와 함께 이곳을 발견했던 특별한 소풍날만큼이나 아름다웠다. 그때 이곳에는 수선화와 제비꽃이 곱게 수놓고 있었는데, 지금은 미역취가 구석구석에서 요정의 불꽃을 피워 올렸고, 과꽃이 여기저기 파랗게 흩어져 있었다. 시냇물 소리가 자작나무 골짜기에서부터 숲을 타고 그 옛날과 다름없이 유혹했다. 그윽한 공기는 파도치는 바다의 소리를 가득 담고 있었다. 건너편 밭들은 숱한 여름 태양을 받아내며 은회색으로 변해 버린 울타리에 둘러싸여 있고, 길게 이어진 언덕 위로는 가을을 알리는 구름들이 그림자를 드리웠다. 서풍이 날아들자 오래전 꿈들이 되살아났다.

앤이 나직이 말했다.

"'꿈이 이루어지는 나라'가 저 작은 골짜기 너머에, 저기 저 푸른 실안개 속에 있을 것 같아."

"네가 이루지 못한 꿈이 있어, 앤?"

패티의 집 밭에서 만났던 비참한 저녁 이후로 한 번도 들어보지 못한 그 말투 속 무언가 때문에 앤은 심장이 마구 뛰었다.

"당연하지. 누구나 그럴걸. 꿈을 모두 이루는 게 다 좋지만은 않을 거야. 꿀 수 있는 꿈이 남아 있지 않다면 죽은 것과 다름없을 것 같아. 정말 향기롭다. 과꽃이랑 고사리가 낮게 기운 햇살 아래서 뿜는 향기야. 향을 냄새로만 맡지 말고 눈으로도 볼 수 있으면 좋겠어. 틀림없이 굉장히 아름다울 거야."

길버트는 그런 식으로 화제를 돌리지 않을 생각이었다. 그는 천천히 말했다.

"내게 꿈이 하나 있어. 포기하지 않고 언제나 간직해 온 꿈이지만, 도저히 이루지 못할 것 같은 때도 많았어. 그건 가정을 이루는 꿈이야. 벽난로에 불을 지피고, 고양이와 강아지가 있고, 친구들의 발소리가 들리고, 그리고 네가 있는 가정이야!"

앤은 말을 하고 싶었으나 할 말이 생각나지 않았다. 행복이 파도처럼 덮쳐왔다. 덜컥 겁이 날 정도였다.

"너에게 2년 전에 물은 적이 있었지, 앤. 오늘 다시 물으면 다른 대답을 해줄래?"

여전히 앤은 입이 떨어지지 않았다. 앤은 말 대신 눈을 들어, 지나간 수많은 세대가 공유했던 사랑의 황홀감을 반짝이며 잠시 길버트의 눈을 들여다보았다. 길버트에게 다른 대답은 필요하지 않았다.

두 사람은 해가 질 때까지 오래된 정원에서 시간을 보냈다. 황혼이 내린 에덴동산이 이러했으리라 생각이 들 만큼 아름다운 저녁 어스름이 땅 위로 깔렸다. 할 이야기도, 떠오르는 일들도 참으로 많았다. 과거에 했던 말과 행동들, 들은 이야기와 생각하고 느낀 것들, 그리고 오해까지.

"나는 네가 크리스틴 스튜어트를 사랑하는 줄 알았어."

앤이 정작 자신은 길버트에게 로이 가드너를 사랑한다는 생각을 하고도 남을 만큼 빌미를 준 적이 없는 사람처럼 원망 섞인 목소리로 말했다. 길버트가 소년처럼 웃었다.

"크리스틴은 고향에 약혼자가 있어. 나는 그걸 알고 있었고, 내가 안다는 걸 크리스틴도 알아. 크리스틴의 오빠가 졸업할 때 부탁했었거든. 동생이 다음해 겨울에 음악을 공부하러 킹스포트에 오는데 조금 보살펴 줄 수 있겠느냐고, 동생이 아는 사람이 없어서 무척 쓸쓸할 거라면서 말이야. 그래서 자주 어울렸던 거야. 게다가 만나 보니 크리스틴은 좋은 사람이었어. 그동안 알던 여자애들 중에서도 손에 꼽을 만큼 괜찮은 사람이었거든. 대학에서 우리를 두고 사랑에 빠졌다는 소문이 돌았던 것도 알아. 난 상관하지 않았어. 너한테서 절대로 나를 사랑할 수 없을 거라는 말을 들은 뒤로 한동안은 모든 게 아무려면 어떠냐는 심정이었으니까. 앤, 다른 사람은 없었어. 내게 너 말고 다른 사람이란 있을 수 없어. 나는 학교에서 네가 내 머리를 내리쳐서 석판을 깬 그날부터 줄곧 너를 사랑했어."

"어떻게 나를 계속 사랑할 수 있었는지 모르겠어. 내가 그토록 바보처럼 굴었는데."

길버트는 솔직하게 말했다.

"나도 사랑하지 않으려고 노력했어. 네가 말한 그런 이유 때문이 아니라, 가드너가 나타난 뒤로 이제 내게는 기회가 없다고 생각했으니까. 하지만 내 마음대로 안 됐지. 지난 2년 동안 나는 네가 가드너와 결혼할 거라 믿었고, 남의 일에 참견하기 좋아하는 녀석들은 한 주가 넘어갈 때마다 당장이라도 네가 약혼을 발표할 것처럼 소문을 퍼뜨리고 다녔어. 그 2년이 내게 어떤 시간이었는지 말로는 다 표현이 안 돼. 열병에서 일어나 앉아 있던 그 행복한 날까지도 나는 그렇게 믿었어. 필 고든이, 아니 필 블레이크에게서 편지를 받는데, 너와 로이는 정말 아무 관계도 아니라면서 '다시 고백해 보라'고 충고하는 거야. 그 뒤로 의사는 내 회복 속도가 빠르다며 깜짝 놀랐지."

앤은 웃음을 터뜨렸다. 그러고는 바르르 몸을 떨었다.

"네가 죽는다고 생각했던 그날 밤은 절대 잊지 못할 거야, 길버트. 아, 난 그제야…… 그제야 알았어. 그리고 너무 늦었다고 생각했지."

"늦지 않았어, 앤. 아, 앤, 이 순간, 모든 것을 보상받은 기분이야. 그렇지? 우리에게 멋진 선물이 된 오늘을 완벽하게 아름다운 날로 평생토록 기억하자."

앤이 나직이 말했다.

"오늘은 우리의 행복이 태어난 날이야. 나는 처음부터 헤스터 그레이의 이 오래된 정원을 좋아했지만, 지금은 어느 때보다 더 사랑스럽게 느껴져."

길버트가 안타까운 듯 말했다.

"하지만 난 네게 긴 시간을 기다려달라고 부탁해야 해, 앤. 3년은 더 있어야 의학 과정을 마칠 수 있고, 그때가 되더라도 다이아몬드 공세나 대리석 저택 같은 건 줄 수 없을 거야."

앤은 웃었다.

"난 다이아몬드 공세도 대리석 저택도 갖고 싶지 않아. 나는 너만 있으면 돼. 나도 필만큼 뻔뻔하게 이런 말 잘하잖아. 다이아몬드나 대리석 저택도 좋기야 하겠지만, 그런 것들이 없으면 '상상의 여지'가 더 많아지거든. 그리고 기다리는 것도 문제없어. 우린 행복할 거야. 서로를 위해 기다리면서, 공부하고 일하면서, 그리고 꿈을 꾸면서 말이야. 아, 이제 꿈은 정말 달콤할 거야."

길버트는 앤을 끌어당겨 입을 맞추었다. 저녁 어스름 속을 나란히 집으로 걸어가는 두 사람은 사랑의 왕국에서 왕좌에 오른 왕과 왕비였다. 구불구불한 오솔길 길섶에는 세상에서 가장 사랑스러운 꽃들이 피어났고, 목장 풀밭에서는 희망과 추억의 바람이 불어왔다.

| 작품 해설 |

길모퉁이를 돌아 마주한 새로운 빛
꿈을 좇아 나아가는 소녀의 여정

에이번리의 초록 지붕 집에서 청춘의 첫걸음을 뗀 앤 셜리는 이제 열여덟 살이 되어 새로운 세상을 향해 나아간다. 레드먼드 대학이라는, 더 넓은 무대다. 《레드먼드의 앤》은 고향을 떠나 설렘과 두려움을 안고 모험을 시작하는 앤의 모습을 따뜻하고 섬세하게 그려낸다.

새로운 환경은 앤에게 자유와 기회를 선사하지만, 동시에 외로움을 안겨주고 선택의 책임도 요구한다. 하숙집 생활과 학업, 친구들과의 교류 속에서 앤은 세상을 더 깊이 바라보는 눈을 키워가고, 이상과 현실 사이에서 끊임없이 고민하며 성장한다. 어린 시절부터 곁을 지켜준 친구에 대한 감정 역시 슬며시, 그러나 확실하게 마음속에 자리한다.

《레드먼드의 앤》은 세상의 무게를 마주한 젊은 영혼이 어떻게 자기만의 빛을 찾아가는지를 보여주는 성장과 청춘의 일지다. 외로움과 두려움, 기쁨과 환희를 모두 끌어안으며, 앤은 서서히 '어린 소녀'에서 '자기 삶의 주인공'으로 나아간다.

1915년, 《레드먼드의 앤》이 세상에 나올 당시 캐나다는 대영제국의 영향력 아래 점차 도시화와 산업화를 맞이하고 있었다. 여성의 교육 기회는 넓어졌지만 여전히 가정과 희생을 최우선시하는 가치관이 지배적이었고, 제1차 세계대전 발발로 인해 사회 전반은 불안과 긴장 속에서도 애국심과 공동체 정신을 강조하고 있었다. 자유로운 정신을 지닌 젊은 여성은 여전히 많은 벽을 마주해야 했고, 변화는 시작되었지만 전통적 가치관은 견고했다.

프린스에드워드 섬의 작은 마을에서 자라며 책을 읽고 상상하는 것이 유일한 놀이였던 루시 모드 몽고메리는 글쓰기를 통해 개인을 짓누르던 시대의 가부장적 억압 아래 숨을 쉬고 자신의 내면 세계를 확장해 갔을 것이다. 그러나 자유로운 정신과 분방한 마음으로도 완전히 외면할 수 없었던 주변의 시선 탓에 몽고메리는 원하는 교양 수준을 갖춘 알맞은 상대를 찾아 원만한 결혼을 했고, 이 결혼 생활은 어쩌면 일생 동안 몽고메리의 영혼을 옭아매는 보이지 않는 감옥이 되었을 것이다. 그래서 몽고메리는 자신을 짓누르던 사회의 제약을 앤과 적절히 나누어서 지며, 자신은 이루지 못했던 삶의 이상을 앤에게 투영했던 것 같다.

몽고메리처럼 책 읽기와 상상하기를 좋아하고 가족에 대한 책임감으로 기꺼이 자신의 꿈을 미루어 둘 줄 알았던 앤은, 사랑에서는 몽고메리와 다른 선택을 한다. 자신의 길을 잃지 않으려고 스스로 묻고 답하며 끝내 진정 원하는 선택을 찾아낸다. 이는 꿈을 꾸는 것과 현실을 살아내는 것 사이에서 앤의 꿈이 현실에 발을 딛고 뿌리를 내리는 순간이자 앤의 성장을 보여주는 대목이며, 동시에 몽고메리가 이루고 싶었을 삶에 대한 조용한 응답처럼 읽힌다.

몽고메리는 삶의 고단함과 기쁨을 모두 끌어안으며, 인생의 갈림길에서 '무엇을 선택할 것인가'보다 '어떤 마음으로 걷는가'가 더 중요하다는 사실을 일깨운다. 눈앞의 희비 앞에 울고 웃던 어린아이가 좀 더 긴 호흡으로 마음을 들여다보고 삶의 깊이를 더해가며 여인으로 성장하는 앤의 여정은 시대를 초월해 많은 이들에게 공감과 미소를 선사한다.

이정표 없는 길 위에서 아침 하늘의 샛별처럼 스스로 이정표가 되어 걸어가는 한 소녀의 이야기. 가끔은 두렵고 외롭지만, 언제 돌아가든 기꺼이 나를 품어줄 유년의 앞마당이 있고, 길모퉁이 너머에는 나를 기다리는 사랑과 꿈이 있다는 믿음. 그렇게 앤은 또 한 번 우리에게 말을 건넨다.

"우리는 행복할 거야. 서로를 기다리면서, 공부하고 일하면서, 그리고 꿈을 꾸면서 말이야."

길섶에는 사랑스러운 꽃들이 피어나고, 추억과 희망의 바람이 부는 오솔길을 따라, 앤 셜리는 다시 설렘 가득한 길모퉁이를 향해 발걸음을 옮긴다.

루시 모드 몽고메리 연보
Lucy Maud Montgomery (1874~1942)

1874년	4월 휴 존 몽고메리와 클라라 울너 맥닐이 집안의 반대를 무릅쓰고 결혼. 11월 30일 프린스에드워드섬 클리프턴(현재의 뉴런던)의 자그마한 2층짜리 오두막집에서 루시 모드 몽고메리가 태어났다.
1876년	생후 21개월만에 어머니 클라라가 폐결핵으로 죽자, 캐번디시에서 우체국을 경영하던 50대의 외조부모(알렉산더 맥닐, 루시 맥닐)에게 맡겨졌다.
1881년	아버지 휴 존이 사업을 위해 서부의 서스캐처원주 프린스앨버트로 떠나버렸다. 외할머니 루시는 외손녀 모드를 교육시키기 위해서 노력했다.
1884년	제임스 톰슨의 〈사계〉에 영감을 받아 시 〈가을〉을 썼다.
1887년	아버지 휴 존이 메리 맥레이와 재혼했다.
1889년	어려서부터 써왔던 일기를 모두 없애고 새롭게 다시 쓰기 시작. 이때부터 1942년 죽을 때까지 쓴 일기가 아직 남아 있다.
1890년	아버지가 불러서 프린스앨버트로 갔지만, 계모와의 불화로 학업도 중단하고 불행한 시간을 보냈다. 샬럿타운 지역신문 《데일리 패트리어트》에 시 〈르폴스 곶에서〉를 발표했다.
1891년	향수병으로 캐번디시로 되돌아왔다.
1893년	샬럿타운에 있는 교사양성학교 '프린스오브웨일스대학'에 5등으로 입학.
1894년	프린스오브웨일스대학을 졸업하고 2급 교원자격증을 취득. 7월에 비더포드 초등학교에 교사로 부임하여 1896년 6월까지 근무했다.
1895년	1급 교원자격증을 취득. 노바스코샤주 핼리팩스에 있는 댈하우지대학에서 1년 동안 영문학을 공부했다.
1896년	프린스에드워드섬 벨몬트 16번지 초등학교에 부임하여 2년간 근무했다.
1898년	외할아버지가 사망하자, 홀로 우체국 일을 하는 외할머니를 돕기 위해 캐번디시로 돌아왔다.
1901년	신문과 잡지에 기고하며 이름을 알렸고 《데일리 에코》의 기자로 일했다.
1907년	여러 출판사의 외면을 받다가 인세 500달러를 받고 L. C. Page 사에서

	《빨강 머리 앤(Anne of Green Gables)》을 출간했다.
1908년	M.A.&W.A.J. 클라우스의 일러스트를 넣어 《빨강 머리 앤》을 미국에서 출간했는데, 낭만적인 소설 내용에 세계적인 베스트셀러가 되었다.
1909년	《빨강 머리 앤》에 대한 독자들의 뜨거운 반응에 후속작 《에이번리의 앤(Anne of Avonlea)》을 발표했다. 《빨강 머리 앤》이 스웨덴에서 처음으로 번역되어 출간되었다.
1911년	외할머니가 사망하자, 우체국 일을 그만두고 장로교 목사 이완 맥도널드와 결혼했다.
1912년	단편집 《에이번리 연대기 1》을 발표했다.
1915년	《레드먼드의 앤(Anne of the Island)》을 발표했다.
1917년	《앤의 꿈의 집(Anne's House of Dreams)》을 발표했다.
1919년	《무지개 골짜기(Rainbow Valley)》를 발표했다. 《빨강 머리 앤》이 미국에서 무성영화로 제작되고 상영되었다.
1920년	단편집 《에이번리 연대기 2》를 발표했다.
1921년	《잉글사이드의 릴라(Rilla of Ingleside)》를 발표했다.
1927년	에밀리 시리즈의 완결판인 《어밀리의 퀴즈 풀이》를 발표했다.
1935년	대영제국 훈장 4등급(OBE)을 받았으며, 캐나다 여성으로서는 최초로 왕립 학회 회원이 되었다.
1936년	《바람 부는 포플러나무 집의 앤(Anne of Windy Poplars)》을 발표했다.
1939년	《잉글사이드의 앤(Anne of Ingleside)》을 발표했다.
1941년	약물에 의존해야 할 정도로 건강이 악화되었다.
1942년	4월 24일 토론토의 저택에서 68세로 세상을 떠났다. 평생 사랑했던 고향 프린스에드워드섬으로 옮겨져 캐번디시 공동묘지에 묻혔다.

옮긴이 **박혜원**

심리학을 전공하고, 현재는 전문번역가로 활동 중이다. 옮긴 책으로 《빨강 머리 앤》, 《에이번리의 앤》, 《곰돌이 푸》 시리즈, 《소공녀 세라》, 《엄마 찾아 삼만 리》, 《시크릿 가든》, 《퀸 : 불멸의 록밴드 퀸의 40주년 공식 컬렉션》, 《브라이언 메이 레드 스페셜》, 《부케북》 시리즈 등이 있다.

레드먼드의 앤

1판 1쇄 펴낸 날 2025년 7월 30일

지은이	루시 모드 몽고메리
옮긴이	박혜원
펴낸이	장영재
펴낸곳	(주)미르북컴퍼니
자회사	더스토리
전화	02)3141-4421
팩스	0505-333-4428
등록	2012년 3월 16일 (제313-2012-81호)
주소	서울시 마포구 성미산로32길 12, 2층 (우 03983)
E-mail	sanhonjinju@naver.com
카페	cafe.naver.com/mirbookcompany
인스타그램	www.instagram.com/mirbooks

* (주)미르북컴퍼니는 독자 여러분의 의견에 항상 귀 기울이고 있습니다.
* 파본은 책을 구입하신 서점에서 교환해 드립니다.
* 책값은 뒤표지에 있습니다.